Harper
Collins

Faye Kellerman

Am Anfang war dein Ende

Kriminalroman

Aus dem Amerikanischen von
Mirga Nekvedavicius

HarperCollins

HarperCollins®
Band 100052

1. Auflage: März 2017

Deutsche Erstveröffentlichung

Titel der amerikanischen Originalausgabe:
The Theory of Death

erschienen bei: HarperCollins Publishers, New York

Published by arrangement with
HarperCollins Publishers L.L.C., New York

Umschlaggestaltung: büropecher, Köln
Umschlagabbildung: Dagny Willis, by frscspd / Getty Images
Redaktion: Thorben Buttke
Satz: GGP Media GmbH, Pößneck
Printed in Germany
Dieses Buch wurde auf FSC®-zertifiziertem Papier gedruckt.
ISBN 978-3-95967-061-6

www.harpercollins.de

Wie immer für Jonathan
Und zum ersten Mal auch für Judah

KAPITEL EINS

„Du musst mir einen Gefallen tun."

Dieser Satz fiel völlig unvermittelt. Umgangsformen am Telefon – wie gutes Benehmen ganz allgemein – hatten noch nie zu den Stärken des Jungen gehört. Decker wusste sofort, wer der Anrufer war. Seit McAdams das Greenbury Police Department verlassen hatte, um in Harvard Jura zu studieren, hatte er sich sporadisch immer wieder bei ihm gemeldet. Hauptsächlich, um sich zu beklagen. Dabei ging es meist weniger um das Studium selbst als um McAdams' Kommilitonen oder andere Leute, die ihm auf die Nerven gingen.

„Schieß los."

„Es ist gerade vorlesungsfreie Zeit, und in zwei Wochen sind Prüfungen. Kann ich runterkommen und mich zum Lernen bei euch einquartieren?"

„Klar, komm her. Aber ich weiß nicht, wie ruhig du's haben wirst."

„Ich kann an einem der fünf Colleges in die Bibliothek gehen. Gibt ja auch so was wie Ohrenstöpsel. Eins steht fest: Ich muss dringend hier raus."

„Hast du Probleme?"

„Nein, Harvard hängt mir einfach zum Hals raus. Du kennst mich doch, ich bin kein guter Teamplayer."

„Lerngruppen sind dann wohl nichts für dich."

„‚Jede Gruppe ist nur so gut wie ihr schwächstes Glied.' Stammt das nicht von dir?"

„Kann sein, dass ich mal was in der Art gesagt habe."

„Hier wimmelt's nur so vor schwachen Gliedern, alter Mann. Besser, ich verschwinde hier und mach das auf meine Art."

„Wie lange willst du bleiben?"

„Zehn Tage, höchstens zwei Wochen. Ich reiß mich auch zusammen. Kein Gemecker, versprochen."

„Du weißt doch, man soll nur versprechen, was man auch halten kann."

„Kann ich also kommen?"

„Natürlich, Tyler, du bist jederzeit willkommen. Wann wolltest du uns denn beehren?"

„Ich sitze schon im Bus."

„Im *Bus*?"
„Ich hatte keine Lust auf Small Talk mit dem Chauffeur."
„Verstehe. Normalerweise ist Busfahren doch nicht dein Stil."
„Stimmt. War 'ne spontane Entscheidung. Schlimmstenfalls hättest du mir eben die Tür vor der Nase zugeschlagen. Aber dann hätte Rina mich reingelassen, also ist dieser Anruf reine Formsache."
Decker musste schmunzeln. „Nett, dass du mich auf dem Laufenden hältst."
„Kannst du mich abholen?"
„Ich bin im Dienst, Tyler."
„Und Rina?"
„Muss heute auch arbeiten."
„Es kann doch sicher jemand für dich einspringen. Du holst schließlich einen Kollegen ab, der im Einsatz angeschossen wurde."
Der Busbahnhof war in Hamilton, nur eine halbe Stunde mit dem Auto entfernt. Und Decker hatte gerade nicht sonderlich viel zu tun. Er ließ sich Zeit mit der Antwort. „Tja, ich könnte wohl jemanden vorbeischicken." Er ließ Tyler noch ein wenig länger zappeln. „Oder ich könnte dich vielleicht selbst abholen."
„Du willst doch nur, dass ich bitte, bitte sage."
„Genau."
„Bitte, bitte."
„Wann kommst du an?"
„In einer Dreiviertelstunde. Und sei pünktlich. Auf Pünktlichkeit lege ich allergrößten Wert."

Der Himmel war grau und verhangen, die Temperatur knapp über dem Gefrierpunkt. Nach dem letzten Schneesturm war der Highway geräumt worden, aber hier und da war der Asphalt noch spiegelglatt. Trotzdem tat es gut, mal aus dem Revier zu kommen. Die neue Heizungsanlage funktionierte nicht richtig. In nahezu allen Räumen herrschte brütende Hitze – bis auf die Bereiche, in denen es eiskalt blieb. Dieser Winter war zwar milder als der letzte, aber hier im Nordosten bedeutete er jedes Mal eine weiße Landschaft vor dunklen Baumstämmen, vereiste Wälder und in den Gärten nichts als hart gefrorener Boden und toter Rasen. Rina hatte in ihrem Wintergarten Kräuter und Tomaten angepflanzt, die sie hegte und pflegte. In letzter

Zeit hatte sie öfter davon gesprochen, sich einen Hund zuzulegen. Einen Mops oder einen Papillon. Einer, der sich gut mitnehmen ließ, wenn sie die Kinder und Enkelkinder besuchten. Decker war etwas weniger enthusiastisch, aber ein kleiner Hund wäre wohl in Ordnung. Er mochte Tiere, zumindest die auf vier Beinen. Von Zweibeinern, die sich wie Tiere aufführten, hatte er nach Jahrzehnten im Polizeidienst gehörig die Nase voll.

Decker bog in den Busbahnhof ein, als gerade der Bus einfuhr. Er stieg aus dem Auto und musste sich erst einmal strecken. Eine halbe Stunde eingezwängt hinter dem Steuer eines Kleinwagens war bei seinen eins fünfundneunzig die reinste Tortur gewesen. Natürlich war er auch nicht mehr der Jüngste, aber er fühlte sich noch ziemlich fit. Er hatte volles, wenn auch mittlerweile weißes Haar, und sein buschiger Schnurrbart ließ noch die ursprüngliche rotbraune Farbe erahnen. Er ging nicht gebückt, und sein Gehirn funktionierte tadellos: Was wollte man mehr?

Obwohl er beinahe jede Woche mit dem Jungen telefonierte, war dies ihr erstes Treffen seit fünf Monaten. Als Tyler aus dem Bus stieg, sprangen Decker sofort Veränderungen ins Auge: Der Junge war immer noch eher schmal gebaut, aber anscheinend hatte er trainiert. Sein Brustkorb wirkte breiter, und auch sein Hals sah kräftiger aus. Er hatte sich die dunkelbraunen Haare wachsen lassen; sie hingen ihm ohne jede Fasson fast bis auf die Schultern. Er musste dringend zum Friseur. Mit seinen grünbraunen Augen, mit denen er gewöhnlich sein Gegenüber eingehend musterte, suchte er nun den Bahnsteig ab. Sobald er Decker entdeckt hatte, zeigte sich der Anflug eines Lächelns auf seinen Lippen.

Als Tyler letzten August Greenbury verlassen hatte, waren seine Schussverletzungen bereits verheilt gewesen. Trotzdem hatten sie Spuren hinterlassen: Er hinkte minimal, was einem nur auffiel, wenn man genau hinsah. Mit der Zeit würde sich auch das geben. Aber die Erinnerung an das, was ihm widerfahren war, würde nicht so schnell verblassen. Decker nahm ihm die Reisetasche ab.

„Willkommen zu Hause."

Jetzt strahlte Tyler ihn an. „Wenn das hier zu Hause ist, steck ich ganz schön in Schwierigkeiten."

Decker umarmte ihn. „Wie wär's dann mit ‚Schön, dass du wieder da bist'?"

Tyler nahm einen tiefen Atemzug. „Mann, ich fühl mich schon viel besser. Hier hab ich meine Ruhe und muss nicht ständig über alles diskutieren. Wie geht's Rina?"

„Ich hab noch nicht mit ihr gesprochen."

„Ach so." Tyler sah kurz besorgt aus. „Sie hat doch nichts dagegen, dass ich komme?"

„Keine Panik, Harvard. Hier bist du unter Freunden."

„Wie ich das vermisst habe! Wie lief's hier in Greenbury, während ich weg war?"

„Keine Zwischenfälle. Und nach dem, was letzten Winter passiert ist, kann das ruhig so bleiben."

„Ganz meiner Meinung."

Die beiden Männer waren am Auto angekommen. Decker öffnete die Zentralverriegelung, Tyler legte seine Tasche auf den Rücksitz und stieg auf der Beifahrerseite ein. „Also gibt's gerade nichts Interessantes?"

Decker ließ den Motor an und drehte die Heizung voll auf.

„Einen Toten hatten wir, aber der ist eines natürlichen Todes gestorben. Einundachtzig, Herzinfarkt. Die Tochter hat uns angerufen, weil sie ein paar Tage nichts von ihm gehört hatte. Sah nicht mehr so gut aus, als wir bei ihm zu Hause ankamen."

„Armer Kerl."

Dass Tyler Mitleid mit jemandem empfand, war neu für Decker. „Ja, schon traurig. Aber wie ist es dir denn ergangen?"

„Ach, ganz okay."

„Hast du in letzter Zeit mal Zielübungen gemacht?"

„Ab und zu. Ich hatte nicht viel Gelegenheit, zum Schießplatz zu gehen. Das Studium ist ziemlich zeitintensiv."

„Das erste Jahr ist das härteste."

„Ja. Vor allem stinklangweilig. Ist 'ne ziemliche Paukerei. Aber ein paar Sachen interessieren mich wirklich. Hätte ich gar nicht erwartet."

„Und zwar?"

„Strafrecht. War ja irgendwie klar. Aber dazu muss man sich erst mal gut mit Deliktsrecht auskennen. Gähn. Und das erste Jahr besteht hauptsächlich daraus. Na ja, man muss halt seine Pflichtscheine machen." Er drehte sich zu Decker. „Schön, dich endlich wiederzusehen, alter Mann. Siehst gar nicht mal schlecht aus. Für dein Alter."

„Den Zusatz hättest du dir sparen können. Siehst übrigens selbst nicht übel aus. Du warst im Fitnessstudio."

„Dabei kann ich mich gut entspannen." Tyler fuhr sich mit den Fingern durchs Haar. „Ja, ich weiß, ich muss dringend zum Friseur. Ich glaub, ich lass mir 'ne Glatze schneiden."

„Warum das denn? Jetzt hast du noch richtig Haare. Kahl wirst du später vielleicht von ganz allein."

„Ich hasse es, ständig zum Friseur zu müssen. Wahrscheinlich müsste ich mir auch regelmäßig den Schädel rasieren, damit's einigermaßen aussieht. Immer muss man sich um sein Aussehen kümmern. Wenn's nur nach mir ginge, würde ich jeden Tag dieselben alten Jogginghosen und Turnschuhe tragen, bis sie mir vom Leib fallen."

Decker musste lachen. „Gut, dass du genug Geld hast, um als Exzentriker durchzugehen. Sonst könnte man dich glatt für 'nen Penner halten."

„Danke. Wenn das der einzige Unterschied ist ..."

Ein Anruf vom Revier erreichte sie über das Bluetoothsystem des Wagens. Decker drückte die Lautsprechertaste. Mike Radars Stimme dröhnte heraus.

„Wo zum Teufel bist du?"

„Was gibt's denn?"

„Wo steckst du?" Radar klang noch immer angespannt, aber zumindest brüllte er nicht mehr.

„Ich habe gerade Tyler McAdams vom Busbahnhof abgeholt. Er ist ein paar Wochen zu Besuch hier."

„Hallo, Captain."

„Hallo, Tyler. Wieder alles im Lot?"

„Ja, alles bestens."

„Gut. Decker, wann bist du an der Ausfahrt Ellwood?"

„In ungefähr zehn Minuten. Was ist los?"

„Ich gebe dir jetzt die Wegbeschreibung durch. Wir sehen uns dort. Du kannst den Jungen mitbringen."

„Was ist denn passiert?"

„Wir haben eine Leiche."

Nachdem sie sich auf den serpentinenartigen, unbefestigten Waldwegen mehrmals verfahren hatten und wiederholt hatten umdrehen müssen, erreichten sie nach einer halbstündigen Fahrt schließlich die entlegene Stelle. Als Decker die Lichtung gefunden und seinen Wagen zu den übrigen Polizeifahrzeugen gestellt hatte, mussten er und Tyler sich noch mehrere Minuten durch den winterlich kahlen Baumbestand bis zum Tatort durchkämpfen.

Das Department machte diesmal einen wesentlich professionelleren Eindruck. Es gab sogar Tatort-Absperrband, das an den Baumstämmen rund um die Leiche befestigt war. Drei Uniformierte bewachten die Stelle und verteilten Schuhüberzieher, Einmalhandschuhe und Klarsichtbeutel für Beweismittel. Decker und Tyler streiften den Schuh- und Handschutz über, dann duckte sich Decker unter dem Absperrband hindurch. Auf dem Boden lag eine Schicht Neuschnee; das Team war so umsichtig gewesen, die Spuren, die zur Leiche hin- und wieder wegführten, nicht zu verwischen. Zahlreiche andere Spuren verliefen kreuz und quer über den gesamten Bereich: Rehe, Hasen, Wildtruthühner und Füchse.

Es handelte sich um eine unbekleidete männliche Leiche. Sie lag ausgestreckt auf dem Rücken und war leicht nach links gekrümmt. Schätzungsweise eins achtzig, Gewicht zwischen fünfundsechzig und siebzig Kilo. Keine offensichtlichen Verletzungen an Rumpf, Armen und Beinen, ausgenommen Reiß- und Bissspuren, die vermutlich von Tieraktivität herrührten. Auch der Bauch war aufgerissen. Decker bemerkte die Totenflecken an der Unterseite der Leiche: Verfärbungen durch Blut, das sich dort gesammelt hatte. Die Haut fühlte sich kühl an, aber die Leiche war noch nicht gefroren.

Mit dem Handy machte Decker einige Aufnahmen von der Leiche. Dann ging er in die Hocke und wischte vorsichtig die feine Schicht Schnee vom Kopf des Toten. Jetzt konnte er ein rundliches Gesicht, blaue Augen, glattes rotbraunes Haar, volle Lippen und ein leicht fliehendes Kinn erkennen. Der geöffnete Mund gab den Blick auf intakte Vorderzähne frei. An der rechten Schläfe befand sich ein einziges Einschussloch; Gesicht und Schultern waren von angefrorenen Blutspritzern überzogen.

Decker erhob sich wieder. Wenige Zentimeter neben der rechten Hand der Leiche lag ein Revolver; die Finger waren gekrümmt, als sei dem Toten die Waffe aus der Hand geglitten. Etwa einen halben Meter entfernt lag ein säuberlicher Stapel Kleidung, daneben stand ein Paar

Schuhe. Decker sah auf sein Handy, aber hier draußen hatte er keinen Empfang. Er drehte sich zu McAdams um. Das letzte Mal, als der eine Leiche gesehen hatte, war ihm schlecht geworden. „Alles okay?"

„Geht schon. Vermutlich weil wir im Freien sind und es nicht so schlimm riecht."

„Frische Luft hilft."

„Die Leiche sieht übel aus. Tierfraß, oder?"

„Sehr wahrscheinlich." Decker wandte sich Lauren Hellman zu, der Polizistin, die ihm am nächsten stand. Sie war in den Dreißigern und hatte blonde Locken und braune Augen. „Wer hat ihn gefunden?"

„Anonymer Anruf im Revier. Wir sind hier im Funkloch, also kann der Anrufer nicht direkt aus dem Wald angerufen haben."

„Das System hat aber doch sicher die Handynummer gespeichert."

Hellman lächelte. „Na klar. Als wir zurückgerufen haben, war nur eine Mailbox dran. Von einem Carson. Der Captain fand, er klang wie ein Teenager. Er hat ihm draufgesprochen, dass er sich umgehend bei der Polizei melden soll. Selbst wenn er's nicht tut, kriegen wir raus, wer er ist."

„Den Jungen muss ich dringend vernehmen. Das Opfer sieht selbst fast noch wie ein Teenager aus."

„Collegestudent?", schlug McAdams vor.

„Uns liegt keine Vermisstenmeldung von den Colleges vor."

„Machen die das normalerweise?"

„Wenn die Leute länger als ein, zwei Tage verschwunden sind, schon. Aber in diesem Fall ist es vielleicht noch nicht so lange her. Die Leiche ist noch nicht gefroren." An Lauren gewandt: „Hat jemand irgendwas angefasst?"

„Nein, Sir."

„Lag die Kleidung schon so, als Sie hier ankamen?"

„Ja, Sir."

„Okay. Haben Sie den Coroner schon benachrichtigt?"

„Ich glaube, Captain Radar hat das Büro des Coroners von New York angerufen. Keine Ahnung, ob er auch externe Ermittler angefordert hat."

„Nicht nötig. Wir schaffen das auch allein. Ist schließlich nicht wie der Mordfall letztes Jahr."

Lauren runzelte die Stirn. „Ist auch besser so, was, Detective McAdams?“

„Stimmt.“

„Wusste gar nicht, dass Sie wieder da sind.“

„Nur für ein, zwei Wochen.“

„Da sind Sie ja gerade rechtzeitig gekommen.“

Decker schaltete sich ein: „Er ist nicht dienstlich hier.“

„Bin ich nicht?“

„Ich dachte, du musst für die Prüfungen lernen.“

„Prüfungen sind überbewertet …“ Tyler grinste und rieb sich die behandschuhten Hände. „Was kann ich für dich tun, alter Mann?“

„Wenn du wirklich helfen willst, hol dein Handy raus und mach Fotos von der Kleidung und den Schuhen. Ich könnte auch noch ein paar von der Leiche gebrauchen, bevor ich mir die Taschen vornehme. Dann will ich noch etwas ausmessen.“

„Geht klar.“

Decker vermaß die Entfernung zwischen Leiche und Kleiderstapel sowie zwischen rechter Hand und Pistole. Als er alles notiert hatte, ging er in die Hocke und durchsuchte die Taschen der Kleidungsstücke, wobei er sich Mühe gab, den Stapel so wenig wie möglich durcheinanderzubringen. Leer. Nicht mal das kleinste Fitzelchen Papier. Er erhob sich und klopfte sich den Schmutz von der Hose. „Wir haben eine unbekannte männliche Leiche.“ Er drehte sich zu McAdams um: „Was ist deine Einschätzung?“

„Weil ich ja so viel Erfahrung habe.“

„Beantworte die Frage.“

Der junge Mann überlegte einen Augenblick. „Selbstmord oder Mord, der wie Selbstmord aussehen soll.“

„Warum Selbstmord?“

„Äh … Weil die Pistole neben seiner rechten Hand liegt und die Wunde auch rechts ist.“ McAdams ging in die Hocke und betrachtete die Wunde aus der Nähe. „Feine Blutspritzer an der Schläfe. Wenn wir die rechte Hand überprüfen, finden wir vermutlich Schmauchspuren. Keine offensichtlichen Blutergüsse oder Würgemale, die man als Kampfspuren interpretieren könnte.“

„Gut, und weiter?“

„Ich bin doch gerade erst angekommen. Hab etwas Nachsicht mit mir: Jetlag."

„Wir sind hier in derselben Zeitzone wie Boston."

„Sei doch nicht so pingelig ..."

Decker konnte sein Grinsen nicht unterdrücken. „Gesetzt den Fall, es war Selbstmord, muss unser Unbekannter zu Fuß hierhergekommen sein. Fahrradspuren sehe ich nämlich keine."

„Dafür gibt's jede Menge Fußspuren."

„Dann lass uns die mal genauer ansehen. Diese hier ..." Decker deutete auf die Abdrücke von einem Paar Schuhe. „Die kommen aus dem Wald und enden genau hier. Vom Abdruck kann man nicht allzu viel erkennen, das meiste vom Profil ist durch den Neuschnee verwischt, der dann wieder getaut ist. Aber da unter den Bäumen sind ein paar gut erhaltene. Was bedeutet, dass er gestern Abend hier ankam, bevor es geschneit hat."

„Aber diese andere Spur hier kommt aus der entgegengesetzten Richtung. Es gibt ziemlich viele Abdrücke, und das Profil ist wesentlich besser zu erkennen. Viel frischer, vermutlich von heute früh."

„Richtig. Unser anonymer Anrufer und wahrscheinlich ein Freund, denn es sind zwei Spuren. Sie enden etwa einen Meter vor der Leiche; dann führen sie abrupt wieder zurück in die Richtung, aus der sie gekommen sind. Und wie man sehen kann, ist der Abstand der einzelnen Abdrücke auf dem Rückweg größer."

„Sie rennen von der Leiche weg."

„Ganz genau." Decker dachte einen Moment nach. „Wenn das hier Mord war, würde ich Hinweise im Schnee erwarten. Schleifspuren neben den Fußspuren etwa."

„Vielleicht hat der Mörder die Schleifspuren verwischt und abgewartet, bis der neue Schnee den Rest bedeckt hat." Tyler hielt kurz inne. „Dann glaubst du, es war Mord?"

„Ist ein seltsamer Ort für Selbstmord. Normalerweise wollen Selbstmörder, dass sie möglichst schnell gefunden werden."

McAdams nickte. „Und was machst du aus der Tatsache, dass er nackt ist?"

„Gute Frage. Die Welt verlassen, wie er sie betreten hat." Decker schüttelte verständnislos den Kopf. „Zuallererst müssen wir rauskriegen, wer er ist. Sieh zu, dass du viele Fotos von seinem Gesicht machst, denn wenn wir keinen Ausweis oder etwas in der Art finden, müssen wir uns von Tür zu Tür durchfragen."

„Oder von College zu College."

„Oder auch das. Wenn du die Fotos hast, mach ein paar Nahaufnahmen von den Spuren im Schnee, die von Menschen stammen, aber auch von allem anderen. Danach machst du Abgüsse von den einzelnen Schuhabdrücken."

„Hast du die Ausrüstung dabei?"

„Hinten im Auto." Decker zögerte. „Weißt du überhaupt, wie man einen Abguss nimmt?"

„Ich hab's zwar noch nie gemacht, aber so schwer kann's ja nicht sein."

„Im Schnee ist es nicht ganz so leicht, da braucht man viel Fingerspitzengefühl. Trotzdem wird das Resultat nicht perfekt sein, weil Eis nun mal schmilzt. Ich zeig dir, wie's geht. Eigentlich ganz einfach, aber die Mixtur muss glatt und blasenfrei sein. Und dann zügig arbeiten, bevor das Zeug fest wird. Ach, weißt du was, Tyler, ich mach die detaillierten unter dem Baum, die vermutlich vom Opfer stammen, du übernimmst die vom anonymen Anrufer und seinem Kumpel."

„In Ordnung." Während McAdams die Fotos machte, ging Decker zurück zu Lauren. „Hat jemand ein Auto, Motorrad oder auch ein normales Fahrrad gefunden? Wir sind hier mitten im Wald. Falls er nicht irgendwo eine Hütte hatte, gehe ich mal davon aus, dass er mit irgendeiner Art von Transportmittel hergekommen ist."

„Wir haben kein Fahrzeug gefunden, aber wir haben bislang auch nur die unmittelbare Umgebung abgesucht."

Decker begann, den Boden nach Reifenspuren abzusuchen. Fehlanzeige. McAdams gesellte sich zu ihm. „Ich hab etwa zwanzig Aufnahmen von seinem Gesicht gemacht. Willst du mal sehen, bevor ich mir die Fußabdrücke vornehme?"

Decker scrollte durch die Fotos. „Die sind gut. Sobald wir wieder Empfang haben, schicken wir sie an meinen Computer im Revier. Dann können wir ein paar Flyer für die Identifizierung machen." Er fischte die Autoschlüssel aus der Hosentasche. „Wenn du die Fußspuren fotografiert hast, holst du den Abgusskit."

„Okay, Boss."

„Du musst das nicht machen."

McAdams lächelte. „Mir geht's gut, Decker. Falls sich das ändert, sag ich Bescheid."

„Na dann." Decker warf einen Blick auf Tylers knöchelhohe Turnschuhe. Das war schon mal gut. Aber er trug weder Schal noch Mütze oder Handschuhe, lediglich die Latexhandschuhe, die man ihm gegeben hatte, um den Tatort vor Verunreinigungen zu schützen. „Zieh dir erst mal was Wärmeres an, Tyler. Du wirst es brauchen."

„Dann sind wir also länger hier."

„Ja. Und Unterkühlung sollten wir unbedingt vermeiden."

„Ich hol mir was zum Überziehen aus meiner Tasche."

„Seit wann hörst du auf mich?"

„Bild dir ja nichts drauf ein, kann sich ganz schnell wieder ändern."

„Und du bist dir wirklich sicher, dass du das hier machen willst? Mike Radar ist jeden Moment hier. Dann könntest du das Auto haben, und er nimmt mich später mit."

„Willst du mich loswerden?"

„Im Gegenteil, ich könnte gut noch jemanden gebrauchen, der sich alles mit ansieht."

„Jemand mit voller Sehkraft?"

„Kommt zu deiner Beerdigung eigentlich noch jemand?"

McAdams zuckte die Schultern. „Bin gleich wieder da mit dem Kit."

„Wie gut sind deine Pfadfinderfähigkeiten?"

„So gut wie nicht vorhanden, aber mein Handy hat GPS."

„Ich glaube, das funktioniert hier draußen nicht. Zur Not hab ich einen Kompass."

„Wow, ist das Oldschool!"

„Ja, dann passt das ja zu mir. Jetzt zieh dir was an, dann zeig ich dir, wie das mit den Abdrücken geht. Versuch keinesfalls, alle zu machen, am besten beschränkst du dich auf den jeweils deutlichsten von jedem Schuh. Ich will nicht, dass uns das Material ausgeht. Wenn wir mit allem fertig sind, treffen wir uns wieder." Decker deutete auf eine Spur, die geradewegs aus dem Wald kam. „Siehst du das da?"

„Sieht wie Fußspuren aus."

„Die Person, von der sie stammen, ist gegangen, nicht gerannt. Auch führen sie nur in eine Richtung. Sobald Mike da ist, um die Spurensicherung einzuweisen, machen wir beide eine kleine Wanderung."

„Noch so jung, und dann so was." Radar schüttelte den Kopf, als er die Leiche betrachtete. „Vermutlich Selbstmord, aber wir müssen wohl das Ergebnis der Obduktion abwarten."

Der Coroner hieß John Potts und war ein fünfundsechzigjähriger Arzt im Ruhestand, der jetzt als zweite Karriere die kleinen Örtchen in Upstate New York betreute. Sein Labor hatte er in der etwas größeren Stadt Hamilton, ungefähr fünfzehn Meilen entfernt, wo sich auch der Busbahnhof befand. „Was ich schon vorab sagen kann, ist, dass es anscheinend keine Anzeichen für stumpfe Gewalteinwirkung, Fesselung oder Erstickung gibt. Abgesehen von der Eintrittsstelle an seiner rechten Schläfe gibt es keine weiteren Schussverletzungen. Auch keine Stichwunden. Es gab viel Tieraktivität, daher kann manches abgetragen worden sein. Die toxikologische Untersuchung steht natürlich noch aus."

Radar nickte. Der Captain war Ende fünfzig, etwas über einen Meter achtzig groß und muskulös gebaut – wenn man vom Bauchansatz absah. Er hatte Hängewangen, helle Augen, einen grauen Schnauzbart, der seine schmale Oberlippe bedeckte, und ein gekerbtes Kinn. Er fuhr sich mit der Hand durch sein schütteres weißes Haar und fragte Decker: „Was ist deine Einschätzung?"

„Eine einzige Eintrittsverletzung, die von einer Kugel stammt, sonst weder Blutergüsse noch anderweitige Verletzungen. Also vermutlich Selbstmord. Und wahrscheinlich ist es spätnachts oder in den frühen Morgenstunden passiert. Ach, nehmen wir den Mittelwert, also etwa um Mitternacht."

Potts blickte auf. „Woraus schließen Sie das?"

„Um etwa zwei Uhr morgens gab es leichten Schneefall. Zu diesem Zeitpunkt war der Junge bereits tot, da die Leiche von einer feinen Schneeschicht bedeckt war. Die unbedeckte Haut ist kalt und hart, aber darunter befindet sich noch Restwärme: Außer Fingern und Zehen ist noch nichts gefroren. Hinzu kommt, dass meiner Erfahrung nach Selbstmorde meist nicht tagsüber stattfinden. Die Leute ziehen es in Erwägung, betrinken sich, kommen ins Grübeln und ziehen sich dann irgendwohin zurück, um ihr Elend zu beenden. Die toxikologische Untersuchung wird wahrscheinlich ergeben, dass er Drogen und Alkohol zu sich genommen hat. Wie nah liege ich an Ihrer Zeitschätzung?“

Potts hatte bereits ein Thermometer in die Leber gesteckt. „Zwischen dreiundzwanzig Uhr und drei Uhr morgens, wenn man eine durchschnittliche Außentemperatur von minus vier Grad ansetzt.“

„Wenn es Selbstmord ist, dann ein ziemlich untypischer“, gab Radar zu bedenken. „Nackt und allein mitten im tiefsten Wald. Ein fulminanter Abgang sieht anders aus. Für mich klingt das mehr nach ‚Schaut bloß nicht her‘.“ Er drehte sich zu Potts um: „Was meinen Sie dazu?“

„Ich bin nur für das Wie zuständig, Mike.“ Potts stand auf und zog sich die Latexhandschuhe mit einem Schnappgeräusch aus. „Das Warum ist Ihr Bereich.“ Er signalisierte seinen Mitarbeitern durch ein Nicken, dass sie jetzt die Leiche auf die Trage heben konnten. Die Lichtung, wo die Autos geparkt waren, lag einen fünf- bis siebenminütigen Fußmarsch entfernt. Der Coroner wandte sich erneut an Radar: „Vor der Obduktion muss die Leiche erst gründlich auftauen. Aber ich denke, dass ich sie wohl bald auf dem Seziertisch habe. Trotzdem wird es mindestens zwei Tage dauern, wenn nichts anderes dazwischenkommt.“ Er hielt kurz inne. „Der arme Junge. Wisst ihr schon, wer es ist?“

„Nein, noch nicht.“

„Ich melde mich, wenn die Ergebnisse da sind.“ Potts rieb sich fröstelnd die Arme und folgte eilig seinen Assistenten.

Radar wandte sich zu Decker um: „Was ist der nächste Schritt?“

„Könntest du dich eventuell weiter um die Spurensicherung kümmern?“

„Kein Problem. Was hast du vor?“

„McAdams und ich werden dem Trampelpfad zurück folgen und versuchen rauszufinden, wie der Tote hergekommen ist. Zu Fuß wäre das eine ganz schöne Strecke.“

„In der Gegend wurde kein Fahrzeug gefunden. Wenn er tatsächlich zu Fuß gekommen ist, ist das ’ne Tageswanderung. Vielleicht hat er hier draußen kampiert.“

„Möglich wär’s. Es ist zwar kalt, aber mit der richtigen Kleidung und Verpflegung ist es gut zu schaffen. Hat schon jemand die Vermisstenmeldungen in der Region überprüft?“

„Ben Roiters sitzt gerade dran. Kann vom warmen Schreibtisch aus arbeiten, der Glückliche.“

„Was man von dem hier nicht gerade behaupten kann“, kommentierte McAdams und deute mit dem Kopf Richtung Leiche.

Radars Gesicht verfinsterte sich. „Arbeiten Sie jetzt offiziell an diesem Fall, McAdams? Wenn ja, muss ich mir überlegen, wie ich Sie bezahle.“

Decker schaltete sich ein: „Er war nur zufällig im Auto, als deine Meldung kam. Heute hilft er mir, aber morgen ist er wieder ein Normalbürger und lernt für seine Abschlussprüfung.“

„Ach richtig, das Jurastudium. Wie läuft's denn?“

„So lala.“

„Also arbeiten Sie nicht für das Department?“

Decker kam Tyler erneut zuvor: „Nein, er ist nur heute mit dabei.“

„Moment, soweit ich weiß, bin ich volljährig und kann meine eigenen Entscheidungen treffen.“

„Aber du bist doch aus ganz anderen Gründen hergekommen.“

„Die Dinge ändern sich eben, alter Mann. Flexibilität ist eine Tugend, wie du immer so schön sagst.“

„Kann ich mich gar nicht dran erinnern.“

„Also arbeiten Sie jetzt an dem Fall oder nicht?“

„Ich arbeite mit Decker zusammen, falls er mich braucht. Wenn es Selbstmord war, sollte die Sache ja schnell geklärt sein.“

„Zumindest sobald wir rausgefunden haben, wer der Tote ist. Falls es kein Selbstmord war, wird die Sache kompliziert. Dein Studium darf keinesfalls drunter leiden.“

„Keine Sorge. Ich könnte auch jetzt die Prüfung machen und würde wahrscheinlich bestehen, nur wäre die Note nicht ganz so toll. Außerdem wären ein oder zwei Tage Abstand nicht schlecht. Mal den Kopf von dem ganzen Rechtskram frei kriegen.“

„Dann arbeiten Sie also doch mit?“, fragte Radar verwirrt.

„Ja. Und machen Sie sich erst mal keine Gedanken über die Bezahlung. Wir machen ein Tauschgeschäft: Sie bringen mir alles über Ballistik, Fingerabdrücke und die Verteilung von Blutspritzern bei, dafür kriegen Sie meine Zeit umsonst. Natürlich nur, wenn der Lieutenant mich dabeihaben möchte.“

„Heute kannst du mitmachen.“ Decker wandte sich an Radar: „Wissen wir schon, wer der anonyme Anrufer ist?“

„Carson Jackson, sechzehn Jahre. Die zweite Spur stammt vermutlich von Milo Newcamp, ebenfalls sechzehn. Die beiden behaupten, sie hätten hier draußen gezeltet, aber wahrscheinlich haben sie illegal gejagt.“

„Was denn?“, wollte McAdams wissen.

„Truthähne, Füchse, Rehe … Was normalerweise kein Problem wäre, nur ist gerade Schonzeit. Die Jungs kommen heute Abend gegen sechs mit ihren Eltern aufs Revier.“

„Bitte sie, die Wanderschuhe mitzubringen, die sie heute Morgen anhatten.“

„Habt ihr die Abgüsse von den Fußabdrücken?“

„Ja“, antwortete Decker. „Bis die Jungen vorbeikommen, sind wir wahrscheinlich auch zurück. Wenn es dunkel wird, will ich nicht mehr hier draußen sein, zumal es hier keinen Empfang gibt. Falls ich um sechs noch nicht wieder im Revier sein sollte, schickt ihr einen Suchtrupp, okay?“

„Einverstanden“, versprach ihm Radar lächelnd.

Decker sah zu McAdams. „Gib ihm dein Handy.“

„Wieso?“

„Da sind die Fotos vom Opfer drauf.“

„Auf deinem doch auch.“

„Aber auf deinem sind mehr. Jetzt gib’s ihm schon.“

McAdams seufzte theatralisch, als er Radar das Telefon reichte. Decker sagte: „Wenn du wieder im Revier bist, könntest du bitte die Fotos runterladen und mir auf den Computer mailen? Jemand sollte auch Flyer mit dem Bild unseres Unbekannten machen, damit wir mit der Anwohnerbefragung anfangen können.“

„Glaubst du, er stammt hier aus der Gegend?“, fragte Radar.

„McAdams vermutet, dass er Student an einem der fünf Colleges in Upstate ist. Wahrscheinlich hat er recht. Da von dort noch keine Vermisstenmeldung gekommen ist, will ich die Fotos auf jedem Campus herumzeigen. Wenn du dafür sorgen könntest, dass man uns dabei keine Steine in den Weg legt, sollte alles reibungslos verlaufen.“

„Ich werde den Bürgermeister hinzuziehen“, versprach Radar. „Er wird ohnehin erfahren wollen, was los ist. Besonders nach dem Vorfall letztes Jahr."

„Ja, ich glaube, er ist nicht gut auf mich zu sprechen", sagte McAdams.

„Ganz im Gegenteil, Tyler. Ihr Vater hat gerade eine weitere Summe für das neue Notfall-Computersystem gespendet."

McAdams sah Decker verwundert an. „Wusstest du davon?"

Decker betrachtete eingehend die Kuhle, wo die Leiche gelegen hatte. „Wie bitte?"

„Egal. Warum starrst du dahin, die Leiche ist doch längst weg?"

„Ich habe mich gerade gefragt, was wohl so schrecklich an seinem Leben war, dass er es keinen Tag länger ertragen konnte."

Die Sonne stand schon tief am Himmel, und die Schatten wurden länger. Bald würde es dunkel sein. Sie konnten die Fußspuren bis zu einem Dickicht aus jetzt kahlen Eichen zurückverfolgen, dann verschwanden sie. Um welche Bäume es sich handelte, konnte man an den braunen gelappten Blättern erkennen, die sie im Herbst abgeworfen hatten. Deckers Schuhe versanken in Schnee und mulchiger Erde. Allmählich wurden seine Füße feucht und kalt. Weder er noch McAdams trugen festes Schuhwerk. Decker öffnete eine Packung Ski-Sohlenwärmer und reichte sie McAdams, dann nahm er eine weitere für seine eigenen taub gewordenen Zehen. Da Decker Mütze und Handschuhe trug, waren Kopf und Hände zwar einigermaßen warm, aber trotzdem fror er.

McAdams sah sich um. „Hier draußen ist nichts, und der Boden ist mit Schnee und Laub bedeckt. Wie sollen wir da rausfinden, aus welcher Richtung er gekommen ist?"

„Keine Ahnung, außerdem ist es schon spät."

„Brechen wir ab?"

Decker antwortete nicht. „Die Hosenbeine unseres Unbekannten waren feucht, aber es klebte kein Schmutz dran. Wenn jemand durch dieses ganze Laub und den Schneematsch gestiefelt wäre, hätte er doch Spuren davon an der Hose, oder?"

„Na ja, er muss zumindest ein Stück da durchgelaufen sein, denn unmittelbar danach beginnen seine Fußspuren."

„Reifenspuren sehe ich auf jeden Fall keine." Decker überlegte kurz. „Der Junge geht in den Wald und bringt sich in völliger Abgeschiedenheit um. Er hat keinen Ausweis bei sich, nichts, was uns seine Identität verraten würde."

„Er will die Sache anonym beenden."

„Genau, und ein Auto würde diese Anonymität zunichtemachen. Man kann es schlecht loswerden, es ist zu groß zum Verstecken, und der Halter lässt sich ermitteln. Dasselbe gilt für Motorräder."

„Okay."

„Schau dir mal das ganze abgestorbene Zeug auf dem Waldboden an, Tyler. Unter dem Laub und der Schneedecke könnte man mit Leichtigkeit ein Fahrrad verstecken. Würde vermutlich erst im Frühjahr gefunden, wenn überhaupt."

„Verstehe. Also wo sollen wir graben?"

„Wie ich schon sagte, seine Hosenbeine waren feucht, aber nicht schmutzig. Ich würde sagen, er hat es ganz in der Nähe seiner Fußspuren versteckt." Decker nahm einen langen Ast vom Waldboden und reichte ihn McAdams. Dann suchte er einen zweiten für sich. „Du nimmst dir das Gebiet links der Spuren vor, ich suche auf der rechten Seite."

Der Boden war von Baumwurzeln durchzogen, aber nach zehn Minuten traf Deckers Ast auf etwas Festes, etwa hundert Meter von der Stelle entfernt, bis zu der sie die Fußspuren zurückverfolgt hatten. Er zog sich seine dicken Handschuhe aus und streifte rasch ein frisches Paar aus Latex über. Dann bückte er sich, zog das Objekt heraus und schüttelte es, um Blätter, Erde und Insekten zu entfernen. Das Fahrrad war leuchtend blau und hatte eine Zehngangschaltung. Auf jeden Fall kein Mountainbike. Das hier war für kürzere Strecken gedacht, zum Beispiel um damit in Greenbury durch die Stadt zu radeln.

„Das ist ein Zipspeed", stellte McAdams fest.

„Von dem Fahrradverleih?"

„Genau. Da auf dem vorderen Schutzblech ist das Logo. Ich hab mir schon mal ein Rad von denen geliehen. Die Firma hat Filialen in etlichen Unistädten."

Decker untersuchte die Lenkergriffe, den Sitz und die Räder. Eingestanzt in beide Felgen fand er, wonach er gesucht hatte. „Hier steht eine ID-Nummer: 19925."

„Ich hab nichts zum Schreiben dabei."

„Macht nichts, wir nehmen das Rad sowieso mit. Beweismittel."

„Wir schleppen das den ganzen Weg zurück?"

„Nein, du." Decker drückte Tyler das Fahrrad in die Hand. „Du bist jünger und stärker."

„Ich wurde angeschossen."

„Die Mitleidsnummer zieht längst nicht mehr. Sobald wir wieder im Revier sind, gehst du in den Zipspeed-Laden in Greenbury. Ich befrage derweil die beiden Jungs, die die Leiche gefunden haben."

„Bis wir da sind, hat der sicher schon zu."

„Dann machst du den Geschäftsführer ausfindig und lässt dir aufmachen."

McAdams hob das Rad ein Stück an. „Und wie sollen wir das hier zurück in die Stadt kriegen? Das passt nicht ins Auto."

„Aber aufs Dach. Ich hab ein paar Expander im Kofferraum."

„Auf einmal klingt Jura echt attraktiv."

Decker lachte. „Du kannst jederzeit zurück an deine Bücher, Harvard."

„Ich weiß. Ich hab nur einfach vergessen, wie viel langweiliger Kram zu einer Ermittlung gehört. Momentan aber immer noch besser als mein ödes Studium."

„Liegt bei dir. Denk mal auf dem Rückweg zum Auto drüber nach. Es wird schon dunkel, also leg 'nen Zahn zu."

Der junge Mann seufzte demonstrativ und nahm sich das Fahrrad. „Warum passiert das immer mir? Ich hasse Entscheidungen."

„Da führt leider kein Weg dran vorbei." Decker legte Tyler den Arm um die Schultern und drückte ihn kurz. „Also entscheid dich einfach und steh dazu."

KAPITEL DREI

Die Jungs schienen hauptsächlich aus Armen und Beinen zu bestehen und hatten die typische Schlaksigkeit von Teenagern, bevor sich die Erwachsenenfigur durchsetzt. Carson Jackson war blond und hatte Pubertätsakne. Die Gesichtszüge hatte er von seiner Mutter, die neben ihm saß und ihm giftige Blicke zuwarf. Milo Newcamp war klein, hatte strubbelige Haare und eine lange Nase. Sein Vater hatte ihn herbegleitet. Beide Elternteile waren offensichtlich daran interessiert, die Vernehmung so schnell wie möglich hinter sich zu bringen. Sie wirkten genervt, als hätten ihre Sprösslinge schon zu oft in Schwierigkeiten gesteckt. Decker hatte sie in eines der beiden Vernehmungszimmer des Reviers gebeten. Dort standen ein rechteckiger Tisch und sechs Stühle, die Wände waren neutral in Cremeweiß gehalten. Es gab allerdings einen Einwegspiegel, der vor fünf Jahren installiert worden war. Decker war erst seit etwas mehr als einem Jahr am Department, und soweit er wusste, hatte in all der Zeit nie jemand auf der anderen Seite gesessen, wenn eine Vernehmung stattfand.

Nachdem Abdrücke vom Profil der Wanderschuhe der Teenager gemacht worden waren, begann Decker die Vernehmung mit der Feststellung der grundsätzlichen Fakten: Uhrzeit, Ort, warum sie an dem Tag nicht in der Schule waren, woher sie kamen, wo sie hinwollten. Dann warf er einen Blick auf seine Notizen.

„Ihr beide wolltet also eine Wandertour machen und habt deshalb die Schule geschwänzt."

„Wäre nicht das erste Mal", bemerkte Carsons Mutter.

„Gut. Mrs. Jackson, lassen Sie die beiden bitte selbst antworten. Wenn ich fertig bin, was nicht mehr allzu lange dauern sollte, können Sie mit Ihrem Sohn ein ernstes Wörtchen reden."

„Bringen wir's hinter uns, Julia. Wieder einmal." Mr. Newcamp sah wütend aus. „Wir haben schließlich beide auch noch was anderes zu tun."

„Kann man wohl sagen", zischte Carsons Mutter. „Dummköpfe!"

„Dann seid ihr Jungs also mit dem Fahrrad in den Wald gefahren und gegen elf zu eurer Wanderung aufgebrochen, nachdem ihr die Räder in einem Gebüsch an der Millstone Road abgestellt hattet."

Die Jungen nickten.

Decker las erneut in seinen Notizen. „Und ihr habt keinen der offiziellen Wanderwege genommen?"

„Nein, Sir", antwortete Milo. „Aber wir haben schon öfter Wanderungen durch unwegsames Gelände gemacht."

„Man braucht etwa fünfzehn Minuten von eurem Ausgangspunkt bis zu der Stelle, bis zu der ihr gekommen seid." Decker sah auf. „Warum habt ihr dafür so lange gebraucht?"

Milos Vater gab seinem Sohn eine Kopfnuss. „Sag ihnen, was ihr gemacht habt. Sie haben wahrscheinlich gejagt. Egal, ob vielleicht Schonzeit ist oder dass es gefährlich sein könnte, ohne Warnwesten zu schießen. Idioten!"

„Mr. Newcamp, ich stelle die Fragen. Umso schneller sind wir alle wieder draußen und können zurück an die Arbeit", wies Decker ihn zurecht. „Dann habt ihr also die Leiche gefunden."

„Ja, Sir." Wieder antwortete Milo für beide.

„Und was habt ihr dann gemacht?"

„Da oben war kein Empfang, also sind wir umgekehrt und zu unseren Rädern zurückgelaufen. Dann sind wir nach Hause und haben von dort aus die Polizei angerufen."

„Nicht von zu Hause", korrigierte ihn Mr. Newcamp. „Ihr seid zu den Arbys gegangen, bis der Unterricht vorbei war." Wieder eine Kopfnuss.

„Au!"

Jetzt schaltete Decker sich ein. „Lassen Sie das. Sie sind hier in einem Polizeirevier." Newcamp senkte den Blick. Er machte noch immer ein finsteres Gesicht. Decker setzte die Vernehmung fort: „Hat einer von euch beiden den Toten berührt, um zu fühlen, ob er noch einen Puls hat?"

Die Jungen schüttelten den Kopf. Milo sagte: „Da war Schnee auf seinem Gesicht, und er hat sich nicht bewegt. Ich wollte nichts durcheinanderbringen."

Decker lehnte sich vor. „Wir haben nichts bei der Leiche gefunden, Jungs: kein Portemonnaie, kein Handy, keinen Laptop, keinen Rucksack und auch keine Ausweise." Er hielt kurz inne. „Das ist wichtig, also keine Märchen. Hat einer von euch etwas mitgenommen?"

Die Teenager schüttelten nachdrücklich den Kopf und versicherten, dass dem nicht so war.

„Ihr habt nicht seine Taschen durchsucht? Falls doch, finden wir eure Fingerabdrücke." Das stimmte nicht immer, aber das konnten die Jungs ja nicht wissen.

„Nein, echt nicht. Ehrlich!", platzte jetzt Carson heraus. „Wir haben nur gemacht, dass wir wegkamen."

„Wir sind den ganzen Weg zurückgerannt, Sir", bekräftigte Milo. „Ich will doch nichts mit 'ner Leiche zu tun haben."

Yvonne Mastino kam herein und reichte Decker einen Ausdruck. Die Schuhabdrücke der Jungen stimmten exakt mit den Abgüssen vom Fundort überein. „Okay. Das wäre momentan alles. Ihr könnt jetzt eure Schuhe abholen und nach Hause gehen. Kann sein, dass ich später noch Fragen an euch habe. Wenn eure Eltern nichts dagegen haben, würde ich gern eure Gewehre bis zum Beginn der Jagdsaison hier im Revier behalten."

„Gute Idee", sagte Julia Jackson.

„Voll unfair", maulte Carson.

„Halt den Mund, Carson." Seine Mutter wandte sich jetzt an Decker: „Ich bringe Ihnen seins morgen vorbei."

„Und ich das von Milo", sagte Newcamp. „Besser, wir bringen sie her, sonst erschießt ihr aus Versehen noch jemanden und wandert für fahrlässige Tötung ins Gefängnis. Schwachköpfe!" Er wollte gerade wieder eine Kopfnuss verteilen, besann sich dann aber eines Besseren. „War's das?"

Decker nickte. Die vier standen auf und verabschiedeten sich. Decker schaltete gerade das Aufnahmegerät aus, als McAdams hereinkam. „Gab's was Aufschlussreiches bei den Kids?"

„Nur zwei unterbelichtete Teenager, die die Schule geschwänzt haben."

„Im Büro von Zipspeed war niemand mehr, aber ich hab den Verkaufsmitarbeiter ausfindig gemacht. Er hat die ID-Nummer des Fahrrads auf seinem Computer nachgesehen. Gemietet von einem John Smith."

„Klingt überhaupt nicht nach Pseudonym …"

„Nicht zwangsläufig. Laut dem Angestellten muss man bei der Ausleihe einen Führerschein als Pfand hinterlegen."

„Also hat er einen falschen Führerschein auf den Namen John Smith."

„Oder er heißt tatsächlich so. Eine gute Nachricht habe ich: Der Name mag zwar erfunden sein, aber auf dem Ausleihformular steht die Nummer seines Studentenausweises. Dem zufolge war er am Kneed Loft eingeschrieben."

Von den fünf in Upstate angesiedelten Colleges war Kneed Loft das kleinste. Der dortige Schwerpunkt war Mathematik, Naturwissenschaften und Ingenieurwesen, trotzdem galt es als geisteswissenschaftliche Hochschule, im Gegensatz zu den rein technischen Einrichtungen wie das MIT oder Caltech. Decker sagte: „Wir nehmen ein paar Flyer mit und fangen gleich dort an."

„Kurze Zwischenfrage: Hast du eigentlich Rina schon gesagt, dass ich da bin?"

„Ja."

„Und sie hat nichts dagegen?"

„Natürlich hat sie nichts dagegen. Aus unerfindlichen Gründen mag sie dich nämlich." Decker erhob sich. „Auf geht's."

„Glaubst du, die Jungs haben irgendwas vom Tatort mitgehen lassen?"

„Zum Beispiel Laptop oder Handy? Sie behaupten, nicht, und das nehme ich ihnen auch ab. Du hast doch gesehen, wie ordentlich der Kleidungsstapel war. Alles säuberlich zusammengelegt und aufeinandergeschichtet. Wenn sie da nachgesehen hätten, wären die Sachen durcheinander gewesen."

„Oder sie haben alles wieder ordentlich hingelegt."

„McAdams. Wann warst du das letzte Mal im Zimmer eines Teenagers? Die wissen nicht mal, wie man ‚ordentlich' buchstabiert."

Die fünf Colleges in Upstate New York waren separate Verwaltungseinheiten mit jeweils eigenem Sicherheitsdienst und eigenen unauffälligen Methoden, mit Straftaten umzugehen. Bei den Vergehen handelte es sich zumeist um Studenten, die betrunken irgendwelchen Unfug anstellten. Manchmal wurde aber doch jemand Externes hinzugezogen, besonders dann, wenn die Colleges mit dem Vorfall allein nicht fertigwurden. Das war letztes Jahr der Fall gewesen, als Angeline Moreau, eine Studentin am Littleton College, in einer Wohnung in der Stadt tot aufgefunden worden war.

Das College hatte damals nur zu bereitwillig die Polizei eingeschaltet. Greenbury hatte zu der Zeit kaum Erfahrung mit großstadttypischen Verbrechen gehabt. Der letzte brutale Mordfall lag schon etliche Jahre zurück. Decker hatte sechs Monate vor Ermittlungsbeginn am Greenbury Police Department angefangen – ein Glücksfall für die Stadt. Davor war er lange Jahre Detective Lieutenant am LAPD gewesen.

Die Baustile der fünf Colleges waren so unterschiedlich wie die Institutionen selbst: Duxbury war das älteste und größte und ein typisches Beispiel für die großartigen Ziegel-Sandstein-Gebäude der Mitte des 19. Jahrhunderts. Clarion, das Frauen-College, stammte aus den 1920ern: klarere Formen und kleinere, beschauliche Gebäude. Das nach dem Krieg entstandene Morse McKinley bot Politik- und Verwaltungswissenschaft, Internationale Beziehungen und BWL an. Optisch ähnelte es einem winzigen Fünfziger-Jahre-Apartmentgebäude, aus dem überall Studentenwohnheime wucherten. Littleton war das nach ökologischen Prinzipien erbaute College für Geistes- und Theaterwissenschaften, in dem Decker und McAdams einen Großteil des letzten Winters verbracht hatten. Damals hatten sie in einem Kunstraub ermittelt, bei dem es Tote gegeben hatte.

Kneed Loft war im brachialen Baustil der sechziger Jahre gehalten, als Ideen und Konzepte im Vordergrund standen, was dem Gebäude den ästhetischen Charme eines militärisch-industriellen Komplexes verlieh. Es handelte sich um einen etwa straßenblocklangen rechteckigen Klotz aus Brownstone-Ziegeln mit kleinen viereckigen Fenstern. Decker hatte diese heiligen Hallen noch nie betreten, da es bislang keinen Anlass für einen Besuch gegeben hatte.

Als er mit McAdams am College eintraf, war es schon fast acht Uhr abends. Die Temperatur bewegte sich um den Gefrierpunkt, und ein scharfer Wind blies, der ihre Augen tränen ließ und auf den Lippen brannte. Die schneebedeckten Rasenflächen der ausgedehnten Campusanlage erstreckten sich unter einem Nachthimmel voller Sterne. Die Büros der Verwaltung waren geschlossen; vermutlich würde ihnen erst nach mehreren Anrufen jemand öffnen. Das College war klein, nur sechshundert Studierende verteilt auf sechs Wohnheime, was es einfacher machte, die Flyer zu verteilen und herauszufinden, ob jemand das Gesicht des Toten erkannte.

Die Wohnheime waren nach berühmten Wissenschaftlern des zwanzigsten Jahrhunderts benannt: Fermi Hall, Bohr Hall, Planck Hall,

Goddard Hall und Marie Curie Hall – Vor- und Nachname, damit niemand irrtümlich auf die Idee kam, es sei der Ehemann Pierre gemeint. Das erste Wohnheim auf ihrem Weg war Planck Hall, ein trostloses zweistöckiges Backsteingebäude ohne jeglichen Charme oder Stil. Da weder Decker noch McAdams eine Schlüsselkarte hatten, klopften sie an eine Glastür, hinter der jedoch kein Wachmann zu sehen war. Natürlich erschien auch niemand, denn vermutlich konnte man sie gar nicht hören. Im nächsten Moment öffnete eine Studentin die Tür mit ihrer Magnetkarte, und sobald diese über die Treppe nach oben verschwunden war, nutzten die beiden Detectives die Gelegenheit, um hinter ihr das Gebäude zu betreten.

Als Allerersterstes fiel ihnen ein Volkswagen Jetta auf, der mitten im Foyer stand. Wie die Studenten dieses nicht gerade kleine Auto dorthin geschafft hatten, war ein Rätsel. Hinter dem Lenkrad saß ein Stahlroboter, der dem Schild um seinen Hals nach Rupert hieß und Baskenmütze, Sonnenbrille und Autofahrerhandschuhe trug. Die Studenten auf dem Weg zu ihren Zimmern gingen einfach um den Wagen herum, als sei es das Natürlichste der Welt.

Im übrigen Eingangsbereich herrschte das typische Wohnheim-Chaos: Leere Bier- und Spirituosenflaschen, die obligatorischen roten Plastikbecher, Pizzakartons, kalte Pommes und diverse andere Fast-Food-Reste, überquellende Mülleimer und hier und da ein Pulli oder eine Jacke waren auf dem Fußboden verstreut. Da nicht häufig gelüftet wurde, außer wenn jemand das Gebäude betrat oder verließ, müffelte der ganze Abfall.

„Bäh!“ McAdams wedelte mit der Hand vor seiner Nase. „Armer Rupert. Vielleicht sollten wir mit ihm anfangen. Er kriegt ja anscheinend alles mit, was im Planck vor sich geht.“ Er beugte sich nach vorn und hielt dem Roboter den Flyer mit dem Foto des Unbekannten unter die Nase. „Kennst du den Typ hier?“ Er wartete einen Moment. „Vielleicht würde es helfen, wenn du die Sonnenbrille abnimmst, Kumpel.“

Decker konnte sich ein Grinsen nicht verkneifen. „Wir fangen oben an und arbeiten uns nach unten vor.“

Sie nahmen die Treppe in den zweiten Stock. Die meisten Zimmer waren offen, und von überallher dröhnte fürchterlicher Krach: Musik, Stimmen, aber auch mechanische Geräusche, die wie Hämmern und

Bohren klangen. Die beiden Detectives fingen auf einer Flurseite an, und es dauerte nicht lange, bis Damodar Batra, ein Student im Abschlussjahr, der Mathematik und Maschinenbau studierte, den Toten identifizierte.

„Ach du Scheiße!“ Batra starrte mit offenem Mund auf das Foto. „Ist das Eli Wolf?“

Er hatte den Namen Ih-lai ausgesprochen. Decker bat ihn, den Namen zu buchstabieren.

Batra war klein und hatte glattes schwarzes Haar und dunkelbraune Haut. Er saß im Schneidersitz auf dem Bett, Kopfhörer um den Hals, daneben lagen zwei Laptops, ein Handy und ein Tablet. „Was ist passiert?“

„Sind Sie mit Eli befreundet?“

„So was in der Art. Eli hat keine Freunde im eigentlichen Sinn. Er hat ’ne ziemliche Macke, aber das ist hier eher die Norm.“

„Wie gut kennen Sie ihn denn?“

„Das hier ist ’ne kleine Uni, und das Mathe-Department ist winzig. Wir hatten ein paar Seminare zusammen. Jetzt, in unserem Abschlussjahr, haben wir unterschiedliche Betreuer, also sehe ich ihn nicht mehr so oft. Wir haben beide viel zu tun.“ Er hielt inne. „Mein Gott, er sieht ... tot aus.“ Er sah hoch. „Er ist tot?“

„Ja, das ist er. Das Foto wurde nach seinem Tod aufgenommen.“

„Mann, wie krass ist das denn?“ Der junge Mann sah aufrichtig entsetzt aus. „Was ist denn passiert?“

„Die Ermittlungen laufen noch“, sagte Decker. „Was können Sie mir über ihn erzählen?“

„Nicht viel. Wir waren nicht eng befreundet oder so, aber wir kannten uns.“

„Was war sein Hauptfach?“, fragte McAdams.

„Reine Mathematik.“ Batra presste die Lippen zusammen. „Soweit ich weiß, hat er über Fourier-Analyse und Fourier-Transformationen gearbeitet.“

Decker drehte sich zu McAdams um. „Sagt dir das was?“

„Keinen Schimmer.“ Tyler sah Batra an. „Könnten Sie das in einfachen Worten erklären?“

„Fourier hat vor etwa dreihundert Jahren über Temperaturgradienten geforscht. Hitze breitet sich vom wärmsten zum kältesten Punkt aus. Wie schnell sie sich ausbreitet, hängt vom jeweiligen Material ab. Fourier hat rausgefunden, wie man das mathematisch darstellen kann. Er hat komplexe Schwingungen, aus denen Dinge wie Temperaturgradienten zusammengesetzt sind, in einfachere Sinuswellen zerlegt. Was eine Sinuswelle ist, wissen Sie aber, oder?"

„Ich glaube, Trigonometrie war eine Voraussetzung für Harvard", hüstelte Decker.

„Sie waren in Harvard?"

„Nein, er." Decker deutete auf seinen Kollegen.

„Amplitude, Frequenz und Phase", kam es wie aus der Pistole geschossen von Tyler.

Batra musste lachen. „Kennen Sie sich mit Eigenwerten aus?"

„Nein. Aber ich hab vom Grundkurs Deliktsrecht genug behalten, um so ziemlich jeden verklagen zu können."

„Dann studieren Sie also Jura."

„Bedauerlicherweise ja." McAdams zeigte auf Decker. „Aber dieser nette Herr hier ist voll ausgebildeter Rechtsanwalt."

„Das ist an die dreißig Jahre her. Batra, könnten Sie mir eine laientaugliche Definition von Eigenwert geben?"

„Ist einfacher, wenn ich's Ihnen mathematisch erkläre. Hat mit Matrizes und Vektoren ungleich null zu tun, was fast keinem außer Spinnern wie mir was sagt. Der Knackpunkt ist, dass dieses ganze Zeug zwar aus der Theorie kommt, aber enormen Nutzen für die Praxis hat." Jetzt sah Batra sie an. „Eli war ein echtes Genie. Er konnte sich komplexe Mathematik wie Gradienten, Vektoren und Matrizes bildlich vorstellen. Eine wirkliche Begabung. Was ist ihm passiert? War es ein Unfall?"

„Warum denken Sie, es war ein Unfall?"

„War es das nicht?" Jetzt sah Batra vollkommen fassungslos aus. „Er hat *Selbstmord* begangen?"

„Ich bin mir nicht sicher", sagte Decker. „Hat er in letzter Zeit irgendwie bedrückt gewirkt?"

„Nicht dass ich wüsste. Er schien eher ziemlich gut drauf zu sein. Seine Abschlussarbeit lief gut, das weiß ich."

„Klingt, als kannten Sie Eli doch besser."

„Jeder in unserem Jahrgang kannte Eli. Er war ... außergewöhnlich."

„Wer hat seine Abschlussarbeit betreut?“, fragte McAdams.

„Theo Rosser, der Leiter des Mathe-Departments. Eli hat aber auch mit Dr. Belfort und Dr. Ferraga zusammengearbeitet. Er hätte mit jedem arbeiten können, alle am Department haben ihn bewundert.“

„Haben Sie eventuell die Telefonnummern?“

„Moment, ich schau nach, ob was in der Institutsliste steht.“ Es dauerte einen Augenblick, bis er das Gewünschte gefunden hatte. „Für Rosser steht da nur seine Büronummer. Von Dr. Belfort habe ich die Handynummer. Sie ist meine Betreuerin.“

„Vorname?“, fragte Decker.

„Katrina Belfort.“ Batra nannte ihm die Nummer. „Hoffentlich hilft's.“

„Ist zumindest ein Anfang. Und Sie wissen wirklich nicht, mit wem er seine Freizeit verbracht hat?“

„Mit niemandem. Er war immer in der Bibliothek und hat an Sachen gearbeitet, die kein Mensch verstanden hat.“

„Aber er muss doch gegessen haben“, warf McAdams ein. „Haben Sie ihn nie in der Mensa gesehen?“

„Klar ... meist saß er allein am Tisch. Manchmal saß er mit anderen Leuten zusammen, aber das hatte mehr mit freien Plätzen als mit Sozialkontakten zu tun. Vielleicht haben die ihn auch wegen ihrer eigenen Arbeit ausgequetscht. Eli war ein hilfsbereiter Typ.“ Batra dachte kurz nach. „Vielleicht reden Sie mal mit Mallon. Die sind manchmal zusammen rumgehangen.“

„Ist Mallon weiblich oder männlich?“

„Weiblich ... was aber für Eli keine Rolle spielte. Für Mallon übrigens auch nicht. Sie ist selbst 'ne ziemliche Einzelgängerin. Katrina Belfort ist auch Mallons Betreuerin, daher sehe ich sie manchmal bei den Treffen.“

„Also haben Sie beide dieselbe Betreuerin?“

„Ja, Mallon, Ari Weissberg und ich.“

„Wie heißt Mallon mit Nachnamen?“, fragte Decker.

„Euler. Schreibt sich wie der Mathematiker, aber man spricht es You-ler, nicht Oi-ler. Ich glaube, sie ist über tausend Ecken mit dem Meister verwandt.“

„Und wo finden wir Mallon?“

„Sie wohnt im Marie Curie. Brauchen Sie ihre Handynummer?“

„Das wäre hilfreich."

Batra gab ihnen die Nummer. Dann schüttelte er den Kopf. „Gott, das ist so schrecklich. Ich muss das erst mal sacken lassen. Kann ich sonst noch was für Sie tun?"

„Ja, und zwar etwas Wichtiges", sagte Decker. „Sie haben gerade unseren Unbekannten als Eli Wolf identifiziert. Sind Sie sich ganz sicher?"

„Nahezu 100%. Aber wenn das noch jemand anderes bestätigen soll, zeigen Sie einfach weiter den Flyer rum."

„Als Erstes reden wir mit Mallon Euler. Wenn auch Sie Eli Wolf wiedererkennt, benachrichtigen wir die Angehörigen."

„Seine Eltern. Mann, das ist bitter."

„Batra, ich muss Sie bitten, alles für sich zu behalten, bis wir die Eltern kontaktiert haben. Wissen Sie zufällig, wie wir Elis Eltern erreichen können? Steht vielleicht eine Kontaktnummer im Studentenverzeichnis?"

„Eher nicht, weil die zu Hause keinen Anschluss haben. Ich glaube, Eli hat mal erwähnt, dass seine Leute Amische sind."

KAPITEL VIER

Diesmal war das Auto in der Lobby ein bronzefarbener Cadillac Eldorado Coupé, Baujahr 1970. Der Dummy, ebenfalls mit Sonnenbrille, saß auf dem Fahrersitz und trug eine Chauffeursuniform.

Als McAdams Mallon Euler den Flyer reichte, studierte sie ihn, wollte ihn aber nicht nehmen. Sie saß im Schneidersitz auf dem Bett, das Gesicht ausdruckslos. In körperlicher Hinsicht war nicht viel an ihr dran. Sie war elfenhaft zart: klein und unglaublich feingliedrig. Das herzförmige Gesicht war von blondem, in einem Pixie-Cut geschnittenem Haar umrahmt, ihre Augen waren von einem tiefen Blau. Obwohl es im Zimmer nicht sonderlich warm war, trug sie eine kurzärmelige Bluse, die ihre überschlanken Arme betonte, und Jeansshorts. Ihre Füße steckten in Hotelschläppchen.

„Kennen Sie ihn?“, fragte Decker.

Ein knappes Nicken. In ihren Augen standen auf einmal Tränen. Sie sah auf den Flyer, dann hoch zu McAdams, dann erneut auf den Flyer.

„Wer ist das?“, fragte Decker.

Mallons Augen waren noch immer auf den Flyer gerichtet. „Ist er tot?“

„Ja.“ Decker wartete einen Moment, aber sie antwortete nicht. „Wer ist er?“

„Eli.“

„Nachname?“

„Wolf… Elijah Wolf.“

Decker wandte sich an McAdams. „Zwei Identifizierungen, das genügt mir.“ Dann fragte er die junge Frau: „Wo hat er gewohnt, Mallon? In welchem Wohnheim?“

„Goddard Hall.“

„Wissen Sie, welches Zimmer?“

„Zimmer fünfundzwanzig.“

„Teilte er sich das Zimmer mit jemandem?“

„Nein, ein Einzelzimmer. Dies ist sein Abschlussjahr. Die meisten Studenten haben dann Einzelzimmer.“ Sie senkte den Blick und fragte kaum vernehmbar: „Was ist passiert?“

„Das wollen wir gerade herausfinden.“

„Und wann ist es passiert?“

„Der genaue Zeitpunkt steht noch nicht fest. Wir haben ihn heute

Nachmittag in einem abgelegenen Waldstück gefunden. In der Nähe der Autobahnabfahrt Ellwood. Können Sie sich vorstellen, was er dort gemacht haben könnte?"

„Nein. Ich weiß nicht mal, wo Ellwood ist." Als sie weitersprach, starrte sie weiterhin auf ihre Beine.

„Waren Sie mit Eli befreundet?"

„Wir hatten ähnliche wissenschaftliche Interessen."

„Trotzdem kann man befreundet sein."

Sie sah kurz auf, senkte aber sofort wieder den Blick. „Wir haben uns nur über unsere Forschungsprojekte unterhalten."

„Welches Gebiet?"

„Mathe."

„Wie oft haben Sie mit ihm geredet?"

„Ständig."

„Aber Sie würden nicht sagen, dass sie beide befreundet waren."

„Ich habe keine Freunde." Ein kurzer Blick zu McAdams, dann fixierte Mallon wieder ihre Knie. Eine Träne rann ihr über die linke Wange. Sie wischte sie weg. „Aber das ändert nichts an dem Schmerz, ihn verloren zu haben. Seinen Verstand." Ihre Stimme war jetzt nur noch ein Flüstern. „Es ist so furchtbar."

Jetzt flossen die Tränen. Decker reichte ihr eine Box Papiertaschentücher. „Wann haben Sie Eli das letzte Mal gesehen?"

„Gestern."

„Um wie viel Uhr?"

„Um eins. Wir haben uns zum Mittagessen in der Mensa getroffen."

„Und wie war das?"

„Wie immer."

„Ich weiß nicht, was bei Ihnen ‚wie immer' heißt, Mallon."

„Wir haben uns über Mathematik unterhalten."

„War Eli irgendwie anders?"

„Nein."

„Wirkte er besorgt oder niedergeschlagen?"

„Überhaupt nicht."

„Schien ihn etwas zu belasten?"

„Nein." Ihr Blick huschte zu Decker, zu McAdams, dann zurück zu ihren Knien. „Mir fällt es schwer, Gefühlszustände zu interpretieren. Ich fand, er wirkte normal. Vielleicht sogar ein kleines bisschen … euphorisch. Seine Abschlussarbeit ging gut voran, da bin ich mir ganz sicher.“

„Haben Sie sich regelmäßig mit ihm getroffen?“

„Ja, mindestens zweimal die Woche.“

„Wer hat wen angerufen, um sich zum Mittagessen zu verabreden?“

„Ich telefoniere nicht. Wir haben gesimst.“

„Bevor ich’s vergesse, wie lautet seine Handynummer?“

Die junge Frau spulte die Ziffern mit roboterartiger Stimme ab. Decker wandte sich an McAdams: „Kannst du die mal anrufen?“

„Schon dabei.“

Decker widmete sich wieder Mallon. „Und wer hat gestern wem gesimst?“

„Ich ihm. Ich kam bei einer Sache nicht weiter und hatte ihn gebeten, sich meine Arbeit mal anzusehen.“

McAdams beendete gerade das Telefonat. „Hm.“

„Mailbox?“, fragte Decker.

„Die Nummer existiert nicht mehr … und es gab keine neue Nummer.“

Das sprach für Selbstmord: Der Junge verabschiedete sich von allem. Decker fragte: „Worüber forschen Sie?“

Sie sah langsam zu ihm hoch. „Bis vor Kurzem Fraktale.“

„Weißt du, was ein Fraktal ist?“, fragte Decker McAdams.

„Zufällig ja. Das sind sich wiederholende Muster in der Natur.“

„Keine Ahnung, was das heißen soll.“

Tyler überlegte. „Stell dir mal ein dreiblättriges Kleeblatt vor. Dann siehst du dir die einzelnen Blätter an und stellst fest, dass sie dreifach unterteilt sind und jeder Abschnitt eine Miniaturausgabe vom ganzen Kleeblatt ist. Dann siehst du dir einen Abschnitt im Detail an und entdeckst, dass er ebenfalls drei Abschnitte hat, und so weiter und so weiter.“ Er sah Mallon fragend an.

„Stimmt mehr oder weniger.“

„Und das studieren Sie?“, fragte Decker.

„Nein. Ursprünglich habe ich mich mit fraktaler Geometrie und der Rauheits-Theorie beschäftigt. Dann hat sich mein Interessengebiet geändert: Jetzt mache ich Fourier-Analyse und Fourier-Transformationen.“

„Das hat Eli Wolf doch auch studiert“, sagte McAdams.

„Eli hat seinen Schwerpunkt mehrmals geändert, aber stimmt, wir haben mit denselben mathematischen Gleichungen gearbeitet, wenn auch mit unterschiedlicher Zielsetzung. Wenn wir uns getroffen haben, hat er meist mir geholfen, nicht umgekehrt."

„Also wissen Sie nicht ganz genau, worüber er geforscht hat?"

„Irgendwas mit Fourier-Transformationen." Mallon wischte sich eine Träne ab. „Ich wünschte, ich hätte genauer hingehört. Aber wie gesagt, *er* hat *mir* geholfen."

„Und Dr. Rosser war sein Betreuer", sagte Decker.

„Ja. Das zeigt, wie brillant er war. Dr. Rosser nimmt höchstens einen Studenten pro Jahrgang. Er ist der Institutsleiter, also konnte er sich die Leute aussuchen. Mich hätte er aber niemals genommen, selbst wenn ich so klug wie Eli wäre. Er hasst Frauen."

„Ach ja?"

„Fragen Sie mal Dr. Belfort. Sie ist meine Betreuerin."

Decker nickte. „Können Sie mir sonst noch etwas über Elijah Wolf erzählen?"

„Er war ein echtes Genie." Jetzt flossen die Tränen erneut. „Was für ein furchtbarer Verlust."

„Mallon, wissen Sie etwas über seine Familie?"

„Nein."

„Jemand sagte, er kam aus einer amischen Familie."

„Mennonitisch."

„Oh." Decker hielt kurz inne. „Sie wussten, dass er Mennonit war."

„Ja."

„Also wussten Sie doch etwas über ihn." Sie zuckte nur die Achseln. „Hat er je über seine Vergangenheit gesprochen? Wie er vom Mennoniten zum Mathegenie wurde?

„Darüber hat er nicht viel geredet, wenn überhaupt." Mallon senkte wieder den Blick. „Ich hab ihn auch nicht danach gefragt. Hatt ich's nur getan."

„Na gut." Decker fuhr sich über den Schnurrbart. „Warum hat er Ihnen von seiner Religionszugehörigkeit erzählt? Können Sie sich an den Kontext erinnern?"

„Natürlich erinnere ich mich. Er hat mir Rook und Crokinole beigebracht. Er sagte, das seien mennonitische Gesellschaftsspiele und er gehöre dieser Glaubensrichtung an."

„Hat er Ihnen noch mehr erzählt?"

„Nein, nur, wie man das spielt."

„Dann wissen Sie nicht, aus welcher Gegend er stammte?"

„Nein."

„Und Sie haben ihn nicht gefragt?"

„Nein." Sie nagte an ihrer Unterlippe. „Sein Akzent klang wie hier aus der Gegend."

„Er hatte einen Akzent?"

„Mit Akzent meine ich Sprachmelodie und -muster. Ich hab ein Ohr dafür. Von Ihrer Sprachfärbung her kommen Sie eindeutig aus dem Westen, aber Sie haben einen ganz leicht südlichen Einschlag. Wenn ich raten müsste, würde ich auf östliches Louisiana oder Westflorida tippen."

„Gainesville, Florida. Genau in der Mitte vom Staat. Aber meine Mutter ist an der Grenze zu Louisiana aufgewachsen."

Jetzt beteiligte sich McAdams wieder am Gespräch, nachdem er etwas auf seinem Handy nachgesehen hatte. „Wahnsinn, in Upstate gibt es jede Menge Amische. Die ziehen her, weil Ackerland hier billiger ist als in Lancaster." Er sah Mallon an. „Sind Sie sich sicher, dass er kein Amischer war?"

„Er war Mennonit."

McAdams recherchierte weiter auf seinem Smartphone. „Es gibt ein paar kleine Mennonitengemeinden in Upstate."

„Mennoniten sind fortschrittlicher eingestellt als Amische. Gut möglich, dass seine Familie am Netz ist und einen Telefonanschluss hat", sagte Decker.

„Ich klär das."

Decker wandte sich jetzt wieder an die junge Frau: „Ich muss seine Eltern informieren, Mallon. Bitte sagen Sie niemandem etwas, bis ich diese unangenehme Aufgabe erledigt habe. Könnten Sie es so lange für sich behalten?"

„Klar. Ich rede sowieso kaum mit jemandem. Ich habe kein Interesse am Tratschen."

Decker reichte ihr seine Karte. „Falls Ihnen aber doch Gerüchte zu Ohren kommen oder Ihnen noch etwas einfällt, egal, wie unwichtig, bitte rufen Sie mich an."

Mallon starrte die Karte an. Schließlich ergriff sie sie mit ihren spindeldürren Fingern.

Decker dankte ihr.

„Sir, kann ich Ms. Euler kurz allein sprechen?"

Die Bitte überraschte Decker. „Natürlich."

Sobald Decker das Zimmer verlassen hatte, steckte McAdams sein Smartphone ein und sagte: „Okay. Woher kennen wir uns?"

Mallon sah ihn ausdruckslos an. „Warum solltest du mich kennen?"

„Natürlich kenne ich dich nicht richtig, aber wir sind uns auf jeden Fall schon mal begegnet. Ich kann mich nicht mehr dran erinnern, aber du schon. Du siehst mich nämlich die ganze Zeit so an. Also, wo war es?"

„Auf der Philips."

McAdams war verwirrt. „Echt?"

„Echt."

„Tut mir leid, ich kann mich nicht mehr erinnern. Du bist ein gutes Stück jünger als ich, und ich hab mich nie viel mit anderen Leuten abgegeben."

„Einmal schon."

„Hab ich dich damals beleidigt oder so? Ich hab in meinem Leben schon so viele Leute beleidigt."

„Im Gegenteil. Du hast mir den weisesten Rat gegeben, den ich jemals bekommen habe."

„Na, das ist ja ganz was Neues." McAdams brauchte einen Moment. „Jetzt bin ich gespannt." Keine Antwort. „Bitte?"

„Ich war gerade in die Neunte gekommen. Ich war ein Jahr jünger als alle anderen, und natürlich wurde ich gemobbt. Wie immer. Helen Harold, Mackenzie Gregory und Misha Greenwood."

„Ich kenne Mackenzie. Sie und ihr Bruder haben bei mir um die Ecke gewohnt. Ziemliches Biest. Alle beide übrigens. Und was hab ich gemacht?"

„Da hatten die mir gerade mein Telefon zum dritten Mal geklaut. Ich hab geheult, natürlich haben sie mich deswegen ausgelacht. Dann kamst du vorbei und hast ‚Mackenzie, hör auf, sie zu piesacken!' gerufen. Sie hat dich noch ein bisschen beschimpft, aber die Luft war raus. Die Mädels sind dann abgezogen, aber ich hab immer noch geheult."

McAdams dachte angestrengt nach. „Kann mir gar nicht vorstellen, dass ich mal Mitleid mit jemandem hatte."

„Hattest du auch nicht."

„Na ja, das passt schon eher ins Bild."

„Ich hab zu dir gesagt: ‚Ich will doch nur, dass sie mich mögen.' Zu dem Zeitpunkt konnte ich nur noch schluchzen. ‚Ich will doch nur dazugehören.' Und weißt du, was du gesagt hast?"

„Keinen blassen Schimmer."

„Du hast gesagt: ‚Die werden dich nie mögen, und das mit dem Dazugehören kannst du auch vergessen.'"

McAdams lachte. „Okay, das klingt nach mir."

„Aber dann hast du noch gesagt – und jetzt kommt der weise Teil: „Aber wenn du dich aufs Lernen konzentrierst, kannst du was aus dir machen. Dann mögen sie dich zwar immer noch nicht, aber wenigstens werden sie dich respektieren."

„Wow, das soll ich gesagt haben?"

„Ja, hast du."

„Völlig untypisch. Da muss ich gerade einen schlechten Tag gehabt haben."

Ein angedeutetes Lächeln. „Als du weitergegangen bist, hab ich dich noch nach deinem Namen gefragt, aber du hast gesagt, der spielt keine Rolle. Aber ich hab ihn trotzdem rausgekriegt. Mein letzter Stand ist, dass du nach Harvard gegangen bist."

„Stimmt."

„Und jetzt bist du Polizist?"

„Auch das stimmt." McAdams sah auf die Uhr. „Mein Boss wartet auf mich." Er griff seine Aktentasche. „Freut mich, dass du's geschafft hast, Mallon. Noch ein kleiner Trost: Mackenzie war schon zweimal in der Entzugsklinik."

„Hat für mich keine Bedeutung. Ich verschwende meine Zeit nicht mit Rachegedanken."

„Dann bist du weiter als ich." Er zeigte auf die Visitenkarte, die sie noch immer in der Hand hielt. „Bitte ruf ihn an, wenn dir noch was einfällt."

„Wie ist er gestorben?"

„Das ist Teil der laufenden Ermittlungen."

„Ist er allein gestorben?"

In McAdams Lächeln lag eine Spur von Traurigkeit. „Mallon, wir sterben alle allein."

KAPITEL FÜNF

„Was war das jetzt?“ Decker und McAdams liefen in Richtung Goddard Hall, das gegenüber von Marie Curie lag. Dazwischen lag ein Streifen vereister brauner Rasen. McAdams stellte seinen Mantelkragen auf.

„Sie kam mir irgendwie bekannt vor.“

„Schien eher, als kämst du *ihr* bekannt vor. Sie hat ständig verstohlen zu dir rübergeschaut. Kennst du sie denn?“

„Eigentlich nicht. Sie war auch auf der Philips Exeter.“

„Aha, noch ein Spross reicher Eltern.“

„Nein, sie hatte ein Stipendium und wurde von den reichen Kids gemobbt. Offenbar hab ich mich mal für sie eingesetzt. Das hat sie nicht vergessen.“

„Nett von dir. Was hast du gemacht?“

„Ihr ein paar aufmunternde Worte gesagt. Ich kann mich wirklich nicht erinnern.“ Er hielt an und drehte sich zu Decker um. „Ich wollte nur sichergehen, dass es den Ermittlungen nicht schadet, falls ich sie tatsächlich kenne.“

„Und sie war sicher kein One-Night-Stand, der dir deine sexuellen Vorlieben um die Ohren hauen wollte?“

„Schön wär's.“

Decker schmunzelte. „Ich brauche die Nummer von Elijahs Eltern, Tyler. Ich muss sie dringend benachrichtigen.“

„Ja, das solltest du schnellstmöglich hinter dich bringen. Keine Ahnung, was ich dir raten kann, Boss. Sieht nicht so aus, als hätte Elijah enge Freunde gehabt, die uns etwas über sein Privatleben erzählen könnten.“

„Du hast recht. Sieh dich doch mal im College um, ob du nicht jemand Offizielles auftreiben kannst, der noch im Büro ist und uns vielleicht mit der Nummer der Eltern behilflich sein kann. Derweil durchsuche ich sein Zimmer.“

„Kann ich doch machen. Wenn das hier ein typisches College ist, treibt sich wahrscheinlich ein notgeiler alter Verwaltungsfuzzi auf den Korridoren rum.“

„Sachte, Tyler.“

„Hey, alter Mann. Wer kennt sich besser mit Orten wie diesem aus, du oder ich?“

„Du natürlich."

„Ich hab mich ganz gut unter Kontrolle." Er rang sich ein Lächeln ab. „Der Junge hat sich doch erschossen, oder?"

„Sieht ganz danach aus."

„Und es war kein Mord."

„Das wissen wir erst nach der Obduktion."

„Soll heißen, Mord hast du noch nicht ausgeschlossen."

„Ich habe noch gar nichts ausgeschlossen. Bist du nervös?"

„Sagen wir einfach, meine Schießkünste sind noch ausbaufähig."

„Momentan brauchen wir keine Waffen."

„Sicher?"

„Garantieren kann ich's nicht, ich hab aber auch keine dabei." Decker zögerte. „Wir könnten uns auch gemeinsam Elijahs Zimmer vornehmen."

McAdams feuchtete sich die Lippen an. „Ich weiß, ich bin paranoid. Ich besorg dir die Telefonnummer, und wir treffen uns bei seinem Zimmer."

„Du bist nicht paranoid, sondern einfach vorsichtig. Gut so."

„Ich hatte schon seit Monaten nicht mehr dran gedacht." Eine kurze Pause. „Nur wieder hier zu sein ... da kommen die Erinnerungen hoch. Aber kein Problem, ich schaff das."

„Es ist okay, nervös zu sein. Jeder, der mal 'ne Kugel abgekriegt hat, ist nervös. Deshalb bin ich auch so paranoid, was meine unmittelbare Umgebung angeht. Der Tod gibt einem keine zweite Chance."

In Goddard Hall hatte man sich für eine Weltraumrakete entschieden, passend zum Namensgeber, dem berühmten Raumfahrtpionier. Der Roboter trug einen NASA-Helm und einen improvisierten Raumanzug. Er war in vollkommen vertikaler Ausrichtung mit einem Fünfpunktgurt festgeschnallt, sein imaginärer Blick in die Tiefen des Alls gerichtet.

Da Elis Zimmer abgeschlossen war, hatte Decker erst einen vor Ort lebenden Wohnheimtutor ausfindig machen müssen, der ihnen mit dem Hauptschlüssel – in diesem Fall eine Schlüsselkarte – die Tür öffnete. Der Tutor hieß Alistair Dixon, hatte seinen ersten Abschluss am Kneed Loft gemacht und arbeitete jetzt an seiner Magisterarbeit im Rahmen eines zweijährigen Studiengangs. Etwas, das mit einem mathematischen Modell für den Handel mit Massengütern zu tun hatte. Er war untersetzt, hatte ein rundliches Gesicht, hellbraune Augen und lockige braune Haare. Eli kannte er wie die meisten anderen auch: als ein Genie, das für seine Forschung lebte und mit der wirklichen Welt wenig anfangen konnte. Dixon bat auch seine Vorgesetzte vom College hinzu, da er wusste, dass dieser Vorfall seine Befugnisse überschritt. „Ich denke, wir sollten wirklich besser warten, bis uns jemand in Elis Zimmer begleitet."

Decker sah auf seine Uhr. „Ich verstehe Sie, aber wir müssen mit der Ermittlung weiterkommen. Bitte öffnen Sie die Tür."

„Also gut, aber fassen Sie nichts an." Dixon drückte die Tür auf. „Eigentlich brauchen Sie die Erlaubnis der Dekanin, bevor sie hier rumschnüffeln."

„Rumschnüffeln?" Decker warf ihm einen bösen Blick zu. „Der Junge ist tot, und ich will rausfinden, warum. Wenn Sie schon dabei sind, fragen Sie Ihre Dekanin, ob Sie die Telefonnummer von Elijahs Eltern hat. Die brauchen wir nämlich, denn sie wissen noch nicht, was passiert ist."

„Ach du Scheiße!" Dixon wurde blass. „Wer sagt es ihnen?"

„Ich, es sei denn, Sie bieten sich an."

Dixons Gesicht war aschfahl. „Ist er wirklich tot?"

„Ja."

„Das ist ja furchtbar!"

„Sie sagen es." Decker trat in das Zimmer.

Elijah Wolf war ein Ordnungsfreak. Nirgends lag etwas herum. Fast alle Einrichtungsgegenstände waren entfernt worden. Auf den bloßen Holzdielen standen nur noch ein Bett, ein Schreibtisch und ein Stuhl. Der Schrank hatte keine Türen: Jacken und Hemden hingen ordentlich auf Bügeln, Jeans lagen gefaltet in einem Fach, die Schuhe, die Spitzen zur Wand, standen aufgereiht unter dem Schrank auf dem Fußboden. Das Schrankfach enthielt darüber hinaus zwei gefaltete Handtücher, einen Frotteebademantel und ein Paar Hausschuhe.

Auf dem Schreibtisch befanden sich nur eine Lampe mit verstellbarem Hals, eine Box mit Papiertaschentüchern und ein Drucker. Keine Spur von seinem Computer. Decker zog die Schublade unter der Schreibtischplatte auf. Sie enthielt ein Kästchen mit Bleistiften, eins mit Kugelschreibern und zwei große Radiergummis. Links und rechts der Öffnung für die Knie befanden sich zwei weitere große Schubladen. In der linken lagerte ein Vorrat an Hygieneartikeln: eine Sechserpackung

Toilettenpapier, zwei Boxen Taschentücher sowie leichte Schmerz- und Heuschnupfenmittel. Nichts, was man gewinnbringend weiterverkaufen oder mit dem man dem bevorstehenden Tod ein wenig den Schrecken nehmen könnte.

Die rechte Schublade war vollkommen leer. Decker drückte sie zu, aber sie sprang wieder auf. Beim zweiten Anlauf ging er behutsamer vor, und sie rastete ein.

An der Wand über dem Schreibtisch hing ein Regal mit Mathematikbüchern. Decker zog sie einzeln heraus, blätterte sie durch und hielt sie mit den Seiten nach unten, um zu prüfen, ob vielleicht Zettel herausfielen. Wieder fand er nichts. Die Bücher enthielten hauptsächlich Formeln, die ihm nichts sagten.

Das Bett war sorgfältig gemacht. Decker untersuchte die Kissen, die Matratze, das Gestell und sah unter dem Bett nach. Fehlanzeige. Dann nahm er sich die Fenster, die Dielen und die Wände vor.

Der Junge hatte ganze Arbeit geleistet und all seine persönlichen Gegenstände sowie jegliche Spuren seines Privatlebens beseitigt. Decker wusste zwar, dass man bei Mathematik eher Stift und Papier benutzte, aber Eli musste doch noch andere elektronische Geräte außer seinem Handy besessen haben. Hatte er sie versteckt oder vielleicht entsorgt? Oder wusste jemand, dass er sie nicht mehr brauchen würde, und hatte sich bedient?

Etwas ließ Decker keine Ruhe … na ja, eigentlich eine ganze Reihe von Dingen. Besonders ein Gedanke, der sich in seinem Hirn eingenistet hatte, den er aber nicht greifen konnte. Als er so weit mit dem Zimmer fertig war, kam eine zierliche Frau mit dunklen mandelförmigen Augen und glattem schwarzem Haar hereinmarschiert. Um die fünfzig, in schwarzem Rock, grünem Pulli und schwarzen kniehohen Stiefeln, vermutlich maßangefertigt, da sie ungewöhnlich kleine Füße hatte. Sie reichte ihm die Hand.

„Zhou Lin, Dean of Residency and Student Life. Ich bin die Dekanin und zuständig für Unterbringungsfragen und alle studentischen Belange."

„Detective Peter Decker, Greenbury Police."

Die Frau schüttelte ihm energisch die Hand. „Worum geht's?" Decker nannte ihr den Grund für sein Hiersein und zeigte ihr das Foto von Elijah Wolf. Sie erschrak und presste sich die Hand vor den Mund.

„Mein Gott, wie schrecklich! Was ist passiert?"

„Können wir noch nicht genau sagen."

„Selbstmord?" Sie rang die Hände.

„Wir können bislang noch nichts ausschließen. Hielten Sie ihn denn für selbstmordgefährdet?"

„Nein, nicht dass ich wüsste."

„Gibt es hier öfter Selbstmorde?"

„Nein, zum Glück nicht, aber die Studenten am Kneed Loft sind einigem Druck ausgesetzt. Wir sind anders als andere Colleges. Man kann sich durch Fächer wie Topologie, Thermodynamik oder Baustatik nicht einfach durchmogeln. Entweder man kennt sich aus – oder eben nicht. Studenten, die auf der Kippe stehen, helfen wir, wo wir nur können, sowohl mit Tutorien als auch mit Therapie. Sehr selten kommt es mal vor, dass ein Student schlecht abschneidet und das Gefühl hat, alle enttäuscht zu haben. Besonders in der asiatischen Kultur ist Versagen nicht vorgesehen. Ich weiß, wovon ich spreche."

„Ich bin gläubiger Jude. Bei uns gibt es ebenfalls strikte Verhaltensregeln."

„Kinderkram gegen die unsrigen, Detective. Juden fühlen sich schuldig, wir schämen uns. Meiner Ansicht nach sind Schuldgefühle verinnerlicht, während Scham dem Betreffenden von außen aufgezwängt wird, wie ein Hundehaufen mitten ins Gesicht. Darum sind wir auch immer so gottverdammt spießig und brav, entschuldigen Sie den Ausdruck. Natürlich nicht jeder Einzelne von uns, es gibt schließlich über eine Milliarde Asiaten auf der Welt. Aber mit unserer Intelligenz sollten wir eigentlich im Bereich Innovation weltweit führend sein. Meine Güte, wie viele Genies schon gescheitert sind. Das gehört doch einfach dazu." Sie schüttelte den Kopf. „Ich rede wirres Zeug. Nervosität. Was ist dem armen Elijah zugestoßen? Sie können's mir nicht sagen, laufende Ermittlungen und so weiter, nicht wahr?"

„War Elijah auch einer von den Studenten, die mit dem Druck nicht umgehen konnten, Dekanin Lin?"

„Eigentlich Dekanin Zhou. Lin ist mein Vorname. Chinesen nennen den Nachnamen zuerst."

„Ja, natürlich, entschuldigen Sie."

„Was den akademischen Druck angeht, dachte ich immer, Elijah sei immun. Er ging völlig in seiner Arbeit auf, keine Zeit für Scham- oder

Schuldgefühle und dergleichen." Sie sah zur Bestätigung zu Dixon.

„Ja, total. Eli war ein Genie. Soweit ich mich erinnere, war immer er es, der den anderen geholfen hat. Darüber wissen seine Profs aber sicher besser Bescheid."

McAdams kam herein und reichte Decker einen Zettel mit den Namen Ruth Anne und Ezra Wolf sowie einer Telefonnummer.

„Okay. Ich werd sie anrufen." Decker stellte Tyler Alistair Dixon und Dekanin Zhou Lin vor.

„Hast du etwas gefunden?", fragte McAdams seinen Boss.

„Fehlanzeige. Alles leer geräumt. Was besonders verwirrend ist, da sich bei dem Jungen alles um Mathematik gedreht hat, ich aber kein einziges Blatt Papier mit Zahlen oder Formeln drauf gefunden habe. War auch kein Computer oder Tablet mehr da. Dass er seine Hardware weggeschmissen hat, glaube ich nicht. Vielleicht hat er sie jemandem geschenkt."

„Selbst wenn wir sie gefunden hätten, hätte er vielleicht die Festplatten gelöscht. Ich wette, da wäre nichts Wichtiges mehr drauf gewesen."

„Manchmal sind auch Kleinigkeiten wichtig. Jedenfalls wüsste ich gerne, was damit passiert ist."

„Sind Sie hier fertig?", fragte Zhou.

„Fürs Erste ja." Decker rührte sich jedoch nicht von der Stelle.

„Gibt's noch was, Sir?", fragte Tyler.

„Deine Menschenkenntnis wird immer besser." Decker signalisierte Tyler, jetzt achtzugeben, ging zum Schreibtisch und zog die linke große Schublade mit den Toilettenartikeln auf. Dann schob er sie sacht wieder zu, bis sie einrastete. Dasselbe tat er mit der rechten. Sie sprang wieder auf. Er schob sie langsam und mit Kraft zu, schließlich rastete auch sie ein. Dann öffnete er sie erneut.

Er legte sich unter den Schreibtisch, um herauszufinden, wie die Schublade befestigt war. Es gab einen einfachen Hebel, mit dem man sie normalerweise aus dem Schreibtisch lösen konnte. Aber entweder klemmte er oder war absichtlich verstellt worden, denn die Schublade ließ sich partout nicht entfernen.

„Was machen Sie da eigentlich?", fragte Zhou.

„Er versucht, die Schublade rauszunehmen, weil er vermutet, dass dahinter etwas versteckt ist."

„Sehr gut, Harvard."

„Harvard?“, fragte Dixon.
„Insiderwitz“, sagte McAdams.
Decker zog die leere Schublade so weit heraus, wie es ging. Dann versuchte er, seine Hand in den Zwischenraum zwischen Schublade und Rückwand des Schreibtischs zu schieben, aber seine Hand war zu groß.
„Haben Sie etwas gefunden?“, fragte Zhou.
„Kann ich noch nicht sagen. Vielleicht war die Schublade nur vollgestopft, und es ist etwas dahintergerutscht.“
„Auf mich wirkt Eli nicht wie jemand, der Sachen vollstopft“, gab Tyler zu bedenken. „Verstecken schon eher.“
„Du hast recht. Aber meine Hand passt nicht hinter die Schublade.“
„Ich könnt's mal versuchen“, bot Dixon an.
„Wie wäre es mit mir?“, sagte die Dekanin. „Meine Hände sind winzig.“
„Könnte knapp werden“, warnte Decker.
„Das hab ich in meinem Leben schon oft gehört, und jedes Mal hab ich's doch geschafft.“ Zhou bückte sich und fasste mit ihrer kleinen Hand hinter die Rückwand der Schublade. „Ich fühle etwas …“ Sie streckte den Arm vor, so weit sie konnte, und zog einen Stapel von etwa zwanzig zusammengehefteten Blättern hervor. Dann rieb sie sich die Hand und betrachtete ihren Fund. „Da haben Sie Ihre Formeln.“ Sie wollte die Seiten schon durchblättern, aber Decker zog ihr den Stapel vorsichtig aus der Hand.
„Das ist möglicherweise Beweismaterial.“
Zhou sah wütend aus. „Für was?“
„Wird sich noch zeigen. Danke für Ihre Hilfe.“
„Ich könnte Ihnen noch mehr helfen, wenn Sie mich mal drüberschauen ließen.“
„Oder mich“, fügte Dixon eilig hinzu.
Die Dekanin warf dem Tutor einen strafenden Blick zu. „Ich übernehme jetzt, Alistair. Kein Wort hierüber. Das College wird es zum geeigneten Zeitpunkt bekannt geben.“
„Äh … okay.“
„Das heißt, du kannst jetzt gehen.“
Dixon lächelte gequält, bis ihm auffiel, wie deplatziert es war. „Äh… ja, Wiedersehen.“

Als er gegangen war, blätterte Decker rasch durch die Seiten und reichte sie dann McAdams. „Kommt dir da was bekannt vor?"

„Ist wie mit Griechisch oder Latein: Ich kann's zwar lesen, hab aber keine Ahnung, was es bedeutet."

Die Dekanin versuchte es erneut: „Ein kurzer Blick genügt, dann könnte ich Ihnen schon eine Menge sagen. Ich habe zum Beispiel gerade Fourier-Transformationen entdeckt."

„Über die er geforscht hat. Wissen wir", sagte Decker. „Lassen Sie mich die Unterlagen erst selbst durchgehen, ich will keinesfalls etwas Wichtiges übersehen. Und bevor ich überhaupt jemandem etwas zeigen kann, muss ich erst Elis Eltern anrufen und persönlich bei ihnen vorbeifahren. Wenn die Aufzeichnungen nichts mit seinem Tod zu tun hatten, dürfen Sie zu gegebener Zeit selbstverständlich einen Blick darauf werfen, Dekanin Zhou. Und falls ich doch noch Hilfe mit den Zahlen brauche, darf ich mich doch sicher an Sie wenden."

„Natürlich. Nur verstehe ich immer noch nicht, warum ich Ihnen nicht jetzt gleich helfen soll. Bei polizeilichen Ermittlungen zählt doch jede Minute."

„Das tut sie auch. Danke für das Angebot. Vielleicht komme ich darauf zurück."

„Trauen Sie mir nicht?"

„Ich bin von Natur aus misstrauisch", antwortete Decker. „Nehmen Sie's mir nicht übel, aber ich bin Polizist. Das ist nun mal mein Job."

KAPITEL SECHS

Obwohl es am Greenbury Police Department sechs Beamte im Rang eines Detectives gab, mussten diese überall mit anpacken, wo gerade Bedarf herrschte.

So hatte Decker im vergangenen Jahr das ganze Spektrum durchlaufen: Von einem haarsträubenden Mordfall vor fast einem Jahr bis hin zu einem Einsatz bei der Verkehrsstreife, als während eines Eissturms Hochspannungsmasten umgefallen waren. Bevor Tyler zum Studieren nach Harvard gegangen war, hatten sich die beiden einen großen Schreibtisch neben Ben Roiters und Kevin Nickweed geteilt. Jetzt, wo Tyler nicht mehr da war, nutzen alle drei dessen Schreibtischseite als zusätzliche Ablagefläche.

Decker wollte Elis Eltern vom Festnetz im Revier aus benachrichtigen. Das Gespräch dauerte nur wenige Minuten, und nachdem er aufgelegt hatte, klopfte McAdams an die Bürotür und kam herein. Er bemerkte Deckers düsteren Gesichtsausdruck.

„Wie ist es gelaufen? Ich seh schon, blöde Frage."

„Ich fahre morgen um die Mittagszeit zu den Wolfs. Schon gegen zehn, da sie früh mit der Arbeit anfangen. Eigentlich hatte ich angeboten, heute Abend noch vorbeizukommen, aber Elis Vater war das zu spät. Er muss früh raus und braucht seinen Schlaf."

„Moment." Tyler runzelte die Stirn. „Du hast ihm gerade mitgeteilt, dass sein Sohn tot ist, und er macht sich Sorgen um seinen Schlaf?"

„Jeder trauert auf seine Weise."

McAdams sah auf seine Uhr. Gerade mal neun. „Wie weit ist es bis zu denen raus?"

„Ungefähr eine Stunde."

„Du könntest in einer Stunde da sein, und sie haben kein Interesse? Die müssen ein verdammt schlechtes Verhältnis zu ihrem Sohn gehabt haben."

„Keine Ahnung, am Telefon kam kein richtiges Gespräch zustande. Als ob nur ich geredet hätte, und der Vater hat am anderen Ende stumm zugehört. Vielleicht war's der Schock, vielleicht ist es auch kulturell bedingt. Möglicherweise hatte er den Anruf auch schon erwartet." Decker seufzte. „Mir hat das alles ziemlich zugesetzt. Ich muss für heute Schluss machen."

„Na klar …“ Dann sah Tyler auf einmal sauer aus. „Mann, was habt ihr mit meinem Schreibtisch gemacht?“

„Hättest du lieber einen Tyler-McAdams-Gedenkschrein gehabt?“

„Wenigstens hättet ihr ihn nicht so zumüllen brauchen.“ Er hob einen Stapel Akten hoch. „Was ist dieser ganze Kram hier?“

„Das sind Bens Fälle, da musst du ihn schon selber fragen.“

„Du lässt Ben seinen Scheiß bei mir abladen?“

Decker blickte an die Decke. „Höchste Zeit fürs Abendbrot.“ Er stand auf und legte dem jungen Mann den Arm um die Schulter, der ihn jedoch abschüttelte.

„*No way*. Jetzt nicht einen auf väterlich machen. Du hast mich schwer enttäuscht.“

„Wie kann ich's wiedergutmachen?“

„Da muss ich erst mal drüber nachdenken.“ Er drehte sich zu Decker um. „Du könntest mein Foto bei euch daheim auf dem Klavier aufstellen.“

Decker lachte laut los, bis Tyler ihn unterbrach, er habe es ernst gemeint. „Also gut.“ Decker räusperte sich. „Schick mir einen Schnappschuss von deiner Schokoladenseite, dann stell ich dich zu den Familienfotos. Können wir jetzt gehen? Ich hab einen Riesenhunger, und Rina wartet mit dem Essen auf uns.“

„Ich komme mit, aber nur wegen Rina.“

Sie zogen sich ihre Mäntel, Schals und Handschuhe an und setzen sich in Deckers Porsche. Der Wagen war das einzig Hollywoodmäßige, das Decker bei seinem Umzug von L. A. nach Upstate mitgenommen hatte. Er fuhr damit nur zur Arbeit, aber es erinnerte ihn an alte Zeiten, und das machte einfach Spaß. Er hatte sich nie für einen Schrauber gehalten, aber in letzter Zeit werkelte er gerne an dem Porsche herum.

Draußen war es ein paar Grad unter null, der Nachthimmel klar, und ein kalter Wind peitschte ihnen ins Gesicht. Decker ließ den Motor im Leerlauf warm laufen und drehte die Heizung voll auf. „Jetzt mal ernsthaft: Danke für deine Hilfe heute.“

„Streng genommen hast du ja mir einen Gefallen getan. War gut, mal nicht an die Uni denken zu müssen und den Kopf frei zu bekommen.“ Tyler schwieg kurz. „Morgen könnte ich auch zu deinen Terminen mitkommen.“

„Ich schaff das auch allein, Tyler.“

„Glaub ich dir, aber ich würde trotzdem gern mitkommen. Mir ansehen, wie du bei der Vernehmung der Eltern des Toten vorgehst. Und zur Info: Ich kann sehr gut während der Fahrt lernen. Mir wird's im Auto auch nie übel, falls es dich interessiert."

„Nicht sonderlich. Du musst dich aber konzentrieren, ohne Ablenkung."

„Du wärst überrascht, wie leicht ich mich ablenken lasse, wenn ich allein bin. Du wirst schon dafür sorgen, dass ich fleißig bin. Außerdem kannst du vielleicht eine zweite Meinung gebrauchen."

„Eine zweite Meinung worüber?"

„Über die Familie natürlich. Die waren vielleicht mit Elis derzeitigem Leben nicht einverstanden. Vielleicht hatten er und sein Vater auch Streit, und er hat sich deswegen umgebracht."

„Meinst du nicht, das ist Projektion?"

„Klar. Jeder würde sich lieber das Hirn rauspusten, als sich den Blödsinn anzuhören, den mein Vater von sich gibt." Er schwieg kurz. „War doch Selbstmord, oder?"

„Erst mal sieht's wie ein klassischer Selbstmord aus, ja. Der Obduktionsbericht sollte morgen oder übermorgen kommen." Als Tyler nicht darauf einging, fragte Decker: „Worüber denkst du nach?"

„Die Aufzeichnungen, die wir gefunden haben. Die waren geheftet und sind vermutlich nicht aus Versehen hinter die Schublade gerutscht. Okay, die erste Seite hat etwas gelitten, als Dekanin Zhou den Stapel rausgezogen hat, aber der Rest war in tadellosem Zustand."

„Er hat sie versteckt, das glaube ich auch."

„Worum geht's also in denen? Meinst du, die haben was mit Elis Tod zu tun?"

„Die erste Frage sollte lauten, warum Eli überhaupt etwas versteckt hat."

„Vielleicht waren das seine Forschungsergebnisse." McAdams dachte nach. „Vielleicht hat er eine bedeutende Entdeckung gemacht und wollte nicht, dass jemand anderes das sieht, auch nicht seine Profs. Damit ihm niemand seine Ideen klaut und als die eigenen ausgibt."

Decker hielt an einer Ampel. „Oder umgekehrt: Vielleicht hat *er* die Papiere gestohlen und versucht, sie als seine eigene Arbeit ausgeben."

„Er hatte Schuldgefühle und hat deshalb beschlossen, sich umzubringen. Schließlich kommt er aus einer Gemeinschaft mit strikten Moralvorstellungen."

„Ich weiß nicht, McAdams. Warum nicht einfach alles zerreißen und versuchen, das Ganze hinter sich zu lassen?"

„Vielleicht war's dafür schon zu spät. Vielleicht hatte er die Sachen schon abgegeben. Sie wieder zurückzufordern würde ihn auffliegen lassen. Vielleicht konnte er mit der Schande nicht leben."

„Warum hätte er dann die Aufzeichnungen verstecken sollen, wenn er sie ohnehin schon seinem Professor gegeben hat?"

„Muss ja nicht zwangsläufig so gewesen sein", sagte McAdams. „Wir sollten nur rausfinden, womit er sich beschäftigt hat, und das, was er bereits eingereicht hat, mit den versteckten Unterlagen vergleichen. Vielleicht war das der Grund für seinen Selbstmord."

„Du hättest gern 'nen richtig großen Fall, oder?"

„Muss gar nicht groß sein. Ist auf jeden Fall spannender als Deliktsrecht ..." McAdams zog sein Jackett aus, im Auto wurde es langsam zu warm. „Und wenn's ein Code ist?"

„Was für ein Code?"

„Vielleicht ist die ganze Mathematik gar nicht das, worüber er geforscht hat. Vielleicht ist sie der Code für etwas Illegales."

„Jetzt ist Eli also Mitglied eines Verbrechersyndikats?"

„Vielleicht nicht die ganz große Liga, aber an Unis wird ziemlich viel gedealt. Selbst du müsstest das wissen."

„Da stehen lauter mathematische Formeln."

„Schon, aber wir wissen nicht, *wofür* sie stehen", sagte McAdams. „Wir brauchen jemand Vertrauenswürdigen, der sich das mal ansieht. Wie wär's mit Dekanin Zhou? Meinst du, man kann ihr trauen?"

„Keine Ahnung. Jedenfalls wollte sie die Unterlagen unbedingt sehen. Du hast recht, Tyler. Wir sollten zuerst seine Professoren vernehmen und rausfinden, was genau er studiert hat. Wir lassen uns Kopien seiner Arbeiten geben und vergleichen sie mit dem Stapel aus seinem Versteck. Vielleicht haben die versteckten Aufzeichnungen auch gar nichts mit seiner Abschlussarbeit zu tun."

„Auf jeden Fall brauchen wir jemanden, der sich mit Mathematik auskennt. Was kein Problem sein sollte, wir kennen schließlich beide einen ganz bestimmten Matheprofessor aus Harvard, der uns schon mal geholfen hat. Ich finde ihn vertrauenswürdig. Was meinst du?"

„Ja, Professor Gold ist wirklich nicht der Typ für Ideenklau", antwortete Decker. „Er hat einen eigenen Lehrstuhl und ist hoch angesehen."

„Andererseits hat er uns damals an die Behörden verpfiffen."

„Aber nur, um uns zu beschützen. Also können wir auch zu ihm gehen, außerdem kenne ich sonst niemanden."

„Okay, abgemacht", sagte Tyler. „Als Erstes reden wir mit Elis Professoren und versuchen, an Kopien seiner Forschungsarbeit zu kommen, da wir ja seinen Laptop nicht haben. Was mich übrigens immer noch verdammt beunruhigt. Danach kannst du Professor Gold anrufen, und wir machen einen Ausflug nach Boston."

„Sagst du jetzt, wo's langgeht?", fragte Decker leicht pikiert.

„Du sagst doch immer, ich soll die Initiative ergreifen."

Tylers Plan war gut, nur hatte Decker Bedenken, ihn vom Lernen abzuhalten. Schließlich musste der Junge sich auf die Prüfungen vorbereiten. „Ich sag dir, wie's laufen wird, McAdams: Während ich morgen Elis Eltern vernehme, setzt du dich hin und lernst. Morgen Abend frag ich dich ab."

„Wie willst du mich denn abfragen?"

„Eben. Also muss ich mich auf deine Ehrlichkeit verlassen. Wenn du also sagst, du kannst dir einen Tag freinehmen und mit mir nach Boston fahren, dann glaube ich dir, und wir fahren gemeinsam."

„Okay."

„Außerdem hast du gesagt, du kannst im Auto lernen. Vielleicht hast du sogar was davon. Nach einem Tag hast du genug Fragen gesammelt, die du mit deinen Juraprofs noch klären kannst, sobald wir oben in Boston sind."

„Ich stelle im Unterricht nie Fragen, Boss. Ich hab mich nie gemeldet, war nie in einer Sprechstunde und bin auch in keiner Lerngruppe. Wenn mich ein Prof etwas fragt, weiß ich meist die Antwort. Und in den wenigen Ausnahmefällen hab ich mich nie rausgeredet oder versucht zu raten. Ich hab einfach vor dem ganzen Seminar gesagt, dass ich mir nicht sicher bin, mich aber nach dem Unterricht schlaumache und wieder bei dem Prof melde. Was ich auch immer getan habe. Ich maile dem Prof die Antwort, die ich von Anfang an hätte wissen sollen. Wenn ich mir das alles nicht selbst beibringen könnte, hätte ich an der Jurafakultät von Harvard nichts verloren."

„An der Uni funktioniert das sicher prima, Tyler. Aber bei unserem Job bittest du mich hoffentlich um Hilfe. Nein, das musst du sogar, es könnte nämlich um Leben und Tod gehen."

„Das weiß ich besser als die meisten." Tyler starrte durch die Windschutzscheibe nach vorne. „Polizeiarbeit lernt man, indem man sie macht. Bücher bringen da nichts. Natürlich werd ich dich Sachen fragen. Aber was mein Studium angeht, mach ich das mit mir selbst aus."

„Unabhängig auf Teufel komm raus."

„Ist nicht leicht, von Black Jack McAdams loszukommen, aber wenigstens versuch ich's." Tyler ließ sich tiefer in den Sitz sinken und seufzte. „Und wie ich's versuche."

McAdams fühlte sich bei den Deckers mehr zu Hause als bei seinen eigenen Eltern. Als er angeschossen worden war, hatte er für fast zwei Monate bei ihnen im Gästezimmer gewohnt, während er wieder zu Kräften kam. Das Haus der Deckers war im Stil eines typischen Ostküsten-Bed-and-Breakfast gehalten, überall gemusterte Tapeten und glänzende Holzdielen. Die Wohnzimmerdecke war abgetragen worden, sodass man jetzt direkt auf die Dachbalken blickte, was diesen Bereich sehr geräumig wirken ließ.

Den ganzen letzten Winter hatte Rina Tyler nicht nur gesundgepflegt, sondern ihn auch bei der Ermittlungsarbeit unterstützt. Den Fall hatten sie zwar gelöst, aber das Ende war unbefriedigend. Manches hatte sich einfach nicht klären lassen. Das war McAdams' Einführung in die echte Polizeiarbeit gewesen.

Tylers Verhältnis zu Decker war das eines Schützlings zu seinem Mentor. Er bewunderte den Älteren mehr, als er je zugeben würde, aber sein Verhältnis zu Rina war ein ganz anderes. Sie war nicht nur eine Art Ersatzmutter für ihn, sondern auch eine Freundin. Es erstaunte ihn immer wieder, wie eine tiefgläubige Frau, die ihr Haar bedeckte und die Bibel auswendig kannte, sich in so vieles einfühlen konnte und sich so normal verhielt.

Rina umarmte Tyler zur Begrüßung, was längst nicht jede gläubige Jüdin täte. Aber so war sie nun mal: warmherzig, freundlich und scharfsinnig, und man konnte sich absolut auf sie verlassen. An diesem Abend trug sie einen blauen Pullover und einen schwarzen, kniebedeckenden Rock. Dazu trug sie eine Häkelmütze und Hausschuhe.

„Ich hab dein Zimmer schon fertig", sagte sie zu Tyler. „Sag Bescheid, wenn du noch was brauchst."

„Danke, wunderbar."

„Hunger?"

„Und wie." McAdams hob seine Reisetasche. „Lass mich die hier erst loswerden."

„Natürlich. Pack erst mal aus und komm dann runter."

Rina ging in die Küche, wo Decker gerade den Pilau-Reis probierte. „Na, na, na!"

Decker gab ihr einen Kuss auf den Mund. „Schmeckt lecker. Wir haben einen Riesenhunger."

„Ich auch." Sie verteilte den Reis auf einem großen Servierteller und legte das gebratene Hähnchen darauf. Dazu gab es eine Schüssel grüne Bohnen; die Bratäpfel waren noch im Ofen. Im Obergeschoss lief das Wasser. Rina fragte ihren Mann: „Willst du auch schnell duschen?"

„Mach ich nach dem Essen. Dann gibt's auch wieder heißes Wasser. Wir sollten uns wirklich einen größeren Boiler zulegen."

„Ich bestell einen Handwerker."

„Erkundige dich bei mehreren. Selbst in einer Kleinstadt gibt's Preisunterschiede."

„Kein Problem. Was hat sich bei der Leiche im Wald ergeben?"

„Er war Student an einem der Colleges. Vermutlich war's Selbstmord."

Rinas Gesicht verfinsterte sich. „Wie traurig. Weißt du, wie er hieß?"

„Elijah Wolf. Er kommt aus einer Mennonitengemeinde."

„Oje. Hast du seine Eltern schon benachrichtigt?"

„Ja."

„Wie machst du das bloß? Es muss dir doch furchtbar zusetzen."

„Tut es auch, aber einer muss es ja machen. Morgen besuche ich die Eltern, wo ich hoffentlich mehr über ihn erfahren werde. Sie leben etwa eine Stunde von hier. Ich hatte den Vater am Apparat. Hat nicht viel gesagt. Vielleicht Schock, vielleicht auch kulturell bedingt."

„Was macht der Vater?"

„Hat eine Farm. Mehr weiß ich auch nicht."

„Wie religiös sind die Leute?"

„Keine Ahnung, aber zumindest haben sie einen Telefonanschluss."

„Nimmst du Tyler mit?"

„Kommt nicht infrage. Er ist zum Lernen hier, nicht, um mir bei dem Fall zu helfen. Ich will nicht schuld sein, wenn er durchfällt."

„Dann fährst du also allein da raus?"

„Wenn ich mit den Eltern spreche, ist eine zweite Person kontraproduktiv."

„Ich stelle deine Ermittlerfähigkeiten doch gar nicht infrage, Peter. Ich hab morgen frei und dachte, vielleicht hättest du gerne Gesellschaft." Rina seufzte. „Ich will doch nur helfen."

„Du bist mir schon eine große Hilfe, indem du einfach du bist." Decker küsste sie auf die Stirn. „Weißt du, ist eigentlich keine dumme Idee."

„Was denn?"

„Dass du mitkommst. Du könntest mit der Mutter reden, von gläubiger Frau zu gläubiger Frau. Du würdest wahrscheinlich mehr rauskriegen als ich."

„Wenn sie überhaupt in der Lage ist zu reden. Ich an ihrer Stelle wäre völlig durch den Wind. Das ist sie vermutlich auch."

Rina reichte Decker den Teller mit Hühnchen und Reis, sie selbst nahm die Schüssel mit Bohnen. Gemeinsam gingen sie ins Esszimmer und stellten das Essen auf den Tisch.

„Falls sie und ich tatsächlich zufällig irgendwo ungestört sind, mache ich etwas Small Talk. Essen eignet sich hervorragend dafür. Ich kann stundenlang über Rezepte reden. Das ist auch, was mich und deine Mutter verbindet. Wir sollten sie übrigens mal wieder besuchen, sie wird langsam alt und gebrechlich. Außerdem wohnt sie in Florida." Rina sah auf ihr Smartphone und seufzte. „Da sind es momentan 20 Grad."

„Sobald ich dieses Chaos hinter mir habe, nehm ich ein paar Tage Urlaub. Ich habe Weihnachten und Silvester gearbeitet, also hat Mike sicher nichts dagegen."

„Okay. Also komme ich morgen mit?"

„Das wäre toll. Danke noch mal."

„Mach ich doch gerne. Wann geht's los?"

„Gegen halb zehn."

„Bestens, dann muss ich mich nicht so beeilen."

McAdams kam mit feuchten Haaren zurück ins Esszimmer. „Sieht das lecker aus." Er setzte sich und legte sich die Serviette auf den Schoß.

„Ich hab den ganzen Tag noch nichts gegessen und bin echt am Verhungern."

Nach dem rituellen Händewaschen nahmen auch Rina und Decker Platz. Jeder tat sich auf, und während des Essens war die Unterhaltung auf ein Minimum beschränkt. Nach dem Essen räumten Decker und McAdams den Tisch ab, während Rina die Bratäpfel servierte. Als sich alle wieder gesetzt hatten, sagte Decker: „Rina kommt morgen mit."

„Zur Farm der Wolfs?"

„Ja."

McAdams zuckte die Achseln. „Hast ja schnell Ersatz für mich gefunden."

„Hör auf damit", wies ihn Rina zurecht.

„Wenigstens ist es jemand Kompetentes."

„Deine Kompetenz stand gar nicht zur Debatte, Tyler", sagte Decker. „Du musst lernen. Wenn ich nach Boston fahre, nehme ich dich mit, in Ordnung?"

„Mjam, mjam." McAdams tat so, als habe er ihn nicht gehört, und zerteilte seinen Apfel in mundgerechte Stücke. „Wann willst du mit Elis Matheprofs sprechen?"

„Wenn ich wieder zurück bin. Irgendwann am späten Nachmittag."

„Ich würde gerne mitkommen. Ich hab mehr Erfahrung mit Professoren als du, also könnte ich zur Abwechslung mal was Nützliches beitragen."

„Auch wieder wahr. Warten wir mal ab, wie weit du mit deiner Vorbereitung kommst."

„Jaja." McAdams wischte sich den Mund ab, stand auf und trug seinen Teller in die Küche. „Ich hock mich jetzt mal schnell für zwei Stunden hinter meine Bücher." Er wandte sich zu Rina. „Danke fürs Abendessen und danke, dass ich hier sein darf."

Als er gegangen war, sagte Rina: „Er würde so gerne mitkommen."

„Studieren geht vor. Bis ich wieder da bin, ist hoffentlich auch der Obduktionsbericht fertig." Decker stand auf und streckte sich. „Dann sehe ich vielleicht klarer, womit ich's zu tun habe. So was wie letztes Jahr kann ich nicht noch mal gebrauchen: eine Lappalie, die sich zu was Großem und Gefährlichem ausweitet."

„Schon verstanden." Auch Rina erhob sich. „Du siehst todmüde aus. Ich räum die Spülmaschine ein. Geh du ruhig duschen."

„Nein, ich fühl mich ganz okay. Ich mach hier klar Schiff, und du kannst dich ausruhen." Decker sah auf die Uhr. „Das Essen hat eine knappe halbe Stunde gedauert. Bis ich mit der Küche fertig bin, sollte wieder jede Menge heißes Wasser da sein. Ich dusche gern lange. Hilft mir, den Kopf frei zu kriegen. Und seit wir nicht mehr in einer dürregefährdeten Region wohnen, kann ich das auch endlich tun. Und zwar ohne mich schuldig zu fühlen, gegen irgendein Öko-Wasserschutzgesetz verstoßen zu haben, das sich so ein Fuzzi von den Grünen ausgedacht hat, der Prius fährt und im Biosupermarkt einkauft."

„Du fängst gerade wieder an, dich aufzuregen ... Ab mit dir unter die Dusche." Sie gab ihm einen sanften Schubs. „Ich setze schon mal Wasser auf. Ich hab nämlich gerade einen losen indischen Gewürztee im Bioladen gekauft ... Mit Ingwer, Kardamom und Ginseng. Soll Körper und Geist neue Energie verleihen."

Decker musste schmunzeln. „Klingt gut. In meinem Alter kann ich alle Energie brauchen, die ich kriegen kann."

KAPITEL SIEBEN

Auf der Fahrt durch das winterliche Upstate New York kamen Decker und Rina durch Landschaften in Braun- und Weißtönen, die so ganz anders wirkten als die kräftig grünen Felder, die noch vor einem halben Jahr dort zu sehen gewesen waren. Bis weit in den November hinein hatte es auf jedem Markt noch erntefrischen Salat, Grünkohl, Weißkohl, Zwiebeln, Rote Bete, Möhren und riesige Kürbisse gegeben. Der Schnee war dieses Jahr spät gekommen, auch war es nicht so furchtbar kalt wie im vergangenen Winter.

Die Landwirtschaft variierte in Größe und Grad der Modernität. Manche Gemeinden arbeiteten mit den neuesten technischen Errungenschaften, andere mit ochsengezogenen Pflügen. Decker wusste nicht, wo er Elijahs Eltern einordnen sollte, aber die Existenz eines Telefonanschlusses legte nahe, dass sie zumindest Elektrizität nicht ablehnten. Während Decker hinter einem Pferdewagen warten musste, bis er überholen konnte, sah Rina interessiert aus dem Seitenfenster.

„Eine andere Welt. Ganz ähnlich wie die, die du entdeckt hast, als wir uns kennenlernten."

Decker lächelte verhalten. „Nicht ganz. Wenigstens produzieren diese Gemeinden hier etwas."

Rina knuffte ihn. „Hey, wir haben damals Gelehrte produziert. Außerdem gab es in der Zwischenzeit einen richtigen Umbruch an orthodoxen Jeschiwas. Wollte ich nur mal angemerkt haben. Immer mehr dieser Schulen ermuntern ihre Schüler, auch nicht-religiöse Universitäten zu besuchen."

„Hat ja auch nur zweihundert Jahre gedauert …"

„Jetzt willst du mich nur provozieren."

„Ich geb's ja zu. Macht einfach Spaß, dich zu ärgern." Decker dachte nach. „Fehlt dir manchmal dieses abgeschottete Leben?"

„Nein. Damals war es genau das, was ich brauchte, aber so ganz vom wirklichen Leben abgeschnitten zu sein gefiel mir nie. Schon damals wusste ich, dass ich nicht für immer bleiben würde. Weißt du, was mich überrascht hat? Wie gerne ich jetzt in einer Kleinstadt lebe. Alles ist gut erreichbar. Und weil wir die Colleges haben, ist die große weite Welt auch in der Nähe. Und was ist mit dir?"

Decker dachte gründlich über diese Frage nach. „Für mich ist es immer noch eine große Umstellung. Oft wache ich mit der Sorge auf, was mich wohl bei der Arbeit erwartet. Bis es mir wieder einfällt: nur der normale Alltagstrott."

„Du hast nicht damit gerechnet, gestern zu einem Tatort zu müssen."

„Stimmt, aber trotzdem gibt's da nicht allzu viel zu ermitteln."

„Glaubst du, es war Selbstmord?"

„Wahrscheinlich."

„Aber du weißt noch nicht, warum."

„Nein. Wenn ich weitersuche, finde ich vermutlich heraus, dass der Junge Depressionen hatte. Auf mich wirkt das nicht wie eine spontane Entscheidung. Aber wenn mir niemand explizit die Anweisung gibt, ist es wirklich nicht meine Aufgabe, herauszufinden, warum er sich umgebracht hat."

„Und was ist mit den Aufzeichnungen, die in seinem Schreibtisch versteckt waren?"

„Geht mich eigentlich auch nichts an, es sei denn, der Coroner hält es für einen verdächtigen Todesfall."

„Und wenn sie was mit seinem Selbstmord zu tun hatten?"

Decker überlegte. „Hm, da bin ich im Moment überfragt." Er lächelte. „Ich beschwer mich ja gar nicht, Rina. Ich mag dieses beschauliche Leben." Er hielt inne. „Auf jeden Fall besser, als angeschossen zu werden. Aber das kann einem überall passieren."

„Wie wahr." Rina lehnte sich zu ihm und gab ihm einen Kuss auf die Wange. „Fährst du beim nächsten Dunkin' Donuts raus? Ich brauch einen Kaffee."

„Klar doch."

Zehn Minuten später fanden sie einen auf der Hauptstraße des Ortes. Dort gab es auch ein Dairy Queen, ein Kino mit zwei Sälen, eine Bücherei, ein Lebensmittelgeschäft, ein Geschäft für Viehfutter und Viehzuchtbedarf, ein Stoffgeschäft, einen Laden für neue und gebrauchte Elektrogeräte, ein Rathaus sowie ein paar Diner, deren Spezialität ausnahmslos Pies war. Die Parkbuchten lagen schräg zum Bürgersteig; nur Pferdewagen konnten parallel dazu festgemacht werden. Die Einwohner waren Amische, modern Gekleidete und Leute, die wie eine Mischung aus beidem aussahen.

„Soll ich dir einen Kaffee mitbringen?"

„Ja bitte, aber ich kann auch reingehen."

„Lass nur, ich muss mir sowieso die Beine vertreten." Kurze Zeit später kehrte sie mit dem Kaffee zurück. „Bitte sehr." Sie holte eine große Papiertüte hervor, die sie von zu Hause mitgebracht hatte. „Magst du ein Sandwich dazu?"

„Danke, der Kaffee reicht mir."

Rina nahm sich einen Apfel, sprach einen Segen und biss hinein. „Sicher, dass du nichts essen willst?"

Decker klopfte sich auf den Bauch. „Ich werd schon nicht vom Fleische fallen."

„Du siehst toll aus."

„Für mein Alter."

„Das hab ich nicht gesagt."

„Aber gedacht."

„Gar nicht wahr! Wir sehen beide toll aus. Und zwar ohne jede Einschränkung."

„Du hast gut reden, schließlich bist du ein gutes Stück jünger als ich."

„Siehst du, dann musst du wirklich gut aussehen." Sie lehnte sich zu ihm und gab ihm noch einen Kuss auf die Wange. „Und du hast dir 'ne echte Traumfrau geangelt."

Das Gehöft der Wolfs lag etwa zehn Minuten vom Highway entfernt inmitten eines Flickenteppichs aus verschneiten Farmen. Es gab einige Treibhäuser, aber was hinter den Glasscheiben angebaut wurde, konnte man nur spekulieren. Nach den Marktständen zu urteilen waren es vermutlich Tomaten, Gurken, Bohnen und Kürbisse. Es gab auch Hühnerställe, Schweineställe und Schafpferche. Schweine waren keine zu sehen, aber die Schafe standen auf der Weide und fraßen das braun gewordene Gras und was von der Herbsternte liegen geblieben war. Auch wenn dieser Ort keinerlei Ähnlichkeit mit Gainesville hatte, erinnerte er Decker dennoch entfernt an seine Kindheit. Ein einfacheres Leben mit einfacheren Bedürfnissen und viel, viel ruhiger.

Als Decker im Schritttempo auf die Adresse zurollte, die man ihm genannt hatte, erstreckte sich das Wolf-Anwesen jetzt vor ihnen: ein großes Grundstück mit einem Stall, zwei Windmühlen, mehreren Hühnerställen und einem Schweinestall. Es gab auch einen Korral und eine Weide, allerdings weit und breit kein Pferd. Dafür trotteten etwa zwanzig Schafe auf dem Gelände herum. Hinter dem Hofbereich lagen Obstgärten, deren Bäume zu dieser Jahreszeit kahl waren. Von Weitem sahen sie wie Apfelbäume aus. Nach dem Bundesstaat Washington wurden in New York die meisten Äpfel angebaut.

Das zweistöckige, aus Feldsteinen mit weißer Holzverschalung erbaute Hauptgebäude wirkte äußerst gepflegt. Auf der nicht asphaltierten Auffahrt davor stand eine alte schwarze Lincoln-Limousine. Decker parkte dahinter und stellte den Motor ab, dann gingen Rina und er zum Eingang. Decker klopfte, eine Frau Ende vierzig oder Anfang fünfzig öffnete. Sie war etwa einen Meter fünfundsechzig groß, hatte blaue Augen, Apfelbäckchen und Sommersprossen auf der Nase. Um Mund und Augen zeichneten sich feine Fältchen ab. Sie trug ein langes braunes Kleid mit langen Ärmeln. Die hellbraunen Haare hatte sie unter eine Art Haarnetz geschoben.

Rina hatte einen grünen Pullover, einen kniebedeckenden Jeansrock und modische schwarze Stiefel an. Ihre Haare bedeckte eine schwarze Baskenmütze. Obwohl die beiden Frauen unterschiedlich gekleidet waren, hatten beide Wert auf Zurückhaltung gelegt. Decker holte seine Dienstmarke heraus. „Ich bin Detective Decker vom Greenbury Police Department."

Die Frau nickte, wobei sie Rina unverwandt ansah. „Sie sind hier, um über Elijah zu sprechen."

„Ja, Ma'am. Mein herzlichstes Beileid. Bitte entschuldigen Sie, dass wir Sie in dieser schwierigen Zeit behelligen, aber es ist besser, wenn wir uns jetzt unterhalten. Das ist meine Frau, Rina Decker."

Rina hielt Elis Mutter die Hand entgegen. „Mein herzlichstes Beileid, Mrs. Wolf."

„Ruth Anne." Rina spürte ihren Händedruck kaum. „Bitte kommen Sie herein." Sie führte sie in ein kleines, gemütliches und makellos sauberes Wohnzimmer und deutete auf ein Sofa mit einem gemusterten Bezug in einem gedämpften Orangeton. „Kann ich Ihnen Tee oder Kaffee anbieten?"

„Nein, vielen Dank."

Elis Mutter wandte sich an Rina. „Mrs. Decker?"

„Sagen Sie doch Rina. Tee wäre wunderbar."

Fünf Minuten später kam Mrs. Wolf mit einem Tablett zurück. Sie schenkte Rina und auch Decker eine Tasse Tee ein. „Vielleicht überlegen Sie sich's ja noch, Detective."

„Vielen Dank."

Mrs. Wolf lächelte knapp. „Mein Mann und mein Sohn werden bald hier sein. Ich mache gerade das Mittagessen. Wir haben einen strikten Tagesablauf, sonst schaffen wir unser Pensum nicht."

„Kann ich helfen?", fragte Rina.

Ruth Anne sah sie an. „Verzeihen Sie die Frage, aber Sie sind Jüdin, nicht wahr?"

„Ja."

„Sie kleiden sich nicht wie die anderen."

„Wenn Sie die Juden in Squaretown meinen, dann kleide ich mich tatsächlich sehr anders."

„Ich dachte eher an die Juden in Monsey."

„Juden decken das gesamte Spektrum ab, was Religiosität angeht. Für manche wäre ich fanatisch, wieder anderen würde ich noch nicht weit genug gehen."

„Das kann ich gut nachvollziehen."

„Ich bin eigentlich nur mitgekommen, um Detective Decker Gesellschaft zu leisten." Rina erhob sich. „Ich lasse ihn aber besser allein mit ihrem Mann sprechen. Derweil könnte ich Ihnen doch in der Küche helfen. Da kennen wir uns vermutlich beide gut aus."

Mrs. Wolf nickte. „Natürlich."

Rina warf Decker einen raschen Blick zu, dann folgte sie der Frau in die Küche, die sich sofort ein Messer nahm und anfing, Gemüse für einen Salat klein zu schneiden. „Soll ich das vielleicht machen?", fragte Rina.

Daraufhin ließ Elis Mutter das Messer sinken, drehte sich von Rina weg und presste sich eine Hand vor die Augen. Rina hörte sie nicht weinen, aber sah, wie ihre Schultern bebten, und sagte: „Es tut mir so leid."

„Alles …" Ruth Anne hob abwehrend die Hand. „Alles in Ordnung." Sie drehte sich wieder um, noch immer mit Tränen in den Augen. „Mir geht's gut. Sie können gerne das Gemüse schnippeln. Am besten hier in die Schüssel. Meine Männer essen gerne viel Salat."

Für die nächsten paar Minuten schwiegen die Frauen. Während Rina das Gemüse vorbereitete, nahm Ruth Anne ein Bratpfanne und vier Koteletts heraus. „Wie viele Kinder haben Sie?"

„Insgesamt vier. Sind alle schon erwachsen."

„Verheiratet?"

„Zwei sind verheiratet, zwei verlobt. Wir haben auch einen Pflegesohn. Er hat zwar leibliche Eltern, hat aber fast drei Jahre lang bei uns gelebt. Wir haben immer noch ein sehr enges Verhältnis. Und Sie?"

„Fünf." Kurzes Schweigen. „Wir hatten fünf Kinder. Elijah war das zweite."

„Ich habe gehört, er war ein außergewöhnlich begabter junger Mann."

„Intelligent, das war er."

Rina nickte und begann, eine Tomate zu würfeln.

„Intelligent ... aber nicht hochbegabt, zumindest nicht von Anfang an." Ruth Anne holte tief Luft. „Elijah veränderte sich, als er vierzehn war. Er saß auf dem Rücksitz des Wagens, sein Bruder war auch mit dabei, ein älterer Freund saß am Steuer." Mrs. Wolf musste sich sammeln, bevor sie fortfahren konnte. „Es war ein furchtbarer Unfall. Der Fahrer kam um, und mein ältester Sohn Jacob brach sich das linke Bein. Gott sei Dank fehlte ihm sonst nichts. Elijah war angeschnallt, aber er wurde beim Aufprall verletzt. Er lag zwei Wochen im Koma. Wir hätten ihn damals fast verloren, es war sehr knapp."

Mrs. Wolf leierte die Geschichte mit tonloser Stimme herunter. „Das muss grauenvoll für Sie gewesen sein", sagte Rina.

„Damals dachte ich, für Eltern könnte es nichts Schlimmeres geben. Jetzt weiß ich, dass ich mich geirrt habe." Ruth Anne legte die Koteletts in die gefettete Pfanne.

Der Bratgeruch verriet Rina, dass es sich um Schwein handelte. Sie schnitt weiter Gemüse, ließ aber ihren Tee stehen. Sie wusste, dass es albern war, aber sie konnte den Geruch nur schwer ertragen.

„Danach hat Elijah sich verändert", fuhr Ruth Anne fort. „Vor dem Unfall war er freundlich, beliebt und kontaktfreudig. Danach wurde er still und verschlossen. Äußerst wortkarg. Hat sich in einer Welt aus Zahlen vergraben."

Sie wendete das Fleisch, Fett spritzte auf den Herd.

„Mein Mann ist ein eher nüchterner Mensch. Für ihn war Elijah immer ein leichtfertiger Junge. Die beiden sind ständig aneinandergeraten. Nach dem Unfall freute sich mein Mann, weil unser Sohn auf einmal ganz anders war. Er dachte, durch den Unfall sei er zur Vernunft gekommen und habe endlich eingesehen, dass das Leben nicht nur aus Spaß besteht. Er hat sich gefreut, wie ernsthaft Elijah plötzlich war." Mrs. Wolf schüttelte den Kopf. „Aber ich wusste, da stimmt etwas nicht. Elijah hat auf einmal nicht mehr mit mir geredet. Nur gesagt, ihm ginge es gut und er sähe die Dinge jetzt anders." Sie hielt kurz inne. „Er hörte auf, auszugehen und sich mit seinen Freunden zu treffen. Er hatte zu niemandem mehr Kontakt."

Sie seufzte. Dann legte sie die Koteletts zum Abtropfen auf Küchenkrepp und stellte den Herd aus.

„Als es Zeit fürs College war, wollte Ezra, dass er zu Hause bleibt und aufs Community College geht. Das ist nur zehn Minuten von hier. Dann hätte er weiter auf der Farm mithelfen können. So hat es auch sein Bruder gemacht. Und ich wollte ihn in der Nähe haben, damit ich ihn im Auge behalten kann. Aber anscheinend hat Elijah an einem Mathematikwettbewerb für den ganzen Bundesstaat teilgenommen. Wir waren beide überrascht, dass er überhaupt davon gehört hatte. Ganz zu schweigen davon, dass er sich aufgerafft und mitgemacht hat, ohne dass wir etwas davon mitbekamen."

Mrs. Wolf verteilte die Koteletts auf zwei Teller.

„Er hat den ersten Platz gemacht."

„Sie müssen sehr stolz auf ihn gewesen sein."

„Ja, aber wir hatten durchaus gemischte Gefühle. Wir – damit meine ich Mennoniten – versuchen, nicht aufzufallen. Nach dem Wettbewerb kamen die Briefe: Vollstipendien für Harvard, Princeton, das MIT und viele andere Universitäten. Dann wurde es allgemein bekannt, und die Leute fingen an zu reden."

„Als zurückgezogen lebende Familie ist es nicht leicht, auf einmal im Rampenlicht zu stehen. Auch wenn der Grund ein positiver ist."

Mrs. Wolf nickte. „Ich hatte Bedenken, ihn gehen zu lassen. Ich wollte nicht, dass er sich in einem Wohnheimzimmer verkriecht und den ganzen Tag an irgendwelchen Gleichungen arbeitet." Ihr kamen erneut die Tränen. „Er sollte ein Leben führen, das etwas bedeutet. Mit Frau und Kindern und seinem eigenen Stück Land."

„Das kann ich verstehen."

Ruth Anne warf ihr einen durchdringenden Blick zu. „Wirklich?"

„In traditionellen Gemeinschaften kommt die Familie zuerst."

„Stimmt. Nicht dass das jetzt noch von Bedeutung wäre." Sie starrte an die Decke. „In Wahrheit habe ich Elijah schon vor sechs Jahren verloren. Wenn er wenigstens glücklich mit seinem neuen Leben gewesen wäre. Aber er wirkte so … Ich weiß nicht, wie ich's beschreiben soll. Er hat sich immer mehr zurückgezogen und wurde immer verschlossener, fast schon paranoid. Aber ich habe rausgefunden, dass das nach Hirnverletzungen manchmal vorkommen kann."

Rina nickte.

„Mathematik war zu Elijahs Lebensinhalt geworden, nichts anderes hat mehr gezählt. Ursprünglich wollte er nach Princeton, wegen der hervorragenden Mathe-Fakultät und einem bestimmten Professor, bei dem er studieren wollte. Aber Ezra war dagegen. Eine große Uni würde nur unsere Werte untergraben und Elijah zu einem Leben verleiten, das wir ablehnen. Kneed Loft war ein Kompromiss: Nur eine Stunde entfernt, und das dortige Mathe-Department war auch sehr gut. Dort gab es ebenfalls einen Professor, mit dem Elijah sich vorstellen konnte zusammenzuarbeiten."

„Wissen Sie, wer das war?"

„Nein. Nach dem Unfall hat Elijah bis auf das Allernötigste nicht mehr mit uns gesprochen. Nach eingehender Überlegung hat Ezra ihm schließlich erlaubt, nach Kneed Loft zu gehen. Aber nur, wenn er vorher ein Jahr auf der Farm mithilft; er war nämlich erst sechzehn. Also hat er das eine Jahr ohne Murren abgearbeitet, dann ist er gegangen."

Ruth Anne schwieg eine Weile, bevor sie weitersprach.

„Und ist eigentlich nie richtig zurückgekommen." Sie biss sich auf die Unterlippe. „In seinem ersten Jahr kam er Weihnachten und Ostern nach Hause. Danach …" Sie zuckte die Achseln. „Ich hab ihn gar nicht mehr gesehen, es sei denn, ich bin hingefahren, und nichts von ihm gehört, es sei denn, ich habe ihn angerufen … Ich hab mir sogar ein Handy besorgt, damit ich ihm SMS schreiben kann. Das hat noch am besten funktioniert."

„Und sein Bruder, hat der ihn angerufen?"

„Ich bin mir sehr sicher, die beiden haben in den letzten zwei Jahren kein einziges Wort miteinander gewechselt." Mrs. Wolf wandte sich Rina zu. „Und wenn Sie Kinder haben, wissen Sie, wie unterschiedlich Geschwister sein können."

„Und wie."

„So … jetzt wissen Sie alles.“ Ruth Anne hielt inne. „Trotzdem … Selbst mit all den Veränderungen kann ich einfach nicht verstehen, warum er sich umbringen wollte. Er kam mir nie deprimiert vor. Zwar gab es nur noch Mathematik in seinem Leben, aber offenbar hat es ihm Spaß gemacht. Es schien ihm gut zu gehen. Das letzte Mal, als ich mit ihm gesprochen habe, wirkte er sogar ein bisschen fröhlicher als sonst. Das zeigt nur, wie wenig ich über ihn wusste.“

„So etwas kann man nicht vorausahnen, Mrs. Wolf. Der menschliche Verstand ist ein Rätsel. Selbst wenn man meint, jemanden genau zu kennen, gibt es immer etwas, das einem verborgen bleibt.“

„Ihr Mann.“ Ruth Anne sprach nicht sofort weiter. „Spricht er mit anderen über Elijah?“

„Ich glaube schon. Wenn Sie Fragen haben, wenden Sie sich am besten an ihn.“

„Aber nicht, wenn mein Mann dabei ist.“

Rina zögerte. „Wenn Sie möchten, gebe ich Ihnen seine Handynummer.“

„Also gut.“ Ruth Anne nahm sich Zettel und Bleistift und notierte die Nummer, die Rina ihr diktierte. „Man weiß nie, wozu es gut ist. Dabei weiß ich eigentlich gar nicht, was ich ihn fragen will.“ Sie faltete den Zettel und steckte ihn ein. „Danke.“

„Darf ich fragen, wann Sie das letzte Mal mit Elijah gesprochen haben?“

„Vor einem Monat. Er kam gut voran mit seiner Forschung und wirkte alles andere als niedergeschlagen. Vielleicht gab's ja einen Rückschlag. Aber er hätte es mir sowieso nicht erzählt.“ Mrs. Wolf liefen die Tränen. „Jetzt ist dieses Kapitel wirklich zu Ende. Sind Sie fertig mit dem Salat?“

Rina nickte. „Haben Sie ein Dressing? Wenn Sie möchten, geb ich's gleich dazu.“

„Bitte nur etwas Olivenöl und Zitronensaft.“

„Okay.“ Rina mischte den Salat.

Ruth Anne wischte sich die Tränen ab. „Ich weiß, Gott prüft uns alle. Warum Er mich prüft, weiß ich nicht. Aber das macht nichts, ich bin stark. Elijah war schwach. Selbst als er noch klein war, hat er sich in allem auf seinen Bruder Jacob verlassen. Warum sollte Gott einen so schwachen Jungen prüfen? Warum nimmt Er nicht die Starken?“

Rina zuckte die Achseln. „Manchmal finden wir weder mit dem Verstand noch mit dem Glauben eine Antwort."

„Wie wahr." Ruth Anne drehte sich zu Rina um. „Ich bin so wütend! Wütend auf Gott, wütend auf Elijah und wütend auf Ezra. Ich bin wütend auf die ganze Welt. Das darf nicht sein. Ich habe Kinder. Ich kann nicht diese ganze Wut verspüren und gleichzeitig gut für sie sorgen." Sie presste die Lippen zusammen. „Ich weiß mir einfach keinen Rat mehr."

„Als mein erster Mann starb, hatte ich auch diese Wut. Ich hatte zwei kleine Jungs zu versorgen und wusste nicht, wie ich das schaffen sollte. Aber ich hab's geschafft."

„Wie denn?"

„Die Zeit heilt alle Wunden. Irgendwann habe ich dann wieder Frieden mit Gott geschlossen. Ich wollte meinen Glauben nicht verlieren, weil er mir – ganz egoistisch gedacht – guttat."

Ruth Anne antwortete nicht. Eine Gittertür ging auf und wieder zu. „Die Männer sind da. Nehmen Sie den Salat mit rein?"

„Natürlich."

Ruth Anne sah Rina an. „Ich nehme an, Sie erzählen Ihrem Mann, was ich Ihnen gesagt habe. Das ist auch gut so, aber Ezra darf es auf keinen Fall erfahren."

„Ich richte mich ganz nach Ihnen. Wenn es unter uns bleiben soll, werd ich's auch Peter, ich meine Detective Decker, nicht erzählen. Ich sage ihm einfach, wir hätten uns über Rezepte unterhalten."

„Nein, schon gut, erzählen Sie ihm alles. Vielleicht hilft's ihm ja, Elijah zu verstehen. Ich selbst habe meinen Sohn nie verstanden."

KAPITEL ACHT

McAdams ignorierte die Türklingel. Die Deckers waren nicht da, und nur das Revier wusste, dass er hier war. Nach dem dritten Klingeln wurde er langsam ungehalten. Er stand vom Wohnzimmertisch auf, wo er seine Unterlagen und Bücher ausgebreitet hatte. Vielleicht erwarteten die Deckers ja ein Paket. Oder eins der Kinder kam zu einem Spontanbesuch vorbei, wobei er vermutete, dass alle einen Schlüssel hatten. Vermutlich also nur jemand, der nerven wollte. Für ihn war jeder Besuch nervig.

Als er die Haustür aufriss, stand Mallon Euler direkt vor ihm. Sie trug eine Windjacke über einem dicken Pulli, schwarze Jeans und knöchelhohe Turnschuhe. Sie hatte Handschuhe an, aber nichts auf dem Kopf. Tyler versuchte, sich seine Überraschung nicht anmerken zu lassen, vermutete aber, dass ihm das nicht sonderlich gut gelang. „Oh, hallo." Er trat vor die Tür. „Detective Decker ist nicht da. Kann ich helfen?"

„Eigentlich wollte ich auch dich sprechen."

Tyler überlegte. „Klar. Gib mir 'ne Minute, ich ruf schnell im Revier an, dann können wir uns da unterhalten."

„Ist was Persönliches."

„O-kay." Jetzt war er verwirrt. Er sah auf die Uhr. „Wow, schon nach Mittag, kein Wunder, dass ich Kohldampf habe. Lust, mitzukommen?" Mallon lächelte. Aus dieser Geste konnte er weder Zustimmung noch Ablehnung ablesen. Er zuckte die Achseln. „Während du dir's überlegst, zieh ich mir Schuhe und Mantel an."

„Du könntest mich reinbitten."

„Dauert keine Sekunde." McAdams schloss die Tür vor ihrer Nase und rief im nächsten Moment Decker auf dem Handy an. Es klingelte viermal, bevor Decker dranging. „Entschuldige die Störung. Bist du noch bei Elijahs Eltern?"

„Ja. Alles okay?"

„Mallon Euler ist gerade vor meiner Tür aufgetaucht. Äh, deiner Tür. Sie will mit mir reden." Das Telefon mit der Schulter ans Ohr geklemmt, band er sich die Schuhe zu. „Man muss nicht Einstein sein, um drauf zu kommen, dass ich bei dir wohne, aber etwas anstrengen muss man sich schon. Sie will nicht mit aufs Revier kommen, weil's angeblich was Persönliches ist. Ich hab sie übrigens nicht reingebeten, falls du dich wunderst. Aber ich hab sie zum Mittagessen eingeladen." Tyler zog sich jetzt Jacke und Handschuhe an. „War doch okay, oder?"

„Ist schon in Ordnung. Heb die Rechnung auf, wir übernehmen deine Spesen. Finde heraus, was sie auf dem Herzen hat."

„Wie läuft's bei dir?"

„Erzähl ich dir, wenn ich zurück bin. Ruf an, falls es Fragen gibt."

„Mach ich." Tyler legte auf und ging nach draußen. „Lass uns Richtung Campus laufen, da gibt's 'ne größere Auswahl an Restaurants. Worauf hättest du Lust?"

„Du entscheidest." Sie klang gereizt. „Ich hab keinen Hunger."

„Okay, dann gehen wir einfach los, wir finden schon was."

„Du hättest mich wirklich reinbitten können."

„Hätte ich nicht, ist nämlich nicht mein Haus."

„Detective Decker hätte bestimmt nichts dagegen gehabt."

„Vielleicht nicht, aber ich konnte ihn ja nicht fragen." McAdams hielt an und drehte sich zu Mallon um. „Wenn du wirklich nichts essen willst, können wir uns zum Reden auch auf eine Parkbank setzen. Ist zwar ein bisschen kalt, aber ich hab dicke Klamotten an."

„Warum wolltest du mich nicht reinlassen? Bist du echt so arrogant, zu glauben, ich würde mich dir an den Hals werfen?"

McAdams musste lachen. „Ich *bin* arrogant, aber daran hatte ich nicht im Traum gedacht. Mallon, hör zu. Ich arbeite nicht offiziell an dem Fall, aber ich bin trotzdem inoffiziell dabei. Wenn du nicht mit mir auf dem Revier reden willst und ein Restaurant auch nicht infrage kommt, kannst du dir einen Ort aussuchen, solange er halbwegs öffentlich ist. Ich versuche nur, mich professionell zu verhalten."

Sie antwortete nicht, starrte nur auf ihre Schuhspitze, mit der sie über den harten Asphalt scharrte.

„Oder das Gespräch ist dir doch nicht so wichtig." Mallon warf McAdams einen finsteren Blick zu und ging im Sturmschritt weiter. Weil er nicht wusste, was er sonst tun sollte, folgte er ihr. „Was ist los?"

„Nichts." Sie drehte sich mit Tränen in den Augen zu ihm um. „Lass uns zum Inder gehen. Ich bin Vegetarierin."

„Klasse, ich liebe Indisch."

Nach einer halben Meile lag eine Ansammlung von Cafés mit großen Fenstern zur Straße und Bistros vor ihnen: drei Blocks mit Restaurants und Geschäften für das College-Publikum. Rajah's lag auf der Harvard Street ganz in der Nähe des Duxbury, der ältesten der fünf Hochschulen.

Sobald sie das Restaurant betraten, stieg McAdams der starke Duft von exotischen Gewürzen in die Nase. Mallon sah sich kurz im Lokal um und wählte dann einen Tisch in der Nähe der Küche, so weit wie möglich vom Eingang entfernt, wo es am wärmsten und lautesten war. Noch bevor sie sich hingesetzt hatten, stellte ihnen ein Kellner in schwarzem Hemd und schwarzer Jeans bereits Naan hin.

„Büfett?“, fragte er lächelnd.

„Ja“, antwortete Mallon. „Es sei denn, du möchtest was von der Karte?“

„Nein, Büfett ist klasse“, sagte Tyler.

„Zwei Chai?“, fragte der Kellner.

„Ja“, kam es sofort von Mallon.

„Milch?“

„Ja!“, herrschte sie ihn an.

Der Kellner schien ihre Verärgerung nicht zu bemerken. „Kommt sofort.“

Mallon nahm Platz, während McAdams ihre Jacken an der Garderobe aufhängte. Zurück am Tisch, bemerkte er ihr finsteres Gesicht. Er rieb sich die Hände, um sie aufzuwärmen. „Das mit Eli tut mir wirklich leid.“

Mallon sah zu ihm auf, dann starrte sie wieder auf den Tisch.

„Wir tappen noch im Dunklen. Jedes kleine Detail, das du für uns hast, würde helfen.“

„Ich weiß gar nichts. Und wenn, hätt ich's euch gestern schon gesagt.“

„Kam er dir in letzter Zeit bedrückt vor, oder hat er sich über irgendwas Sorgen gemacht?“

„Nein, aber das hab ich euch doch schon gesagt.“

„Ist dir in der Zwischenzeit vielleicht doch was eingefallen?“ Keine Reaktion. „Okay, ich hör jetzt auf, dich zu löchern. Ich hasse so was, vermutlich geht's dir nicht anders. Red einfach, wann immer dir danach ist. Ich hab richtig Hunger, also geh ich jetzt mal ans Büfett.“ Tyler erhob sich, Mallon ebenfalls. „Würd's dir was ausmachen, wenn ich Fleisch esse?“

„Nein."

McAdams häufte sich Lamm-Tandoori, Basmatireis, Raita, Gurken und Tomaten, das Dhal des Tages, Sag Paneer und frische Mango- und Orangenspalten auf den Teller. Mallon nahm sich Gemüse, Obst und Salate. Zurück am Tisch, sagte sie: „Danke, dass du gefragt hast."

„Wie bitte?"

Der Kellner brachte ihren dampfenden Chai. „Sonst noch einen Wunsch?"

McAdams bestellte Wasser. „Haben Sie auch Knoblauch-Naan?"

„Ja, Sir."

„Eine Portion, bitte."

„Kommt sofort."

Als der Kellner weg war, sagte Mallon: „Danke, dass du gefragt hast, ob es mir was ausmachen würde, wenn du Fleisch isst."

„Kein Thema. Ich will dir ja nicht den Appetit verderben. Mir wird's zum Beispiel immer komisch, wenn jemand in meinem Beisein Eier isst."

„Eier?"

„Eins meiner Halbgeschwister reagiert extrem allergisch auf Eier. Zum Glück ist es bei mir nicht ganz so schlimm. Als Koch- oder Backzutat ist es okay, aber wenn ich ein Ei so essen muss, wird mir schlecht."

Mallon nickte. „Brunch mit dir muss 'ne ziemliche Herausforderung sein ..."

„Ich geh nicht oft weg, also ist das kein Problem." Tyler blickte auf und betrachtete verstohlen Mallons Gesicht. Kaum Make-up, nur Mascara und Lippenstift. Ihre Wangen waren vermutlich von der Kälte gerötet. Obwohl er versuchte, es sich nicht einzugestehen, war sie auf ihre elfenhaft zarte Art ziemlich hübsch. „Sagst du mir jetzt, was du auf dem Herzen hast, oder willst du erst fertig essen?"

„Ganz schön direkt."

„Ich hätte gedacht, dir gefällt das. Matheleute kommen doch in der Regel gleich auf den Punkt. Nur die Sozialwissenschaftler finden Mehrdeutigkeit super und können sich stundenlang über winzige Details unterhalten, was sie überhaupt nicht zu stören scheint. Mich hat das immer wahnsinnig gemacht, wenn Leute sich gern haben reden hören."

„Jeder will doch seine fünfzehn Minuten."

„Auch wieder wahr."

Mallon legte die Gabel hin. „Gibt's was Neues über Eli? War das direkt genug?"

„Nein, leider nichts."

„Ich hab gehört, ihr habt einen Stapel Unterlagen mit Formeln gefunden, der hinter seinem Schreibtisch versteckt war."

„Hat sich ja schnell rumgesprochen." McAdams verzog keine Miene. „Welches kleine Vögelchen hat dir das denn erzählt?"

„Warum sollte ich dir was erzählen, wenn du umgekehrt gar nichts rauslässt?"

„Wäre nicht sehr professionell, wenn ich dir nur ein paar unzusammenhängende Fakten nennen würde."

„Das mit der Professionalität ist dein Ding, oder?"

„Ich versuche, bei allem einen guten Job zu machen."

„Schön für dich."

„Hey, kein Grund, aggressiv zu werden."

„Ich würde mir gerne diese Unterlagen ansehen."

„Das kann ich nicht entscheiden, Mallon." McAdams dachte fieberhaft nach. Er wollte nicht, dass sie aufhörte zu reden, also musste er sie irgendwie ermutigen. „Aber wenn du mir sagst, warum du sie sehen willst, könnte ich vielleicht ein gutes Wort für dich einlegen."

Sie ließ sich Zeit mit der Antwort, spielte mit ihrem Reis, schob ihn auf dem Teller hin und her. Schließlich aß sie ein paar Körnchen. „Ich hab das Gefühl, diese Unterlagen haben was mit meiner Forschungsarbeit zu tun. Ich will vermeiden, dass sie in die falschen Hände fallen."

„Kann ich verstehen."

„Also lässt du mich reinschauen?"

„Wie gesagt, nicht meine Entscheidung. Aber ich kann dir schon mal verraten, dass Decker niemanden aus dem College da ranlasst, bevor er nicht genau weiß, was drinsteht. Wir wissen beide über Plagiate und Ideenklau Bescheid."

„Zeig sie mir, dann kann ich dir genau sagen, worum's geht."

„Schon klar, aber ich glaube, Decker möchte, dass das jemand macht, der nichts mit der Uni zu tun hat."

„Genau das ist der Punkt, Tyler." Mallon lehnte sich vor und nahm seine Hand. „Falls das tatsächlich meine Arbeit ist, will ich nicht, dass sie in fremde Hände gelangt. Das Risiko, dass sich jemand meine Forschungsergebnisse unter den Nagel reißt, ist mir zu hoch."

McAdams entzog ihr vorsichtig seine Hand und betrachtete eingehend ihr Gesicht. Ihre Wangen waren jetzt noch stärker gerötet, und ihre Unterlippe zitterte. „Niemand wird dir deine Arbeit wegnehmen, Mallon, versprochen."

„Wie willst du das garantieren?"

„Weil ich den Mann kenne, dem wir wahrscheinlich die Unterlagen zeigen werden. Er hat eine volle Professorenstelle in Harvard und hat's nicht nötig, Ergebnisse zu stehlen."

„Das sagen sie alle."

„Ich red mal mit meinem Boss. Vielleicht kann dir ja jemand Bescheid sagen, sobald der Professor sich die Notizen angesehen hat. Einverstanden? Dann sagst du ihm, worüber du forschst, und er kann dir sofort sagen, ob die Unterlagen damit zu tun haben."

Mallon nagte an ihrer Unterlippe. „Und wer ist dieser Typ?"

„Jemand Vertrauenswürdiges." McAdams spießte ein Stück Lamm auf die Gabel. „Warum soll Eli deine Arbeit versteckt haben?"

„Eli war sehr auf Geheimhaltung bedacht, egal, ob es um seine eigene Arbeit oder die von anderen ging. Nicht, dass unsere Professoren regelmäßig fremdes Material klauen. Aber wenn sie sich die Forschungsergebnisse ihrer Studenten durchlesen ... Manchmal bleibt da was hängen, was sie dann als ihre eigenen Ideen ausgeben."

„Kam das am Kneed Loft schon mal vor?"

„So was kommt überall vor, Tyler." Sie lehnte sich erneut zu ihm vor. „Ich darf dich doch Tyler nennen, oder?"

„Klar."

„Wenn du in Harvard warst, wirst du ja wissen, dass der ganze Wissenschaftsbetrieb ein verdammt übles Geschäft ist."

„Übel ist vielleicht etwas stark, aber skrupellos kommt hin."

„Übel ist genau richtig. Manche Leute würden alles tun, um sich einen Namen zu machen, einen Preis einzuheimsen oder auch nur für eine weitere Publikation auf ihrer Liste. Wenn einem seit Jahren nichts Neues mehr eingefallen ist, ist Stehlen der einfachste Weg, um an eine Professorenstelle zu kommen. Für Professoren sind Diebstahl geistigen Eigentums und Plagiate ganz normal. Auf jeden Fall beanspruchen sie die

Hauptautorschaft, auch wenn sie gar nicht an deiner Arbeit beteiligt waren."

„Mag unfair sein, Mallon, aber Professoren haben das Recht, jegliche Forschungsergebnisse, die aus ihren Forschungsgruppen stammen, unter dem eigenen Namen zu veröffentlichen."

„Eine Riesensauerei!"

„Stimmt, kommt aber ständig vor. Wie schafft es einer sonst, Hunderte von Publikationen vorweisen zu können?" Tyler dachte nach. „Aber Plagiate und Ideenklau sind nicht ganz dasselbe. Bist du dir ganz sicher, dass das am Kneed Loft schon passiert ist?"

„Zumindest hab ich den starken Verdacht."

„Und das hast du noch nie jemandem erzählt?"

„Doch, Eli."

„Aber niemand Offiziellem?"

„Damit ich auf die schwarze Liste jeder wichtigen Forschungseinrichtung komme?"

„Aah …" Tyler überlegte. „Glaubst du, dass Ideenklau irgendwas mit Elis Sel… Tod zu tun hatte?"

„Es war also Selbstmord?"

„Das hab ich nicht gesagt."

„Aber fast."

„Gar nicht, ich wollte ‚seltsame Todesumstände' sagen."

„Dann geht ihr von Fremdeinwirkung aus, wie das bei euch Detectives heißt?"

„Jeder Todesfall, der keine natürlichen Ursachen hat, ist zunächst verdächtig. Wir warten noch auf den Bericht des Coroners. Mehr kann ich dir nicht sagen, weil ich nicht mehr weiß. Noch mal zu meiner Frage: Glaubst du, jemand hatte vor, Elis Arbeit zu stehlen und als die eigene auszugeben?"

„Ideenklau ist auf jeden Fall eine Möglichkeit. Seine Ideen oder meine."

„Und meinst du, das hat was mit seinem Tod zu tun?"

„Vielleicht."

„Machst du dir Sorgen um deine Sicherheit?"

„Ich kann schon auf mich aufpassen."

„Was soll das heißen? Du machst dir keine Sorgen oder du machst dir Sorgen, kannst dich aber schützen?"

„Wie sokratisch, Tyler.“

„Beantworte die Frage.“

„Ich mach mir keine Sorgen um meine eigene Sicherheit, aber um die meiner Forschungsergebnisse. Wenn ihr einen Eindruck von Kneed Loft kriegen wollt, von Elis Tod und dem, was hier wirklich los ist, dann solltet ihr euch jeden im Mathe-Department einzeln vornehmen.“

„Und wie viele sind das?“

„Alle Dozenten und die Magisterstudenten und Doktoranden.“

„Am Kneed Loft gibt es höhere Abschlüsse?“

„Man kann in einigen Fachbereichen seinen Magister machen, auch in Mathe. Und in Theoretischer Mathematik kann man sogar seinen Doktor machen. Das Department ist zwar nicht so renommiert wie die großen Unis Princeton, Chicago oder Berkeley, aber Eli schien es gereicht zu haben.“

„Hatte er denn vor zu promovieren?“

„Er hat Mathe studiert. Ich glaube, die Abschlüsse waren für ihn nebensächlich.“

„Wie groß ist das Mathe-Department?“

Mallon überschlug die Zahl im Kopf. „Es gibt vierzehn Professoren und zehn Magisterstudenten bzw. Doktoranden.“ Sie rechnete noch einmal nach. „Ja, insgesamt vierundzwanzig Leute. Ihr solltet euch jeden Einzelnen ansehen.“

„Könntest du das etwas für uns eingrenzen?“

„Nein, kann ich nicht. Falls ich mich irre, könnte man mich wegen Verleumdung anzeigen, also behandelt alle gleich. Vielleicht findet ihr ja während der Ermittlungen noch Hinweise auf anderweitiges Fehlverhalten.“

„Ich red mal mit Detective Decker. Wäre hilfreich, wenn ich mehr Informationen hätte. Ist schwer, auf eine bloße Vermutung hin Nachforschungen über jemanden anzustellen, wenn man keine Beweise hat.“

„Ihr habt doch einen Beweis. Eli hat diese Aufzeichnungen vor jemandem versteckt.“

„Vielleicht hat er sie ja vor dir versteckt.“

Ein ernster Ausdruck trat in Mallons blaue Augen. „Jetzt willst du mich provozieren.“

„Ich stelle bloß Fragen. Du interessierst dich sehr für den Fall, also interessieren wir uns auch sehr für dich.“

Tränen traten ihr in die Augen. „Ich will euch nur helfen."

„Ich weiß, Mallon. Aber wenn du dich einmischst, machst du dich automatisch verdächtig."

Schweigend widmete sie sich wieder ihrem Essen. Dann sagte sie: „Ich weiß, du machst nur deinen Job."

„Mallon, du wolltest doch etwas Persönliches mit mir besprechen?"

„Nur, was ich dir schon gesagt habe", antwortete sie mit leiser Stimme. „Mir fällt's leichter, mit dir zu reden als mit Detective Decker. Ähnliches Alter, gemeinsame Erlebnisse und so."

Gemeinsame Erlebnisse? „Schön. Ruf mich jederzeit an, wenn dir noch was einfällt, auch wenn's noch so unbedeutend ist."

„Wann wisst ihr, ob es Selbstmord war?"

„Keine Ahnung. Dafür ist Detective Decker zuständig. Du kannst auch ihn anrufen. Er ist echt nett." Tyler sah auf Mallons Teller. Sie hatte kaum etwas gegessen. „Keinen Hunger?"

„Eigentlich nicht. Ich bin fertig."

„Dann lass ich die Rechnung kommen."

Als er sein Portemonnaie herausnahm, sagte sie: „Ich kann mein Essen selbst bezahlen."

„Das läuft über das Revier. Falls du der Polizei also keine sieben Dollar neunundneunzig schenken willst – mehr kostet das Büfett nämlich nicht –, lass mich das übernehmen."

„Kriegst du auch keine Schwierigkeiten?"

Auf einmal machte sie sich Sorgen um seine Professionalität. McAdams musste schmunzeln. „Nein." Er hob die Hand, und kurz darauf brachte der Kellner die Rechnung. Tyler stand als Erster auf, zog einen Zwanzigdollarschein aus seinem Portemonnaie und legte ihn auf den Tisch. Dann steckte er den Bewirtungsbeleg ein.

„Falls dir noch was einfällt ..." Er reichte ihr seine Karte.

Widerwillig nahm Mallon sie, und gemeinsam verließen sie das Restaurant und blieben vor dem Gebäude stehen.

„Ich glaube, wir müssen in unterschiedliche Richtungen. Ich sag dann schon mal Tschüs."

„Danke fürs Mittagessen."

„Jederzeit wieder."

„Auch wenn's nicht geschäftlich wäre?"

Ihr Lächeln war verführerisch. „Mach's gut, Mallon."

„Tyler, ich wollte vorhin nicht wie ein totales Arschloch klingen. Vermutlich sind die meisten Profs am Kneed Loft vollkommen in Ordnung. Ich … ich weiß einfach nicht, wem ich trauen kann.“

„Du willst deine Arbeit schützen, versteh ich gut.“

„Ein einziger guter Einfall kann oft den Unterschied zwischen Erfolg und Scheitern bedeuten.“ Erneut traten ihr die Tränen in die Augen. „Ich hab's noch nicht geschafft, Tyler. Eli hat mir geholfen. Er war der Einzige am ganzen College, dem ich vertrauen konnte. Jetzt, wo er tot ist, ist nicht nur die eine Person weg, mit der ich mich austauschen konnte, er hat mich auch davor bewahrt, durchzudrehen. Jetzt gibt's niemanden mehr, zu dem ich gehen kann. Er war der Einzige, der mich verstanden hat. Ich weiß nicht, was ich jetzt machen soll.“

Mallon konnte ihre Tränen nicht mehr zurückhalten. Sie lehnte sich an Tylers Brust. Kurzzeitig erstarrte er, bis ihm einfiel, dass sie sich auf offener Straße befanden. Niemand konnte das hier falsch verstehen. Während sie sich an seiner Schulter ausweinte, legte er den Arm um sie. „Ohne ihn komm ich nicht klar.“

„Du bist eine sehr begabte junge Frau, Mallon. Du schaffst das.“

„Kannst du das beurteilen?“

„Nein, aber ich gehe stark davon aus, dass es so ist.“ Er tätschelte ihr den Rücken. „Ruf mich an. Auch wenn du nur jemand zum Reden brauchst.“

Mallon löste sich aus Tylers Umarmung. „Im Ernst?“

„Ja. Ich kann gut zuhören.“ Er lächelte sie an. „Nur Reden bringt mich immer in Schwierigkeiten. Wenn du noch etwas abwartest, hast du auch bald die Schnauze voll von mir.“

„Willkommen im Club. Jedes Mal, wenn ich den Mund aufmache, ist jemand sauer auf mich. Ich kann nichts dafür, ich sag einfach alles, was mir in den Sinn kommt.“ Mallon seufzte. „Ach, was soll's: Ich mag dich, Tyler. Ich hab dich damals auf der Schule jahrelang angehimmelt. Aber jetzt sind wir beide erwachsen, und ich würde gern rausfinden, wer du wirklich bist. Gehst du privat mal mit mir essen?“

McAdams Kopf fühlte sich auf einmal leer an. Eigentlich hätte er mit so etwas rechnen müssen. Er wollte sie nicht vor den Kopf stoßen, zumal sie vermutlich etwas im Schilde führte. Also durfte er sich während der Ermittlungen keinesfalls mit ihr treffen. Aber danach … wenn sie dann immer noch wollte …

Tyler hüstelte. „Wenn dieser Fall abgeschlossen ist und ich meine Prüfungen bestanden habe, würde ich nicht Nein sagen."

„Welche Prüfungen?" Sie sah ihn prüfend an. „Ich dachte, du bist mit der Uni fertig?"

„Äh, nein, ich mach gerade ein Jurastudium." Als Mallon das Gesicht verzog, sagte McAdams, „Jaja, schon klar. Ich mach's auch nur, weil ich muss."

„Und wo genau studierst du?" Tyler schwieg. „Hab ich's mir doch gedacht. Was machst du dann hier in Greenbury?"

„Offiziell bin ich beim Greenbury PD, aber derzeit beurlaubt. Inoffiziell habe ich mich bei Decker zum Lernen einquartiert, weil es dort ruhig ist und ich mich konzentrieren kann."

„Dann arbeitest du also gar nicht offiziell an diesem Fall."

„Doch, tue ich."

„Was jetzt, offiziell oder inoffiziell?"

„Es ist kompli..."

„O bitte!" Sie äffte ihn nach: „‚Es ist kompliziert.'" Sie schüttelte den Kopf. „Sei doch nicht so spießig."

„Siehst du, und schon hast du die Schnauze voll von mir." Er sah auf die Uhr. „Wie lange hat das gedauert, fünf Minuten?"

Mallon musste lachen. „Vielleicht sogar weniger."

„Ich kann mich nicht privat mit dir treffen, solange Elis Fall nicht gelöst ist. Melde dich bei mir oder Detective Decker, falls dir noch was einfällt, das uns weiterhelfen könnte."

„Mach ich. Jetzt ist mir ja was dran gelegen, dass ihr so schnell wie möglich fertig werdet." Sie küsste ihn leicht auf den Mund. Und ein weiteres Mal, mit Nachdruck. „Das wollte ich schon seit Ewigkeiten machen." Sie drehte sich um und ließ Tyler stehen, der ungläubig seine Lippen befühlte. Dann fuhr er sich durch das lange Haar und stieß den Atem aus, der sich als weiße Wolke vor ihm erhob.

Nicht gut. Gar nicht gut.

KAPITEL NEUN

Nach seiner Kleidung zu urteilen, hätte Ezra Wolf auch ein Amischer sein können: weißes Hemd, dunkle Hose, Hosenträger und Hut. Er war ungefähr eins achtzig, schlank, aber mit muskulösen Armen. Kurze rötliche Haare, blaue Augen und Bart und Schnurrbart. Wolf war mit einem jungen Mann in den Zwanzigern hereingekommen, der ihm sehr ähnlich sah, dieselben roten Haare und blauen Augen, aber größer war und einen kräftigeren Oberkörper hatte. Der junge Mann trug moderne Kleidung: Jeans und ein langärmliges dunkelbraunes Shirt. Beide waren auf Socken; die Stiefel hatten sie vermutlich am Eingang ausgezogen. Wolf und der Junge nahmen schweigend am Esstisch Platz.

Decker stellte sich und Rina vor. „Danke, dass Sie bereit waren, sich mit mir zu treffen."

Ezra Wolf nickte, sagte aber nichts. Der junge Mann ergriff das Wort. „Jacob Wolf." Er gab erst Decker, dann Rina die Hand. „Ich bin Elis älterer Bruder. Zwei Jahre älter."

„Mein herzliches Beileid."

„Danke."

„Tischgebet", verkündete Ezra. Nach einem kurzen Dankgebet fingen die Männer an, ihre Koteletts zu essen.

„Mir ist klar, dass Sie uns Fragen stellen wollen. Tun Sie das ruhig", sagte Jacob.

Ezra aß weiter. Ruth Anne fixierte die Tischdecke, wobei sie leicht an ihrer Lippe nagte.

„Isst du nichts, Mom?"

„Keinen Hunger."

Niemand sagte etwas. Schließlich sagte Decker: „Ich kann mir vorstellen, wie schwierig es sein muss, gerade jetzt mit jemandem sprechen zu müssen."

Diesmal antwortete Ezra. „Wann können wir unseren Sohn begraben?"

„Falls es keine neuen Entwicklungen gibt, hoffentlich in ein paar Tagen."

„Welche Entwicklungen? Er hat sich umgebracht."

„Das wissen wir noch nicht genau, Mr. Wolf. Die offizielle Feststellung der Todesursache durch den Coroner steht noch aus."

„Glauben Sie denn, es war Selbstmord?"
„Darauf würde ich tippen."
„Dann gibt es nichts mehr zu besprechen." Ezra Wolf legte die Gabel hin und vermied Blickkontakt mit Decker. „Ich habe keine Ahnung, warum Sie hier sind."
„Ich wollte Ihnen mein Beileid persönlich aussprechen."
„Das ist sehr nett von Ihnen", sagte Ruth Anne. „Vielen Dank."
„Alles, was Sie mir über Elijah mitteilen können, würde uns bei unseren Ermittlungen helfen."
„Welche Ermittlungen?", fragte Jacob. „Wenn Sie von Selbstmord ausgehen, was gibt's da noch zu ermitteln?"
„Es gibt tatsächlich etwas. Wir haben Unterlagen gefunden, die Elijah hinter einer Schublade in seinem Schreibtisch versteckt hatte. Ich will rausfinden, ob diese Aufzeichnungen etwas mit seinem Tod zu tun haben."
„Spielt das noch eine Rolle?", fragte Ezra Wolf. „Mein Sohn ist nicht mehr am Leben."
„Mr. Wolf, nichts, was ich tue, macht Ihren Sohn wieder lebendig. Und wenn Sie der Meinung sind, es gibt nichts mehr zu besprechen, werde ich das respektieren."
Da die Antwort ausblieb, schwieg auch Decker. Er musste die Entscheidung von Elis Familie akzeptieren, auch wenn er nicht mit ihr einverstanden war. Jacob sprach als Erster. In seiner Stimme lag Verbitterung. „Seit er weggezogen ist, um aufs College zu gehen, haben wir nichts mehr von ihm gehört."
Decker nickte.
„Das stimmt", bekräftigte Ezra. „Wir haben ihn seit Jahren nicht gesehen." Er sah zu seiner Frau hinüber. „Wann war er das letzte Mal hier?"
„Ostern vor vier Jahren."
„Er war ein guter Junge." Ezra griff die Gabel und stocherte ärgerlich in seinem Salat. „Nicht so viel Durchhaltevermögen wie Jacob. Das Leben auf der Farm war nichts für ihn. Aber hat ohne Murren mitgearbeitet. Nachdem er aufs College gegangen ist … schienen wir ihm plötzlich egal zu sein."
„Er hat sich auf seine Art um uns gekümmert", sagte Ruth Anne.
„Oh, er hat uns immer mal wieder Geld geschickt … worum ich ihn

nie gebeten habe." Ezra schüttelte unwirsch den Kopf. „Was sollte ich mit seinem Geld? Vielleicht war das seine Art, in Kontakt zu bleiben. Ich weiß es nicht."

Decker dachte nach. „Er hat Ihnen Geld geschickt?"

„Ja."

„Das war komisch", fügte Ruth Anne hinzu.

„Sehr komisch", bekräftigte ihr Mann. „Die ersten paar Mal haben wir versucht, es zurückzuschicken, aber er hat's einfach noch mal geschickt. Also hab ich's gelassen. Ich hab's nicht angerührt, sondern auf die Bank gebracht, für den Fall, dass er es später mal braucht. Aber er hat nie danach gefragt."

„Darf ich fragen, wie viel?"

Ezra sah seine Frau an. „Was war das, in den vergangenen zwei Jahren ungefähr tausend Dollar pro Monat?"

„Sogar etwas mehr. Vielleicht zwölfhundert."

„Ganz schön viel Holz." Decker versuchte, sich seine Verblüffung nicht anmerken zu lassen. „Gab's je eine Erklärung, woher er das Geld hatte?"

„Ich habe ihn angerufen und gefragt", sagte Ruth Anne. „Er hat mir gesagt, er habe einen Job und den Betrag habe er übrig. Da dachte er sich, er schickt ihn uns."

„Was für ein Job?"

„Etwas, das er zusätzlich zu seinen Stipendiumsverpflichtungen gemacht hat. Für Unterricht, Zimmer und Verpflegung ist das College aufgekommen. Ezra hat recht. Damit wollte er mit uns in Kontakt bleiben."

„Gut." Decker machte sich Notizen. „Ich weiß, das hört sich jetzt an, als ob ich nicht richtig zugehört hätte. Mir ist klar, dass Sie keinen Kontakt mehr hatten, aber ich muss es trotzdem fragen: Hatten Sie irgendeine Ahnung, worum es in Elijahs Forschungsprojekt ging?"

Ezra schüttelte den Kopf. „Selbst als er noch bei uns wohnte, wusste ich nicht, womit er sich beschäftigt hat. Ich kann gut kopfrechnen und muss mir nichts aufschreiben, aber was der Junge mit seinen Formeln und Symbolen gemacht hat, war mir zu hoch."

„Sie können offenbar gut mit Zahlen umgehen", stellte Rina fest. „Hat Elijah je versucht, es Ihnen zu erklären?"

Ezra warf erst Rina, dann Decker einen skeptischen Blick zu. „Ich hab ihn ein- oder zweimal danach gefragt. Nach ein paar Minuten bin ich schon nicht mehr mitgekommen."

„Irgendwas mit Vektoren und komplexen Formeln und Matrizen. Mehr kann ich Ihnen nicht sagen, ich hab's auch nicht verstanden. Zahlen liegen mir eigentlich auch. Auf dem Community College hatte ich immer Einsen. Ich würde gerne Steuerberater werden."

„Du wärst ein guter Steuerberater, Jacob", sagte Ruth Anne.

„Ein guter Farmer ist er jetzt schon."

Das Gespräch versiegte. Schließlich sagte Jacob: „Eli schwebte geistig in ganz anderen Sphären. Nach einer Weile hatten wir kaum gemeinsame Gesprächsthemen mehr, außer dem Wetter."

„Er war ein guter Junge", wiederholte Ezra.

„Hab ich doch gar nicht bestritten." Jacob schien auf einmal verärgert. „Nur dass Mathematik sein Ein und Alles war." Er war fertig mit Essen und legte die Gabel neben den Teller. „Danke, Mom. War wirklich lecker."

„Es gibt noch Kuchen, wenn ihr wollt?"

„Nein danke. Heb ihn fürs Abendessen auf."

„Was ist mit dir, Ezra?"

„Na schön, mir kannst du ein Stück geben."

Ruth Anne erhob sich. „Darf ich Ihnen beiden auch eins anbieten?"

„Nein danke", sagte Rina.

„Für mich auch nicht, danke."

„Dann noch einen Tee?"

„Gerne. Ich komme mit in die Küche und helfe Ihnen."

„Nicht nötig." Ein flüchtiges Lächeln. „Gleich wieder da."

Niemand sagte etwas, bis Ruth Anne mit Sandkuchen und Tee zurückkam. Es dauerte eine Weile, bis sie den Kuchen verteilt und Tee nachgeschenkt hatte. Dann setzte sie sich, und Ezra probierte ein Stück. „Gut."

„Danke." Ruth Anne wandte sich an Jacob. „Sicher, dass du keins willst?"

„Wenn er auf dem Tisch steht, ess ich ihn auch, das weißt du doch." Seine Mutter lächelte und legte ihm ein Stück auf den Teller.

„Köstlich. Zitrone?"

„Ja, aus frischen Zitronen."

„Um diese Jahreszeit?"

„Vermutlich gab's in Kalifornien oder Florida ein paar zu viel, die gab's jetzt bei uns auf dem Markt."

Die Männer aßen schweigend. Decker fragte: „Jacob, hatten Sie als Kind ein enges Verhältnis zu Elijah?"

„Wir waren Brüder. Wir haben uns ein Zimmer geteilt. Ich war der Ernsthafte, er der Clown."

Decker nahm einen Schluck Tee. „Was Sie mir bislang über ihn erzählt haben, klingt aber nicht nach Clown."

„Nach dem Unfall war er auf einmal ganz anders." Jacob schlang den Kuchen in vier Bissen herunter und nahm sich ein weiteres Stück. „Er war nicht mehr der Klassenkasper. Vielleicht ist ihm bewusst geworden, dass das Leben endlich ist. Er hat sich nur noch aufs Lernen konzentriert. Und seine wahre Begabung ist zum Vorschein gekommen."

„Was denn für ein Unfall?" Decker war perplex.

„Autounfall", erklärte Ezra. „Jacob hat sich das Bein gebrochen."

„Das war gar nichts im Vergleich. Mein Freund, der gefahren ist, kam dabei um, und Eli lag zwei Wochen im Koma."

„Das ist ja furchtbar."

„Gott hat uns eine Prüfung auferlegt", sagte Mrs. Wolf. „Fast hätten wir ihn verloren. Einmal haben die Ärzte sogar von einer Gehirn-OP gesprochen, wegen des Drucks in seinem Schädel. Zum Glück kam's nicht dazu."

„Nach dem Unfall haben wir ihn wirklich in gewisser Weise verloren. Er sprach nicht mehr mit uns", sagte Ezra.

„Das stimmt nicht", entgegnete Ruth Anne.

„Er hat nicht mehr mit mir gesprochen, genau so war es." Ezra sah seinen Sohn an. „Vielleicht hat er ja mit dir geredet."

„Dad, mit mir hat er auch nicht mehr viel geredet." Jacob schob seinen Teller von sich weg. „Aber ich glaube nicht, dass er auf einmal was gegen uns hatte. Er hatte sich einfach verändert. Mathematik war jetzt seine Welt. Nach dem Wettbewerb hat er sich auf seine Studien gestürzt."

Ezra wischte sich mit der Serviette den Mund ab und stand auf. „Die Arbeit ruft. Neuer Hühnerstall. Wir versuchen, alle Reparaturen im Winter zu erledigen, wenn die Landwirtschaft ruht."

„Macht Sinn", sagte Decker. „Irgendwie läuft einem immer die Zeit davon."

„Oder das Tageslicht“, fügte Jacob hinzu.

„Ganz genau. Bist du so weit?“, fragte Ezra.

„Yep.“

„Ich hab eure Stiefel sauber gemacht“, sagte Ruth Anne.

„Danke, Mom.“

„Ja, danke.“ Ezra gab Decker die Hand. „Lassen Sie mich wissen, wann ich meinen Sohn begraben kann.“

„Das mache ich, Mr. Wolf. Noch einmal mein herzlichstes Beileid.“

Der Mann seufzte. „Was für eine furchtbare Entscheidung. Was er getan hat. Ich weiß nicht, was in seinem Kopf vorgegangen ist. Egal, was die Kirche sagt, er ist und bleibt mein Sohn.“ Er tippte sich an den Hut und sagte zu Rina: „Nett, Sie kennenzulernen, Ma'am.“

„Ganz meinerseits.“

„Jacob, was war das für ein Wettbewerb, den Elijah gewonnen hat?“, fragte Decker.

„Ein Mathewettbewerb für den ganzen Bundesstaat. Eli kam auf den ersten Platz. Ziemlich gut, denn New York City war auch dabei. Uns gegenüber hat er nichts erwähnt, wir haben's erst später rausgefunden. Ich war total sauer. Er hätt's uns erzählen sollen. Aber so war er nun mal. Impulsiv. Hat sich nie Gedanken über die Konsequenzen gemacht … wie man sieht.“

„Er hätte es nicht tun dürfen.“ Ezras Stimme war nur noch ein Flüstern. „Aber er war mein Sohn. Ich stehe zu ihm, auch wenn der Reverend uns nicht erlauben sollte, ihn auf dem Friedhof zu beerdigen.“

„Ich hab schon mit Reverend Deutch gesprochen, Dad. Es ist alles geregelt.“

„Wann denn?“

„Gestern. Nachdem der Detective angerufen hat. Damit du dir darum wenigstens keine Sorgen mehr machen musst.“

„Das war sehr umsichtig von dir, Jacob.“ Ruth Anne kämpfte mit den Tränen. „Bitte entschuldigen Sie mich.“ Sie erhob sich und ging in die Küche.

„Ich bin gleich zurück“, sagte Ezra.

Aber anstatt seiner Frau hinterherzugehen, um sie zu beruhigen, wie Decker angenommen hatte, ging Mr. Wolf in entgegengesetzter Richtung über den Flur. Rina stand auf und begann, den Tisch abzuräumen. Jacob sagte: „Das müssen Sie nicht, Sie sind Gast.“

„Mach ich doch gerne.“ Rina ließ Decker mit Jacob allein.

Decker wandte sich dem jungen Mann zu. „Es tut mir so leid.“

Jacob zuckte die Schultern. „Er hat sich zwar lange nicht gemeldet, aber deshalb tut's nicht weniger weh. Ich hab mich bemüht, den Kontakt aufrechtzuerhalten. Als Dad aufgegeben hatte, habe ich Eli weiter angerufen. Es ging fast alles von mir aus. Ich hab ihm gesagt, er muss sich öfter melden, unsere Eltern anrufen. Er hat's immer versprochen, aber dann doch nie gemacht.“

„Vielleicht ist das schmerzlich für Sie, aber gab es irgendeinen Grund, warum er sich von Ihnen distanzieren wollte?“

„Wir zählten nicht mehr für ihn. Nur ein Haufen Farmer … keine Ahnung von nichts.“

Decker nickte. „Ich hoffe, ich trete Ihnen mit meinen Fragen nicht zu nahe.“

„Ich fühle mich nicht angegriffen, ist ja Ihr Job. Bei Eli ist mir das nicht immer gelungen. Er war jemand, der immer leere Versprechungen gemacht hat. Wohl nicht aus Bösartigkeit. Vermutlich hat er's einfach vergessen.“

McAdams hielt sich das Handy ans andere Ohr. Er sprach gerade mit Iris Beaufont, die sich sofort an ihn erinnerte. Was nicht verwunderlich war, denn die Hälfte seiner Zeit an der Exeter hatte er nicht im Unterricht oder bei verschiedenen Schulclubs, sondern unter anderem bei ihr im Sekretariat verbracht. Nicht dass er keine Freunde gehabt hätte. Es gab ein paar Jungs aus der Nachbarschaft und sogar eine Freundin, mit der er beim Abschlussball war. Die war jetzt Rechtsanwältin und arbeitete für das Miami PD. Verteidigte Drogendealer. Sie war einer seiner vierzig Facebook-Freunde gewesen, bevor er seinen Account gelöscht hatte. Um ehrlich zu sein, hatte er sich mit Leuten im Alter seiner Eltern immer besser verstanden.

„Laut meinen Unterlagen war Mallon Euler zwei Jahre bei uns. Anscheinend ist sie nach der Zehnten abgegangen.“

„Gab es einen bestimmten Grund?“

„Das weiß ich nicht, Tyler. Eigentlich dürfte ich dir das alles gar nicht erzählen.“

„Ich bin jetzt ein richtig echter Detective.“

„Die haben Durchsuchungsbeschlüsse.“

„Nur im Film."
„Kann ich sonst noch was für dich tun, mein Lieber?"
„Leitet Dr. Kent immer noch den Fachbereich Mathematik?"
„Ja, und zwar bis er tot umfällt."
„Kannst du mir seine Nummer geben?"
„Im Computer nachzuschauen ist eins, aber dir seine Nummer zu geben, geht wirklich zu weit. Ich richte ihm aus, dass du angerufen hast."
„Du bist ein Schatz, danke."
„Also bist du noch bei der Polizei? Ich hatte gehört, du studierst jetzt Jura."
„Von wem? Meinem Dad?"
„Von deiner Schwester."
Seiner *Halb*schwester. „Ah, Danielle. Dann ist sie schon vierzehn?"
„Sechzehn."
McAdams hüstelte. „Wie geht's ihr so?"
„Ruf sie doch an."
„Ja, Mama."
„Studierst du jetzt Jura? Ich aktualisiere gerade die Ehemaligen-Liste."
„Ja, ich studiere Jura."
„Und wo, Schätzchen?"
„Harvard. Das macht in der Werbebroschüre doch sicher viel mehr Eindruck als das Greenbury PD."
„Aber nicht bei mir", konnte Tyler Iris brummeln hören.
Er musste schmunzeln, was seine Gesprächspartnerin natürlich nicht mitbekam. „Das Jurastudium war etwas, das ich meinem Vater und verstorbenen Großvater versprechen musste. Komischerweise finde ich's gar nicht so schlimm. Natürlich kann ich die Finger nicht ganz von der Detektivarbeit lassen, daher mein Anruf."
„Warum interessierst du dich für Mallon?"
„Darf ich dir nicht verraten." McAdams überlegte. „Ist sie eigentlich mit dem berühmten Mathematiker verwandt?"
„Ururgroßnichte. Steht auf ihrer Bewerbung. Und mehr erfährst du nicht von mir, du hältst ja schließlich auch hinterm Berg."
„Also ist sie mit fünfzehn abgegangen … Weißt du zufällig, was sie danach gemacht hat?"

„Hast du gerade zugehört?“

„Wie ging's ihr eigentlich auf der Schule? Ich weiß, dass sie gemobbt wurde.“

„Woher denn?“

„Von ihr selbst.“

Längeres Schweigen. „Wenn du das Mädchen kennst, was soll dann die ganze Fragerei?“

„Ich kenne sie zwar, aber *dir* vertraue ich.“

„Mit Schmeichelei erreicht man bei mir alles. Ja, sie wurde in ihrem ersten Jahr gemobbt. Sie saß ständig im Krankenzimmer, obwohl die Verletzungen nicht körperlicher Art waren. Im zweiten Jahr war sie nicht mehr so oft dort. Vielleicht hatte sie gelernt, sich gegen diese Idioten zur Wehr zu setzen. Oder die Mädels haben sich jemand anderen gesucht. Du weißt, wir tun unser Bestes, aber wir können nicht bis ins Detail kontrollieren, wie die Schüler miteinander umgehen. Und Mädchen fühlen sich ohnehin schnell angegriffen, auch wenn sie nicht gemobbt werden. Aber sobald es zu körperlichen Übergriffen kommt, müssen wir natürlich eingreifen.“

„Und bei Mallon gab es die nicht?“

„Zumindest steht davon nichts in den Akten. Wenn ich mich recht erinnere, gab es nichts, wo wir hätten einschreiten müssen.“

„Sie ist hochbegabt. Durfte sie vielleicht vorzeitig ans College?“

„Keine Ahnung. Nachdem sie uns verlassen hatte, kam von ihr nie mehr ein Fragebogen zurück.“

„Würdest du dich mal umhören?“

„Ich werd's versuchen, aber viel wird nicht dabei rauskommen. Ich muss jetzt Schluss machen, Tyler. Ich sage Dr. Kent, er soll dich anrufen.“

„Vielen Dank, Iris.“

„Du kannst dich bei mir bedanken, indem du beim Career Day vorbeischaust.“

„O bitte. Da wimmelt es doch bestimmt vor Eltern und Ehemaligen, die Rechtsanwälte sind.“

„Schon, aber Polizisten werden nicht allzu viele dabei sein. Ich bin mir sicher, dein Beitrag wäre zur Abwechslung tatsächlich mal interessant.“

„Wenn du mir hilfst, mehr über Mallon in Erfahrung zu bringen, komm ich gerne vorbei und erzähle, wie eine Ermittlung funktioniert. Oder zumindest, was ich bisher davon mitgekriegt habe.“

„Du weißt bestimmt eine ganze Menge.“

„Ein paar gute Geschichten hätt ich schon auf Lager. Wenn du willst, bring ich auch meine Pfeife und die Deerstalker-Mütze mit. Damit's authentisch aussieht.“

„Hier herrscht allgemeines Rauchverbot. Daran müsste sich sogar der Meisterdetektiv halten.“

„Aber was wäre Sherlock Holmes ohne seine Pfeife?“

„Ein konturloser Gutmensch, so wie der ganze Rest. Aber du weißt ja, wie es an Einrichtungen wie der unsrigen läuft: An den Vorschriften kommt keiner vorbei.“

KAPITEL ZEHN

Sobald er das Auto in der Einfahrt hörte, trat McAdams vor die Tür und wartete auf der Veranda. Es war kurz nach vierzehn Uhr. Seit er vom Mittagessen zurück war und mit Decker über Mallon Euler gesprochen hatte, hatte er sich nicht mehr richtig aufs Lernen konzentrieren können. Er wusste nicht, warum er bei Mallon ein so ungutes Gefühl hatte. Es war eine Mischung aus Argwohn und, da kannte er sich gut genug, Anziehung. Es war schon eine Weile her, seit er das letzte Mal die weichen Lippen und die Verletzlichkeit einer Frau gespürt hatte. Seine weiblichen Kommilitonen in Harvard waren genauso wie die männlichen: clever und extrem ehrgeizig. Ihnen hatte er nichts zu bieten außer Sarkasmus und Arroganz, was als Abschreckung natürlich wunderbar funktionierte.

Rina stieg aus dem Porsche und winkte Tyler. Er winkte zurück. „*What ho*, wie Bertie Wooster sagen würde."

„*What ho* zurück", rief Rina und lief leichtfüßig die Stufen zur Haustür hinauf. „Wo ist Jeeves, wenn man ihn braucht?"

„Ja, wäre zu schön, wenn ich jemanden hätte, der mir Tee bringt und meine Probleme für mich löst." McAdams zuckte resigniert die Achseln. „Langsam bezweifle ich, dass es eine gute Idee war, herzukommen."

Decker stieg ebenfalls aus und gesellte sich zu den beiden auf der Veranda. „Ja, da sollten wir mal drüber sprechen." Er drückte den Jungen kurz, dann gingen die drei ins Haus. „Du solltest zurück nach Boston fahren. Etwas Abstand zu dem Mädchen täte dir gut."

„Wenn sie's drauf anlegt, kann sie mich trotzdem finden."

„Falls sie noch klar denken kann, wird sie hoffentlich merken, wie übergriffig das wäre. Ich hoffe wirklich, sie stalkt dich nicht."

„Tut sie nicht ... Ich hatte nicht das Gefühl. Andererseits kann ich Menschen nicht so gut einschätzen."

Rina reichte Decker ihre Jacke. „Hängst du die auf, dann mach ich schon mal Kaffee."

„Gerechte Arbeitsteilung." Decker wandte sich wieder McAdams zu. „Immerhin ist sie seit damals verliebt in dich. Fahr einfach wieder nach Harvard und mach das Semester zu Ende."

„Ich hätte Nein sagen sollen. Oder dass ich 'ne Freundin habe oder schwul bin. Nur nicht, dass ich mit ihr essen gehe." Er schlug sich vor die Stirn. „Was hab ich mir bloß dabei gedacht?"

„Sie hat dich anscheinend total überrumpelt", kommentierte Rina.

„Gestern hat sie noch keinerlei Interesse gezeigt."

„Dir ist aber bewusst, dass sie in Tanktop und Shorts mit uns geredet hat?", erinnerte ihn Decker. „Und sie hat keine Anstalten gemacht, sich etwas weniger Verfängliches anzuziehen, als sie merkte, dass wir von der Polizei sind."

„Ja, hätte mir gleich komisch vorkommen müssen. Frauen können verdammt raffiniert sein."

„Ich mache mir gleich eine Kleinigkeit zu essen", sagte Rina. „Hat sonst noch jemand Hunger?"

„Ich esse alles, was du mir hinstellst", sagte Decker. „Ich kann einfach nicht widerstehen."

„Dann mach ich was Gesundes."

„Nicht zu gesund."

„Es sind noch ein paar Kekse da."

„Lecker, Kaffee und Kekse", sagte Tyler.

„Genau das ist das Problem", seufzte Decker und klopfte sich auf seinen Bauch.

„Gleich wieder da", sagte Rina. „Fangt schon mal ohne mich an, aber dann müsst ihr mir erzählen, was ich verpasst habe."

„Wird gemacht." Decker wendete sich Tyler zu: „Der Empfang war schlecht, als du angerufen hast. Am besten erzählst du's mir noch mal."

Tyler wiederholte, was er Decker am Telefon gesagt hatte. „Als sie mich dann um ein Date gebeten hat, hätte ich einfach Nein sagen sollen. Was ich aber stattdessen gesagt habe, ist, nach den Prüfungen und nach Abschluss der Ermittlungen gehe ich mit ihr aus. Dann hat sie mich geküsst. Zweimal."

„Und du denkst immer noch, sie ist keine Stalkerin?"

„Ich glaube, sie hat sich viel mehr für die versteckten Unterlagen interessiert. Sie denkt, es sind ihre Forschungsergebnisse, und will vermeiden, dass sie in falsche Hände gelangen. Außerdem, wenn ich jetzt wieder nach Boston fahre, würde es mir so vorkommen, als ob ich vor etwas fliehe, dem ich mich eigentlich stellen müsste."

„Tyler, du solltest eigentlich gar nicht hier sein. Der Fall lenkt dich nur ab."

„Gar nicht." Decker hob eine Augenbraue. „Okay, ich geb's ja zu. Ich hab die letzte halbe Stunde damit verbracht, rauszufinden, was sie in der Zeit zwischen der Exeter und Kneed Loft gemacht hat. Anscheinend ist sie schon nach zwei Jahren von der Highschool abgegangen."

„Und?"

„Keine Ahnung. Möglicherweise hat sie sehr früh am College angefangen. Ich warte auf den Rückruf von meinem alten Mathelehrer an der Exeter. Vielleicht weiß der Näheres, es steht nämlich nichts in den Schulakten."

„Du verbringst viel zu viel Zeit mit dieser Sache. Du musst sowieso in – wie viel? zehn Tagen zurück nach Harvard. Gib dir 'nen Ruck und fahr jetzt."

„Na schön." McAdams war beleidigt. „Ich fahr ja, aber zumindest könnte ich doch Elis Unterlagen mitnehmen und sie Dr. Gold zeigen."

„Wunderbar. Aber bleib dann ja dort."

„Schon gut. Ich fahre gleich morgen früh."

„Heute um halb sechs müsste es noch einen Bus nach Boston geben. Den schaffst du auf jeden Fall."

„Für den Bus bin ich jetzt zu müde. Ich nehm mir morgen früh einen Mietwagen. Auf einen Tag kommt's doch nicht an."

Rina brachte die Kaffeesachen auf einem Tablett herein und schob Tylers Lehrbücher auf dem Esstisch zur Seite.

„Ich räum meinen Kram gleich weg, dann hast du genug Platz fürs Abendessen. Ach was, ich deck auch den Tisch. Ich weiß ja, wo in der Küche alles steht."

„Ich freu mich, wenn du mir hilfst. Aber back um Gottes willen keinen Kuchen. Letztes Mal, als du da warst, hab ich zwei Kilo zugenommen."

McAdams lächelte Rina verschmitzt an. „Eigentlich hatte ich an Pekannussriegel gedacht."

„Untersteh dich. Was ist eigentlich los?"

„Tyler fährt morgen früh schon", verkündete Decker.

„Anweisung vom Boss." Der junge Mann verzog das Gesicht. „Wo fährst du jetzt hin, Peter?"

„Kneed Loft. Ich treffe mich mit Elis Dozenten."

„Ich komme mit. Mallons Interesse an den Aufzeichnungen hat

mich neugierig gemacht. Und außerdem möchte ich wissen, womit genau Eli sich beschäftigt hat.“ Auf Deckers skeptischen Blick hin fügte Tyler hinzu: „Ich fahre morgen früh, versprochen.“

„Lass ihn doch mitkommen, Peter“, sagte Rina. „Sonst kommt dieses Mädchen vielleicht wieder hier vorbei.“

„Also gut.“ Decker seufzte. „Dann mal los. Du machst dir Notizen auf dem iPad.“

„Wie in alten Zeiten.“

„Und versuch, dir keine Kugel einzufangen.“

„Ich werd mir Mühe geben.“

Trotz der Kälte entschlossen sie sich, zu Fuß zu gehen. An der frischen Luft fühlte Decker sich sofort besser und konnte wieder klar denken. Die Bewegung tat gut, besonders nach einer langen Autofahrt. Der Himmel war strahlend blau, und in der Sonne war die dünne Schneeschicht von gestern getaut. Die beiden Detectives mussten mehreren Wasser- und Schlammpfützen ausweichen. McAdams hatte sich einen Hut geliehen, und weil sie zügig gingen, schwitzte er darunter. Er nahm ihn ab und fuhr sich durch die verstrubbelten Haare. Während Decker ihm von seinem Gespräch mit den Wolfs berichtete, blinzelte Tyler in der Sonne.

„Wow. Wie lange war Eli im Koma?“

„Ungefähr zwei Wochen.“

„Geschlossene Hirnverletzung. Das Gehirn schwillt an, was alle möglichen Auswirkungen haben kann. Zum Beispiel gravierende Persönlichkeitsveränderungen.“

„Ja, daran hatte ich auch schon gedacht“, sagte Decker. „Und seine plötzliche Hochbegabung? Kann das auch mit dem Hirntrauma zusammenhängen?“

„Keine Ahnung, ich bin kein Arzt. Meine spontane Vermutung ist, dass so was aus ’nem geistigen Tiefflieger auch keinen Descartes macht. Aber wenn Mathematikbegabung ohnehin in der Familie liegt, wie du sagst, haben die Veränderungen in seinem Hirn sie vielleicht noch verstärkt.“

„Auf dem Rückweg hab ich Hirnverletzungen auf dem Handy nachgeschlagen. Rina ist netterweise gefahren. Solche Fälle gibt es … Leute, deren Geruchs- oder Geschmackssinn nach einer Hirnerschütterung viel ausgeprägter war und so weiter. Manchmal bildet sich das wieder zurück, manchmal nicht."

„Hängt von der Art der Verletzung ab."

Decker nickte. „Wusstest du, dass GIs oft geschlossene Hirnverletzungen davontragen, auch wenn der Kopf gar nicht direkt getroffen wurde? Liegt an den Helmen. Die schützen zwar vor herumfliegenden Splittern, aber der Kopf wird auch eingeengt. Selbst Schallwellen können das Hirn ganz schön durcheinanderbringen. Manchmal sind dann an den Persönlichkeitsveränderungen keine Kriegsgräuel schuld, sondern ein Hirntrauma."

„Mit dem Thema kennst du dich besser aus."

„Ja, Krieg ist verdammt laut. Einmal wollte unser Pilot während eines Gefechts den Chopper runterbringen: Das Rotorengeräusch des Huey verschmolz mit den Explosionen und dem Stakkato der Maschinengewehre. Man kriegt nichts anderes mehr mit, kann sich nicht mehr verständigen, was natürlich lebenswichtig ist. Egal, das hat alles nichts mit Eli zu tun, er war ja kein Soldat. Aber vielleicht hat der Junge aufgrund der neurologischen Veränderungen an Depressionen gelitten."

„Daher möglicherweise auch der Selbstmord."

„In seinem Zimmer im Wohnheim habe ich nur frei verkäufliche Schmerzmittel gefunden, definitiv keine Antidepressiva. Ich habe extra nachgesehen."

„Vielleicht durfte er die aus religiösen Gründen nicht nehmen."

„Vielleicht. Der Coroner macht auch eine toxikologische Untersuchung, obwohl eigentlich schon klar ist, dass der Schuss in den Schädel die Todesursache ist. Aber ich will einfach wissen, ob der Junge was genommen hatte."

„Liegt uns der Bericht des Coroners schon vor?"

„Keine Ahnung." Decker erkundigte sich rasch im Revier. „Der Bericht ist noch nicht da, aber Kevin Nickweed kümmert sich drum. Ist ganz normal, dass das etwas länger dauert. Ich hab nicht extra Druck gemacht, der Fall hat keine hohe Priorität."

„Und dass Eli seinen Eltern regelmäßig Geld geschickt hat, was hältst du davon?"

„Vielleicht hatte er einen Job im Mathe-Department und brauchte das zusätzliche Geld nicht. Oder, wie sein Vater sagte, vielleicht wollte er auf diese Weise mit seiner Familie in Kontakt bleiben oder sein Desinteresse wiedergutmachen."

„Andererseits, falls er nicht im Department gearbeitet hat, hat er das Geld vielleicht auf illegale Weise verdient und wollte es nur an einem sicheren Ort verstecken."

„Ich weiß nicht, McAdams. Nach dem, was ich bislang gehört habe, klingt er nicht wie jemand, der sich auf was Illegales einlassen würde."

„Aber durch die Hirnverletzung waren vielleicht seine Hemmschwellen niedriger."

„Schon. Aber zwölfhundert im Monat ist das Risiko kaum wert, sich das Leben kaputt zu machen."

„Und wenn das nur ein Bruchteil der wirklichen Summe war? Wie gesagt, vielleicht ging's in den versteckten Unterlagen genau darum. Irgendein Code."

„Elijah Wolf, mennonitisches Mathegenie und Drogendealer?"

McAdams musste schmunzeln. „Müssen ja keine Drogen gewesen sein. Es gibt jede Menge andere illegale Sachen, in die man reingezogen werden kann. Eli kannte sich doch gut mit Zahlen aus. Vielleicht hatte er 'ne Art Blackjack-System am Laufen. An der gesamten Ostküste gibt's massenweise indianische Casinos."

Decker überlegte einen Moment. „Glücksspiel ist nicht illegal. Und warum sollte er das Geld seinen Eltern geben? Und zwar jeden Monat den gleichen Betrag?"

„Vielleicht hat er ja viel mehr verdient, und das ist jetzt irgendwo versteckt. Vielleicht hat er seinen Eltern auch jeden Monat dieselbe Summe überwiesen, damit es so aussieht, als stamme es von einem Job. Oder seine Eltern haben dir was verschwiegen." Tyler war in Fahrt. „Wenn er Spieler war, hat er sich vielleicht mit den falschen Leuten eingelassen. Hat was gemacht, das seinem Image als Genie Abbruch getan hat. Selbstmord als einziger ehrenhafter Ausweg. Oder er wurde gezwungen, sich selbst zu erschießen."

Decker antwortete nicht.

„Was?"

„Ich hab gerade darüber nachgedacht, wie die Leiche aussah: Die Finger waren gekrümmt, aber er hatte die Waffe nicht mehr in der Hand."

„Warum ist das wichtig?"

„Wenn man sich erschießt, kann es zu einem bestimmten Reflex kommen: Aus Angst verkrampfen sich die Finger um die Pistole und lassen sich nicht mehr lösen. Nennt sich kataleptische Totenstarre. Elis Finger waren zwar gekrümmt, aber er hat die Waffe fallen lassen, was schon mal vorkommen kann. Als Detective spuken dir solche Sachen im Kopf rum. Wäre Eli zu der Tat gezwungen worden, hätte er Angst gehabt und wahrscheinlich die Pistole fest umklammert. Aber wenn er vorher etwas eingenommen hätte, hätte ihn das vielleicht entspannt."

„Oder wenn es ihm jemand verabreicht hätte."

„Also glaubst du, sein Selbstmord hat mit kriminellen Machenschaften zu tun, in die er verwickelt war?"

„Kommt doch vor: Allem Anschein nach rechtschaffene Leute geraten auf die schiefe Bahn."

„Klar."

„Besonders wenn man bedenkt, das Elis Hirn durch den Unfall vermutlich in Mitleidenschaft gezogen war."

Sie waren noch immer nicht an ihrem Ziel angekommen. „Deine Krumme-Dinger-mit-Zahlen-Hypothese gefällt mir. Jemanden, der sich mit mathematischen Formeln auskennt, könnte man gut für eine ganze Reihe zwielichtiger Geschäfte gebrauchen: Karten beim Blackjack zählen, Poker, Sportwetten. Er hätte wahrscheinlich auf Kommando die Gewinnchancen im Kopf ausrechnen können."

„Oder wie wär's hiermit?" McAdams hatte einen Geistesblitz. „Automatisierter Wertpapierhandel. Momentan sind alle an der Börse auf der Suche nach dem neusten technischen Hilfsmittel in Sachen Algo-Trading. Vielleicht hatte Eli das ja gefunden."

„Gefällt mir, Harvard. Wissen wir denn, ob er in dem Bereich tätig war?"

„Erwähnt hat es keiner."

„Wir haben auch nicht danach gefragt." Decker überlegte. „Zwölfhundert im Monat spricht allerdings nicht dafür, dass er 'ne große Nummer war."

„Wie gesagt, vielleicht war das nur die Spitze des Eisbergs."

„Soweit ich weiß, ist Algo-Handel legal."

„Stimmt."

„Weißt du, wie das funktioniert?"

„Die Kurzversion: Winzigste Profite aus unendlich vielen auto-

matisierten Wertpapiergeschäften ergeben zusammen riesige Gewinne."
„Und das wird von speziellen Firmen angeboten?"
„Normalerweise ja. Aber da sie nur für einen begrenzten Zeitraum operieren, übernehmen sie meist keine großen Märkte." McAdams holte sein Smartphone heraus und schlug Algo-Trading auf Wikipedia nach. „Algo-Firmen unterteilen große institutionelle Transaktionen an den wichtigen Häusern in überschaubarere Segmente."
„Hat das Auswirkungen auf die Kurse?"
„Weniger, als man denkt. Im Vergleich zum Gesamthandelsvolumen machen die Algo-Firmen nur kleine Gewinne, aber sie sind für einen großen Anteil des Marktvolumens verantwortlich. Handel in diesen Größenordnungen kann zu einem sogenannten Flash Crash führen, wenn etwas schiefgeht."
„Wie bei dem Typ in Großbritannien vor ungefähr fünf Jahren."
„Genau. Das war 2010, Navinder Sarao." McAdams steckte sein Handy wieder in die Tasche. „Wenn du willst, kann ich noch mehr rausfinden."
„Falls ich mehr Infos brauche, sag ich dir Bescheid. Aber erst nach deiner Prüfung."
„Okay." Tyler steckte die Hände in seine Jackentaschen. „Wenn Eli zufällig einen Algorithmus entdeckt hat, der besonders lukrativ war, könnte das erklären, warum Mallon so scharf auf die Unterlagen ist."
„Nein, warum *alle* so scharf darauf sind: Dekanin Zhou, Alistair Dixon, der Tutor und Elis Professoren."
„Welche Professoren?"
„Bislang haben Theo Rosser, Dekanin Zhou und Katrina Belfort Interesse angemeldet. Natürlich nur, um uns zu helfen."
„Wo kommt Katrina Belfort auf einmal her? Woher weiß sie von den Unterlagen?" McAdams stöhnte. „Das ist doch Mallons Betreuerin. Hat sie dich angerufen oder umgekehrt?"
„Belfort?"
„Ja."
„Ich sie. Sie war ursprünglich im Betreuungsausschuss für Elis Abschlussarbeit, musste aber wegen anderweitiger Verpflichtungen zurücktreten."
„Welche denn?"

„Hat sie nicht gesagt. Ich hab auch nur ganz kurz mit ihr gesprochen. Heute Nachmittag versuch ich's noch mal. Ich habe auch mit …" Decker sah auf seinen Notizblock. „Dr. Aldo Ferraga gesprochen. Er war auch in dem Betreuungsausschuss. Alle drei, Ferraga, Rosser und Belfort, waren erschüttert, als ich mit ihnen telefoniert habe."

„Woher willst du wissen, ob die Gefühle echt waren?"

„Nach so vielen Jahren in dem Job entwickelt man ein Gespür dafür, was echt ist und was nicht. Klar kann ich mich auch irren. Mein erster Eindruck ist nicht immer richtig."

Sie liefen eine Weile schweigend weiter, dann sagte McAdams: „Denkst du da etwa an deinen ersten Eindruck von *mir*?"

„Niemals!" Decker musste schmunzeln und legte Tyler kurz den Arm um die Schulter. „Wie kommst du nur auf so was?"

„Spar dir den Sarkasmus, alter Mann."

„Sarkasmus?"

„Und deine Kinder reden noch mit dir?"

„Ja, und zwar alle. Und je älter sie werden, desto mehr sehen sie in mir jemanden mit Standing und Intelligenz. Eines Tages wirst du sogar deinen eigenen Vater ganz okay finden."

„Ich hab nichts gegen meinen Vater." Tyler dachte nach. „Ich mag ihn nur nicht besonders, aber das tut keiner."

„Wenn du selbst mal Kinder hast, magst du ihn vielleicht lieber."

„Möchte ich bezweifeln. Ich als Vater? Die armen Kinder. Keine Chance."

„Na, ich weiß nicht. Vielleicht überraschst du dich ja selber."

McAdams musste lachen. „Für 'nen alten Knacker bist du echt in Ordnung, Lieutenant."

Decker traute seinen Ohren nicht. „Hohes Lob."

„Ja, da kannst du dir was drauf einbilden."

KAPITEL ELF

In Kneed Loft angekommen, einem vier Stockwerke hohen schmucklosen Brownstone-Bau mit kleinen, an ein Gefängnis erinnernden Fenstern, studierte Decker zunächst den Lageplan. Im Erdgeschoss befanden sich Ingenieurwesen und Angewandte Wissenschaften, eins höher Computerwissenschaften, Physik und Chemie teilten sich den dritten Stock, und ganz oben waren Angewandte und Reine Mathematik angesiedelt.

Die Inneneinrichtung des College war komplett funktionell: Fliesenböden, abgehängte, schallgedämmte Decken, lange Flure, kleine Unterrichtsräume mit Whiteboards und einfachen Holztischen, in denen es muffig roch nach zu viel Heizung und zu wenig frischer Luft. Decker und McAdams mussten ein paarmal durch die Gänge hastenden Studenten ausweichen, die nicht nach links oder rechts schauten. Mit dem Aufzug fuhren sie in den vierten Stock, der die exakte Kopie des Erdgeschosses war, das sie gerade durchquert hatten.

Eine blonde Frau im Fitnessdress schloss gerade Katarina Belforts Büro ab. Sie war athletisch gebaut und hatte durchtrainierte Arme und Waden.

„Dr. Belfort?", sprach Decker sie an.

„Ja?" Als sie sich aufrichtete, schien sie etwa eins fünfundsiebzig groß zu sein. Grünbraune Augen, hohe Wangenknochen und ein stark ausgeprägtes Kinn. Eine hübsche, fast schöne Frau. „Oh ... Sind Sie der Detective?"

„Ja, der bin ich. Peter Decker vom Greenbury Police Department. Das ist mein Partner, Detective Tyler McAdams."

„Ach so." Sie sah auf ihre Armbanduhr. „Hab ich total vergessen. War ein hektischer Tag." Sie sah erneut auf die Uhr. „Gut ... einen Augenblick." Sie schloss die Tür wieder auf und bat die Männer herein. „Allerdings habe ich momentan wenig Zeit, es geht alles drunter und drüber."

„Wegen Elis Tod?"

„Ja, natürlich wegen Elis Tod! Hat uns alle ganz schön mitgenommen."

„Und es gab keine Warnsignale?"

„Überhaupt nicht. Er wirkte sogar viel ... entspannter. Wahrscheinlich weil seine Arbeit so gut lief und er sich mit Sachen beschäftigt hat, die ihn wirklich begeistert haben."

„Was denn für Sachen?", wollte McAdams wissen.

„Mathematik, nehme ich doch an." Belfort dachte nach. „Eli war reserviert ... extrem vorsichtig mit dem, was er anderen erzählte. Jetzt, wo er in einem höheren Semester ist, hatte ich weniger mit ihm zu tun als in der Anfangszeit."

„Warum das?"

„Tja ..." Erneut sah sie auf die Uhr. „Ach, was soll's: Eli war ein herausragender Student. Absolut brillant. Er war so begabt, dass sich jeder hier am Department einen Arm abgehackt hätte, um mit ihm arbeiten zu dürfen. Aber wir haben alle den Kürzeren gezogen. Von Anfang an wurde stillschweigend davon ausgegangen, dass Eli mit Dr. Rosser zusammenarbeitet, obwohl seine Interessen eher auf meinem Gebiet als seinem lagen. Aber da ich ja nur eine Frau bin und irgendwo ganz unten in der Hackordnung stehe und sich wohl auch nichts daran ändern wird, musste ich's hinnehmen."

Sie schüttelte ärgerlich den Kopf.

„Wir wussten alle, dass Eli sich als Rossers Student nicht wohlgefühlt hat. Er hat sogar Andeutungen gemacht, er würde gerne in meine Gruppe wechseln. Darüber war Theo natürlich stinksauer und hat eine Riesenszene gemacht. Also habe ich mich freiwillig zurückgezogen und bin sogar aus Elis Betreuungsausschuss ausgetreten." Belfort schnaubte verächtlich. „Ich behaupte ja nicht, dass Theo schuld ist, aber er konnte sich überhaupt nicht in Elis Bedürfnisse einfühlen."

„Wann kam es zu diesem ‚dramatischen' Vorfall?"

„Das lag nicht an mir; Theo macht aus allem ein Drama. Ungefähr vor einem Jahr. Danach schien Eli sich langsam damit abzufinden. Vielleicht haben sie ja doch einen Weg gefunden, miteinander auszukommen. Ich hoffe es." Plötzlich wurden ihre Augen feucht. „Aber das ändert jetzt auch nichts mehr."

Wieder sah Katrina Belfort auf ihre Uhr.

„Ich muss wirklich los." Sie wischte sich mit der Hand die Tränen ab. „Tut mir leid, es fällt mir wirklich schwer, darüber zu sprechen."

„Eins noch", sagte Decker schnell. „Mir sind Unstimmigkeiten aufgefallen: Zum einen hat Eli sich angeblich gefreut, weil es mit seiner

Arbeit so gut lief, aber andererseits hat er nicht gerne mit Dr. Rosser zusammengearbeitet, der seine Abschlussarbeit betreut hat."

„Wie gesagt, Eli schien sich mit der Situation abgefunden zu haben. Sein emotionaler Zustand war stabil, ohne nennenswerten Höhen oder Tiefen. Er war relativ eindimensional angelegt, was ungewöhnlich für die Studenten hier ist. Mathematik war sein Ein und Alles, und wenn da alles gestimmt hatte, ging es ihm gut." Sie öffnete die Tür. „War's das?"

„Vielleicht könnten wir uns ein andermal unterhalten, wenn Sie nicht so im Stress sind."

„Da werden Sie nicht viel Glück haben, denn das bin ich immer." Belfort trat in den Gang und wartete auf Decker und Tyler. Dann schloss sie ab und holte tief Luft. „Es ist so unglaublich schrecklich, was passiert ist. Eli wird uns sehr fehlen."

„Hat er je von seinen Eltern erzählt?"

„Ich wusste nicht mal, dass er welche hatte. Nach allem, was ich über Elis Privatleben wusste, hätte er auch Waise sein können."

Das Büro von Professor Dr. Theo Rosser war spartanisch und nüchtern eingerichtet. Von dem kleinen Fenster sah man auf eine schlammige Fläche, die sich im Frühjahr in Rasen verwandeln würde. Es gab eine kleine Sitzecke mit zwei Holzstühlen, einen großen, aufgeräumten Schreibtisch und einen Bürostuhl aus Leder. An den Wänden hingen zahlreiche Urkunden, Preise und Auszeichnungen. Die Tür stand offen, aber von dem Professor fehlte jede Spur.

„Und jetzt?"

Decker sah auf die Uhr. „Wir sind um halb vier verabredet."

„Plus das akademische Viertel." McAdams sah sich Rossers Qualifikationen an. „Er hat seinen Doktor an der UCLA gemacht. Da könnt Ihr ja Westküsten-Erinnerungen austauschen."

„Welches Jahr?"

„Neunzehnhundertfünfundachtzig."

„Seit dreißig Jahren an der Uni."

„Belfort hasst ihn, so viel ist klar. Aber irgendwas muss an ihm dran sein außer seiner Fähigkeit, sich die besten Studenten rauszupicken. Schau dir mal die ganzen Auszeichnungen an."

„Sind das renommierte Auszeichnungen?"

„Keine Ahnung. Aber ich gehe mal davon aus, sonst würde er sie sich vermutlich nicht hinhängen. Wie lange sollen wir noch warten?“

„Ich hab’s nicht eilig. Geben wir ihm noch eine Viertelstunde.“

„Was ist mit Elis anderem Betreuer?“

„Aldo Ferraga. Ich hab ihn nicht erreicht, ihm aber eine Nachricht draufgesprochen. Warten wir ab, ob er sich meldet.“

Ein schlanker Mann mit schütterem Haar kam jetzt in das Büro gerauscht und legte seine Aktentasche auf den Schreibtisch. „Entschuldigen Sie die Verspätung.“ Er zog sich den Mantel aus und hängte ihn an die Garderobe. „Bitte legen Sie doch ab und nehmen Sie Platz. Heute geht alles drunter und drüber.“ Er seufzte. „Was nur zu verständlich ist nach einem so tragischen Vorfall.“

Er setzte sich auf seinen ledernen Schreibtischstuhl und lehnte sich zurück. „Was für eine furchtbare Verschwendung.“ Er blickte auf. „Ich bin Theo Rosser. Aber das hätten Sie vermutlich ohnehin erraten.“

„Mein Name ist Detective Peter Decker, Polizei Greenbury. Das ist Detective Tyler McAdams.“ Sie schüttelten sich die Hände. Rosser schien Mitte bis Ende fünfzig zu sein. Seine Augen waren trübe, das schüttere Haar grau, er hatte hängende Schultern und wirkte untrainiert. „Vielen Dank, dass Sie sich so kurzfristig Zeit für uns nehmen konnten.“

„Gerne doch.“ Rosser runzelte die Stirn und richtete sich im Stuhl auf. „War es denn Selbstmord? Davon gehen hier nämlich alle aus.“

„Der Coroner ist noch zu keinem abschließenden Urteil gekommen.“

„Und was glauben Sie?“

„Das überlasse ich lieber den Experten“, antwortete Decker. „Kannten Sie Eli gut?“

„Ich war sein Hauptbetreuer, daher haben wir uns hauptsächlich über seine Forschungen unterhalten.“

„Was können Sie mir über ihn erzählen?“

„Seine außerordentliche Begabung ist … war offensichtlich. Und was ich von ihm hielt: Er war ruhig, ernsthaft, zuverlässig, ein eigenständiger Denker.“

„Wie verstand er sich mit anderen?“

„Mathematik ist kein geselliges Fach, Detective.“

„Hatte er Freunde?“

„Es gab keinen Grund für mich, viel über sein Privatleben zu wissen. Er hat nie darüber gesprochen, und ich habe nicht nachgebohrt. Er konnte sich durchaus gut ausdrücken. Seine Präsentationen waren zwar komplex, aber sehr gut strukturiert. Er war hilfsbereit den anderen in der Gruppe gegenüber."

Das deckte sich mit dem, was Mallon Euler ihnen erzählt hatte. Decker fragte: „Gibt es in Ihrem Department keine informellen Treffen?"

„Doch, natürlich." Rosser dachte einen Moment nach. „Vor einem Monat war Eli auf unserer Weihnachtsfeier. Hm, das war ungewöhnlich."

„Weil er normalerweise nicht zu solchen Feiern kam?"

„Genau. Aber diesmal war er da und nach ein paar Bieren auch recht gesellig. Er schien extrem gut gelaunt. Sein Studium lief hervorragend. Darum ist auch sein Selbstmord ... Wir waren alle vollkommen schockiert, als wir gestern davon erfuhren. Es macht keinen ... Ich weiß es nicht. Vielleicht gab es ja etwas in seinem Leben, von dem ich nichts geahnt habe."

„Hat Eli jemanden zu der Party mitgebracht?"

„Es war eigentlich keine richtige Party ... Wir veranstalten das, damit sich die fortgeschritteneren Studenten kennenlernen können."

„Dr. Rosser, hat er jemanden mitgebracht?"

„Nein, ich glaube nicht." Er dachte kurz nach. „Er hat sich aber längere Zeit mit Mallon Euler unterhalten. Sie ist auch hier am Department, sehr intelligent. Nicht das Kaliber von Eli, aber recht begabt." Eine weitere Pause. „Es sah aus, als versuchte er, sie zu beruhigen. Mallon neigt dazu ... sich aufzuregen. Meines Wissens hat er ihr mit ihrer Arbeit geholfen. Auf jeden Fall hatte er Geduld mit ihr. Vielleicht waren die beiden ein Paar, und ich wusste es nur nicht."

„Bei einem so kleinen Department wie Ihrem müssten Sie doch wissen, wer mit wem zusammen ist."

„Gespür für Zwischenmenschliches ist nicht meine Stärke, Detective."

„Hat Eli außer Mallon Euler sonst noch jemandem geholfen?", fragte nun McAdams.

„Eli hätte jedem geholfen, der ihn darum gebeten hätte. Wenn Sie mich fragen, war er zu nett. Ich habe immer befürchtet, er könnte ausgenutzt werden."

„In Bezug auf was?“

„Er hat zu viel Zeit damit verbracht, anderen zu helfen, anstatt sich auf seine eigene Arbeit zu konzentrieren. Ich habe ihn nie darauf angesprochen, weil er seine Aufgaben immer rechtzeitig oder sogar vor dem Abgabetermin fertig hatte. Die Dinge fielen ihm zu.“

„Womit hat sich Eli in seiner Arbeit befasst?“, fragte Decker.

„Da geht es um hochkomplexe Mathematik. Wenn Sie sich nicht damit auskennen, werden Sie vermutlich kein Wort verstehen, wenn ich es Ihnen sage.“

„Ein Freund von ihm hat uns erzählt, es hat mit Fourier-Analyse und Eigenwerten zu tun“, sagte McAdams.

„Welcher Freund?“ Rosser runzelte die Stirn.

McAdams sah in seinen Notizen auf dem Handy nach. „Damodar Batra.“ Als Rosser den Kopf schüttelte, hakte Tyler nach: „Also hat Eli nicht über Eigenwerte geforscht?“

„Nur anfänglich. Haben Sie eine grobe Vorstellung davon, was Fourier-Analyse oder ein Eigenwert ist?“

„Hat mit einer bestimmten Beziehung zwischen Matrizen und Vektoren zu tun“, antwortete McAdams.

„Die Mathematik war mir zu hoch, aber die Unterteilung von komplexen Strukturen in einfachere Bestandteile ist bei mir hängen geblieben“, sagte Decker. „Als Polizist haben mich die praktischen Anwendungsgebiete interessiert, Gesichts- und Spracherkennung. Man nimmt eine große Menge echter Gesichter und baut daraus ein ganz neues Gesicht, indem man für jeden Gesichtsteil einen bestimmten Prozentsatz der vorhandenen Eigenschaften verwendet – zum Beispiel dreiundsechzig Prozent von der Nase und siebenunddreißig Prozent von der Nase. Also praktisch ein computergestütztes Phantombild, nur mit weitaus mehr Gesichtsbausteinen. Die jeweiligen Prozentsätze der einzelnen Gesichtszüge nannten sich Eigenwerte.“

„Interessant, was sich die Leute merken“, kommentierte Rosser. „Ganz klar, dass Sie sich für diesen Aspekt interessieren würden.“

„Könnten Sie uns Elis Arbeit etwas näher erläutern, und zwar so, dass es auch ein Laie versteht?“, bat Decker.

„Zum einen ist es schwierig, das laienverständlich zu erklären. Ohne Mathematik geht es nicht. Zum anderen ist seine Arbeit noch nicht abgeschlossen.“

„Soll heißen, da sind noch jede Menge Publikationen drin."

„Er war Teil eines Teams, Detective. Wir teilen uns die Arbeit – und die Anerkennung. In allem, was er noch veröffentlicht hätte, wären außer ihm noch weitere Autoren genannt worden. Seine Theorien entstanden nicht im luftleeren Raum. Und was haben seine Forschungen mit seinem schrecklichen, viel zu frühen Tod zu tun?"

„Vielleicht auch gar nichts", antwortete Decker. „Vermutlich haben Sie es schon gehört, wir haben versteckte Unterlagen gefunden, einen ganzen Stapel, die hinten in Elis Schreibtisch im Wohnheim gestopft waren."

„Ja, das ist mir zu Ohren gekommen. Ich würde mir diese Aufzeichnungen gerne ansehen. Um sicherzustellen, dass sie keine Gefährdung für die Arbeit anderer darstellen."

„Es haben schon eine ganze Reihe Leute aus denselben Gründen Interesse angemeldet."

„Als sein Betreuer könnte ich Ihnen unmittelbar sagen, worum es geht. Ich will mich nur vergewissern, dass er nicht die Arbeit von jemand anderem verwendet hat."

„Wie seltsam", schaltete sich McAdams ein. „Warum sollte ausgerechnet Elijah, Ihr begabtester Student, Ideenklau betreiben?"

„Das glaube ich ja gar nicht. Ich will es lediglich ausschließen." Rossers Gesicht nahm einen entschlossenen Zug an. „Die Lösung ist ganz einfach: Sie lassen mich die Unterlagen einsehen."

„Sie müssen dafür sorgen, dass die Ergebnisse Ihrer Forschungsgruppe nicht vorzeitig in Umlauf geraten. Das verstehe ich", sagte Decker. „Aber umgekehrt müssen Sie auch verstehen, dass ich die Unterlagen als Beweismaterial unter Verschluss halten muss, falls sie doch etwas mit Elis Tod zu tun haben sollten. Könnten Sie mir etwas geben, dass Eli bereits veröffentlicht hat, damit ich es mit dem vergleichen kann, was wir im Schreibtisch gefunden haben?"

„Aber wie wollen Sie als Nichtfachmann Ähnlichkeiten erkennen?"

„Ich selbst nicht, aber wir kennen jemanden, der es kann."

„Ich soll meine Forschungsergebnisse aus der Hand geben?" Rosser schüttelte den Kopf. „Niemals."

„Deshalb habe ich ja gesagt, etwas, das bereits veröffentlicht wurde."

„Elis Arbeit wurde nur innerhalb der Gruppe diskutiert. Das würde Diebe aber nicht davon abhalten, die Ideen, die sich möglicherweise in diesen Unterlagen befinden, zu stehlen."

„Professor, wir werden die Aufzeichnungen einem Ihrer Kollegen in Harvard zeigen, das steht fest."

Rosser lief rot an. „Und wem, wenn ich fragen darf?"

„Jemandem, der es nicht nötig hat, fremdes Gedankengut zu stehlen, um sich eine Professorenstelle zu sichern", erklärte ihm McAdams.

„Wir haben in der Vergangenheit bereits mit demjenigen zusammengearbeitet", ergänzte Decker. „Er wird Ihre Ergebnisse nicht stehlen. Schon deshalb nicht, weil wir jetzt ein Auge darauf haben."

„Schwacher Trost."

„Ich verspreche Ihnen Folgendes: Wenn Sie uns ein paar Auszüge aus dem zukommen lassen, woran Eli gearbeitet hat, und sich herausstellen sollte, dass die versteckten Unterlagen etwas mit den Forschungen Ihrer Gruppe zu tun haben, werde ich dafür sorgen, dass Sie sie zuerst erhalten. Was sagen Sie?"

„Habe ich eine Wahl?"

„Natürlich, Sie können Nein sagen. Aber den größten Gefallen tun Sie sich, wenn Sie mit uns zusammenarbeiten."

Rosser seufzte und lehnte sich im Stuhl zurück. „Vermutlich klinge ich, als würde ich aus einer Mücke einen Elefanten machen."

„Sie wollen nur Ihre Arbeit schützen. Wir wissen, wie's an der Uni zugeht", sagte McAdams.

„Ich habe bereits eine Professorenstelle, mir geht es also nicht um meinen persönlichen Vorteil. Aber nicht alle in meiner Gruppe sind in einer so glücklichen Lage. Ein Teil meiner Studenten will sich auf renommierte Graduiertenprogramme bewerben, einige der Magisterstudenten brauchen die Forschungsergebnisse meiner Gruppe, um sich eine Karriere an anderen Universitäten aufzubauen, und ein paar meiner Assistenten arbeiten auf eine eigene Professur hin. Sollten die Daten an die Öffentlichkeit gelangen, würde es all denen schaden, nicht mir."

„Ich verstehe Ihre Sorge, aber das ist auch nicht unsere Absicht. Der tragische Vorfall liegt erst einen Tag zurück, und wir können einfach noch nicht sagen, was wichtig ist und was nicht."

Rosser ließ sich Zeit mit der Antwort. „Lassen Sie mich drüber schlafen. Ich muss überlegen, was ich Ihnen aushändigen kann, das am wenigsten Schaden anrichten würde." Ein Seufzen. „War es das? Heute jagt ein Termin den nächsten. Elis Tod hat den ganzen Ablauf hier durcheinandergebracht."

„Wie gehen Sie hier am Department mit Elis Tod um?"
„Wir haben spontan ein paar Arbeitsgemeinschaften gebildet, die sich mit Studenten zusammensetzen, und ich habe einen Psychologen angefordert. Mathematiker sind im Allgemeinen nicht sehr gefühlsbetont, aber trotzdem hat die Sache den jungen Leuten sehr zugesetzt. Momentan herrscht hier das reinste Chaos. Wenn Sie keine weiteren Fragen haben ..."
„Doch, eine hätte ich noch, Dr. Rosser: Hatte Elijah einen bezahlten Job am Department?"
Rosser dachte angestrengt nach. „Er hatte einen Hiwi-Job und unterrichtete untere Semester im Rahmen seiner Lehrverpflichtungen. Er hatte doch ein Stipendium, das war Teil der Auflagen."
„Ich weiß. Und gab es für den Unterricht auch eine Kleinigkeit? Na ja, eigentlich mehr als eine Kleinigkeit."
„Worauf wollen Sie hinaus?"
„Eli hat jeden Monat zwölfhundert Dollar nach Hause zu seiner Familie geschickt. Angeblich stammte das von einem Job im Mathe-Department. Vielleicht hat er noch etwas für sich selbst zurückbehalten, als Taschengeld. In dem Fall hätte er noch mehr verdient."
„Zwölfhundert im Monat?"
„Richtig."
„Ich weiß wirklich nicht, wo das herkam. Vielleicht hatte er hier noch eine andere Hiwistelle." Rosser schwieg einen Moment. „Komisch, dass er mir nichts davon erzählt hat, aber wie ich schon sagte, wir haben uns hauptsächlich über seine Arbeit unterhalten. Sie könnten mal in der Buchhaltung nachfragen."
„Danke, das werd ich."
Rosser sah besorgt aus. „Es macht mir nichts aus, dass er noch für jemand anderen gearbeitet hat, aber er hätte mich informieren müssen. Wissen Sie, wer es gewesen sein konnte?"
„Nicht die blasseste Ahnung."
„Tja, wenn es jemand aus meinem Department war, wüsste ich das gerne. Ich mag es nicht, wenn jemand ohne mein Wissen mit meinen Studenten zusammenarbeitet."
„Natürlich."
„Dann sagen Sie mir Bescheid, sobald Sie etwas haben?"
„Dafür muss ich erst mal ein gutes Stück weiterkommen. Momentan

versuche ich noch, mir ein Bild zu machen, was für ein Mensch Elijah Wolf war."

„Stellt die Polizei bei Selbstmorden immer so detaillierte Nachforschungen an?"

„Ich tue das, was mich persönlich ruhiger schlafen lässt", sagte Decker.

Rosser sah demonstrativ auf seine Armbanduhr, obwohl eine Uhr an der Wand hing. „Haben Sie sonst noch Fragen?"

„Das war's fürs Erste, danke." Decker reichte dem Professor seine Karte. „Sie können mich jederzeit erreichen, meine Handynummer steht auf der Rückseite. Und bitte lassen Sie mich wissen, ob wir Auszüge aus Elis Arbeit haben können. Das könnte für uns alle von größter Bedeutung sein."

Rosser drehte die Karte hin und her. „Ich werde Ihnen meine Entscheidung mitteilen."

„Morgen bringe ich die Unterlagen aus Elis Schreibtisch zu unserem Professor", sagte McAdams. „Nur um Ihnen *meine* Entscheidung mitzuteilen."

„Und wann?"

„Um vierzehn Uhr geht's los." Decker sah Tyler fragend an, aber der lächelte nur.

„Und wer ist ‚Ihr' Professor? Ich glaube, Sie haben mir noch keinen Namen genannt."

„Streng vertraulich."

„Mathematik-Departments sind in der Regel nicht allzu groß."

„Wir können Sie nicht daran hindern, sich umzuhören", sagte McAdams.

Decker dankte Rosser erneut für seine Zeit.

„Gerne. Sie finden sicher alleine raus."

Sobald sie im Flur waren, legte Decker los: „Ich dachte, du mietest dir einen Wagen und fährst gleich morgens?"

„Ich bin doch ein Morgenmuffel."

„Du hast gesagt, du willst heute Nachmittag nichts mehr unternehmen und dass du dich besser konzentrieren kannst, wenn du früh fährst. Und dass du nur deswegen heute Nacht noch bleibst, damit du morgen gut ausgeruht bist. Entweder du lügst, willst Zeit schinden oder beides."

„Beides."

„Schluss mit den Frechheiten, langsam gehst du mir auf den Wecker."

„Decker, seit meiner Nanny hat sich keiner mehr einen Dreck um mich geschert. Jetzt brauch ich auch keine Vaterfigur mehr."

„Du kannst gut allein auf dich aufpassen, ich weiß." Decker holte tief Luft. „Aber wenn du Mist baust und dein Vater rausfindet, dass du für mich gearbeitet hast, wird er stinksauer sein. Und nicht ganz zu Unrecht. Du solltest eigentlich lernen, Tyler. Dich auf die Prüfungen konzentrieren und nicht in der Weltgeschichte rumlaufen und versuchen, den Sinn hinter einer sinnlosen Tat zu finden. Wobei dich obendrein noch ein durchgedrehtes Mathemädchen stalkt."

„Nur zur Info: Seit unserem Mittagessen hat sie kein einziges Mal angerufen." McAdams sah auf sein Handy. „Na ja, ein Mal."

„Wenn's dir nichts ausmacht, würde ich lieber nicht auf der schwarzen Liste deines Vaters landen."

Tyler musste grinsen. „Ich steh eigentlich permanent drauf und hab's so weit überlebt. Ich betrachte es als Auszeichnung."

„Klar. Seine Eltern zur Weißglut zu bringen gehört einfach dazu, nur anscheinend hast du's auch auf mich übertragen. Soll ich mich jetzt beleidigt oder geschmeichelt fühlen?"

Tyler boxte ihn leicht gegen den Oberarm. „Ach, was soll's, Decker, geh in die Vollen und nimm's als Kompliment. Und mein Bild will ich immer noch auf eurem Klavier sehen."

„Besorg mir endlich eins, dann stell ich's auf. Soll ich ab sofort auch ‚Sohnemann' zu dir sagen, McAdams?"

„Nur wenn du auch meine Studienkosten übernimmst."

KAPITEL ZWÖLF

Es war eine lange, ruhige Winternacht, und McAdams war es endlich gelungen, sich zu konzentrieren. Er saß am Schreibtisch im Wohnzimmer der Deckers und widmete den Feinheiten der ersten beiden Semester Jura seine volle Aufmerksamkeit. Draußen tanzten Schneeflocken im Licht der Verandabeleuchtung. Drinnen war es gemütlich, obwohl das Feuer im Kamin fast heruntergebrannt war, bis auf ein paar kleine Flämmchen, ab und zu eine Ahnung von Kieferndutt und dem gelegentlichen Knistern eines berstenden Scheits. Der Kamin, genau wie die Heizkörper, war ohnehin mehr fürs Ambiente da; geheizt wurde mit einer Warmluftheizung. Rina und Peter waren schon vor Stunden schlafen gegangen. Für Tylers Geschmack hatten sie die Heizung recht kühl eingestellt, aber dank Pulli und Single Malt – bei seiner Abreise aus Harvard hatte er noch rasch einen erlesenen Whisky eingepackt – war es ihm angenehm warm. In den frühen Morgenstunden, nachdem er sich durch etwa ein Drittel des Materials gequält hatte, hatte er sein schlechtes Gewissen zumindest so weit beruhigt, dass er ins Bett gehen konnte.

Als er gerade eindämmerte, hörte er sein Handy klingeln. Erst dachte er, es sei ein Traum, aber das nervige Teil gab einfach keine Ruhe. Er tastete auf dem Fußboden neben dem Bett herum, fand es, riss es aus dem Ladegerät und konnte sich ein gekrächztes Hallo abringen, was angesichts dieser unchristlichen Zeit ungewohnt höflich für ihn war. Die Stimme am anderen Ende war weiblich und klang hektisch. Die Frau sprach derart schnell, dass sein Gehirn nicht folgen konnte. Er verstand zwar nichts, konnte sich aber denken, wer es war.

„Mallon?“

„Wer sonst. Hast du überhaupt zugehört?“

„Es ist drei Uhr morgens, und du hast mich geweckt. Kannst du etwas langsamer reden?“

„Mein … Zimmer … wurde … durchwühlt … Kannst … du…“, rief sie mit panischer Stimme.

„Alles klar. Wie, durchwühlt?“

„Soll ich dir vorlesen, was im Wörterbuch steht?“ Als die Reaktion ausblieb, holte Mallon tief Luft und sagte: „Tyler, du musst herkommen, ich krieg gleich ’nen Nervenzusammenbruch.“

McAdams unterdrückte ein genervtes Stöhnen. Immer schön der Reihe nach. „Wo bist du?"

„*Nicht* in meinem Zimmer. Ich bin sofort rausgerannt. Hab noch nicht mal die Campus-Polizei benachrichtigt, bin nur weg."

„Okay." Tyler fing an, sich warme Sachen anzuziehen. „Noch mal: Wo bist du?"

„Ich sitze in einem rund um die Uhr geöffneten Café, ungefähr eine Meile vom Campus. Meinst du, hier bin ich in Sicherheit?" Ein unterdrücktes Schluchzen. „Bitte komm und rette mich. Ich hab …" Dann brach sie in Tränen aus.

„Bleib ruhig und warte dort auf mich, ich mache mich gerade fertig." Tyler hatte bereits Sweatshirt, Jeans und Socken angezogen und band sich gerade die Schuhe zu. „Ich wecke jetzt Detective Decker, dann sind wir gleich bei dir. Wie heißt das Café?"

„Insomnia."

„Kenn ich, bin gleich bei dir."

„Kannst du nicht in der Leitung bleiben, Tyler? Ich hab solche Angst. Und was noch schlimmer ist, ich weiß nicht, vor wem ich Angst haben muss."

„Okay, ich bleib dran. Schrei einfach, wenn du mich brauchst."

„Wenn ich schreie, ist es zu spät."

„Mallon, mit dem Handy am Ohr kann ich mich nicht anziehen. Ich steck's jetzt in die Hosentasche. Deshalb hab ich gesagt, du sollst schreien. Ich brauch noch fünf Minuten. Bleib dran, okay?" Mit dem Handy in der Tasche klopfte Tyler leise an die Schlafzimmertür der Deckers. Er wusste, dass Decker einen leichten Schlaf hatte. Das kam von den langen Jahren voller Notfalleinsätze. Im nächsten Moment steckte der Detective seinen Kopf durch die Tür. Mit verwuschelten Haaren, aber hellwachem Blick.

„Was ist los?"

„In Mallon Eulers Zimmer im Wohnheim ist eingebrochen worden. Sie sitzt jetzt in einem Café, und ich hab sie auf meinem Handy in der Leitung. Sie hat mich gebeten, dranzubleiben, bis wir bei ihr sind."

„Okay, sag ihr, wir sind gleich da."

„Ich habe es gehört", kam Mallons Stimme aus Tylers hinterer Hosentasche.

„Prima", antwortete Decker.

McAdams sah Decker an, tippte sich an die Stirn und zuckte die Achseln.

Decker zuckte ebenfalls mit den Achseln. „Gib mir ’ne Minute.“

„Schmeiß mir die Autoschlüssel raus, dann stell ich schon mal die Heizung an.“

„Wir nehmen den Wagen von Rina. Steht in der Einfahrt, die Schlüssel sind in ihrer Handtasche.“

„Alles klar.“ McAdams schnappte sich seine dicke Jacke und bereitete sich innerlich auf die kalte Nachtluft vor. Es war nicht so eisig, wie er befürchtet hatte. Laut Außentemperaturanzeige im Auto nur ein paar Grad unter null. Als Decker einstieg, lief die Heizung bereits auf vollen Touren, und die Windschutzscheibe war von Pulverschnee befreit. McAdams war schon auf den Beifahrersitz gewechselt.

Decker schob den Wählhebel auf D, bog aus der Einfahrt und fuhr in langsamem Tempo los. Bei diesen Temperaturen konnte Wasser unter der Schneedecke gefrieren, und das bedeutete Glatteis. Dies war sein zweiter Winter hier in Upstate New York, und er hatte sich eigentlich schon daran gewöhnt, bei schlechtem Wetter zu fahren, aber trotzdem musste er sich stärker konzentrieren.

Fünf Minuten später hatten sie den Wagen bereits vor dem Café geparkt. Mallon kam ihnen entgegen, noch bevor sie an der Tür waren. Sie verschwand fast in einer erbsengrünen Steppjacke, die Kapuze mit Kunstpelzbesatz hatte sie aufgesetzt. Dazu trug sie Jeans und Stiefel. „Wahrscheinlich ist es einfacher, wenn wir von hier aus zu Fuß gehen. Sie wollen bestimmt mein Zimmer sehen.“

Und schon lief sie los. Die Detectives mussten sich ziemlich beeilen, um mit ihr Schritt zu halten. Decker hatte zwar feste Schuhe an, aber er rutschte immer noch gelegentlich. „Haben Sie schon die Campus-Polizei benachrichtigt?“

„Die Entscheidung wollte ich Ihnen überlassen.“

„Wann haben Sie bemerkt, dass sich jemand an Ihrem Zimmer zu schaffen gemacht hat?“

„Gleich als ich zurückkam. Das war kurz vor drei.“

„Wo waren Sie?“

„Bibliothek.“

„Die ist die ganze Nacht geöffnet?“

„Nicht die Bennington, die macht um elf zu. Die Pascal ist durchgehend auf, weil's da einen Computerraum gibt." Mallon war aus der Puste. „Man kann da gut arbeiten, weil sie nur für höhere Semester zugänglich und ruhig ist."

„Um wie viel Uhr haben Sie Ihr Zimmer verlassen, um in die Bibliothek zu gehen?"

„Gegen zehn."

„Ist Ihnen da irgendetwas Ungewöhnliches aufgefallen?"

„Nein."

„Niemand, der aussah, als ob er oder sie nicht dort hingehörte?"

„Nein, aber ich achte nicht immer so genau auf meine Umgebung."

„Und Sie waren zwischen zehn und drei Uhr nicht im Zimmer."

„Ja."

„Aber weiter können Sie's nicht eingrenzen?"

„Nein."

„Vielleicht hat jemand auf Ihrem Stockwerk etwas gesehen oder gehört."

„Kann sein, aber ich hab mich da nicht weiter aufgehalten, sondern bin gleich wieder raus." Mallon blieb vor der Tür zu Ihrem Wohnheim stehen und rang nach Atem. Vielleicht war das schnelle Gehen daran schuld, aber vermutlich war es Angst. Sie zog Ihre Schlüsselkarte durch das Lesegerät an der Eingangstür, und sie und die beiden Detectives gingen die Treppe hinauf zu ihrem Stockwerk. Mit einer behandschuhten Hand öffnete Decker Mallons Zimmertür.

Selbst für ein Zimmer im Studentenwohnheim herrschte drinnen das reinste Chaos: Schubladen waren herausgerissen, die Matratze hochgehoben und vom Bett gestoßen, der Kleiderschrank geleert und fast ihre gesamte Kleidung auf dem Fußboden verteilt. Decker steckte seine Hände in die Jackentasche. „Sehen Sie nach, ob Wertgegenstände fehlen."

„Ich besitze nichts Wertvolles. Ich bin eine arme Studentin. Die einzigen Wertgegenstände sind mein Telefon, der Laptop und meine Forschungsunterlagen. Und seit Elis Tod hab ich immer alles bei mir."

„Kein Schmuck, kein Bargeld, kein ..."

„Gar nichts!" Mallon hockte sich in einer Zimmerecke auf den Fußboden, immer noch in Jacke und Kapuze gehüllt. Sie war den Tränen nah, sagte aber nichts.

Decker sah sich weiter im Zimmer um, ohne etwas anzufassen. „Nach was hat die Person Ihrer Meinung nach gesucht?"

„Keine Ahnung."
„Irgendeine Vermutung?"
„Entweder nach meinen Forschungsergebnissen oder mir selbst, und beides lässt vermuten, dass er nichts Gutes im Schilde führte."
„Dann glauben Sie, es war ein Er?"
„Er, sie, was weiß ich."
„Wer auch immer es gewesen ist, er ist nicht sehr systematisch vorgegangen."
„Soll heißen?"
Decker zuckte die Achseln. „Immer wenn ich so ein Durcheinander wie hier sehe, denke ich, da sucht jemand nach Geld für Drogen. Gelegenheitsdiebstahl kommt aber eher vor, wenn es keine Zeugen gibt, und hier im Gebäude laufen jede Menge Leute rum. Ich glaube nicht, dass es irgendwelche Kids waren."
„Wer dann?"
„Wie Sie schon sagten, jemand, der es auf etwas abgesehen hat, dass Sie besitzen." Er dachte kurz nach. „Nehmen Sie's mir nicht übel, aber für mich sieht das Ganze inszeniert aus."
Mallon warf Decker einen giftigen Blick zu. „Sie glauben, *ich* war das?" Sie wandte sich an Tyler. „Und du?"
„Ich bin gekommen, als du angerufen hast."
„Das heißt noch nicht, dass du mir glaubst."
„Ich habe nicht gesagt, *Sie* hätten das inszeniert, nur dass es inszeniert auf mich wirkt." Decker zog Handschuhe und Mütze aus. Im Zimmer war es warm. Und ruhig. Decker war noch nie in einem Wohnheim gewesen, in dem fast vollkommene Stille herrschte. „Möglicherweise wollte Ihnen jemand einen Schrecken einjagen." Er dreht sich zu Mallon um. „Wer würde Sie denn erschrecken wollen?"
„Ich weiß es nicht! Nach Elis Tod noch dieses Chaos hier – da hat dieses Arschloch jedenfalls ganze Arbeit geleistet."
Decker sah auf die Uhr. „Haben Sie die Nummer vom Vierundzwanzig-Stunden-Notdienst der Campus-Polizei?"
Mit langsamen Bewegungen nahm Mallon ihren Laptop aus der Tasche. Sie hatte immer noch ihre Handschuhe an, und ihre Hände zitterten. „Ich schau schnell nach." Sie las ihm die Nummer vor. „Könnten Sie anrufen … bitte?"

„Natürlich. Aber vorher würde ich mich gerne auf Ihrem Stockwerk umhören, ob jemandem etwas aufgefallen ist. Ist wahrscheinlich einfacher, ich mach das, bevor ich die Campus-Polizei herbestelle."

Mallon liefen die Tränen. „Was immer Sie für richtig halten."

„Keine Ahnung, wie viel ich aus einem Haufen Collegekids rauskriege, die vermutlich gerade ins Bett gegangen sind. Aber positiv betrachtet, sind die meisten vermutlich in ihren Zimmern." Decker sah zu McAdams. „Ich schaff das wahrscheinlich alleine. Du kannst ruhig wieder nach Hause gehen."

„Ich bin zu aufgedreht. Kann ich was helfen?"

„In dem Fall nimmst du die Zimmer links, und ich geh rechts lang. Frag, ob jemand in Mallons Zimmer etwas Verdächtiges gesehen oder gehört hat."

„Sie lassen mich hier *alleine*?"

„Lassen Sie die Tür auf. Ihnen passiert schon nichts." Decker hob eine Ecke der Matratze an und bugsierte sie zurück aufs Bett. „Legen Sie sich hin. Auch wenn Sie nicht schlafen können, sollten Sie versuchen, sich auszuruhen." Er streckte ihr die Hand hin, um ihr aufzuhelfen.

Aus ihrer Ecke blickte Mallon prüfend zu Decker hoch. Dann nahm sie seine Hand und ließ sich von ihm auf die Beine ziehen. Sie bückte sich und hob ihr Bettzeug auf. „Hier kann ich nicht bleiben."

„Darum kümmern wir uns später. Im Moment muss ich Sie aber bitten, hierzubleiben. Tut mir leid, Mallon. Das alles hat Ihnen sicher große Angst eingejagt."

Neue Tränen. „Würde schon helfen, wenn ich wüsste, vor wem ich Angst habe." Sie sah McAdams an. „Tut mir leid, dass ich dich geweckt habe."

„Nein, war schon richtig. Alles gut."

Die beiden Detectives gingen aus dem Zimmer. Decker sah sich im Flur um: Mallons Zimmer lag genau in der Mitte, was es noch unwahrscheinlicher machte, dass jemand zufällig bei ihr eingebrochen war. Links und rechts von ihrem Zimmer befanden sich jeweils noch acht bis zehn Zimmer, auf der gegenüberliegenden Seite des Flurs noch einmal zwanzig. Sie hatten ein überschaubares Areal zu bearbeiten, und die Befragung sollte nicht allzu lange dauern. „Hast du einen Notizblock dabei, Tyler?"

„Äh, nein, aber mein Handy."

Decker riss ein paar Seiten aus seinem Block und reichte sie McAdams zusammen mit einem Bleistift. „Mit der Hand geht's leichter, als auf so 'nem winzigen Display rumzutippen. Fangen wir in der Mitte an und arbeiten uns nach außen vor."

„Glaubst du, sie sagt die Wahrheit?", fragte Tyler im Flüsterton.

„Sie wirkt ehrlich verängstigt." Decker holte tief Luft. „Dann schauen wir mal, was wir rausfinden können."

Im ersten Zimmer wohnte ein junger Mann, der nach einem Saufabend mit seinem Kumpel in Goddard Hall gegen eins zurück ins Wohnheim gekommen war. Er hatte weder etwas Verdächtiges gesehen noch gehört.

Ein Zimmer weiter links wohnte eine Frau. Wieder nichts. Als sie an die vierte Tür klopften, waren bereits mehrere Leute wach geworden und steckten den Kopf aus der Tür. Die meisten waren schockiert über den Einbruch, konnten aber ebenfalls nichts zur Aufklärung beitragen. Bei Decker waren jedoch ein, zwei Aussagen dabei, die sich als relevant herausstellten.

„Die einzige Person, die ich aus Mallons Zimmer habe kommen sehen, war Mallon selbst." Decker unterhielt sich gerade mit Kelly Liu. Sie war einundzwanzig, hatte raspelkurzes schwarzes Haar, dunkle mandelförmige Augen und wog höchstens vierzig Kilo. Ihr Zimmer war das fünfte.

„Wann war das?"

„Gegen Mitternacht."

„Sind Sie sich sicher?"

„Nein, vielleicht war's auch später. Ich hatte bis spät noch gelernt und war gerade wiedergekommen, da hab ich sie aus ihrem Zimmer kommen sehen."

„Und es war bestimmt Mallon?"

Kelly zögerte. „Ich glaub schon."

„Haben Sie ihr Gesicht gesehen?"

„Na ja, nicht richtig. Ich bin nur davon ausgegangen, dass sie es war, weil's eine Frau war."

„Und es war sicher eine Frau?"

„Ich glaube ja."

„Haben Sie mit ihr gesprochen?"
„Ich weiß nicht mehr genau. Ich glaube, ich hab Hallo gesagt. Auf jeden Fall haben wir uns nicht richtig unterhalten. Sie schien es sehr eilig zu haben."
„Um die Uhrzeit?"
„Sie lief total schnell. Alle stehen momentan total unter Strom, in einer Woche sind Prüfungen."
„Was hatte die Frau an?"
„Eine Jacke, vermutlich Jeans. An die Schuhe kann ich mich nicht erinnern."
„Welche Farbe hatte die Jacke?"
„Dunkel." Kelly überlegte. „Ich glaube, es war ein Hoodie. Sie können auch mit Jayden reden, der war dabei."
„Wo wohnt der?"
Kelly deutete auf eine Tür.
Decker nickte und reichte ihr seine Karte. „Rufen Sie mich an, wenn Ihnen noch etwas einfällt." Er klopfte an Jaydens Tür. Der junge Mann, der ihm aufmachte, hatte dunkle Haut, einen Vollbart und trug einen Turban. Jaydens Nachname lautete Khalsa. Seine Aussage deckte sich mit der von Kelly Liu.
„Aber ganz sicher sind Sie sich nicht, dass es Mallon war?"
„Nein."
„Aber es war definitiv eine Frau?"
„Würde ich sagen. Falls es ein Mann war, war er ganz schön schmächtig. So wie Mallon, deshalb dachte ich auch, sie wäre es. Aber genau hab ich sie nicht gesehen."
„Was hatte die Frau an?"
„Einen braunen Hoodie. Fand ich komisch … kam aus dem Zimmer mit der Kapuze auf. Für das Wetter war die Jacke zu dünn."
„Kelly sagte, die Frau schien es eilig zu haben."
„Ja, sie ging sehr schnell."
„Sonst noch etwas?"
Jayden schüttelte den Kopf. „Nein."
Decker gab auch dem jungen Mann seine Karte. Nachdem er eine Stunde lang die Studenten befragt hatte, traf er sich wieder mit McAdams, um sich gegenseitig auf den neuesten Stand zu bringen. Tyler hatte ebenfalls mit jemandem gesprochen, der angeblich gesehen

hatte, wie Mallon zwischen zwölf und ein Uhr ihr Zimmer betreten und wieder verlassen hatte. Er fragte Decker, was er davon hielt.

„Die Leute, mit denen ich gesprochen habe, waren sich wegen des zierlichen Körperbaus ziemlich sicher, dass es eine Frau war." Decker strich sich über den Schnurrbart. „Mallon behauptet nach wie vor, dass sie außer ihrer Forschung nichts Wertvolles besitzt. Ich weiß nicht, wieso Mallon einen Einbruch fingieren sollte, also glaube ich, jemand hatte es vielleicht tatsächlich auf ihre Aufzeichnungen abgesehen."

„Vielleicht hat Mallon nur so getan, um Aufmerksamkeit zu bekommen."

„Ich weiß nicht, Tyler. Auf mich hat ihre Reaktion echt gewirkt." Decker drehte sich zu dem jungen Mann um. „Du solltest trotzdem jetzt gehen, damit du später zurück nach Boston fahren kannst. Ich verständige jetzt die Campus-Polizei. Geh zurück in Mallons Zimmer, ich komme auch gleich."

„Und was genau sage ich ihr?"

„Am besten noch gar nichts." Nachdem Decker das Telefonat beendet hatte, ging auch er wieder zu Mallon. „Wie fühlen Sie sich?"

„Etwas benommen."

„Ich habe die Campus-Polizei benachrichtigt, es sollte bald jemand hier sein. Glauben Sie, Sie können so lange allein hier in Ihrem Zimmer bleiben?"

„Äh … kommt gar nicht infrage."

„Okay. Kannst du sonst irgendwo hin?", fragte Tyler.

„Rate mal."

„Vielleicht zu einem Freund oder einer Freundin?", schlug Decker vor.

„Seh ich aus, als ob ich Freunde hätte?" Schweigen. „Egal, mir fällt schon was ein."

„Du kannst jetzt gehen und dich hinlegen. Ich warte hier auf die Campus-Polizei", sagte Decker sagte zu Tyler.

McAdams signalisierte Decker, kurz mit vor die Tür zu kommen. „Mir geht's gut, Decker", sagte er im Flüsterton. „Du musst morgen bei der Arbeit auf der Matte stehen, ich nicht. Fahr du nach Hause, sag Rina, was los ist, und tauscht die Autos. Ich bleibe so lange bei Mallon und helfe ihr sogar beim Aufräumen. Mit mir wird sie eher reden."

„Glaub ich gerne, aber ich will nicht, dass du mit ihr alleine bist. Leute, die labil sind, interpretieren ganz schnell mal was falsch."

McAdams seufzte. „Wenn die Verwüstung hier echt ist, Boss, sollte sie wirklich nicht allein sein."

Decker dachte eingehend darüber nach. „Du fährst nach Hause, ich werde gemeinsam mit ihr hier warten."

„Und dann?"

„Hm." Decker hatte eine Idee. „Sie kann im Revier übernachten, bis wir wissen, was hier passiert ist. Da steht ein Klappbett, damit muss sie sich leider zufriedengeben. Jetzt gehst du nach Hause und ruhst dich aus."

„Viel zu aufgedreht. Gib mir was zu tun."

„Du kannst lernen, bis es Zeit für die Rückfahrt ist."

„Decker ..."

„Du kannst mir momentan nicht helfen, Tyler. Ich warte auch nur so lange bei Mallon, bis die Campus-Polizei ihre Aussage aufgenommen hat. Das wird 'ne Weile dauern. Danach fahre ich zum Frühstück nach Hause und erreiche hoffentlich endlich Aldo Ferraga."

„Wieso?"

„Wenn Mallon die Wahrheit sagt, hat jemand ihr Zimmer auf den Kopf gestellt. Vielleicht hatte der Einbrecher nach den Unterlagen gesucht, die wir bei Eli gefunden haben. Vielleicht hat er's aber auch auf andere Forschungsergebnisse abgesehen. Dr. Rosser war ja nicht besonders hilfreich, was das betrifft. Katrina Belfort ist anscheinend im Dauerstress, und Eli war ohnehin nicht ihr Student. Vielleicht erfahre ich ja etwas von Ferraga."

„Ich könnte ihn doch morgen früh anrufen. Dann musst du dich schon mal darum nicht mehr kümmern."

„Okay, meinetwegen. Danke." Decker fischte Rinas Autoschlüssel aus der Tasche. „Nimm den Volvo. Ich kann laufen."

„Und was ist mit Mallon? Sie hat vielleicht 'nen Koffer. Nimm du doch den Wagen, und ich laufe."

„Sicher hat sie nur so ein kleines Trolley-Ding. Ich bin vielleicht alt, aber das schaff ich grad noch. Jetzt ab mit dir nach Hause und ruh dich aus."

„Ich ruf dich an, sobald ich Ferraga erreicht habe."

„Schön. Du willst unbedingt mitarbeiten, schon klar. Ich hoffe nur, das hat nichts mit einer gewissen jungen Dame zu tun."

McAdams sah ihn entrüstet an. „Wie kommst du denn darauf?"

„Hübsch ist sie ja. Und du hattest ewig schon keine Freundin mehr, oder?"

„Kann ich dir jetzt eine verpassen, oder ist das schon Insubordination?"

„Ich sag's ja nur, damit du mal drüber nachdenkst, Tyler."

„Nicht nötig, alter Mann. Glaub mir, ich hab schon *intensiv* drüber nachgedacht."

KAPITEL DREIZEHN

Die Campus-Polizei brauchte eine Stunde, bis Mallon befragt und der Bericht über den Einbruch verfasst war. Danach dauerte es eine weitere halbe Stunde, bis Mallon ihr Zimmer aufgeräumt, geduscht, sich angezogen und einen kleinen Koffer gepackt hatte. Um kurz nach sechs Uhr morgens verließen Decker und sie das Wohnheim. Draußen herrschte die Art von Kälte, die Nasen rot färbte und Finger taub werden ließ. Auf dem Fußweg zum Revier ging über ihnen die Sonne in einem herrlichen Farbspiel aus Rot-, Rosa- und Orangetönen auf. Decker zog Mallons kleinen Trolleykoffer hinter sich her, während die junge Frau mit gesenktem Kopf und den Blick auf den Bürgersteig gerichtet neben ihm herlief. Auf die Frage, ob sie hungrig sei, zuckte sie nur mit den Achseln.

„Wann haben Sie das letzte Mal etwas gegessen?"

„Gestern war ich mit Ihrem Detective oder was immer er ist Mittag essen."

„Ja, Detective. Er hat schon hier am Revier gearbeitet, bevor ich mich habe herversetzen lassen."

„Mir hat er gesagt, er studiert Jura."

„Tut er auch. Auf dem Revier gibt's Kaffee und ein paar Automaten mit Knabberzeugs, schmeckt aber nicht besonders. Also wenn Sie sich vorher noch einen Muffin oder einen Bagel holen wollen, spricht nichts dagegen. Das geht auf mich."

„Wer kann dazu schon Nein sagen?" Als Decker nichts erwiderte, sagte Mallon: „Danke." Sie hatte schon wieder Tränen in den Augen. „Momentan bin ich nicht ich selbst. Oder vielleicht doch, und ich bin einfach total unhöflich."

Decker musste lächeln. „Essen Sie was, Mallon, dann sehen Sie wieder klarer."

„Vielleicht. Das Bagelmania ist gleich da vorne."

„Auf geht's." Dort angekommen, reichte Decker ihr einen Zwanzigdollarschein. „Könnten Sie mir einen Zwiebelbagel mit Frischkäse und einen schwarzen Kaffee mitbringen? Ich würde gerne meine Frau anrufen."

Mallon seufzte. „Ich will ja nicht nerven, aber könnten wir nicht im Bagelmania statt auf dem Revier essen? Wäre vermutlich netter."

„Klar, ich komm gleich nach.“ Es gelang ihm, trotz dicker Handschuhe Rinas Nummer korrekt einzutippen. „Hallo.“

„Hallo, Fremder.“

„Hat Tyler dir schon alles erzählt?“

„Ja. Bei dir alles in Ordnung?“

„Ja, alles bestens. Wo ist Tyler gerade?“

„Ist vor einer Viertelstunde gegangen.“

„Wohin?“

„Hat er nicht gesagt, aber er hat dein Auto genommen.“

„Na toll.“

„Er sagte, ihr wisst nicht, ob der Einbruch fingiert oder echt war.“

„Mehrere Zeugen haben Mallon aus ihrem Zimmer kommen sehen, als sie angeblich gar nicht dort war. Aber niemand hat sie definitiv erkannt oder mit ihr gesprochen, also war sie's vielleicht doch nicht. Vielleicht kann ich ja einen Zeugen auftreiben, der Mallon zwischen Mitternacht und ein Uhr morgens in der Pascal-Bibliothek gesehen hat.“

„Und tendierst du in eine bestimmte Richtung?“

„Sie wirkte wirklich verstört. Und mir fällt kein Grund ein, warum sie ihr eigenes Zimmer verwüsten sollte.“

„Damit Tyler sich um sie kümmert?“

„Ja, wäre eine Möglichkeit. Oder vielleicht hat sie auch Eli Wolfs Forschungsergebnisse gestohlen und versucht jetzt, den Verdacht von sich abzulenken. Aber in dem Fall lässt sie das erst recht verdächtig aussehen. Ich will sie jetzt mit aufs Revier nehmen, bis sie mit dem College eine andere Unterbringungsmöglichkeit vereinbaren kann.“

„Wie lange wird das dauern?“

„Keine Ahnung.“

„Du weißt ja, du kannst sie mit zu uns bringen.“

„Wäre keine gute Idee. Musst du heute nicht zur Arbeit?“

„Doch, aber nur den halben Tag und erst ab Mittag. Vielleicht würde ich ja was aus ihr rauskriegen.“ Rina zögerte. „So von Frau zu Frau.“

„Du würdest vermutlich sogar einen Mönch dazu kriegen, sein Schweigegelübde zu brechen. Ich will Mallon aber nicht privat bei uns haben.“

„Wieso ermittelst du überhaupt in diesem Einbruch, Peter, ist das nicht Aufgabe der Campus-Polizei?“

„Eigentlich schon.“ Decker hielt inne. „Sie hat uns angerufen, also sind wir hingefahren, vor allem, weil es so kurz nach Elis Tod passiert ist.“

„Du bist wirklich ein netter Mensch.“

„Du meinst, Idiot.“

„Nein, du kannst zwar ziemlich ruppig sein, aber du nimmst die Leute ernst.“

„Ich besorg mir schon mal ’nen Heiligenschein.“

„Jetzt lass dir doch mal ein Kompliment machen.“

„Danke, mein Schatz.“ Decker sah auf die Uhr. „Ich esse jetzt einen Bagel mit ihr. Vielleicht kommt dabei ja was Neues raus. Bis später und zieh dich warm an.“

„Hier drin sind es fast dreißig Grad.“

„Und hier draußen minus zehn. Jetzt haben wir schon die neuesten Smartphones, aber Hitze umleiten können die immer noch nicht …“

Als Decker das Café betrat, war Mallon gerade mit ihrem Laptop beschäftigt. Er setzte sich zu ihr an den Tisch und bestrich seinen Bagel dick mit Frischkäse. Er hatte ihn zur Hälfte verspeist, als sie endlich aufsah.

„Ich habe fast zwanzig E-Mails bekommen, ob’s mir gut geht. Das sind zwanzig mehr, als ich normalerweise kriege.“ Sie knallte ihren Laptop zu. „In zwei Stunden hab ich ein Seminar, und um zwölf treffe ich mich mit meiner Betreuerin. Vielleicht ist es am schlausten, wenn ich so lange einfach in der Pascal warte.“

„Ist das für Sie in Ordnung?“

„Falls nicht, ruf ich Tyler an.“ Sie sah Decker an. „Ich könnte auch Sie anrufen. Bestimmt halten Sie mich für ’ne Stalkerin, bin ich aber nicht.“

„Mallon, wir müssen uns über Ihre Unterbringung unterhalten.“

„In mein Zimmer im Wohnheim geh ich nicht zurück.“

„Sie müssen den Wohnservice der Uni kontaktieren und etwas finden, wo Sie vorübergehend unterkommen können.“

„Ich will nicht auf dem Campus bleiben, auf jeden Fall nicht alleine.“

„Die können Sie bestimmt in einem Zweierzimmer unterbringen.“

„Solange ich nicht weiß, was hier los ist, hab ich keine Lust, mein Zimmer mit ’nem Fremden zu teilen.“

„Es wäre sicher jemand, der auch hier studiert.“

„Umso schlimmer. Der spioniert dann hinter mir her und versucht, meine Ideen zu klauen.“

Paranoid, oder hat sie wirklich Feinde? „Sie müssen aber irgendwo übernachten. Mir fällt nichts mehr ein, Ihnen?“

„Ich schlaf einfach in der Bibliothek.“

„Das geht nicht auf Dauer.“

„Ich könnte bei Ihnen schlafen.“

„Geht leider auch nicht.“

„Tyler darf aber.“

„Stimmt. Er ist ein Arbeitskollege, Sie hingegen nicht.“

Mallon verzog das Gesicht. „Tja, keine Ahnung, was ich Ihnen noch sagen soll.“

„Wer ist noch mal Ihre Betreuerin? Katrina Belfort?“

„Ja. Ich wollte zwar zu Dr. Rosser, aber der ist *ausgebucht*. Er hat mir Belfort zugeteilt. Vermutlich, weil Frauen nur mit Frauen zusammenarbeiten sollen, der alte Chauvi.“

„Mir hat er gesagt, Sie seien sehr begabt.“

Mallon sah schockiert aus. „Damit er vor Ihnen gut dasteht. Er hasst mich.“

„Und wie kommen Sie mit Dr. Belfort zurecht?“

„Wirklich gut. Ich nenne Sie Katrina. Sie duzt sich mit fast allen Studenten aus ihrer Gruppe.“

„Vielleicht könnten Sie bei ihr unterkommen? Da sie Ihre Arbeit schon kennt, bräuchten Sie sich auch keine Sorgen zu machen, dass sie Ihnen Ihre Ideen stiehlt.“

„Alles kennt sie nicht.“

„Aber sie weiß zumindest, woran Sie arbeiten. Was meinen Sie, trauen Sie sich zu, sie zu fragen?“

„Ich weiß nicht.“

„Dann bleibt nur der Campus-Wohnservice, Mallon. Es sei denn, Sie wollen lieber mit aufs Revier oder in ein Obdachlosenasyl.“

„Wenigstens klaut mir da niemand meine Ergebnisse.“ Sie zuckte die Achseln. „Na ja, kann ja nicht schaden, mal bei ihr anzurufen.“ Mallon scrollte durch Ihre Kontaktliste und tippte dann auf einen Eintrag. Es klingelte ein paarmal, bevor sich der Anrufbeantworter einschaltete. „Hallo, Katrina, hier ist Mallon Euler. Du hast sicher schon gehört, was mir Schreckliches passiert ist. Ich wollte fragen, ob du mir eventuell einen Gefallen tun könntest. Kannst du mich bitte zurückrufen?“ Sie hinterließ ihre Nummer und legte auf. „Keine

Ahnung, wo sie um sieben Uhr morgens steckt, ans Handy geht sie jedenfalls nicht."

„Ich muss jetzt zur Arbeit. Wollen Sie mit aufs Revier kommen oder lieber in die Pascal gehen?"

„Ich fühl mich jetzt etwas ruhiger ... na ja, eher ausgelaugt." Sie sah sich im Lokal um. „Wissen Sie, was, das Bagelmania würde gehen. Hier ist viel los, und es gibt WLAN. Ich bleib gleich hier, bis um neun mein Seminar anfängt. Um zwölf habe ich eh einen Termin bei Katrina. Wird schon okay sein ... Hoff ich zumindest."

Decker reichte ihr erneut seine Karte. „Sie können mich jederzeit anrufen, Mallon."

„Wo ist eigentlich Tyler?" Sie versuchte, die Frage ganz beiläufig klingen zu lassen.

„Heute Nachmittag geht's zurück nach Boston."

„Nach Harvard?" Als Decker nicht darauf einging, sagte sie: „Sagen Sie ihm Auf Wiedersehen von mir. Das ist jetzt schon das zweite Mal, dass er mich rettet. Doppelt so oft wie jeder andere in meinem kleinen Loser-Leben."

McAdams war bereits im Revier. Er saß auf Deckers Platz, die Füße auf dem Schreibtisch, und schrieb etwas auf seinem iPad. Er trug einen schwarzen Rollkragenpullover, schwarze Cordhosen und feste Schuhe. „Ich hab versucht zu schlafen. Keine Chance, also bin ich hergekommen. Dein Auto habe ich zurückgebracht, brauchst dich um nichts zu kümmern. Dr. Ferraga hat mich zurückgerufen. Du hast um elf Uhr dreißig einen Termin bei ihm." Tyler hielt einen Hefter in die Höhe. „Elijah Wolfs Obduktionsbericht. Der Coroner hält es für Selbstmord."

Decker musterte ihn. „Kann ich mich endlich setzen?"

„Klar. Hol dir 'nen Stuhl." Decker schob unsanft McAdams' Füße vom Tisch.

Der junge Mann stand auf. „Wenn ihr meinen Schreibtisch in Ruhe gelassen hättet, müsste ich dir deinen Platz nicht wegnehmen."

„Ich hab meinen Kram längst weggepackt. Setz dich und hör auf zu jammern."

„Heute Morgen hat mich Dr. Kent zurückgerufen."

„Wer war das noch mal?"

„Mein Mathelehrer von der Exeter. Er konnte sich an Mallon erinnern. Sie hat die Schule verlassen, weil sie sich frühzeitig fürs College beworben hat. Er hat ihr damals eine Empfehlung geschrieben. Er hält sie für ein großes Mathetalent."

„Also steckte nichts Schlimmes dahinter."

„Nein."

Decker überflog den Obduktionsbericht. „Ziemlich eindeutig. Toxikologische Untersuchung negativ. Allerdings wurde nur auf die gängigen Sachen getestet. Vielleicht hat er was Ungewöhnlicheres genommen."

„Und was glaubst du?"

„Dass es Selbstmord war." Decker legte den Bericht auf den Schreibtisch. „Morgen fahre ich raus zu seinen Eltern und überbringe ihnen die Neuigkeiten persönlich."

„Was ist deiner Meinung nach passiert?"

„Keine Ahnung. Besonders merkwürdig ist, dass er laut Dr. Rosser den ganzen letzten Monat viel umgänglicher gewesen sein soll."

„Um sich so von den Leuten zu verabschieden, die ihm geholfen haben?"

„Könnte sein." Decker seufzte. „Jammerschade."

Selbst Tyler sah betrübt aus. „Allerdings."

„Jedenfalls haben wir jetzt das Ergebnis." Er sah McAdams an. „Kann ich davon ausgehen, dass du den Mietwagen für Boston gebucht hast?"

„Ich würde gern noch bis morgen bleiben. Dann könnte ich auch mit zu Elis Eltern kommen."

„Tyler, du hast versprochen zu fahren. Hier bist du momentan fehl am Platz."

„Kann man drüber streiten. Außerdem gibt's gute Gründe: Dr. Gold hat erst morgen Nachmittag Zeit für mich. Das heißt, falls du ihm immer noch Elis versteckte Unterlagen geben willst. Hoffentlich hat sich Rosser bis dahin gemeldet."

Der Junge hatte recht. „Schön. Ich fahr dich dann morgen rauf nach Boston."

„Danke, Boss."

„Na ja, dann finden wir eben raus, worum es bei Elis Unterlagen geht. Vielleicht verstehen wir dann besser, warum er sich umgebracht hat. Aber danach setz ich dich endgültig vor die Tür."

„Ich kann ganz schön nerven, oder?"

„Nein, du nervst nicht.“ Decker schwieg einen Moment. „Darf ich dich mal was fragen? Ganz ernsthaft.“

„Oh-oh.“

„Warum hilfst du mir bei dieser ganzen Fleißarbeit, wenn du gar nicht mehr zur Polizei willst?“

„Woher willst du das wissen? Weiß ich ja selber nicht. Eins steht jedenfalls fest: Ich mach keinen stumpfsinnigen Schreibtischjob. Dafür hab ich zu viele Hummeln im Hintern.“

„Aber als Detective machst du hauptsächlich genau das.“

„O nein. Du hast zwar ’nen Schreibtisch, aber deshalb machst du noch lange keinen Schreibtischjob. Ein großer Unterschied.“ Tyler überlegte. „Ich mache meinen Abschluss in Jura. Ich wär ja schön blöd, wenn ich’s nicht täte. Dann mach ich noch die Zulassungsprüfungen für die verschiedenen Bundesstaaten, weil ich dann an die ganze Kohle von meinem Großvater komme. Und danach arbeite ich vielleicht als Anwalt. Oder als richtiger Detective in einer richtigen Stadt. Oder aber ich geh nach Hollywood und gewinne den Oscar für mein Drehbuch. Die ganze Welt steht mir offen, Decker. Du kannst mir doch meine Träume nicht kaputt machen.“

„Wenn du davon träumst, ein Cop zu werden, willst du aber nicht gerade hoch hinaus.“

„Alles andere würde mich reichen Müßiggänger doch völlig überfordern.“ Ein grimmiges Lächeln. „Da ich ja heute noch hier bin, würde ich gerne mit zu Dr. Ferraga kommen.“

„Klar, komm mit.“

„Und ich hätte auch Zeit, dich zu Elis Eltern zu begleiten. Liegt auf dem Weg nach Harvard.“

„Okay.“ Decker dachte nach. „Dann könnte ich ja gleich mit nach Harvard kommen.“

„Keine schlechte Idee.“

„Nimm einen Notizblock mit, McAdams. Geht leichter als mit dem iPad.“

Tyler hielt ein Ringbuch hoch. „Das ist aus deinem Schreibtisch. Du hast hoffentlich nichts dagegen.“

„Als ob das einen Unterschied machen würde.“

„Stimmt, ich hätt’s mir trotzdem genommen. Wollte nur mal meine Höflichkeitsfloskeln anbringen.“

KAPITEL VIERZEHN

„Ich war nicht Elis Hauptbetreuer." Aldo Ferraga sprach mit einem leichten melodischen italienischen Akzent. Vor dem Treffen hatte Decker über ihn recherchiert. Der Professor lebte seit über zwanzig Jahren in Amerika.

„Wie ich weiß, haben Sie bereits mit Dr. Rosser gesprochen. Mehr kann ich Ihnen auch nicht sagen."

„Aber als Mitglied von Elis Betreuungsausschuss hatten Sie doch auch mit ihm zu tun."

„Wir sind ein kleines Department. Ich bin in einer ganzen Reihe von Ausschüssen." Ferraga war klein und schlank. Seine hellen Augen waren rot gerändert, und er hatte einen dunklen Vollbart. Er trug ein Hemd ohne Krawatte, braune Hosen und ein braunes Cordjackett mit aufgesetzten Taschen aus Wildleder, dazu braune Wildlederslipper. Der Blazer war nicht nur Affektiertheit: In seinem Büro war es ziemlich kalt.

„Morgen fahre ich zu seinen Eltern. Soll ich ihnen etwas ausrichten?"

„Sie haben noch nicht mit den Eltern gesprochen?"

„Nach dem offiziellen Bericht noch nicht."

„War es Selbstmord?"

„So stand es im Bericht."

„Dann ist es eine Tragödie, er war viel zu jung. Und noch dazu so begabt. Er hatte einen außergewöhnlich brillanten Verstand. Was für ein Verlust."

„Machte er einen besorgten Eindruck?"

„Ernsthaft ja, aber nicht besorgt. Ich fand Elijah immer eher sanftmütig. Ihm fehlte diese akademische Ellbogenmentalität. Immer hilfsbereit, wenn ihn jemand brauchte."

„Sozial inkompetent?"

„Das fiel hier im Department nicht weiter auf." Ferraga hielt kurz inne. „Auf der Weihnachtsfeier letzten Monat war er richtig charmant … unterhielt sich mit allen."

„Er hat Fourier-Analyse studiert?"

„Eigentlich hatte er sich auf Fourier-Transformationen verlegt."

McAdams klopfte mit dem Bleistift auf seinen Block. „Höhere Mathematik."

„Richtig."
„Also ein Studiengebiet für Fortgeschrittene."
„Kann man nicht sagen. Gehört für jeden Mathematiker zu den Grundlagen. Je nachdem, was Sie damit machen, kann es auch komplexer werden."
„Und was hat Eli damit gemacht?", fragte McAdams.
„Das müssen Sie Dr. Rosser fragen."
„Von ihm haben wir leider kaum etwas erfahren", sagte Decker.
„Viele Professoren haben einen gewissen Besitzanspruch, was ihre Studenten angeht."
„Besonders wenn der Betreffende geheime Aufzeichnungen in seinem Schreibtisch hatte."
„Ja, davon hatte ich schon gehört. Haben Sie die Aufzeichnungen?"
„Ja."
„Aber Sie wollen keinen von uns einen Blick darauf werfen lassen."
„Es gibt zu viele, die sich dafür interessieren. Es ist sicherer, wenn wir sie jemand Externem zeigen. So vermeiden wir Diebstahl geistigen Eigentums."
„Nur wenn Ihr Ansprechpartner vertrauenswürdig ist."
„Dr. Mordechai Gold in Harvard", sagte McAdams.
Ferraga rang sich ein Lächeln ab. „Natürlich. Und wenn Sie dann herausgefunden haben, was drinsteht, könnten Sie vielleicht so freundlich sein, uns allen mitzuteilen, was daran so weltbewegend war, dass Elijah es für nötig befand, seine Arbeit zu verstecken. Aus unseren wenigen Gesprächen – ja, wir haben uns tatsächlich ein paarmal unterhalten – konnte ich nicht entnehmen, dass Eli vor einem größeren Durchbruch stand."
„Aber Sie können es nicht mit Bestimmtheit sagen."
„Nein. Aber er hat die Ausrichtung seiner Arbeit geändert, das weiß ich ganz sicher."
„Inwiefern?"
„Mehr in Richtung Angewandte als Reine Mathematik. Was nicht verwunderlich ist, Eigenwerte und Fourier-Transformationen haben etliche praktische Anwendungsgebiete."
„Zum Beispiel?" Decker musste lachen. „Nein, ich sag's lieber gleich, ich habe keine Ahnung, was eine Fourier-Transformation ist."
„Warum sollten Sie auch? Ich weiß schließlich auch nicht, wie man

einen Zeugen vernimmt."

„Könnten Sie's mir in einfachen Worten erklären?"

„Eigentlich handelt es sich um eine Integraltransformation, die Zeitfunktionen in Frequenzfunktionen umwandelt, das heißt in Sinus- bzw. Cosinus-Wellen."

„Und wobei käme das in praktischer Hinsicht zum Tragen?"

„Überall dort, wo man mit Diagrammen arbeitet. Wann immer man wissen möchte, wie eine komplexe Form aufgebaut ist, würde man Fourier-Transformationen anwenden."

Ferraga schien etwas abzuwägen.

„Ich weiß, nicht ob es stimmt, und ich möchte keine Gerüchte verbreiten, also bleibt das unter uns: Elijah soll das ganze letzte Jahr mit Lennaeus Tolvard zusammengearbeitet haben."

„Warum soll das unter uns bleiben?"

„Am Kneed Loft wird es nicht gerne gesehen, wenn man sich einen Hauptbetreuer aussucht und dann mit jemand anderem arbeitet."

„Elis Ruf kann das jetzt nichts mehr anhaben."

„Aber vielleicht dem von Lennaeus Tolvard."

„Wieso sollte es einem Professor etwas ausmachen, wenn einer seiner Studenten mit jemand anders zusammenarbeitet?", erkundigte sich McAdams. „Wissensdurst ist doch was Positives, oder?"

Ferraga warf ihm einen genervten Blick zu. „Wir haben alle sehr viel zu tun, Detective. Wenn wir einen Studenten in unsere Forschungsgruppe aufnehmen, erwarten wir, dass er auch für uns arbeitet und unsere Ergebnisse nicht anderweitig verbreitet."

„Kompetenzgerangel."

„Keineswegs, Detective, sondern Diebstahl geistigen Eigentums."

„Wie schreibt sich ‚Lennaeus Tolvard'?", erkundigte sich Decker.

Ferraga buchstabierte den Namen.

McAdams setzte die Befragung fort. „Wenn Eli mit diesem Tolvard gearbeitet hat, könnte das eine Erklärung sein, warum er die Unterlagen hinter seiner Schreibtischschublade versteckt hat. Niemand sollte wissen, dass er einen neuen Mentor hatte." Er sah Ferraga an. „Was wäre passiert, wenn Eli offiziell den Betreuer hätte wechseln wollen?"

„Wie gesagt, hat ein Student eines höheren Semesters einen Betreuer gewählt, sollte er oder sie nach Möglichkeit nicht mehr wechseln."

„Also hätte Eli es gar nicht gedurft?"

„Es ist unwahrscheinlich, dass ein anderer Dozent aus dem Department ihn genommen hätte. Er hätte es heimlich halten, Verzeihung, geheim halten müssen."

„Und Sie haben auch keine Vermutung, an was Eli und Tolvard gearbeitet haben könnten?"

„Tolvard ist Professor am Physik-Department, sein Spezialgebiet ist Kosmologie. Im Weltraum gibt es unzählige Anwendungsgebiete für Fourier-Transformationen. Ich glaube nicht, dass das ein Aspekt von Elis Abschlussarbeit war, aber erkundigen Sie sich besser bei Dr. Rosser. Meine Vermutung ist, er hat sich einfach für das Gebiet interessiert und sich auf eigene Faust darum gekümmert."

„Und Sie glauben nicht, Dr. Rosser hat davon gewusst?"

„Sicherlich hat er wie ich Gerüchte gehört. Aber was er letztendlich unternommen hat?" Ferraga zuckte die Achseln.

„Wenn Eli gemeinsam mit Tolvard eine Entdeckung gemacht hätte, wer hätte dann Anspruch auf die Ergebnisse, Rosser oder Tolvard?"

„Hm, interessante Frage. Im Falle einer Publikation würden vermutlich beide als Autoren aufgeführt. Aber wer als Hauptautor, weiß ich nicht."

„Nicht Eli selbst?"

„Natürlich nicht. Er würde zwar erwähnt, aber die Hauptautorschaft beansprucht generell der Betreuer."

„Also wäre es ein Problem, wenn er mit Tolvard statt Rosser als Hauptautor etwas veröffentlicht hätte."

„Aber ja. Aber ich glaube nicht, dass er sich wegen eines Kompetenzgerangels, wie Sie es nennen, umgebracht hätte."

„Was, wenn er ohnehin psychisch labil gewesen wäre?"

„Da sind Sie hier falsch, Detective." Ferraga sah auf die Uhr und runzelte die Stirn. „Das Psychologie-Department von Kneed Loft ist im dritten Stock."

Das Café von Kneed Loft war rundum mit großen Whiteboards bestückt, die über und über mit unverständlichen Gleichungen bedeckt waren. Ständig sprang jemand auf, um etwas aufzuschreiben, wenn er oder sie einen Einfall hatte. Hier war die Arbeit der Studenten für jedermann sichtbar. Privatsphäre war in der heutigen Zeit ein Fremdwort.

McAdams nahm einen kleinen Schluck von seinem Espresso. „Da hat Eli anscheinend einen Riesenfauxpas begangen. Aber selbst wenn, ich kann nicht glauben, dass er deshalb Selbstmord begehen würde."

„Ich auch nicht. Aber es ist nicht Sache der Polizei, herauszufinden, was der wahre Grund war."

„Also war's das für dich mit Elis Selbstmord?"

„Alle weiteren Nachforschungen wären kontraproduktiv. Morgen besuchen wir seine Eltern, und damit hat sich die Sache. Da du ohnehin zurück nach Harvard musst, bringen wir Gold die Aufzeichnungen vorbei. Mal sehen, worum es dabei geht. Aber ich bezweifle, dass das etwas mit Elis Selbstmord zu tun hat."

„Was steht als Nächstes auf dem Programm?"

„Ich muss zurück aufs Revier. Ich bearbeite gerade ein paar kleinere Einbruchsdiebstähle. Elektronikgeschäfte. Muss mir die Aufzeichnungen der Überwachungskameras ansehen. Du kannst nach Hause und lernen."

„Oder mit Lennaeus Tolvard reden."

„Falls er überhaupt mit dir spricht, wird er bestimmt nicht zugeben, mit dem Studenten eines anderen Professors zusammengearbeitet zu haben."

„Ich kann's doch trotzdem versuchen."

„Klar, wenn du meinst, du willst deine Zeit lieber damit zubringen, als dich auf deine Prüfungen vorzubereiten …"

Mallon Euler kam plötzlich durch die Tür gestürmt, bepackt mit zwei kleinen Trolleykoffern und einem Rucksack. Hinter ihr kam Damodar Batra herein, der Student, der als Erster Elijah Wolf anhand des Obduktionsfotos identifiziert hatte. Mallon unterhielt sich angeregt mit ihm, hörte aber anscheinend mitten im Satz auf, als sie Decker und McAdams entdeckte. Ihr Gepäck hinter sich herziehend, kam sie zu ihnen an den Tisch, Batra im Schlepptau. Er trug eine Daunenjacke, Jeans und Winterstiefel, Mallon hatte noch die Steppjacke vom Morgen an.

„Sie ist einfach nicht erschienen", platze Mallon los. „Mann, wie mich das ankotzt."

„Äh, mit ‚sie' meinst du Katrina Belfort, richtig?"

„Ja, messerscharf kombiniert, Detective McAdams."

„Kein Grund, gleich biestig zu werden."

„Zufällig bin ich ziemlich beunruhigt. Ich kann sie weder auf dem

Handy noch per SMS, E-Mail, Twitter oder Facebook erreichen. Und heute Morgen hat sie noch niemand gesehen. Nach dem Vorfall letzte Nacht mach ich mir echt Sorgen."

„Haben Sie die Campus-Polizei benachrichtigt?", fragte Decker.

„Sie wohnt nicht auf dem Campus, Detective. Sie lebt in der Stadt. Und dafür sind Sie ja wohl zuständig."

„Wissen Sie ihre Adresse?"

„Bluejay Lane." Mallon nannte ihnen auch die Hausnummer. „Könnten Sie da vielleicht gleich mal vorbeifahren?"

„Machen wir." Decker erhob sich. „Haben Sie mittlerweile eine Übernachtungsmöglichkeit gefunden, Mallon? Sie können nicht ewig Ihr Hab und Gut mit sich rumschleppen wie eine Schnecke."

„Damodar hat mir angeboten, ich kann bei ihm übernachten, bis ich was anderes gefunden habe. Wir vertrauen uns, weil unsere Arbeitsgebiete überhaupt nichts miteinander zu tun haben."

„Wirklich gar nichts. Wir wollten gerade 'nen Kaffee trinken, bevor wir ihr Zeug in mein Zimmer bringen", bestätigte Batra.

„Wenn Sie rausgefunden haben, was mit Dr. Belfort los ist, könnten Sie mir Bescheid sagen? Passt einfach nicht zu ihr, ein Treffen ausfallen zu lassen."

„Sie ist immer pünktlich und sehr sorgfältig", fügte Batra hinzu.

„Ich werd mal nach ihr sehen ... ich melde mich." Decker drehte sich zu McAdams um: „Kommst du mit?"

„Ich wollte eigentlich hierbleiben. Vielleicht kann ich ja mit Professor Tolvard sprechen."

„Aha, Sie haben also auch die Gerüchte gehört. Dass Eli mit Tolvard gearbeitet hat", kommentierte Batra.

„Wusste ich ja gar nicht." Mallon war entrüstet.

„Du bist mehr theoretisch, ich mehr angewandt. Ich kenne Leute in beiden Bereichen, da hör ich so einiges", sagte Batra.

„Und was genau?", fragte McAdams.

„Nur, was ich gerade gesagt habe. Dass Eli mit Tolvard gearbeitet haben soll."

„Haben Sie eine Vermutung, woran?"

„Nein, aber da Tolvard bei den Physikern für den Weltraum zuständig ist und Eli über Fourier-Serien geforscht hat ..."

„Fourier-Transformationen", korrigierte ihn McAdams.

„Ach so, dann hat er sich von der Reinen Mathematik auf die Angewandte verlegt. Das macht jetzt alles Sinn. Vermutlich hat er was mit kosmischer Strahlung gemacht."

„Ist das nicht allerstrengstens verboten … seinen Betreuer zu wechseln? Denn falls nicht, hab ich jetzt die Nase voll von Katrina", sagte Mallon.

„Ich glaube nicht, dass der Wechsel offiziell war", sagte Decker.

„Also hat er's auf die heimliche Tour gemacht", folgerte Damodar.

„Warum haben Sie von Katrina Belfort die Nase voll?", fragte Decker Mallon.

„Sie ist zwar nett, aber nie hat sie richtig Zeit für mich. Ich hab erst nach einer Woche einen Termin bei ihr bekommen, dabei ist sie meine Betreuerin. Wie soll das erst werden, wenn ich sie in einem Monat oder so wirklich brauche?"

„Geh nur zu Profs, die 'ne feste Stelle haben", sagte Batra. „Die Assis haben keine Zeit, und außerdem muss man ständig Angst haben, dass sie einem die Ergebnisse klauen."

„Ich find's nur komisch, dass kein Mensch sie gesehen hat. Nach gestern Nacht mach ich mir wirklich Sorgen", sagte Mallon.

Decker zog sich die Jacke an. „Ich mach mich auf den Weg."

Tyler erhob sich ebenfalls. „Ich komme mit raus." Als sie das Café verlassen hatten, sagte Decker: „Ich sag dir Bescheid, falls ich bei Belfort zu Hause etwas rausfinde. Und du meldest dich, wenn du was Wichtiges über Eli und Tolvard hörst. Nennt sich Teamarbeit."

„Nicht meine Stärke."

„Sondern?"

„Leuten auf die Nerven gehen. Nützlich, wenn man Detective ist."

„Gratuliere, Tyler, diese eine Begabung hast du wirklich zur Perfektion gebracht."

KAPITEL FÜNFZEHN

Katrina Belforts Haus war ein um die letzte Jahrhundertwende erbauter Bungalow mit weißer Holzverkleidung, blauen Fensterläden und Einfassungen, einer kleinen Veranda mit Stuhl sowie einem Blumenbeet vor dem Haus, das derzeit unter einer Schneedecke verborgen war. Ein frei geschaufelter Pfad führte zur Haustür. Diverse Fußabdrücke waren schon wieder mit einer feinen Schicht Schnee bedeckt. Hinter dem Haus begann der Wald. Decker ging zur Tür und klopfte. Als niemand öffnete, zog er die Handschuhe aus und nahm einen Satz Dietriche aus der Jackentasche. Er kniete sich hin und neigte den Kopf, bis er durch das Schlüsselloch sehen konnte, dann steckte er den ersten Dietrich ins Schloss und tastete damit herum, bis er spürte, wie die Stifte einrasteten. Er war ganz in seine Arbeit vertieft, als er auf einmal eine männliche Stimme hörte.

„Verzeihung, kann ich Ihnen helfen?"

Decker drehte sich um, stand auf und klopfte sich den Schnee von den Knien. „Polizei." Er hielt dem Mann seine Dienstmarke hin, die dieser flüchtig betrachtete. Er schien Ende siebzig oder Anfang achtzig zu sein, ein paar weiße Haarsträhnen guckten ihm vorne aus der grünen Celtics-Wintermütze. Er hatte hellblaue Augen, ein wettergegerbtes Gesicht und ging leicht gebückt. „Und Sie sind?"

„Harvey Calloway. Ich wohne gegenüber."

„Ich suche Katrina Belfort. Sie ist heute Morgen nicht zur Arbeit erschienen, und ihre Kollegen sind etwas beunruhigt. Haben Sie sie heute früh gesehen?"

„Nein, heute noch nicht."

„Und gestern Abend?"

„Nein, auch nicht."

„Können Sie sich noch erinnern, wann Sie sie das letzte Mal gesehen haben?"

Calloway dachte gründlich nach. „Vor ein oder zwei Tagen. Normalerweise mache ich schon sehr früh meinen Morgenspaziergang und komme zurück, wenn sie gerade zur Arbeit geht."

„Um wie viel Uhr etwa?"

„Gegen halb acht."

„Sind Sie befreundet?"

„Nein, wir kennen uns nur vom Sehen. Wir grüßen uns jeden Morgen: ‚Hi, Katrina. Hi, Harvey.' Wenn wir, also meine Frau und ich, ein paar Tage zu unserer Tochter fahren, holt Katrina für uns die Zeitungen rein. Sie sagt, sie macht das gerne, weil sie selbst kein Zeitungsabo hat und so endlich mal dazu kommt, morgens zum Kaffee die Zeitung zu lesen. Ich hab sie gefragt, warum sie nicht die Lokalzeitung abonniert. Angeblich holt sie sich die Nachrichten aus dem Internet. Ist eben eine andere Generation."

Er hob den Zeigefinger, um anzudeuten, dass er noch nicht fertig war.

„Zu Weihnachten haben wir ihr ein Abo für den *New Yorker* geschenkt. War ehrlich gesagt die Idee meiner Frau. Katrina hat sich gefreut und uns zum Dank einen Kuchen gebacken. Sehr professionell. Einer von diesen dünnen mit mehreren Schichten und viel Zimt und Gewürzen. Ich glaube, es war ein holländischer Kuchen, weil sie holländische Vorfahren hat. Jedenfalls war er ganz köstlich, obwohl wir eigentlich etwas auf die Kalorien achten sollten."

„Klingt, als kannten Sie beide sich doch ganz gut."

„Ich bin eben jemand, der auf die Leute zugeht. Ich rede mit jedem. Was ist denn los?"

„Wie gesagt, Ms. Belforts Kollegen haben sich Sorgen gemacht, weil sie heute nicht zur Arbeit gekommen ist." Decker überlegte. „Hat sie viele Freunde?"

„Sie ist nicht der Partytyp, wenn Sie das meinen. Glauben Sie, ihr ist etwas zugestoßen?"

„Keine Ahnung. Ich will mich nur umsehen, weil es nicht zu ihr passt, ohne Bescheid zu sagen wegzubleiben." Beide Männer schwiegen, dann fragte Decker: „Waren Sie schon mal bei ihr zu Hause?"

„Ein paarmal. Zum Beispiel, um uns für den Kuchen zu bedanken."

„Würden Sie dann mit reinkommen und mir sagen, ob alles so aussieht wie bei Ihrem letzten Besuch? Aber fassen Sie bitte nichts an."

„Ist das denn erlaubt?"

„Wenn ich noch beim LAPD wäre, ausgeschlossen. Das Türschloss dürfte ich natürlich auch nicht knacken. Aber das hier ist nicht Los Angeles, sondern eine Kleinstadt. Und wenn jemand nicht zur Arbeit erscheint und man denjenigen nicht erreichen kann, mache ich mir Gedanken. Sie müssen aber nicht mit reinkommen, Mr. Calloway."

„Nein, nein, ich helfe doch gerne."

„Gut. Sollte nicht lange dauern." Decker bückte sich wieder und öffnete mit den Dietrichen das Schloss komplett. Es sprang zwar auf, aber eine Türkette an der Innenseite verhinderte, dass die Tür ganz aufging. Das sprach eigentlich dafür, dass die Bewohnerin sich im Haus befand. Natürlich konnte es auch sein, dass sie es durch die Hintertür verlassen hatte. „Moment." Decker zog die Tür wieder ein Stück zu und konnte mit einem Haken die Kette lösen.

Er betrat ein ordentlich aufgeräumtes Wohnzimmer mit altmodischen Möbeln, die wie Erbstücke aus Großmutters Zeiten aussahen. Höchstwahrscheinlich wurde das Haus möbliert vermietet. Es gab ein Sofa mit verschnörkeltem Eichenholzgestell und einem Bezug mit weißblauem Irismuster, einen Couchtisch aus Eiche sowie zwei leicht abgewetzte Ohrensessel. Auf dem Schreibtisch stapelten sich Unterlagen, dort stand auch ein überdimensionierter Computerbildschirm. Dahinter befand sich ein Regal mit Lehrbüchern. Decker entdeckte einige gerahmte Fotos: Belfort mit einem Mann mit langen blonden Haaren, beide mit strahlendem Lächeln und Skiern und Skistöcken in der Hand. Ein anderes zeigte ein älteres Paar links und rechts von Katrina und denselben blonden Mann. Das dritte Bild war eine Porträtaufnahme: Katrina, das Kinn auf die Hand gestützt. Decker zog sich Latexhandschuhe an und griff das Skifoto. „Ihr Freund?"

„Da bin ich überfragt."

„Na gut." Er stellte das Bild zurück. „Würden Sie sagen, jemand hat sich am Haus zu schaffen gemacht?"

„Sieht nicht so aus."

Die Küche war durch eine Marmortheke vom Wohnbereich getrennt. Decker warf einen Blick hinein. Alles lag an seinem Platz, auch die Nahrungsmittel im Kühlschrank waren weder abgelaufen noch verdorben. „Ich sehe mich jetzt weiter um."

„Kann ich mitkommen?"

Decker nahm einen tiefen Atemzug. Kein Verwesungsgeruch, der für eine Leiche sprechen würde. Allerdings war es ziemlich kühl im Haus. „Warten Sie besser hier, ich bin gleich wieder da."

„Okay."

„Aber bitte fassen Sie nichts an und setzen Sie sich nirgends hin, wenn irgend möglich."

„Ja, kein Problem."

Decker brauchte zehn Minuten für eine vorläufige Durchsuchung: Anscheinend alles so weit in Ordnung. Es gab zwei Schlafzimmer und ein separates Bad. Die Betten waren gemacht, das Badezimmer sauber und die Hintertür abgeschlossen. Er ging zurück ins Wohnzimmer. „Wir können gehen."

„Was Verdächtiges gefunden?"

Decker schüttelte den Kopf. „Ich sehe mich jetzt mal hinter dem Haus um und gehe auch ein Stück in den Wald. Schlimme Vorstellung, dass Ms. Belfort vielleicht da draußen mit einem gebrochenen Bein oder so liegt und auf Rettung wartet."

„Kann ich Sie begleiten?"

„Nein, vielen Dank. Das ist Aufgabe der Polizei."

„Sagen Sie mir Bescheid, wenn Sie was rausfinden? Egal, ob gut oder schlecht?"

„Natürlich."

„Falls Sie sich aufwärmen wollen: Ich setze schon mal Wasser auf."

„Darauf komme ich vielleicht zurück, aber momentan geht's noch."

Die beiden Männer traten vor die Tür, und Calloway ging zurück zu seinem Haus. Decker ging denselben Weg durch den Bungalow zurück, den er gekommen war, und verließ ihn durch die Hintertür. Der Garten war klein, und überall lag Schnee. Trotzdem konnte man hier einiges ablesen, denn die Schneedecke war nicht mehr glatt. Es gab keine Fußabdrücke als solche, aber der Schnee war zu unregelmäßigen Verwerfungen verschoben.

Als hätte jemand versucht, Spuren zu verwischen.

Decker betrachtete einen Moment lang eingehend den Garten und überlegte sich seine nächsten Schritte. Er holte sein Handy heraus und rief McAdams an. „Was machst du gerade?"

„Ich bereite mich im Café von Kneed Loft auf meine Prüfungen vor und warte darauf, dass mich Tolvard wegen eines Termins zurückruft."

„Dann studier schön weiter, bis später."

„He, Moment mal. Was gibt's Neues von Dr. Belfort?"

„Sie ist nicht da, und im Haus ist so weit auch alles in Ordnung. Jetzt zurück an die Bücher."

„Du hast doch nicht angerufen, nur um mir zu sagen, dass alles okay ist. Was ist los? Die Wahrheit, bitte."

Das schuldete Decker dem Jungen, allein weil er es als guter Cop bemerkt hatte. „Mit dem Garten hinter dem Haus stimmt was nicht. Die Schneedecke ist durcheinander, als ob jemand Fuß- oder Schleifspuren verwischen wollte. Das sage ich, weil hinter dem Haus der Wald anfängt und ich mich frage, ob da vielleicht ihre Leiche liegt. Ich seh mich da jetzt mal um."

„Warte auf mich, Peter."

„Nicht nötig."

„Du hast mich angerufen, jetzt musst du mich auch mitnehmen."

„Okay, dann warte ich. Aber beeil dich, mir ist kalt."

„Ich bring dir von hier 'nen Kaffee mit."

„O ja, aber einen großen. Ich habe das Gefühl, wir sind hier länger beschäftigt."

Wandern in waldigem Gebiet hatte auch bei gutem Wetter seine Tücken. Die Wälder sahen alle gleich aus, und man verlor leicht die Orientierung. Hinzu kam, dass der Handyempfang meist schlecht war, wenn überhaupt vorhanden. Aber Decker wusste, dass er sich bei Frost, wenn die Wege vereist waren und man achtgeben musste, wohin man trat, keinesfalls verirren durfte. Ganz besonders jetzt nicht, wo Tyler dabei war. Decker öffnete den Kofferraum, nahm seinen Survival-Rucksack heraus und hängte ihn sich über die Schulter. Er enthielt Wasser, Sohlenwärmer, gefriergetrocknete Mahlzeiten und, ganz wichtig, warme Kleidung zum Wechseln. Er hatte auch einen Kompass, Notizblock, eine Kamera und Beweismittelbeutel eingepackt.

Der Winterwald zeigte sich in einem wenig einladenden Spektrum von Grautönen: rau, trist und vollkommen unwirtlich. Zigtausende von kahlen Bäumen ragten aus dem Schnee, die Wurzeln tief vergraben unter abgefallenem Laub und verrottenden Pflanzenresten. Zwischen den Laubbäumen standen hier und da Fichten und andere Nadelbäume. Je nach Windrichtung konnte Decker einen würzigen Weihnachtsbaumgeruch wahrnehmen. Überall tropfte es von den Bäumen; es war unangenehm nasskalt.

McAdams trat unruhig von einem Fuß auf den anderen. „Wie lange hattest du vor, da draußen zu bleiben?"

„Vielleicht ein, zwei Stunden. Übrigens danke für den Kaffee. Ist dir warm genug?"

„Ja, geht. Soll ich das für dich tragen, alter Mann?"

„Wenn du mich unbedingt so nennen musst, kannst du wirklich den Rucksack nehmen." Decker streifte ihn ab und reichte ihn McAdams.

„Schwer!"

„Selbst schuld."

Der Junge lächelte, was sein gesamtes Gesicht zum Strahlen brachte. McAdams sah gut aus: schmales, aristokratisch anmutendes Gesicht, lange, gerade Nase, grünbraune Augen und, wenn sie nicht so lang waren wie im Moment, kurze dunkle lockige Haare. Wenn er auch mal lächeln würde, käme er bei den Frauen sehr gut an.

Die beiden betraten zögerlich das Waldgebiet. Decker sah sich um: Manche Bereiche waren geschützter als andere, also war die Schneedecke nicht überall gleich dick. Nirgends waren Fußabdrücke zu sehen, aber der Schnee war in einem Bereich auf dieselbe Art zerwühlt wie in Belforts Garten. Decker betrachtete diese Stelle und trank seinen Kaffee.

„Was denkst du? Dass sie ermordet wurde und jemand sie durch den Garten hier rausgeschleift hat?"

„Im Haus habe ich nichts entdeckt, was darauf hindeutet, dass dort ein Mord stattgefunden hätte. Die Möbel sind nicht verrückt worden, und es roch auch nicht durchdringend nach Chlorreiniger oder Desinfektionsmittel. Allerdings habe ich auch noch nicht jeden Winkel gründlich untersucht."

„Also hat der Täter sie vielleicht mit vorgehaltener Waffe hier rausgebracht und sie dann erschossen?"

„Kann ich noch nicht sagen, Tyler." Decker hielt inne, dann zeigte er auf etwas. „Zwischen den beiden Bäumen da weiter oben am Hang ist der Schnee aufgewühlt. Komm, das sehen wir uns mal an."

Eine Weile stapften sie wortlos durch den knarzenden Schnee. Decker ging langsam, wobei er seine Umgebung genauestens absuchte. Unwahrscheinlich, dass er etwas finden würde, das noch als Beweismittel taugte, aber nach all den Jahren war ihm diese Sorgfalt zur Gewohnheit geworden. Sie schienen einem natürlichen Pfad zu folgen, der etwas weniger Steine oder Baumwurzeln aufwies als das sonstige Gelände. Obwohl der Schnee hoch lag, konnte er die Beschaffenheit des Bodens durch die Stiefel spüren. Je höher sie stiegen und je tiefer sie in den Wald vordrangen, desto kälter wurde es, und ein eisiger Nebel zog auf, der ihnen weitgehend die Sicht nahm.

„Echt gruselig", kommentierte McAdams. „Macht dir das nichts aus? Totaler Blindflug."

„Zum Glück sind wir zu Fuß, und dunkel ist es auch noch nicht."

„Du bist wirklich furchtlos."

„Na, das hier ist nicht das Innere Afrikas und ich nicht Livingstone." Decker hielt an, sah sich um und blickte auf den Kompass. „Ich muss schnell ein paar Koordinaten aufnehmen."

„Camping war noch nie mein Ding."

„So wie du aufgewachsen bist, wundert mich das nicht." Decker sah Tyler an. „Wir sind nur fünf Minuten von der Zivilisation entfernt. Uns kann nichts passieren."

„Und wenn's den Yeti wirklich gibt?"

Decker musste lachen. „Komm, Tyler, hier geht's lang."

Der Ältere ging voran, der Jüngere folgte. Weitere zehn Minuten folgten sie dem Pfad tiefer in den Wald. Sie kamen auf dem rutschigen Boden nur langsam voran. Der eisige Nebel brannte ihnen in den Augen, die Kälte machte jede Bewegung schmerzhaft und ließ ihre Gesichter taub werden. Decker folgte dem aufgewühlten Schnee, bis sie eine Stelle mit dichtem Baumbestand erreichten.

Dort hielt er an.

Überall auf dem mit totem Laub bedeckten Boden hatte der schmelzende Schnee Pfützen hinterlassen. Trotzdem konnte Decker erkennen, dass hier erst kürzlich Wildtiere zugange gewesen waren. Er entdeckte die Spuren von Fuchs, Kaninchen, Reh, Geier und möglicherweise auch einem Bären, der zu dumm war, um Winterschlaf zu halten. Er sog die Luft ein. „Da ist definitiv irgendein Aasgeruch."

„Ich riech nichts. Ich glaub, mir ist die Nase abgefroren."

„Dann folgen wir meiner. Weit kann's nicht mehr sein."

„Yippie."

„Jetzt übergib dich bloß nicht, McAdams. In den letzten paar Monaten bist du anscheinend verweichlicht."

„Alles okay." Tyler zog die Gurte des Rucksacks fest. „Glaub ich zumindest."

Decker deutete nach rechts. Sie gingen noch etwa zweihundert Meter in diese Richtung. Auf einmal sagte Tyler: „Ja, jetzt riech ich's auch." Noch ein Stück weiter, und McAdams hielt sich mit der behandschuhten Hand die Nase zu. „Mann, ist das widerlich."

„Ja, ziemlich übel ..." Decker blieb abrupt stehen. „Um Gottes willen."

Direkt vor ihnen lag eine zur Hälfte von Tieren angefressene unbekleidete Leiche. Große Teile des Rumpfes fehlten, und nur ein mit Blut und zerfetzten Eingeweiden gefülltes Gerüst war übrig geblieben. Auch der Hals war durchgebissen, der vom Körper getrennte Kopf war zur Seite gerollt. Beine und Arme wiesen ebenfalls Bissspuren auf; ganze Stücke fehlten. Die Frau war nackt, aber ihre Kleidung lag, ähnlich wie bei Elijah Wolf, neben ihr auf einem ordentlichen Stapel. Unter dem Laub blitzte an einer Stelle etwas Metallisches hervor.

Decker ging in die Hocke und schob vorsichtig die Blätter zur Seite: Es war eine Pistole aus Edelstahl, eine 9mm-Ruger. Er ließ sie liegen, wo sie war, und nahm seinen Kompass heraus. Auf dem Notizblock skizzierte er einen groben Lageplan, dann blickte er hoch. „Lass uns zurückgehen und das Revier benachrichtigen." McAdams war aschfahl geworden, und daran war nicht die Kälte schuld. „Alles okay, Tyler?"

McAdams nickte. „Das ist nicht nur ‚ziemlich übel', das ist richtig, richtig fies."

„Ja." Decker nahm einen Schluck Kaffee und reichte den Becher weiter. „Hier, trink was."

„Ich glaube nicht, dass das ..." Tyler musste würgen und kämpfte dagegen an. „Mir ... geht's gut."

„Du bist ganz bleich um die Nase, Tyler." Decker hatte seine Kamera rausgeholt und machte Fotos von der Leiche. „Versuch, dich zu beruhigen, und trink den Kaffee aus. Hilft garantiert, denn wenn gerade was die Speiseröhre runtergeht, kann nicht gleichzeitig was raufkommen."

„Das funktioniert?"

„Muss du spucken?"

„Nein." Tyler schluckte schwer. „Alles okay." Wie zum Beweis holte er den iPad aus der Tasche und fing ebenfalls an, Fotos zu machen. Der Abstand, der ihm die Touchscreen-Kamera verschaffte, half ein wenig.

Wenigstens konnte er so tun, als sähe er das Ganze auf Netflix.

KAPITEL SECHZEHN

„Wissen Sie schon, wer sie ist?“ Stella Grady arbeitete in der Pathologie eines Krankenhauses in einer größeren Stadt bei Utica. Heute war ihr freier Tag, und sie war so nett gewesen, den ganzen Weg hier heraus nach Greenbury zu kommen und als Coroner zu fungieren. Stella war groß und kräftig, hatte kurzes dunkles Haar und ein kantiges Kinn. Sie trug einen dicken Mantel und feste Stiefel, die zum Schutz vor Verunreinigung des Tatorts in blauen Plastiküberziehern steckten. Unter dem Mantel hatte sie blaue OP-Bekleidung an. Momentan saß sie in der Hocke.

„Ich glaube, es handelt sich um Katrina Belfort, aber es muss sie noch jemand identifizieren, der sie gut kannte“, antwortete Decker. „Belfort war Dozentin am Kneed Loft. Sie ist heute nicht zur Arbeit erschienen, was sehr untypisch für sie ist.“

„Hoffentlich erkennt sie jemand. Am ganzen Körper hat Tierfraß stattgefunden, und vom Kopf ist auch nicht mehr viel übrig.“

„Ich werde ein Foto nehmen, auf dem ihr Gesicht einigermaßen gut zu erkennen ist. Lassen Sie uns zumindest versuchen, den Kopf wieder auf die Reste von Hals und Rumpf zu setzen, damit's nicht ganz so grauenvoll aussieht. Wir haben eine Pistole gefunden. Haben Sie eine Eintrittswunde entdeckt?“

„An dieser Stelle gibt es eine große Vertiefung.“ Stella drehte vorsichtig den Schädel um. „Der gesamte Hinterkopf ist weggesprengt worden.“

„Vielleicht durch eine aus nächster Nähe abgefeuerte Ruger?“

„Sehr gut möglich.“ Stella betrachtete die Pistole im Klarsichtbeutel. „Ich muss mir das noch genauer ansehen, aber ich habe schon jetzt das Gefühl, dass noch etwas anderes außer dieser einen Kugel beteiligt war.“

„Dann würden Sie nicht auf Selbstmord tippen?“

„Das kann ich jetzt noch nicht sagen, Detective. Vielleicht hat sie extrem gut gezielt, aber der Hinterkopf ist eine seltsame Stelle, um sich zu erschießen. Gehen würde es, aber man müsste die Hand ziemlich verrenken. Und die Pistole? Sie haben sie ja vor Ort gesehen. Sah es so aus, als sei sie jemandem aus der Hand gerutscht, der gerade Selbstmord begangen hat?“

Decker betrachtete den Fundort. „Sie war fast völlig mit Laub bedeckt … als ob sie nach unten gesunken ist. Muss ich noch mal drüber nachdenken. Es gab hier so viel Tieraktivität, und alles ist so durcheinandergewühlt, dass ich mir nicht sicher bin, wo die Pistole ursprünglich gelegen hat. Haben Sie schon einen geschätzten Todeszeitpunkt für mich?“

„Die Leber kann ich ja nicht nehmen. Was davon noch übrig ist, ist bereits gefroren. Normalerweise dauert es eine Weile, bis der ganze Körper so weit abgekühlt ist, aber weil die Leiche so zerfleddert ist, ging’s wesentlich schneller.“ Stella stand auf. „Nach dem Rumpf und den frischen Fleischwunden zu urteilen: zwischen letzter Nacht und den frühen Morgenstunden.“

„Danke, das ist schon mal ein Anhaltspunkt.“

„Können wir dann anfangen, die Überreste einzusammeln? Wird dauern, bis wir die Leichenteile den Berg runter zum Transporter bugsiert haben.“

„Natürlich, legen Sie los.“ Decker wandte sich jetzt McAdams zu, der noch immer Fotos mit seinem iPad machte. „Yo, Harvard.“

Tyler blickte hoch. „So hast du mich schon ’ne ganze Weile nicht mehr genannt.“ Ein freches Grinsen. „Soll das etwa heißen, du benötigst meine professionelle Hilfe?“

Decker grinste zurück. „Der Plan ist folgender: Ich bleibe hier oben bei der Spurensicherung. Ein, zwei Beamte sollten sich mal in der Gegend umhören, ob jemand letzte Nacht in der Nähe von Belforts Haus etwas Verdächtiges gehört oder gesehen hat.“

„Kann ich doch machen.“

„Ich hab schon Karen und Kevin drangesetzt. Für dich hab ich ’ne andere Aufgabe, die aber genauso zeitaufwendig ist. Du musst mir ehrlich sagen, ob du mitmachen willst.“

„Klar will ich mitmachen. Endlich mal ein richtiges Verbrechen. Ähm …. Ist doch kein Selbstmord, oder?“

„Ist noch offen. Aber ich glaube, es soll nur wie Selbstmord aussehen – Pistole, nackte Leiche mitten im Wald, daneben die Kleidung.“

„Elijah Wolf.“

„Ganz genau.“

„Also sollten wir uns Elis Tod vielleicht noch mal ansehen.“

„Machen wir auch, aber zuerst ist der von Katrina dran. Wir haben sie nur das eine Mal gesehen. Wäre gut, wenn noch mindestens eine weitere Person sie identifiziert. Hast du ein brauchbares Foto von ihrem Gesicht auf dem iPad?"

„Ich hab jede Menge vom Kopf geschossen. Sorry, sollte nicht geschmacklos klingen."

„Such dir die besten raus, fahr zum Kneed Loft und lass Katrina von zwei Leuten identifizieren, die sie besser kannten als wir. Ich würde vorschlagen, Ferraga und Rosser, da wir erst kürzlich mit beiden gesprochen haben."

„Man sieht doch, dass da kein Körper dran ist. Total eklig."

„Wir setzen den Kopf der Leiche wieder auf und binden ihr einen Schal um den Hals, damit keinem schlecht wird. Und wenn du schon mal im Kneed Loft bist, finde heraus, wo Rosser und Ferraga gestern Nacht waren."

„Und was ist mit Dekanin Zhou? Die war doch auch ganz scharf drauf, Elijahs Unterlagen in die Finger zu kriegen."

„Stimmt. Lass dir ihr Alibi geben. Katrina Belfort hatte doch auch Studenten: Batra, Weissberg und Mallon. Red auch mit denen."

„Wo Mallon war, wissen wir."

„Zumindest nach drei Uhr morgens. Von zehn bis drei war sie in der Pascal-Bibliothek, wie sie sagt. Versuch mal, ob du jemanden findest, der bestätigen kann, dass Mallon während der fraglichen Zeit tatsächlich dort war. Laut Zeugenaussagen hat sich um Mitternacht jemand in ihr Zimmer geschlichen. Vielleicht war das Mallon selbst, die ihre blutbespritzte Kleidung ausgezogen hat."

McAdams nickte. „Und wenn es niemand bestätigen kann?"

„Ist sie eine Verdächtige. Wir müssen mehr über Belfort in Erfahrung bringen: ihre Beziehung zu ihren Studenten und den Kollegen. Ihr Privatleben: War sie mit jemandem liiert, gab es Schwierigkeiten mit einer bestimmten Person?"

„Theo Rosser? Der hat sie gehasst."

„Uns gegenüber hat er nichts Negatives über sie erwähnt. Sieht aus, als war's eher andersrum. Darum steht er ja auf der Verdächtigenliste. Ich will auch wissen, ob sie Schulden hatte. War sie in illegale Machenschaften verwickelt? Hatte sie irgendwelche Süchte? Und, als letzten Punkt, gibt es irgendwo einen oder eine Ex?"

„Dann gehen wir hier von Mord und nicht Selbstmord aus."

„Zumindest ist es ein extrem verdächtiger Todesfall. Ich bin noch mindestens zwei Stunden hier, du hast also etwas Zeit. Komm gegen halb vier zu Katrina Belforts Haus, dann durchsuchen wir alles noch mal genau. Falls du länger brauchst, sprich mir aufs Handy. Hier gibt's keinen Empfang, aber sobald ich wieder zurück in der Zivilisation bin, höre ich's sofort ab."

„Alles klar."

„Hoffentlich hast du immer noch vor, morgen zu fahren, Tyler. Dieser neue Fall wirft meinen Zeitplan total über den Haufen, was leider Auswirkungen haben wird. Vielleicht kann ich dich nicht nach Boston bringen. Vor Donnerstag schaffe ich's jetzt wahrscheinlich nicht zu Elis Eltern."

„Und was ist mit Gold?"

„Ach ja, natürlich. Nimm du die Unterlagen mit, wenn du zurückfährst. Ich werde nur nicht mitkommen können."

„Oder wir gehen am Donnerstag gemeinsam zu ihm."

„Momentan ist das mehr als fraglich, Harvard. Aber du musst dringend zurück in dein altes Leben." Als Tyler nicht antwortete, fragte Decker: „Bist du taub?"

„Was?"

„Sehr witzig."

„Ich werd das schon schaffen. Du musst nur aufpassen, dass nicht wieder einer auf mich schießt."

„Das wird *nicht* passieren."

„Dann ist doch alles in Butter. Wir sehen uns bei Katrina Belfort um … halb vier?"

„Prima. Dann wird's auch langsam dunkel, und viel können wir ohnehin hier draußen nicht mehr ausrichten." McAdams druckste herum. „Was denn?"

„Glaubst du wirklich, es war Mallon Euler?"

„Momentan glaube ich noch gar nichts."

„Wenn du sie wirklich im Verdacht hast, zeig ich ihr das Foto. Mal sehen, wie sie reagiert."

„Warte erst mal. Ihr Zimmer wurde verwüstet, und sie hat ziemlich mitgenommen gewirkt. Falls sie tatsächlich etwas mit dieser grässlichen Sache zu tun hatte, zeigen wir ihr die Fotos von der Leiche zu einem ermittlungstechnisch günstigeren Zeitpunkt. Und falls sie nichts damit zu tun hatte, sollten wir ihr keine Albträume bescheren, die sie für den Rest ihres Lebens nicht mehr loswird."

Sobald Rosser die Fotos sah, wurde er blass, und seine Hände fingen an zu zittern. „Ist das Katrina Belfort? Sieht aus wie aus einem Horrorfilm."

Er war aschfahl im Gesicht. Schweißperlen standen ihm auf der Stirn. Er wischte sich das Gesicht mit einem Taschentuch ab. Er trug einen dunkelgrünen Pullover, braune Cordhosen und abgestoßene Pennyloafer. Er versuchte, etwas zu sagen, aber er brachte keinen Ton heraus.

„Brauchen Sie einen Schluck Wasser?", fragte McAdams.

„Nein … danke." Rosser zitterte noch immer. „Wie konnte das nur passieren?"

McAdams war sich nicht sicher, ob die Art des Todes oder die soziologischen Faktoren gemeint waren, die dazu geführt hatten. In beiden Fällen war die Frage wohl rhetorisch gemeint und bedurfte keiner Antwort. Tyler zog sich einen Stuhl heran und setzte sich. „Wie gut kannten Sie sie?"

„Sie war eine Kollegin." Rosser schüttelte den Kopf, seine Augen starrten ins Leere. „Wir hatten keinen privaten Kontakt, wenn Sie das meinen. Wenn ich mal ein bisschen Freizeit habe, verbringe ich die mit meiner Frau." Er wischte sich wieder übers Gesicht. „O Gott, wie furchtbar." Er sah zu McAdams. „War es Selbstmord, wie bei Elijah?"

Immer wenn er nicht wusste, was er antworten sollte, stellte McAdams eine Gegenfrage: „Woher wollen Sie wissen, dass es Selbstmord war?"

„Das weiß ich nicht, deshalb frage ich ja."

„Hatte Dr. Belfort ein enges Verhältnis zu Eli?"

„Nicht dass ich wüsste. Sie war ursprünglich in seinem Betreuungsausschuss, aber schied wegen anderweitiger Verpflichtungen aus. Dafür sprang Aldo Ferraga ein. Aber ich war Elis Hauptbetreuer."

Jemanden zu vernehmen gestaltete sich schwieriger, als McAdams gedacht hatte. Er war es gewohnt, sich von Deckers Gedankengängen inspirieren zu lassen. „Wer war noch in Elis Ausschuss?"

„Wir waren zu dritt: Aldo Ferraga, Lennaeus Tolvard und ich."

„Lennaeus Tolvard?" McAdams hoffte, er klang überrascht.

„Er ist am Physik-Department. Natürlich ist es kein Muss, aber es macht Eindruck, wenn man einen Professor aus einem anderen Fachbereich bei sich im Ausschuss sitzen hat. Vermutlich hat Eli sich selbst darum gekümmert, Tolvard an Bord zu holen, als Katrina ausgeschieden ist."

„Tolvard." Eine Kunstpause. „Kommt mir irgendwie bekannt vor."

Rosser schwieg, und Tyler ließ es auf sich beruhen. Solange er keine definitive Richtung hatte, die er weiterverfolgen konnte, hielt er sich besser an Deckers Vorgaben. „Wer waren Katrina Belforts Studenten? Die werden wir ebenfalls befragen müssen."

„Ich weiß, dass sie Mallon Eulers Hauptbetreuerin ist. Ich habe Mallon zu ihr geschickt, weil ich selbst einfach nicht die Zeit hatte. Ich wollte Katrina auch dabei unterstützen, eine eigene Forschungsgruppe aufzubauen, da schien Mallon eine gute Wahl."

„Haben Sie ihr sonst noch jemanden geschickt?"

„Nein, ich selbst nicht. Ich glaube, in ihrer Gruppe waren drei Studenten: Mallon natürlich, dann Ari Weissberg, obwohl ich glaube, dass er sich dort nicht wohlgefühlt hat."

„Warum das?"

„Die Gruppe gab es noch nicht lange. Wenn man in ein Elite-Programm aufgenommen werden will, ist es besser, wenn der Leiter der Forschungsgruppe eine volle Professorenstelle hat. Nicht dass es an Katrina etwas auszusetzen gegeben hätte. Sie war äußerst intelligent. Lediglich ... noch nicht etabliert, möchte ich's mal ausdrücken."

„Sie sagten, drei Studenten. Wer ist der oder die dritte?"

„Ach ja. Damodar Batra. Der war ihr erster. Die beiden schienen sich sehr gut zu verstehen. Vielleicht zu gut."

McAdams richtete sich im Stuhl auf. „Soll heißen?"

„Er wurde dabei gesehen, wie er sie zu Hause besucht hat. Tagsüber, wohlgemerkt, aber es ist unprofessionell, Treffen mit Studenten im eigenen Haus abzuhalten."

„Verstehe. Glauben Sie, dass aus der professionellen Beziehung mehr wurde?"

„Darüber liegen mir nicht genügend Informationen vor."

„Wo wir gerade über Beziehungen sprechen: Hatte Professor Belfort einen Freund?"

„Nicht dass ich wüsste."

„Mit wem war sie befreundet?“

„Ich weiß gar nichts über ihr Privatleben außerhalb der Uni.“

„Aber dass Damodar Batra sie zu Hause besucht hat, schon.“

„Wir sind ein kleines Department in einem kleinen College. Dinge sprechen sich herum. Ganz im Ernst, ich weiß nichts über Katrina Belforts Privatleben. Zu den wenigen Partys, die wir hier im Department hatten, ist sie immer allein gekommen.“

McAdams dachte nach. „Wie lange ist Dr. Belfort schon am College?“

„Zwei Jahre. Es gab eine Berufungskommission für die Stelle. Über die liefen die Interviews, aber über die letztendliche Besetzung haben nur die Kollegen mit Professur abgestimmt.“

„Wer war in Dr. Belforts Berufungskommission?“

„Ich selbst, wie auch Aldo Ferraga. Der dritte im Bunde war damals Michael Mannix, der mittlerweile an die UC San Diego gegangen ist. Weise Entscheidung bei den Wintern hier. Wir wussten, dass er uns verlassen würde, deshalb haben wir auch jemanden gesucht. Wir mussten die Position wieder besetzen, und Katrinas Spezialgebiet war mit dem von Michael verwandt.“

„Und das wäre?“

„Wahrscheinlichkeitstheorie. Innerhalb eines Jahres hatte sich Katrinas Interessengebiet auf schnelle Fourier-Transformationen verlagert, was indirekt auch mit Wahrscheinlichkeitstheorie zu tun haben kann. Wenn man mit Marktschwankungen arbeitet, kommen automatisch Wahrscheinlichkeiten ins Spiel.“

„*Schnelle* Fourier-Transformationen haben mit Schwankungen am Aktienmarkt zu tun?“

„Potenziell ja.“

„Könnten Sie mir erklären, was genau Fourier-Transformationen damit zu tun haben?“

„Wissen Sie, was Fourier-Transformationen machen?“

„Sie ändern Zeit- in Frequenz-Funktionen und zerlegen komplexe Wellen in einfache.“

„Sehr gut. Haben Sie schon mal eine Aktienkurve für eine einzige Sitzung beim Daytrading gesehen? Die x-Achse ist die Zeit, die y-Achse ist der Preis. Die Aktie hat ein Tageshoch und ein Tagestief sowie die ganzen Werte dazwischen.“

„Ja, die geht immer im Zickzack rauf und runter."

„Genau. Für einen Daytrader wäre es von Vorteil, zu wissen, aus welcher Art von Wellen der Zickzack besteht. Die Amplitude der Welle würde die Hochs und Tiefs beschreiben, die Frequenz den Abstand zwischen der Amplitude. Ist die Frequenz lang und die Amplitude gering, bewegt sich bei der Aktie nicht viel. Aber viele Aktien sind schwankungsanfällig. Wenn man weiß, aus welchen Wellen sich die Kurve zusammensetzt, kann man – theoretisch zumindest – auch den nächsten Ausschlag der Aktie vorhersagen: nach oben oder nach unten. Und so etwas wäre ungeheuer hilfreich, vor allem im Daytrading, wo innerhalb von Sekunden gigantische Summen gewonnen oder verloren werden."

„Also alles, was einem hilft, besser einzuschätzen, wo der Kurs hingeht, macht sich unterm Strich bemerkbar."

„Zumindest in der Theorie."

„Okay. Hat Dr. Belfort ihre theoretischen Kenntnisse im Daytrading praktisch an der Börse angewendet?"

„Ich habe keine Ahnung, Detective."

„Und Elijah Wolf? War der auch im Daytrading aktiv?"

„Elijah?" Rosser war entrüstet. „Seine Forschungen hatten überhaupt nichts mit diesem Unsinn zu tun."

„Für Sie ist das Unsinn?"

„Daytrading *ist* Unsinn. Ein Spiel für Dumme. Besseres Glücksspiel."

Insgeheim gab McAdams ihm recht. „Wann haben Sie Dr. Belfort das letzte Mal gesehen?"

Rosser seufzte. „Irgendwann gestern Morgen. Wir hatten gerade über Eli gesprochen. Sie war immer noch ganz durcheinander. So durcheinander, dass ich mich zu dem Zeitpunkt gefragt habe, ob da nicht noch etwas anderes mit reingespielt hat."

„Zum Beispiel?"

„Jaa …" Rosser holte tief Luft. „Batra war nicht der einzige Student, der bei Katrina zu Hause war. Ich will ja nicht schlecht über Tote sprechen, aber wenn Sie meinen, es könnte etwas damit zu tun haben, was den beiden widerfahren ist, ist es meine Pflicht, es zu erwähnen."

„Glauben Sie, Katrina Belfort hatte eine Affäre mit einem der beiden?"

„Wie soll ich sagen?“ Eine Kunstpause. „Nach dem, was ich bei Katrina im letzten Jahr beobachtet habe … Na ja, sie ließ sich gerne bewundern. Mathematik wird zumeist von jungen Männern studiert. Im Kollegium spielte Katrina nur eine Nebenrolle, aber im Unterrichtsraum war sie der Star.“

„Schön. Ich werde mit Batra sprechen. Fällt Ihnen sonst noch jemand ein?“

„Batra ist doch schon mal ein guter Anfang.“

„Dr. Rosser, könnten Sie mir zum Abschluss noch sagen, wo Sie zwischen zehn Uhr gestern Abend und circa drei Uhr heute Morgen gewesen sind?“

„*Wie bitte?*“

„Reine Routinefrage, Sir.“

„Ich war im Bett. Na ja, um zehn noch nicht. Ich habe bis um eins zu Hause am Schreibtisch gesessen, dann bin ich schlafen gegangen.“

„Und Ihre Frau war zur fraglichen Zeit bei Ihnen?“

„Sie ist früher ins Bett gegangen … gegen elf.“ Rosser fixierte McAdams. „Ich habe das Haus nicht verlassen.“

„Haben Sie am Computer gearbeitet?“

„Hauptsächlich per Hand. Ich hatte den Computer kaum an.“

„Könnte ich ihn mir mal ansehen? Als Bestätigung für ihre zeitlichen Angaben. Und wenn Sie in der Zeit eine E-Mail verschickt haben, würden wir auch wissen, wo Sie sich geografisch befunden haben.“ Erneutes Schweigen von Rosser. „Ein rascher Blick auf Ihren Laptop …“

„Ich arbeite an einem Desktoprechner“, sagte Rosser.

„Ich könnte zu Ihnen nach Hause kommen und mir Ihren Desktop vor Ort ansehen.“ Tyler wartete auf eine Antwort. „Dann könnten wir Sie als Verdächtigen ausschließen.“

„Das ist lächerlich.“

„Gleich heute Abend. Dann hätten wir das aus dem Weg.“

„Wie wär's, wenn ich Sie anrufe? Ich habe wirklich sehr viel zu tun.“

„Wie's für Sie am besten ist. Ich nehme doch an, Sie würden alles tun, um sich aus diesem Schlamassel zu befreien.“

„Ich stecke in keinem Schlamassel, Detective. Sie können doch nicht im Ernst annehmen, ich hätte auch nur das Geringste mit dieser schrecklichen Sache zu tun?“

„Meine Meinung tut nichts zur Sache. Ich will damit nur sagen, dass es im Interesse aller ist, mit uns zusammenzuarbeiten."

„Ich habe nichts zu verbergen, ich habe nur viel zu tun. Die letzten paar Tage waren grauenvoll. Ich will zuerst dafür sorgen, dass in meinem Department wieder Ruhe einkehrt, danach melde ich mich bei Ihnen, Detective."

Rosser klang unaufrichtig. Und für McAdams waren Unaufrichtigkeit und Lügen ein und dasselbe.

KAPITEL SIEBZEHN

Es wurde rasch dunkel, und im schwindenden Licht konnte Decker wenig tun, außer mithilfe eines Zelts die Fundstelle zu sichern. Theoretisch sollte es Tieraktivität verhindern, aber da das Gebiet noch Spuren von Blut und menschlichem Gewebe enthielt, würde die dünne Leinwand hungrige Wildtiere wohl kaum davon abhalten, die wackelige Konstruktion niederzureißen. Decker machte sich auf den Rückweg in die Zivilisation, wo es Wärme, Elektrizität und Handyempfang gab. Der gesamte Garten hinter Katrina Belforts Haus war von Polizeischeinwerfern angestrahlt. Die Temperatur fiel zusehends, und obwohl Decker Sohlen- und Handwärmer dabeihatte, wurden seine Finger, Zehen und Nase langsam taub und taten weh. Im Zusammenhang mit dem Mordfall letztes Jahr hatte sich das Polizeirevier professionelles Absperrband besorgt, das jetzt Vorder- und Hintertür des Hauses sicherte sowie einmal rund um den Garten gespannt war. Die Detectives Karen und Kevin – bekannt als K und K – unterhielten sich gerade vor der Veranda hinter dem Haus und brachten sich gegenseitig auf den neuesten Stand, als Decker zu ihnen stieß.

Karen, der letzte Neuzugang am Greenbury Police Department, war in den Fünfzigern und hatte sich vom Chicago PD dorthin versetzen lassen. Wie Decker war sie noch nicht bereit, in den Ruhestand zu gehen, und da McAdams sich offiziell zum Jurastudium verabschiedet hatte, war eine Stelle frei gewesen. Karen war groß, hatte ein wettergegerbtes Gesicht und blaue Augen, markante Wangenknochen und eine Hakennase – insgesamt war sie mehr Adler als Spatz. Kevin Nickweed war groß und kräftig und schon wesentlich länger dabei als Decker. Vor langer Zeit war Nickweed einmal ein erfahrener Detective in Milwaukee gewesen, aber da seine Ermittlungsfähigkeiten in Mordfällen nicht mehr ganz auf der Höhe waren, überließ er Decker gerne die Führung.

„Das Interessanteste, was ich von Katrinas Nachbarn erfahren habe, ist, dass sie oft Leute zu Besuch hatte“, sagte Kevin.

„Ja, besonders am Wochenende“, ergänzte Karen.

„Viele Partys?“, mutmaßte Decker.

„Von Lautstärke hat niemand was gesagt, nur, dass sie oft Besuch hatte.“

„Jung, alt?"

„Hauptsächlich Studenten", antwortete Kevin. „Und zwar immer dieselben laut Beschreibung: vermutlich zwei oder drei Männer und eine Frau. Das Mädchen war angeblich durchschnittlich groß, sehr schlank und hatte kurze blonde Haare."

„Mallon Euler. Und die Jungs?"

„Einer war Inder, die anderen beiden Weiße ohne auffällige Merkmale – durchschnittliche Größe und Gewicht. Sie hatten die üblichen Studentenklamotten an: Jeans, Sweatshirt, dicke Schuhe und Rucksack. Einer der weißen Jungs kam immer mit dem Fahrrad."

„Bei dem Inder handelte es sich vermutlich um Damodar Batra. Er ist einer von Belforts Studenten. Ein anderer hieß Ari Weissberg. Elijah war nicht offiziell ihr Student und sie war auch nicht mehr in seinem Betreuungsausschuss. Aber er könnte sie trotzdem besucht haben. Ich besorg euch Bilder, damit die Nachbarn eine endgültige Identifizierung vornehmen können."

„Dann soll noch hin und wieder ein gut aussehender blonder Typ um die dreißig zu Besuch gekommen sein", fiel es Karen ein.

„Ja, hab ich auch gehört", sagte Kevin. „Eine Nachbarin kann sich an ein Auto erinnern, dass ab und zu spätabends vor Katrinas Haus stand."

„Ach ja?" Decker war plötzlich interessiert. „Welche Art von Auto?"

„Eine Limousine. Mehr war nicht aus ihr rauszukriegen. Ich hab's versucht, ihr sogar Autobilder auf meinem Handy gezeigt, aber sie hat immer nur den Kopf geschüttelt."

„Aber sie konnte sich noch erinnern, dass es spätabends war." Decker überlegte. „Irgendwelche Informationen zum *Fahrer* des Autos?"

„Sie hat nie jemanden gesehen. Bis auf ein Mal, da hat sie jemanden um zwei Uhr aus dem Haus kommen sehen. Es war dunkel, und die Person war in Mantel und Schal gehüllt. Die Nachbarin nahm an, dass es einer der Studenten war."

„Aber der hätte vermutlich kein Auto gehabt."

„Dann war's vielleicht der Blonde?", schlug Karen vor.

„Hat sie das Gesicht nicht gesehen?"

„Nein."

„Zu blöd!" Decker klatschte in die Hände, um die Durchblutung wieder in Gang zu bringen. „Okay, wie sieht's mit der Todesnacht aus? Gab's da was?"

„Die Leute, mit denen ich gesprochen habe, haben um zwölf schon fest geschlafen und von dem Vorfall erst heute Nachmittag erfahren, als sie die ganzen Einsatzfahrzeuge gesehen haben", sagte Karen.

„Bei mir dasselbe wie bei Karen, mit Ausnahme von Belforts unmittelbarer Nachbarin nach Norden. Mit der musst du unbedingt sprechen. Gestern Nacht konnte sie nicht schlafen und ist um zwei oder drei aufgestanden, um zu lesen. Sie beschloss, sich einen Kräutertee zu machen, und sah dabei aus dem Hinterfenster. Sie hat gesehen, wie sich etwas durch Katrinas Garten bewegt hat. Weil das Licht an deren Hintertür aus war, konnte sie aber nichts Genaues erkennen. Sie hat sich nichts dabei gedacht, weil sie es für ein Tier gehalten hat ... ziemlich weit unten am Boden und nicht aufrecht wie ein Mensch."

„Unten am Boden", wiederholte Decker. „Jemand, der eine Leiche durch den Schnee zieht, würde sich tief nach unten beugen."

„Wie gesagt, du solltest mal mit der Frau reden."

„Also hätten wir als regelmäßige Besucher drei oder mehr Studenten, einen blonden Mann und den mysteriösen Fahrer der Limousine. Wie steht's mit Frauen in Katrinas Alter?"

Karen zuckte die Achseln. „Fehlanzeige."

„Dito."

„Okay. Gute Arbeit. Fahrt zurück ins Revier, wärmt euch auf und tragt alles in die Vernehmungsbögen ein: Namen, Adressen, Telefonnummern und die Aussagen."

„Kein Problem, Pete. Brauchst du sie heute noch?", fragte Kevin.

„Ja. Legt sie mir einfach auf den Schreibtisch."

„Was hast du jetzt vor?", fragte Karen.

„Ich gehe jetzt ins Haus, wärme mich auf und mach mich auf die Suche nach Anzeichen, dass hier ein Verbrechen stattgefunden hat."

Kevin sah sich um. „Wo ist eigentlich Robin, Batman?"

„Schnüffelt gerade ein bisschen am Kneed Loft herum."

„Ich dachte, er ist in Harvard und studiert Jura", sagte Karen.

„Tut er auch, aber du kennst ihn ja. Leute, die das Gesetz brechen, sind verdammt viel interessanter als die, die es hüten."

Als McAdams versuchte, Belforts Studenten zu befragen, wurde ihm bald klar, dass die sich selten lange an einem Ort aufhielten. Damodar Batra gab an, dass er zur Tatzeit für den Mord an Belfort an drei verschiedenen Orten gewesen war: seinem Zimmer im Wohnheim, der Bibliothek und einer Party in Goddard Hall. Und, ach ja, hatte er gegen elf noch eine Pizza geholt, weil es auf der Party nichts mehr zu essen gegeben und er Hunger gehabt hatte. Wahrscheinlich hatten ihn massenweise Leute gesehen, aber vermutlich konnte sich keiner genau erinnern, wann und wo genau das gewesen war.

Bei Mallon war die Sache einfacher, da sie angeblich nur an einem einzigen Ort gewesen war, der Bibliothek, und es Leute gab, die sich erinnerten, sie dort gesehen zu haben, aber nicht genau, wann und in welchem Zeitraum. Diese Art von Präzision – jemand erinnert sich, dass es genau zwei Uhr war, weil gerade die Turmuhr geschlagen hat – gibt es normalerweise auch nur in Büchern.

Der Letzte von Belforts Studenten war Ari Weissberg. Er war gestern Abend mit dem Bus aus Boston zurückgekommen, wo er Freunde am MIT besucht hatte. Angeblich sei er um Mitternacht wieder auf seinem Zimmer gewesen, hätte noch etwas gelernt und sei dann gegen eins ins Bett gegangen. Er habe ein paar Leute begrüßt, aber erinnere sich nicht an genaue Zeiten. McAdams konnte nur verifizieren, dass der junge Mann abends um elf Uhr dreißig am Busbahnhof in Hamilton angekommen war und man bis zum Wohnheim mindestens eine halbe Stunde brauchte. Danach verlor sich die Spur im Dunklen.

Was den Lehrkörper anging, hatte McAdams zweimal versucht, Dekanin Zhou zu erreichen, die aber noch nicht zurückgerufen hatte. Zhous derzeitiger Aufenthaltsort rückte ganz oben auf seine Liste. Aldo Ferraga traf Tyler jedoch persönlich an. Der Mann war in Eile und wirkte durcheinander. Er hatte fünf Minuten für die Vernehmung eingeplant, bevor er zu einer Kollegiumssitzung musste, die Katrinas schrecklichem „Unfall“ im Wald gewidmet war.

„Warum sprechen Sie von einem ‚Unfall‘?“

Ferraga fuhr sich mit seinen kurzen Fingern durchs Haar. „Wer sollte sie denn ermorden wollen?“ Er klang pikiert. „Katrina war eine tüchtige Frau, und das hier ist eine beschauliche, sichere Kleinstadt. Das Ganze ist vollkommen verrückt!“

„Kannten Sie sie gut?“

„Ein bisschen. Sie war meine Kollegin und netter als die meisten hier. Ehrgeizig, sicher, aber wenn man auf eine Professorenstelle spekuliert, muss man das sein."

„Hatten Sie außerhalb der Arbeit Kontakt zu ihr?"

„Meine Frau und ich haben sie zum Abendessen bei uns gehabt, danach hat sie uns zu sich eingeladen. Wie man das eben so macht."

„Öfter?"

„Nein, nur ein paarmal."

„Kannten Sie Katrinas Forschungsgebiet?"

„Natürlich: Fourier-Transformationen."

„Wie Mallon Euler."

„Genau aus diesem Grund nahm Rosser auch an, dass Mallon gut bei Katrina aufgehoben wäre. Jetzt müssen Sie mich aber bitte entschuldigen ..."

„Sie haben uns gesagt, Elijah Wolf hat über Fourier-Transformationen gearbeitet. Ich hatte gehört, dass sein Schwerpunktthema Fraktale war."

„Äh, ja, das war, als er hier anfing, aber gleich nach einem halben Jahr verlagerte er sich auf Fourier-Transformationen. Er fing an, sich für Angewandte Mathematik zu begeistern. Das habe ich Ihnen und dem älteren Detective doch alles heute Morgen schon erzählt."

„Da ging es um Elijah Wolf. Jetzt sind wir beim viel zu frühen Tod von Katrina Belfort. Wir befragen noch einmal alle Personen, die sie gekannt haben. Tut mir leid, falls es da zu Wiederholungen kommen sollte ..." Ferraga schwieg betreten. „Wenn Eli tatsächlich anfing, sich für andere Gebiete zu interessieren, hat er sich vielleicht heimlich mit Katrina Belfort getroffen, um über Fourier-Transformationen zu sprechen."

„Keine Ahnung, aber überraschen würde es mich nicht. Katrina hat oft Studenten zum Diskutieren zu sich nach Hause eingeladen." Ferraga schwieg einen Moment. „Und nach dem, was sie über ihn erzählt hat, schien sie Eli sehr gern gehabt zu haben."

„Wie gern?"

„Na ja, jetzt kann ich's wohl sagen." Ferraga holte tief Luft. „Katrina wollte die Hauptbetreuerin für Elis Forschungsprojekt werden. Wie ich weiß, wollte sie, dass Eli von Rosser zu ihr wechselt, weil er sich so stark für ihr Fachgebiet zu interessieren begann."

„Wie ist ihr Treffen mit Rosser denn gelaufen?“

„Wie wohl. Sie haben sich angebrüllt. Rosser war außer sich vor Wut und hat Katrina fast rausgeworfen. Das konnte er, weil sie noch in der Probezeit war. Ein paar Kollegen sind Katrina beigesprungen, unter anderem Dekanin Zhou und ich. Vorzuschlagen, dass ein Student den Betreuer wechselt, ist schließlich kein Kündigungsgrund. Als sich alle beruhigt hatten, wurde die Sache fallen gelassen und nie wieder erwähnt.“

„Aber Sie glauben, dass Eli sich weiter heimlich mit Belfort getroffen hat?“

„Möglich wäre es.“

„Heute Morgen haben Sie mir doch erzählt, Eli ist zu Lennaeus Tolvard gegangen und hat heimlich mit *ihm* zusammengearbeitet.“

„Ich habe gesagt, dass ich es mir *unter Umständen* vorstellen könnte. Tolvard war Mitglied von Elis Betreuungsausschuss.“ Ferraga sah auf die Uhr. „Jetzt muss ich wirklich los.“

„Eine letzte Frage, Sir. Wo waren Sie gestern zwischen zehn Uhr abends und vier Uhr heute Morgen?“

„*Ich?*“

„Diese Frage stellen wir allen, Professor. Ist nichts Persönliches.“

„Das will ich doch hoffen.“ Ferraga räusperte sich. „Ich war mit meiner Frau zu Hause. Sie wird es Ihnen bestätigen. Ich bin später schlafen gegangen als sie, aber ich habe das Haus zu keinem Zeitpunkt verlassen.“

Dasselbe Alibi wie Rosser. „Darf ich mal einen Blick auf Ihr Telefon und Ihren Laptop werfen? Wenn Sie eins dieser beiden Geräte gestern zu Hause benutzt haben, könnte das Ihr Alibi bestätigen.“

„Ich brauche kein Alibi, weil ich nichts verbrochen habe. Und ich habe gestern Abend mit niemandem auf dem Handy telefoniert. Ich glaube, ich war noch nicht mal am Computer. Die meisten meiner Berechnungen mache ich per Hand.“ Er hielt inne und sah McAdams eindringlich an. „Ich muss jetzt das Büro abschließen. Ich bin schon zu spät dran für meine Sitzung.“

„Aber natürlich. Danke, dass Sie sich die Zeit genommen haben.“

Ferraga begleitete McAdams nach draußen. „Machen Sie nächstes Mal einen Termin aus, dann habe ich mehr Zeit.“

„Das hätte ich normalerweise auch getan. Aber finden Sie nicht auch, dass das hier besondere Umstände sind?“

Ferraga blieb stumm. Er schloss die Tür ab, nahm seine Aktentasche und ging, ohne sich zu verabschieden, den Flur entlang davon.

„Rosser hat mir erzählt, Belforts Studenten hätten sie zu Hause besucht“, berichtete Decker. „Das deckt sich mit dem, was wir von den Nachbarn wissen.“

„Mir hat er noch gesagt, dass sie sich gern anhimmeln ließ. Ich glaube, Rosser wollte sie als leichtfertig hinstellen, vielleicht sogar Schlimmeres. Was meinst du?“

Decker und McAdams standen in Katrina Belforts Wohnzimmer. Decker war gerade die letzten Telefonate auf ihrem Handy durchgegangen, während sein junger Kollege sich ihren Computer vorgenommen hatte. „Schwer zu sagen. Rosser mochte sie ganz offensichtlich nicht. Ach, gut gemacht mit den Befragungen und den Alibis übrigens.“

„Ich gebe mir Mühe.“ McAdams versuchte gerade erfolglos, sich in Belforts E-Mail-Account einzuhacken. Ihr Computer wurde durch eine ganze Reihe von Sicherheitsmaßnahmen geschützt. Sogar Textverarbeitungsdateien waren passwortgeschützt. „Glaubst du, sie hatte was mit einem oder mehreren ihrer Studenten?“

„Da wäre sie nicht die Erste. Aber mich würde schon interessieren, warum Rosser dich in diese Richtung lotsen wollte. Vielleicht um zu vertuschen, dass er selbst eine Affäre mit ihr hatte?“

„Daran hatte ich auch schon gedacht. Vielleicht war das Antipathie-Gerede nur eine Finte. Oder vielleicht war Rosser eifersüchtig auf die anderen. Katrina war sehr attraktiv. Vielleicht hatte sie ja parallel was mit mehreren Männern.“

„Oder sie hat einfach nur ganz legitim ihren Studenten geholfen. Sie war ja noch nicht lange in Greenbury und hatte offenbar keinen großen Freundeskreis. Vielleicht war die Arbeit ihr Lebensinhalt. Auf jeden Fall hat sie regelmäßig mit bestimmten Leuten telefoniert, und zwar mit Mallon, Damodar, Ari und Elijah Wolf, als der noch lebte. Und mit Rosser, Zhou und Ferraga. Dann hat sie noch ziemlich oft bei einem Ryan angerufen.“ Decker sah sich im Zimmer um, dann hielt er das Foto von Katrina und dem jungen Mann in Skibekleidung hoch. „Das fehlende Puzzleteil?“

„Vielleicht. Ruf mal an."

Decker studierte das Foto. „Sieht jünger aus als Katrina." Er sah nochmals hin und tippte mit dem Finger auf das Bild. „Natürlich! Diese Ähnlichkeit: Augen, Lippen ... das gleiche Lächeln."

McAdams hörte auf, am Computer herumzubasteln, und sah sich das Foto an. „Du hast recht, das sind Geschwister."

Decker antwortete nicht sofort. „Sieh dir mal Katrinas Gesicht etwas genauer an, Harvard. Sag mir, was du siehst. Nein, stell das Studioporträt wieder hin, ich meine das Skifoto. An wen erinnert sie dich, wie sie da neben dem Mann auf dem Bild steht?"

McAdams betrachtete eingehend das Gesicht auf dem Foto. „Meinst du Mallon Euler?"

„Dasselbe längliche Gesicht, ungefähr die gleiche Größe. Belfort ist etwas kräftiger, aber wenn sie einen Hoodie anhätte, würde das nicht auffallen. Und wenn sie ihre langen Haare unter die Kapuze gesteckt hätte, hätte man sie tatsächlich für Mallon halten können."

„Wenn es also Katrina war, die bei Mallon eingebrochen hat, was könnte sie gesucht haben?"

„Vielleicht dachte sie, Mallon hat eine Kopie von Elis Unterlagen. Oder sie wollte ihr einen Schreck einjagen?"

„Aber wieso?"

„Ich weiß es nicht, das sind nur Spekulationen." Decker hielt das Handy hoch. „Hören wir mal, was Ryan dazu zu sagen hat."

Die Nummer existierte noch, und nach viermaligem Klingeln schaltete sich der Anrufbeantworter ein.

Dies ist der Anschluss von Ryan. Sie wissen ja, was jetzt kommt.

Piep.

„Hier spricht Detective Peter Decker vom Greenbury Police Department. Bitte rufen Sie mich zurück, sobald Sie diese Nachricht abhören." Er hinterließ seine Handynummer und legte auf. Dann zeigte er auf den Computer und fragte Tyler: „Hast du in der Metallkiste da was Nützliches gefunden?"

„Noch nicht. Wahrscheinlich hätte ich mehr Erfolg, wenn ich ihn mir in Ruhe bei dir zu Hause anschauen könnte."

„Besser nicht, das ist Beweismaterial."

„Nur bis morgen."

„Da reden wir später drüber. Jetzt sehen wir uns erst mal hier um und vergewissern uns, dass wir keinen Tatort übersehen haben."

„Dann glaubst du nicht, dass sie im Wald ermordet wurde?"

„Möglicherweise hat man sie hier vergiftet und dann in den Wald geschleppt. Dann wäre das Haus der eigentliche Tatort. Schau doch mal in den Schränken in Schlafzimmer, Küche und Bad nach, was für Pillen und giftige Substanzen da rumstehen. Ich sehe mich derweil weiter hier unten um, gehe die Schubladen durch und suche nach Kampfspuren."

„Hier ist es überall picobello aufgeräumt, Deck."

„Darum sage ich ja, *Spuren* eines Kampfes, Harvard. Ich gehe bis in die kleinste Ritze. Und irgendwann stoße ich auf etwas, sei es auch noch so winzig. Das perfekte Verbrechen ist ein Mythos."

KAPITEL ACHTZEHN

Manche Leute achteten dort, wo sie Besuch empfingen, auf Ordnung, dafür herrschte in den Schränken und Kommoden ihrer privaten Räumlichkeiten das reinste Chaos. Bei Katrina Belfort war dies nicht der Fall. Auf ihrem Schreibtisch standen nur Computer und Monitor, in den Schubladen darunter war alles sorgfältig abgelegt. Während McAdams sich im Schlafzimmer umsah, nahm Decker den Inhalt der Schubladen heraus und blätterte durch die Akten. Er fand hauptsächlich Rechnungen, alte Quittungen und nach Datum und Rubrik geordnete Kontoauszüge. Sämtliche Kontobewegungen sprachen für einen normalen, nicht sonderlich luxuriösen Lebensstil. In den unteren beiden Schubladen befanden sich Belforts wissenschaftliche Unterlagen: Abhandlungen voller Formeln, die nur dem eingeweihten Auge etwas sagten, sowie zwei sauber abgetippte Artikel: Längsschnittstudien über Aktienkursvorhersagen auf der Basis von Fourier-Transformationen. Decker entdeckte auch mehrere an wissenschaftliche Fachzeitschriften gerichtete Anschreiben, in denen Belfort ihr Thema erörterte und die Artikel zur Publikation anbot.

Persönliche Briefe gab es keine, aber viele Leute schrieben lieber SMS, Tweets und E-Mails. Decker hoffte, dass wenigstens Telefon und Computer einen Hinweis darauf enthielten, was im Wald geschehen war.

Eine halbe Stunde später kam McAdams mit einem Blatt Papier in der latexbehandschuhten Hand aus dem Schlafzimmer. „Das musst du dir ansehen."

Er reichte es Decker. Mitten auf der Seite stand:

Ich kann nicht mehr. Es tut zu weh.

Die Schriftart und -größe war dieselbe wie in Belforts Peer-Review-Artikeln: Times New Roman, Schriftgrad zwolf.

„Wo hast du das gefunden?"

„In einer Nachttischschublade. Ich hab sie aufgemacht, und da lag er. Ziemlich unspezifisch für einen Abschiedsbrief."

„Zuallererst würde mich interessieren, von welchem Schmerz hier die Rede ist. Hast du schon im Bad nachgesehen?"

„Ja."
„Irgendwas Verschreibungspflichtiges?"
McAdams nahm seinen Notizblock heraus. „Nur frei verkäufliche Schmerz- und Heuschnupfenmittel sowie Vitamine, bio übrigens. Ein Röhrchen Erythromycin, in dem noch zwei Tabletten waren ... Hat ihre Antibiotika nicht zu Ende genommen, die Unartige."
„Also nichts, was darauf hindeuten würde, dass sie wegen einer ernsthaften Erkrankung starke Schmerzmittel nehmen musste. Und was ist mit Schmerzen psychischer Art? Hast du was gegen Angststörungen oder Depressionen gefunden?"
„Nur, was ich gerade aufgezählt habe, Boss. Sie hat die Pille genommen. Das würde für einen Freund sprechen, auch wenn sie keine Bilder von ihm im Haus hat."
„Okay, das müssen wir weiterverfolgen. Wie steht's mit Drogen?"
„Tja, da waren tatsächlich ein paar Joints in einem Gefrierbeutel in der Nachttischschublade. Wo auch der Brief lag."
„Wie viele?"
„Ein halbes Dutzend, ich hab nachgezählt. Privatgebrauch, gedealt hat sie wohl eher nicht."
„Würde ich auch sagen. Was ist mit giftigen Substanzen?"
„Nichts im Badezimmer, obwohl man sich vermutlich auch mit einer Überdosis Erkältungsmittel und Antihistaminika umbringen könnte. Vor allem in Kombination mit Alkohol."
„In der Küche hab ich noch nicht nachgesehen. Vielleicht hatte Belfort ja ein heimliches Alkoholproblem."
Da das Erdgeschoss des Hauses aus einem einzigen großen Raum bestand, gingen Wohnzimmer, Esszimmer und die winzige Küche direkt ineinander über. McAdams fing beim Vorratsschrank an, während Decker sich den Kühlschrank vornahm. Er enthielt einen Zweiliterbehälter Milch, der, ebenso wie der Orangensaft, noch nicht abgelaufen war, sowie Obst und Salatzutaten im Gemüsefach, Käse und diversen Aufschnitt aus dem Feinkostgeschäft. Decker machte eine Geruchsprobe: Nichts war verdorben oder roch schlecht. Der Gefrierschrank war ähnlich gut gefüllt: gefrorene Säfte, Obst, Fertigteig für Pies, Kekse, etliche Fertiggerichte wie Lasagne, Aufläufe, Eintöpfe sowie mehrere Packungen Hühnerbrust mit grünen Bohnen und Bratkartoffeln.

„Im Vorratsschrank stehen ungefähr sechs Kisten Wein vom Discounter. Und zwei angefangene Flaschen Whisky, Chivas und Jim Beam, was ja eigentlich ein Bourbon ist."

„Und unter der Spüle?"

McAdams ging in die Hocke. „Spülmittel, Geschirrspülreiniger, Haushaltsschwämme, Rohrreiniger ..." Er schraubte den Deckel ab. Die Dämpfe brannten ihm in den Augen. „Sieht voll aus. Hier drin spricht nichts dafür, dass die Frau depressiv war." Tyler stand auf und streckte sich. „Oder ihr Leben nicht mehr im Griff hatte."

„Trotzdem hat irgendetwas in Katrinas Leben zu ihrem Tod geführt. Wenn wir davon ausgehen, dass der Abschiedsbrief gefälscht war, müssen wir überlegen, wer ihn gefälscht und dazu ihren Computer benutzt haben könnte. Es muss jemand sein, den sie gut kannte. Tyler, meinst du, du kommst in ihren Computer?"

„Glaub ich ehrlich gesagt nicht, aber ich werd mein Bestes tun."

„Okay, wir machen Folgendes: Stöpsel Tastatur und Maus ab, unsere Spurensicherung soll die mal auf Fingerabdrücke untersuchen. Wenn niemand versucht hat, die abzuwischen, sollten wir ganz brauchbare finden. Den Desktop nehmen wir mit aufs Revier, sobald wir den Einschaltknopf auf Abdrücke untersucht haben. Bleib mal 'ne Weile dran und versuch, ob du nicht doch reinkommst. Wir treffen uns dann im Revier, und ich bringe uns was zum Abendessen mit. Ich brauche hier aber noch 'nen Moment."

„Letzten Winter war's abends auf dem Revier ungefähr so wie am Nordpol."

„Die Heizung ist mittlerweile so gut repariert, dass du jetzt ein Fenster aufmachen musst, um nicht zu ersticken. Also keine Sorge."

„Wenn Dateien von Belforts Computer gelöscht wurden, weiß ich jetzt schon, dass ich sie nicht wiederherstellen kann. Aber ein Profi könnte sie vielleicht von der Festplatte holen, falls sie noch nicht überschrieben wurden."

„Zur Not holen wir uns eben einen Profi. Mach einfach, was du kannst. Nimm dir den Wagen für den Computer. Ich laufe zurück, besorge uns was zu essen und komme dann auch ins Revier."

„Wir könnten doch gemeinsam fahren, oder brauchst du noch lange?"

„Ich glaube, sie wurde im Wald erschossen. Aber auch dass jemand sie bereits hier bewusstlos geschlagen und dann dort rausgeschleppt hat, wo er ihr schließlich eine Kugel in den Kopf gejagt hat. Deshalb suche ich nach Anzeichen für einen Kampf, hier im Haus."

„Aber hier ist alles tipptopp."

„Ich weiß. Und es riecht auch nicht nach Desinfektionsmittel. Könnte sein, dass nur wenig Blut geflossen ist und eine großflächige Reinigung mit Chlorreiniger gar nicht nötig war. Vielleicht hat ja eine Rolle Küchenkrepp schon gereicht. Wie dem auch sei, falls Belfort hier ermordet wurde, finde ich den Beweis."

„Soll ich bleiben und dir helfen?"

„Nein, aber danke. Du hackst dich in den Computer, Harvard, und ich schnüffele hier herum. Jeder macht das, was er am besten kann."

Künstliche Beleuchtung war nicht wie Tageslicht. Beides hatte seine Vorteile und nutzte verschiedene Bereiche des Spektrums. Dinge, die man bei Tageslicht gut erkennen konnte, verschwanden im Kunstlicht, und umgekehrt. Darum empfahl es sich, einen Tatort bei unterschiedlichen Lichtverhältnissen zu untersuchen.

Jetzt, am Abend, sah das Haus mit seiner Ordnung, dem Kamin und den Kissen und Überwürfen auf den Möbeln auf einmal viel gemütlicher aus. Die Holzdielen waren erst vor Kurzem gefegt worden, auf den Tischen lag kein Stäubchen. Selbst die Bilderrahmen waren frisch poliert. Es gab eine Faustregel, die besagte, dass Frauen in der Küche töten, aber im Schlafzimmer getötet werden. Dort fing Decker auch mit der Suche an.

Sein Handy klingelte, eine unbekannte Nummer. „Decker."

„Detective Decker?"

„Ja. Wer ist dran?"

„Ryan Belfort. Sie hatten dringend um Rückruf gebeten. Geht es meiner Schwester gut?"

„Von wo aus rufen Sie an, Mr. Belfort?"

„Aus meinem Büro. Was ist hier los?"

„Wo ist Ihr Büro, Sir?"

„Manhattan. Langsam machen Sie mich nervös."

„Mr. Belfort, es tut mir leid, Ihnen mitteilen zu müssen, dass Ihre Schwester tot ist ..."

„Um Gottes willen, was ist denn passiert?"

„Mr. Belfort, alles Weitere sollten wir am besten persönlich besprechen. Könnten Sie eventuell rauf nach Greenbury kommen?“

Katrinas Bruder brachte nur noch ein Flüstern heraus. „Dabei habe ich gestern noch mit ihr gesprochen.“

„Wann?“

„Gegen sechzehn Uhr. Das ist vollkommen irrsinnig, ich kann nicht ...“ Er konnte nicht weitersprechen.

„Was ist mit Ihren Eltern, Mr. Belfort? Wenn Sie mir die Nummer ge...“

„Es gibt nur noch Kat und mich. Unsere Eltern sind vor sechs Jahren bei einem Autounfall umgekommen. Kat war fast wie eine Mutter für mich.“ Ihm versagte die Stimme. „Was ist denn passiert? War es ein Unfall?“

„Nein. Momentan gehen wir von einem verdächtigen Todesfall aus.“

„Etwa Mord?“

„Mord oder Selbstmord ...“

„Keinesfalls Selbstmord!“

Gesprochen voller Überzeugung. Decker fragte: „Warum sagen Sie das?“

„Kat war nicht selbstmordgefährdet. Auf mich wirkte sie so glücklich wie schon lange nicht mehr. Sie mochte ihren Job, das Leben in der Kleinstadt. Und ihre Studenten. Sie war beeindruckt, wie intelligent sie waren.“

„Hat Sie mal die Namen von bestimmten Studenten erwähnt?“

„Nein. Glauben Sie, es war einer von denen?“

„Wissen wir noch nicht. Hat Katrina mit Ihnen über ihre Studenten gesprochen?“

„Nur, dass sie eine bunt gemischte Truppe waren, was ihr sehr gefallen hat. Verdammt, ich kann's einfach nicht glauben... Das ist doch vollkommen verrückt! Und Sie können mir wirklich nichts erzählen?“

„Bevor ich mich aus dem Fenster lehne, brauche ich erst genauere Informationen. Ich will Sie nicht in die Irre führen oder etwas Falsches sagen. Ich verspreche aber, ich sage Ihnen Bescheid, sobald ich etwas weiß. Und es wäre hilfreich, wenn wir uns persönlich unterhalten könn...“

„Das ist einfach ... grauenvoll.“ Ryan Belfort schwieg einen Moment. „Ich bin fassungslos.“

„Mr. Belfort, war Ihre Schwester dabei, als Ihre Eltern den Autounfall hatten?"

„Nein."

„Wissen Sie, ob sie an chronischen Schmerzen litt?"

„Schmerzen?" Belfort dachte nach. „Soweit ich weiß, war sie in Topform. Vor einem Monat sind wir zusammen im Skiurlaub gewesen. Wir sind beide begeisterte Skifahrer."

„Und wie sieht es mit Schmerzen emotionaler Art aus, Depressionen oder Ängste?"

„Jeder ist doch manchmal down oder hat Angst."

„Ich meine eine lähmende Art von ..."

„Es war kein Selbstmord. Das weiß ich ganz genau."

„Diese Fragen muss ich Ihnen leider stellen, und es tut mir leid, wenn ich Ihnen damit zu nahe treten sollte. Sie sagten, Ihre Schwester mochte ihre Studenten. Wie sieht es mit anderen Beziehungen aus, gab es vielleicht einen Freund?"

„Wenn ja, hat sie ihn mir gegenüber nie erwähnt. Ich weiß, dass sie vor etwa drei Jahren eine kurze Affäre mit jemandem hatte, Jason Logan. Er war Matheprofessor an der University of Maryland. Die Trennung war freundschaftlich. Für Katrina war es nichts Ernstes. Er war zwanzig Jahre älter als sie und verheiratet. Ich fand es damals nicht gut, dass sie sich mit einem verheirateten Mann eingelassen hat, aber soweit ich weiß, hat das ihr Leben nicht beeinträchtigt."

„Gut." Decker machte sich, so schnell er konnte, Notizen. „Und Ihres Wissens hatten die beiden auch keinen Kontakt mehr."

„Ganz sicher. Das hätte mir Kat sonst erzählt."

„Und hat sie während der letzten drei Jahre mal jemanden erwähnt?"

„Eigentlich nicht. Sie hat immer gesagt, wenn sie erst mal Dozentin ist, würde sie nur noch forschen und hätte keine Zeit mehr für Beziehungen. Haben Sie anderweitige Informationen?"

„Nein. Und was ist mit ihrem Freundeskreis?"

„Keine Ahnung. Ich vermute, ihr fehlte die Zeit für engere Freundschaften."

„Fällt Ihnen jemand ein, der ihr vielleicht schaden wollte, Sir?"

„Nein, niemand."

„Und Sie sind sich sicher, dass sie in keiner ... kompromittierenden Beziehung steckte?“

„Beschwören kann ich's nicht, aber ich glaube nicht. Eins weiß ich genau, sie war *nicht* depressiv.“

„Könnten Sie nicht vielleicht doch nach Greenbury kommen, Mr. Belfort?“

„Um den Leichnam abzuholen? Das muss ich doch wohl.“

„Wir können die Leiche noch nicht freigeben.“ Nein, das ging wirklich nicht. Und Decker würde Ryan Belfort erst sagen, wie schlimm seine Schwester zugerichtet war, wenn er musste. „Trotzdem würde ich Sie gerne persönlich sprechen.“

„Muss das wirklich sein?“

„Es wäre hilfreich.“

„Sie werden sich bis zum Wochenende gedulden müssen. Ich bin mitten in einem Gerichtsprozess, und in der Kanzlei sind derzeit alle am Rotieren. Könnten Sie nicht nach New York kommen?“

„Sonntag vielleicht. Wie sieht's da bei Ihnen aus?“

„Vielleicht. Rufen Sie mich am Sonntag noch mal an.“

„Danke, Mr. Belfort. Es tut mir leid, aber ich muss Sie fragen, wo Sie gestern Nacht waren, damit ich Sie als Verdächtigen ausschließen kann.“

Ein bitteres Lachen. „Ich war bis elf im Büro, dann bin ich nach Hause gegangen und gegen zwei ins Bett. Wie gesagt, wir sind gerade mitten in einem Prozess.“

„Gibt es jemanden, der Ihre Angaben bestätigen kann?“

„In der Kanzlei muss ich mich austragen, wenn ich das Gebäude verlasse. Und zu Hause? Ja, der Nachtportier war auf seinem Posten. George Ellison. Wenn's unbedingt sein muss, können Sie den anrufen.“

„Danke, dass Sie so bereitwillig meine Fragen beantwortet haben. Noch einmal mein herzliches Beileid.“

Belfort zögerte einen Moment, dann sagte er: „Detective, ich kenne nicht jedes Detail aus dem Leben meiner Schwester. Aber eines weiß ich so sicher wie das Amen in der Kirche: Kat hat sich nicht das Leben genommen.“

Decker holte tief Luft. „Darum habe ich ja gefragt, ob sie Feinde hatte ... jemand, der ihr nicht wohlgesonnen war.“

Ryan Belfort senkte seine Stimme zu einem Flüstern. „Ich habe keinen blassen Schimmer. Aber finden Sie ihn besser, bevor ich es tue."

„Sir, Mr. Belfort, bitte überlassen Sie uns die Ermitt..." Decker brach mitten im Satz ab, als er bemerkte, dass niemand mehr in der Leitung war.

KAPITEL NEUNZEHN

Decker machte zwei Listen.

Was für Selbstmord spricht:

1. Ein einziger Schuss in den Kopf. Stammt Kugel aus der Waffe vom Tatort? Vermutlich.
2. Ein Abschiedsbrief.
3. Keine Anzeichen für einen zweiten Tatort. Zumindest momentan.
4. Ihr Haus war aufgeräumt … Noch schnell klar Schiff machen, bevor sie sich für immer verabschiedet?
5. Der kürzliche Selbstmord von Elijah Wolf. War Katrinas eine Nachahmungstat? Gab es einen Zusammenhang?

Was gegen Selbstmord spricht:

1. Keine Anzeichen, dass Katrina ihr Leben nicht mehr im Griff hatte. Das Zuhause einer stabilen Persönlichkeit (siehe unter 4. oben).
2. Die Eintrittswunde am Kopf befand sich an einer für einen Selbstmord ungewöhnlichen Stelle.
3. Die Tatsache, dass sie entkleidet wurde. Versuch, es wie den Selbstmord von Elijah Wolf aussehen zu lassen? Falls Sie PCP im Blut hatte, könnte das ihre Körpertemperatur erhöht haben, und sie hat sich selbst ausgezogen. Ergebnis der toxikologischen Untersuchung prüfen.
4. Weder Kollegen noch Studenten haben erwähnt, dass sie Drogen genommen oder getrunken hat. Noch mal nachhaken.
5. Abschiedsbrief war zu allgemein: fingiert?

Decker ging die beiden Listen mehrmals durch. Falls es auch nur das kleinste Indiz dafür gab, dass die Tat im Haus stattgefunden hatte – das beinhaltete eine Überdosis Medikamente oder Gift –, war er fest entschlossen, es zu finden. Er hatte immer zwei Brillen dabei. Die eine war eine Lesebrille, da in seinem Alter die Sehkraft langsam nachließ, die andere vergrößerte sogar noch stärker. Diese verwendete er gerne für die Spurensuche. Er zog sich mit einem

Schnappgeräusch die Latexhandschuhe an und machte sich an die Arbeit.

Mit der Ausnahme von Küche und Bad bestand der Fußboden aus Holzdielen, auf denen hier und da ein Teppich lag. Decker setzte seine Spurensicherungsbrille auf und untersuchte die Dielen auf Kratzer und verblichene Stellen, wo jemand möglicherweise versucht hatte, Blut durch Scheuern und Schrubben zu entfernen. Als er dort nicht fündig wurde, nahm er sich die Teppiche vor. In der Hocke suchte er sie nach feuchten Stellen ab. Nichts. Er stand wieder auf und hob die Möbel von den Teppichen, damit er sie hochheben und auch die Unterlagen ansehen konnte. Keine feuchten oder klebrigen Stellen. Danach prüfte er die Polster des Sofas und der Sessel, hob Kissen und Sitzauflagen hoch und betrachtete und befühlte die Rahmen. Auch hier keinerlei Auffälligkeiten.

Als Nächstes ging er in den kleinen gekachelten Küchenbereich, von wo aus eine Tür in den Garten hinter dem Haus führte. Der Boden sah sauber und auch in den Fliesenfugen trocken aus. Trotzdem besprühte er die kleine Fläche mit Luminol und schaltete das Licht aus. Vereinzelte grellblaue Flecken leuchteten auf, aber die Verteilung sprach eher für winzige Partikel tierischen Ursprungs, die das Mittel ebenfalls hervorhob. Dasselbe galt für einige andere Lebensmittel. Bei einer Schussverletzung oder Stichwunde hätte der gesamte Boden aufgeleuchtet.

Decker machte im Schlafzimmer weiter. Die Bettwäsche auf dem Bett: trocken. Er schob die Queen-Size-Matratze zur Seite, um die Federung auf der Unterseite überprüfen zu können: ebenfalls trocken. Im Bad untersuchte er das Abflusssieb nach ausgerissenen Haarbüscheln: Auch hier kaum etwas zu finden. Die Badewanne besprühte er mit Luminol, um festzustellen, ob sich dort noch Reste von Blut fanden. Wiederum zeigten sich nur wenige schwache Flecken, die wohl eher von Hautschuppen als frisch vergossenem Blut herrührten.

Er blickte sich im Bad um. Die Badewanne war mit einer Duschvorrichtung versehen. Wenn jemand in so etwas angegriffen wurde, versuchte er häufig, sich am Duschvorhang festzuhalten, wobei dieser abriss oder kaputt riss. Belforts Vorhang hing jedoch ordnungsgemäß herab und war unbeschädigt.

Der Badvorleger hing sauber gefaltet über dem Wannenrand und wies ebenfalls keinerlei Spuren von Blut auf. Decker hob den Stöpsel des Waschbeckens heraus und tastete mit einem behandschuhten Finger im Abfluss. Er förderte einen kleinen Klumpen Haare zutage: ohne Wurzel, also auf natürlichem Wege ausgefallen. Er sah auch auf der Unterseite des Waschbeckens nach und machte schließlich enttäuscht auch den Badezimmerschrank wieder zu.

Über den Flur ging er zu dem Wäscheschrank mit Lamellentüren und sechs Ablagefächern. Die Wäsche war säuberlich gefaltet und geordnet: Duschtücher, Handtücher und Waschlappen. Nicht alle Handtücher passten farblich oder vom Design her zueinander, es waren auch einige leicht abgewetzte darunter, aber alles war ordentlich. Neben einem Stapel Kopfkissenbezüge lagen zwei Ersatzkopfkissen. Weiterhin gab es einen Stapel mit Spannbettlaken in Beige, Gelb, Creme und Weiß. Je nachdem, was zur jeweiligen Bettwäsche passte, vermutete Decker. Sein Blick fiel auf einen Stapel Oberlaken: Dieser sah nicht so ordentlich aus wie die übrigen, eines war sogar auf den Boden gefallen.

Als hätte jemand hastig ein Laken herausgezogen, sodass das darunter mit herausgerutscht war. Es voller Panik herausgezerrt hätte, um eine Leiche darin einzuwickeln. Ein verschnürtes Bündel ließ sich leichter wegschleifen als ein toter Körper mit schlaffen Gliedmaßen.

Nur angenommen – rein theoretisch –, Katrina Belfort wurde in einem Handgemenge mit dem Mörder verletzt. Vielleicht hat er ihr einen Stoß versetzt, und sie ist mit dem Kopf irgendwo gegengeprallt. Das war nicht tödlich, aber sie wurde ohnmächtig. Und jetzt mal angenommen, der Mörder hielt sie tatsächlich für tot. Er verfiel in Panik, schleifte sie hinaus in den Wald und versuchte dann, die Verletzung unkenntlich zu machen, indem er ihr in den Kopf schoss, um die Detectives in die Irre zu führen?

Gut, wenn das also die Theorie war, überlegte Decker, wo sie sich so stark den Kopf angestoßen haben könnte, dass sie davon das Bewusstsein verlor. Vielleicht hat der Täter sie gegen die Wand gestoßen, oder sie ist gestolpert und nach hinten gestürzt. Manchmal hinterlassen solche Verletzungen sehr viele Blutspritzer, aber keineswegs immer. Meist waren sie auch nicht tödlich, zumindest nicht unmittelbar. Vielleicht war das Ganze ein Unfall, vielleicht auch nicht. Ganz egal, das Endergebnis war dasselbe. Ihr Mörder dachte, sie sei tot, und bekam es mit der Angst zu tun. Anstatt die Polizei zu rufen, schaffte er lieber selbst die Leiche weg. Vermutlich weil er hoffte, wenn sie nicht auffindbar wäre, würde ihm das genug Zeit verschaffen, um zu verschwinden und sich ein Alibi auszudenken. Also wickelte er sie in ein Laken, zerrte sie hinter sich her in den Wald und schoss ihr an der Stelle in den Kopf, wo sie ihn sich angestoßen hatte. Dann ging er zurück zum Haus und verwischte dabei seine Spuren im Schnee. Vielleicht bat er auch einen zuverlässigen Freund, ihm zu helfen ... was Decker die Arbeit erleichtern würde. Je mehr Leute an einem Verbrechen beteiligt waren, desto schneller ließ es sich gewöhnlich aufklären.

Schön, angenommen, Katrina ist nach hinten gestürzt, dann muss sie mit dem Hinterkopf auf etwas Hartes wie den Boden oder eine Wand geprallt sein, vielleicht auch auf ein Möbelstück, zum Beispiel eine spitze Tischkante. Auf Dielen und Fliesen konnte Decker keine Dellen oder Macken entdecken, daher suchte er die Wände ab, wo ein mit Wucht aufprallender Kopf vielleicht ebenfalls eine Delle oder Einbuchtung hinterlassen haben könnte, aber der Putz sah intakt aus.

Zum Schluss musste Decker noch die Ecken und Rahmen der Möbel untersuchen. Er fing bei den Granitarbeitsplatten in der Küche an, arbeitete sich zum Regal und dem Sofatisch im Wohnzimmer vor, dann machte er sich an die Beistelltische. Geduld und Sorgfalt zahlten sich immer aus. Manchmal war es das letzte Objekt, das man überprüfte. In diesem Fall ein viereckiger Beistelltisch mit Marmorplatte und Messinggestell. Mit bloßem Auge sahen die Ecken sauber aus, Luminol jedoch zeigte etwas anderes: Die linke hintere Ecke des Tisches war unter die gepolsterte Lehne des Sofas geschoben worden. Als Decker den Tisch vorzog und besprühte, leuchtete er auf wie ein festlicher Chanukkah-Leuchter.

Mord, *Gadol Haya Sham*. Wunder über Wunder.

Zwischen Messinggestell und Marmortischplatte klemmte auch eine dünne Haarsträhne. Decker nahm eine Pinzette und zog sie heraus. Teilweise noch mit Haarwurzeln, perfekt für eine DNA-Analyse. Er steckte die Strähne in einen Beweismittelbeutel.

Dann ließ er sich auf die Knie sinken und roch am Boden direkt vor dem Tisch.

Spülmittel.

Decker sprühte den ganzen Bereich ein.

Ein paar blaue Sprenkel – eher allmählich austretendes Blut als eine arterielle Fontäne.

Die Profis würden das Haus Millimeter für Millimeter durchkämmen müssen. Bei anscheinend sauberen Tatorten – nein, bei jedem Tatort – konnte man nicht gründlich genug vorgehen.

Zurück im Revier, sah Decker McAdams dabei zu, wie er auf Katrina Belforts Computer herumtippte. „Wie läuft's?"

McAdams sah auf. „Ich bin jetzt in ihren Forschungsdateien, aber die sagen mir nichts. Ich hab alles ausgedruckt, dann können wir's mit zu Dr. Gold nehmen."

„Wie steht's mit ihren E-Mails?"

„Hat leider nicht geklappt."

„Wir besorgen uns einen richterlichen Beschluss. Ich bin überzeugt, es war Mord. Ihr Tod mag ungewollt gewesen sein, aber der Kopfschuss keinesfalls." Decker berichtete Tyler, was er herausgefunden hatte. „Jemand hat nicht nur den Boden und den Beistelltisch sauber gemacht, er oder sie hat den Tisch auch umgedreht, um die Ecke zu verstecken, an der sich Katrina vermutlich den Kopf angeschlagen hat. Die Spurensicherung ist gerade im Haus. Die haben auch Katrinas Tastatur und die Maus auf Fingerabdrücke untersucht."

„Was haben sie gefunden?"

„Nichts. Alles entfernt. Katrina war zwar Ordnungsfanatikerin, aber es ist trotzdem komisch, einen Abschiedsbrief zu schreiben und dann die Tastatur abzuwischen." Decker steckte sich ein Kaugummi in den Mund. „Hast du Hunger?"

„Und wie."

„Rina hat gekocht. Lass uns nach Hause fahren, da können wir alles in Ruhe besprechen."

„Was soll ich mit Belforts Computer machen?"

„Wir schließen ihn ein. Die Ausdrucke von ihren Forschungsdateien nimmst du mit. Ich wüsste wirklich gerne genauer, womit sie sich beschäftigt hat."

„Glaubst du, sie wurde wegen ihrer wissenschaftlichen Tätigkeit umgebracht?"

„Wenn ich das wüsste. Aber je mehr wir über sie wissen, desto besser."

„Und was ist mir ihrem Fanclub, vor allem den jungen männlichen Fans? Einer von denen hatte sich vielleicht Chancen ausgerechnet. Du weißt doch, wie impulsgesteuert Collegekids sein können."

„Ich habe mit Katrinas Bruder telefoniert."

„Also ist dieser Ryan ihr Bruder?"

„Ja. Als Katrina noch in Maryland gelebt hat, war sie mit einem verheirateten Mann liiert."

„Also hatte sie schon früher kein gutes Händchen für Lover. Vielleicht hat sie ja diesmal richtig danebengegriffen. Wer könnte über so was Bescheid wissen? Der Liebhaber könnte ein anderer Dozent, aber auch ein Student gewesen sein."

„Nur dass Studenten keine Autos besitzen. Ich denke da an den Wagen, der manchmal spätnachts vor ihrem Haus geparkt haben soll."

„Dann lass uns die Studenten befragen, damit wir sie als Verdächtige ausschließen können, und danach die Professoren überprüfen."

„Gute Idee. Fangen wir mit Damodar Batra und Mallon Euler an. Die wohnen ja momentan zusammen. Gleich nach dem Abendessen nehmen wir uns die beiden vor. Hast du eigentlich Dekanin Zhou erreicht?"

„Gestern und vorgestern war sie verreist."

„Wohin?"

„Das wollte mir das Sekretariat nicht mitteilen."

„Finde raus, wo sie war, und überprüfe das. Wenn Zhou wirklich nicht in Greenbury war, können wir sie von der Verdächtigenliste für den Mord an Katrina streichen."

„Warum verdächtigst du sie überhaupt?"

„Weil sie auch zum Department gehört und überaus interessiert daran war, Elis Aufzeichnungen zu sehen. Was ist mit Lennaeus Tolvard? Hast du mittlerweile mit dem gesprochen?"

„Wir sprechen uns immer gegenseitig auf die Mailbox. Soll ich's noch mal versuchen?"

„Unbedingt. Er und Eli haben heimlich irgendwas zusammen gemacht. Ich muss wissen, was das war." Decker sah auf die Uhr. Fast sieben. „Aber jetzt wartet erst mal das Abendessen."

„Okay." McAdams stand auf und hievte den Computer hoch, um ihn in die vergitterte Asservatenkammer zu tragen.

„Wir müssen alle ein zweites Mal vernehmen. Während wir uns auf das College konzentrieren, sollen Kevin und Karen noch mal mit den Nachbarn reden. Dann fahren wir beide rauf nach Boston und zeigen Elis Unterlagen Dr. Gold. Dann wissen wir vielleicht endlich, worum zum Teufel es dabei geht."

„Du fluchst ja. Du musst wirklich geschafft sein."

„Völlig erledigt." Decker rieb sich die Augen. „Ab nach Hause, das Essen ruft. Der Detective ermittelt nicht vom Brot allein ..."

Katrinas Ermordung war das Hauptgesprächsthema während des gesamten Abendessens und auch noch beim Tee oder Kaffee danach. Rina, die sich etwas Bequemes angezogen hatte, ließ die beiden Männer in Ruhe diskutieren. Es war angenehm warm im Haus. Eigentlich zu warm, also drehte sie die Heizung runter, denn die beiden beschwerten sich schon.

Sie wartete eine Gesprächspause ab. „Wenn ihr die Studenten noch mal vernehmen wollt, könnte ich doch mitkommen?"

Decker sah seine Frau über den Rand seines Kaffeebechers erstaunt an. „Und warum, wenn ich fragen darf?"

„Wie oft habt ihr schon mit Mallon gesprochen? Falls sie euch tatsächlich manipulieren will – rein hypothetisch –, weiß sie mittlerweile genau, wie sie das anstellen muss. Wenn noch jemand dabei ist, bringt sie das aus dem Konzept."

„Gar keine so schlechte Idee", gab McAdams zu.

„Und wie du weißt, hatte ich Mathematik im Hauptfach, obwohl ich nie weiter als bis zur linearen Algebra gekommen bin." Rina sah zu McAdams hinüber. „Ich bin mit neunzehn vom College abgegangen und nach Israel gezogen. Meine Eltern waren natürlich begeistert."

Tyler grinste. „Wusst ich doch, dass da irgendwo eine Rebellin in dir steckt."

„Das traditionelle Leben, das ich dort geführt habe, war offensichtlich ein Reinfall, denn jetzt bin ich wieder hier." Sie drehte sich wieder zu ihrem Mann um. „Also, wie wär's?"

„Was denn?"

„Lass mich mitkommen und mit den Studenten reden."

Decker stellte seinen Becher ab. „Wie gut erinnerst du dich noch an dein Mathestudium, Schatz?"

„Meine letzte komplexe Rechenaufgabe liegt über dreißig Jahre zurück. Aber ich habe zugehört, wie ihr über Fourier-Transformationen und Eigenvektoren und Eigenwerte gesprochen habt, und rasch nachgeschlagen. Manchmal ist das Internet richtig toll: Da gibt es diese Mini-Vorlesungen, die einem einen kleinen Überblick über ein Thema verschaffen. Nur mit den Fachbegriffen muss man sich vertraut machen."

„Wie klein?", fragte McAdams.

„Durch die Vorlesungen weiß ich jetzt Folgendes: Eigenvektoren werden durch Matrizes dargestellt und können als alternatives Koordinatensystem verwendet werden. Fourier-Analyse ist eine Methode, mit der man komplexe Wellen in einfache trigonometrische Funktionen zerlegen kann. Wer studiert was?"

Decker blätterte in seinen Notizen. „Hier steht, Eli hat Eigen*werte* studiert. Was ist eigentlich der Unterschied zwischen Eigenwert und Eigenvektor?"

„Ein Wert ist ein Skalar, also eine Zahl. Ein Vektor ist eine in eine bestimmte Richtung verlaufende Linie. Ein Eigenvektor ist eine besondere Art von Vektor, die auf ein Vielfaches ihrer selbst abgebildet werden kann, ohne die Richtung zu ändern. Der Skalar oder die Zahl, mit der der Eigenvektor multipliziert wird, nennt sich Eigenwert. So weit verständlich?"

„Was meinst du mit ‚alternatives Koordinatensystem'?", fragte Tyler.

„Wenn man einen Punkt im Raum darstellen will, denkt man dabei normalerweise an etwas auf der x-, y- oder z-Achse."

„Wenn du das sagst", seufzte Decker.

„Also weiter: Eigenvektoren sind eine andere Methode, um Punkte zu definieren. Nach dem, was ich von eurem Gespräch mitbekommen habe, hat Eli sowohl Eigenvektoren als auch Eigenwerte und Fourier-Analyse studiert."

„Vielleicht waren es auch Fourier-Transformationen."

„Ich wette, diese ganzen Fourier-Sachen hängen sowieso zusammen", sagte Tyler.

„Und ich glaube, ihr habt auch erwähnt, dass das auch Katrina Belforts Spezialgebiet war: schnelle Fourier-Transformationen. Darum wollte Eli wahrscheinlich auch von Rosser zu ihr als Betreuerin wechseln."

„Du hast ja wirklich aufgepasst", stichelte McAdams.

„Wenn's drauf ankommt, hab ich eine enorme Konzentrationsfähigkeit. Was ist eigentlich Rossers Fachgebiet?"

„Keine Ahnung, spielt auch keine Rolle", antwortete Tyler. „Er hätte sich den Überflieger doch sowieso gekrallt, egal, was er studiert hätte."

„Macht Sinn." Decker wandte sich an Rina: „Du wolltest gerade eine Erkenntnis loswerden."

„Wie kommst du darauf?"

„Du hast dieses Funkeln in den Augen."

„Ich versuche, eine wissenschaftliche Verbindung zwischen den einzelnen Spezialgebieten zu finden: Eigenvektoren, Fourier-Analyse und Dr. Tolvards Kosmologie. Eine Schnittmenge könnte die Darstellung von komplexen Wellen im Weltraum sein."

McAdams verschränkte die Arme vor der Brust und sah Rina anerkennend an. „Gefällt mir."

„Ich bin ein Nerd. Nur Nerds rebellieren, indem sie ultrareligiös werden."

„Dann bist du der hübscheste Nerd der Welt", sagte Decker lachend.

„Och ..." Rina lehnte sich zu ihm und gab ihm einen Kuss auf die Wange. „Und du bist der bestaussehende Mann der Welt."

„Ach was."

„Für mich schon."

Tyler hüstelte. „Was Rina gerade über die Schnittmenge der beiden Gebiete gesagt hat: Vielleicht ist Eli deswegen von Mathe zu Physik gewechselt."

Decker zuckte die Achseln. „Mag sein. Aber Elijah Wolfs Tod ist offiziell ein Selbstmord, während der von Katrina wahrscheinlich Mord war. Und darum geht es mir momentan hauptsächlich."

„Deiner Meinung nach haben die beiden Fälle also nichts miteinander zu tun?"

„Da bin ich überfragt." Decker sah auf die Uhr. „Wir müssen langsam los."

„Und was ist mit mir?", fragte Rina.

„Ich finde, du solltest mitkommen", sagte McAdams.

„Das entscheide ja wohl immer noch ich." McAdams und Rina starrten Decker entgeistert an. „Du kannst mitkommen."

„Aber erst, wenn du mich darum bittest."

„Treib's nicht zu weit."

„Morgen hab ich auch noch nichts vor, also könnte ich auch mit zu Dr. Gold kommen."

„Kann es sein, dass dir langweilig ist, mein Schatz?"

„Ich war in letzter Zeit zu viel zu Hause. Wir hatten so viel Schnee, da habe ich mich einfach eingeigelt und gelesen."

„Ich finde die Idee super", sagte Tyler. „Gold mag sie lieber als dich oder mich."

„Das tut jeder." Decker gab auf. „Klar, komm mit, Rina. Ich hab dich gern dabei, und außerdem sind deine Lunchpakete immer lecker …"

Rina verdrehte die Augen. „Ich werd auch nur zuhören und euch später sagen, was mir aufgefallen ist."

„Klar, wenn du Mäuschen spielen willst, würde uns das sicher helfen."

„Ich sehe mich eher als nervige Mücke, die keine Ruhe gibt."

KAPITEL ZWANZIG

Am schnellsten konnte man Studenten für sich einnehmen, wenn man sie zum Essen einlud. Mallon suchte sich wieder das Rajah's aus, das indische Café, in dem es auch zahlreiche vegane Gerichte gab. Sie hatte sich gerade in die Speisekarte vertieft, als Decker, McAdams und Rina zu ihr an den Tisch traten. Mallon begrüßte sie mit einem kurzen Nicken, dann setzten sich die drei, und der Kellner brachte die Karte. Kurze Zeit später erschien auch Damodar Batra. Er hatte einen Parka, Jeans und feste Schuhe an. An der Garderobe legte er ab und sog genüsslich die Luft ein.

„Riecht wie zu Hause." Er holte sich vom Nebentisch einen Stuhl und nahm am Kopfende des Tisches Platz, der in einer Nische stand und eigentlich nur für vier Personen gedacht war.

„Wo hast du so lange gesteckt?" Mallon war noch immer in die nicht enden wollende Liste der Hauptgerichte vertieft. Sie klang genervt.

„Ich hatte ein Bewerbungsgespräch bei Newberg."

„Newberg?" Mallon ließ die Karte sinken und funkelte ihn wütend an. „Wie hast du das denn hingekriegt?"

„Ich hab ihn angefleht. Und zwanzig Minuten rausgeholt."

„Nimmt er dich?"

„Vermutlich nicht. Und hast du was erreichen können?"

„Nein. Ich werd mich wohl an einem anderen Department umhören müssen." Sie verschränkte die Arme. „Rosser ist keine Hilfe. Er hasst mich."

„Er hasst doch jeden."

„Eli nicht."

„Klar, der war aber auch der Einzige, den er mochte. Und dann ist Wolf frecherweise aus der Reihe getanzt: Riesenaufregung." Batra schüttelte den Kopf und sah zu Decker. „Wir suchen händeringend einen neuen Betreuer, was sich schwierig gestaltet, weil das Department so klcin ist. Und das in unsrem Abschlussjahr. Ich war schon so gut wie fertig mit meiner Abschlussarbeit. Der totale Albtraum."

„Vermutlich würde Katrina Belfort das auch finden, nur ist sie tot", sagte McAdams.

„Ja, natürlich …" Batra sah betreten aus. „Danke für die Einladung."

„Wer ist Newberg?", fragte Decker.

„Ein Professor. Auch ein Neuzugang. Aber hat's anscheinend schon weit gebracht. Arschloch."

Decker räusperte sich. „Nicht im Beisein von Damen."

Batra biss sich auf die Lippe. „'tschuldigung". Er sah zu Rina. „Ich glaube, wir kennen uns noch nicht."

Rina lächelte ihn an. „Rina Decker. Wir sind aber nicht verwandt."

„Das ist aber ein Zufa…" Er stöhnte. „Sie sind Detective Deckers Frau!"

„Stimmt. Freut mich, Sie kennenzulernen."

„Dito."

„Können wir endlich bestellen?" Mallon war mittlerweile nicht mehr nur genervt, sondern richtig sauer. „Ich hab nämlich saumäßig viel zu tun."

Decker rief den Kellner. Die beiden Studenten bestellten sich etwas von der Tageskarte, McAdams nur einen Chai für sich und für Rina und Decker normalen Tee, da sie bereits zu Abend gegessen hatten.

Mallon spielte ständig nervös an ihren Fingern. „Tja, das beruht auf Gegenseitigkeit."

Decker konnte nicht folgen. „Bitte?"

„Rosser. Ich hasse ihn genauso wie er mich. Was für ein aufgeblasener kleiner Wichtigtuer."

„Du meinst Depp", verbesserte sie Batra.

„Wie haben er und Dr. Belfort sich verstanden?", fragte Tyler.

Mallon zuckte mit den Schultern. „Ich hab nie mitgekriegt, dass sie sich über ihn beschwert hätte, aber sie fand ihn auf jeden Fall frauenfeindlich."

„Warum interessieren Sie sich überhaupt für Rosser?", fragte Batra.

„Katrina ist tot. Da erkundige ich mich über viele Leute."

„Er ist ein totales Arschloch. Aber ich glaube nicht, dass sie sich wegen ihm umgebracht hat", sagte Mallon.

„Also glauben Sie, Dr. Belfort hat Selbstmord begangen?", hakte Decker nach.

„Zumindest sagen das alle." Batra zögerte. „Haben Sie eine andere Vermutung?"

„War sie bedrückt?"

„Ich glaube nicht, aber so gut kannte ich sie nicht."

„Aber gut genug, um sie zu duzen."

„Wir haben uns alle mit ihr geduzt", sagte Mallon. „Sie war nicht so viel älter als wir. War ihre Idee."

„Genau", bekräftigte Batra. „Wir hatten ein rein professionelles Verhältnis."

„Mag sein, aber Sie haben sie zu Hause besucht", merkte Decker an.

Batra richtete sich im Stuhl auf. „Wie auch Mallon, Ari und Eli und noch ein Haufen anderer Studenten. Am Wochenende durfte man einfach vorbeikommen. Sie war gerne für ihre Studenten da. Man sollte nur vorher kurz telefonisch Bescheid sagen. Ist das schlimm?"

„Ist was schlimm?"

„Jetzt reden Sie doch mal Klartext. Zwischen mir und ihr wie auch zwischen ihr und den anderen ist es nie um was anderes als um Mathe gegangen. So war sie nicht drauf."

„Kein Grund, aggressiv zu werden, Batra", beschwichtigte ihn Tyler. „Wir müssen das fragen."

„Und Sie haben Ihre Antwort gekriegt. Sonst noch was?"

„Seien Sie doch nicht eingeschnappt", sagte Decker. „Zu Ihrer Information: Wir werden Ihnen noch eine ganze Menge Fragen stellen. So läuft es nun mal bei einem Mordfall."

Mallon riss erschrocken die Augen auf. „Sie wurde *ermordet*?"

Decker ignorierte die Frage. „Gerade untersucht ein Spurensicherungsteam jeden Quadratzentimeter von Dr. Belforts Haus. Und ihr Handy und den Computer habe ich bereits. Die meisten Anrufe und SMS gingen an Studenten, Kollegen und ihren Bruder. Zeit und Datum von Treffen und so weiter. Daher glaube ich Ihnen, wenn Sie sagen, Ihr Verhältnis war rein professionell."

„Das freut mich aber, vielen Dank", presste Batra zwischen den Zähnen hervor.

„Noch eine solche Frechheit, und ich nehme Sie richtig in die Mangel. Solange ich noch Zweifel habe, sind Sie alle verdächtig, verstanden?"

Die beiden Studenten schwiegen. Schließlich fragte Batra: „Nehmen Sie mich jetzt etwa fest?"

„Wenn das heißen soll, ob Sie jetzt gehen dürfen, lautet die Antwort Ja. Allerdings würde ich Ihnen nicht dazu raten. Sieht verdächtig aus." Als Batra schwieg, fuhr Decker fort. „Wenn wir erst Belforts E-Mail-Account geknackt haben, erfahren wir wahrscheinlich eine ganze

Menge mehr über ihr Privatleben. Also wenn Sie mir noch etwas zu sagen haben, wäre jetzt der richtige Zeitpunkt."

Mallon rutschte unruhig auf ihrem Stuhl hin und her. „Mir geht's wie Batra. Ich weiß nicht viel über Katrinas Leben außerhalb der Uni. Wir haben uns fast nur über Mathe unterhalten."

„Welches Gebiet?", fragte jetzt Rina.

Mallon sah sie an, als fiele ihr erst jetzt auf, dass noch jemand mit am Tisch saß. „Fourier-Analyse."

„Ich bin zwar keine Expertin, aber das Thema scheint sehr viele praktische Anwendungsgebiete zu haben."

„Unzählige."

Decker übernahm wieder. „Könnten Sie es dann etwas für uns eingrenzen? Worum ging es zum Beispiel in Dr. Belforts Doktorarbeit?"

Batra ließ sich wieder gegen die Stuhllehne fallen und seufzte. „Die Beziehung zwischen Fourier-Transformationen und dem Stochastischen Oszillator." Er warf Mallon einen raschen Blick zu. „Schau mich nicht so an. Die können das Thema im Nullkommanix rauskriegen. Und wenn sie den Computer sichergestellt haben, finden sie irgendwann auch raus, was sie gemacht hat."

McAdams schaltete sich ein. „Und was genau war das?"

„Nichts Illegales, wenn Sie das meinen", kam es von Mallon. „Nur war das am Department nicht gern gesehen."

Schweigen. Schließlich sagte Decker: „Okay, Leute, raus mit der Sprache. Worum ging's da genau?"

Diesmal antwortete Batra: „Katrina hat nebenbei als Consultant für führende Hedgefonds gearbeitet. Für einen Job in dieser Größenordnung hätte sie die Erlaubnis des Departments einholen müssen. Die müssen Interessenskonflikte und so was ausschließen. Ich halte diese Bestimmung ja für Blödsinn."

„Ihre persönliche Meinung tut jetzt nichts zur Sache", sagte McAdams. „Sie wollen also andeuten, dass Belfort aufgrund ihrer Freizeitbeschäftigungen ihren Job hätte verlieren können."

„Das hätte sie bei Rosser in Schwierigkeiten gebracht. Besonders weil sie keine volle Professorenstelle hat."

„Warum ist sie dann dieses Risiko eingegangen?"

„Geld, was sonst", antwortete Mallon. „Sie hat damit das Fünffache ihres Gehalts verdient."

„Warum hat sie dann nicht bei der Uni gekündigt und als Personal Consultant gearbeitet?“, fragte Tyler.

„Sie wollte erst eine volle Professorenstelle haben“, sagte Batra. „Das wäre noch prestigeträchtiger gewesen. Und je mehr Prestige, desto mehr Kohle. Akademische Titel machen bei vielen Leuten großen Eindruck.“

Decker übernahm wieder. „Dann gehe ich richtig in der Annahme, dass Sie auch an Belforts außeruniversitären Tätigkeiten beteiligt waren?“ Schweigen. „Es kommt sowieso raus. Also erzählen Sie uns, wie es dazu kam.“

„Sie hat gefragt, ob wir mitmachen wollen“, sagte Mallon. „Es war ursprünglich nicht unsere Idee.“

„Jammerschade“, seufzte Batra. „Katrina muss tonnenweise Geld verdient haben, denn jedem von uns hat sie monatlich etwa fünfzehnhundert Dollar gezahlt. Wir waren zu viert ... und jetzt, wo Eli tot ist, nur noch zu dritt. Macht zusammen sechs Riesen, die sie monatlich aus eigener Tasche bezahlt hat.“

„Die genauen Summen sind doch uninteressant, Damodar“, sagte Mallon.

„Warum lassen Sie uns das nicht entscheiden?“ Jetzt war Decker klar, wo Elis Taschengeld herstammte. „Jetzt erzählen Sie mal, was Sie für Dr. Belfort gemacht haben.“

„Ihre Dissertation war sehr praxisbezogen“, antwortete jetzt Batra. „Gute Theorien, die vielseitig einsetzbar waren. Also hat sie angefangen, ihre Ideen diversen Hedgefonds vorzustellen. Erst hat einer angebissen, dann der nächste, und so ging's immer weiter. Schließlich ist es zu viel für sie allein geworden, deshalb hat sie uns die meisten Berechnungen machen lassen.“

„Und in der Doktorarbeit ging es um Fourier-Transformationen und stochastische Oszillation?“

„Oszillator“, korrigierte Mallon.

McAdams hatte sein iPad herausgeholt. „Ein stochastischer Oszillator ist ein Indikator für Marktbewegungen. Er prognostiziert den Trend einer bestimmten Aktie, nach oben oder unten, nicht über den Preis oder Volumen, sondern anhand des Momentums. Denn daran orientiert sich dann der Preis.“

„Genau“, bestätigte Batra.

„Ich habe keine Ahnung, was das bedeutet“, sagte Decker.

Mallon erklärte es ihm. „Das ist ein Indikator, der die Wahrscheinlichkeit angibt, mit der eine Aktie nach oben oder unten geht, indem er beobachtet, wie sich die Aktie in winzigen Abschnitten verhält. Ist dieser Momentum-Indikator positiv, geht also der Trend nach oben, kann man kaufen, noch bevor der Preis sich anpasst. All das passiert in Sekundenbruchteilen.“

„Geht's da um quantitatives Investment?“, fragte Tyler.

Ja, In-and-Out-Trading.”

„Ich dachte, in der Mathematik heißt ‚stochastisch‘ zufällig“, warf Rina ein.

„Das stimmt auch“, sagte Batra. „Aber in der Wahrscheinlichkeitstheorie ist es eine Zufälligkeit, mit der man eine Regelmäßigkeit feststellen kann.“

„Das läuft so“, erklärte Mallon. „Man hat eine riesige Datenmenge … Tausende von zufälligen Fakten. Um Sinn reinzubringen, fängt man an, die Daten zu gruppieren, und am Ende zeigt sich vielleicht ein Muster.“

„Ist wie beim Werfen einer Münze“, fuhr Batra fort. „Wenn man die Münze wirft, kann man unmöglich vorhersagen, ob Kopf oder Zahl rauskommt. Selbst bei tausend Würfen und tausendmal Kopf ist nicht garantiert, dass beim nächsten Mal nicht doch wieder Zahl erscheint. Aber wenn man die Münze unendlich viele Male wirft, stellt man irgendwann fest, dass die Chance für Kopf oder Zahl bei jeweils 50% liegt.“

„Die Muster in der Zufälligkeit finden“, wiederholte Mallon.

„Und welche Rolle spielen Fourier-Transformationen und Fourier-Analyse dabei?“, fragte Rina. „Sollten Sie für Dr. Belfort die Kursbewegungen in einfachere Wellen zerlegen, um ihr bei der Prognose von Aktienbewegungen zu helfen?“

Batra schnalzte anerkennend mit den Fingern und zeigte auf Rina. „Sie sind gut.“

„Wir haben für Katrina analysiert, wie sich unzählige Aktien innerhalb eines Tages verhielten. Die Ergebnisse hat sie dann in ihre Datenbank eingespeist. Danach konnte sie ihren Unternehmen Empfehlungen machen“, fuhr Mallon fort.

„Dafür gibt's doch bestimmt schon ein Softwareprogramm“, bemerkte Tyler.

„Vermutlich gibt's für alles ein Programm", sagte Batra. „Katrina hat an etwas wesentlich Präziserem und Anspruchsvollerem gearbeitet. Ich glaube, sie hatte vor, das Ganze letztendlich für eine Riesensumme zu verkaufen. Wenn Sie ihre Festplatte knacken, ist die sicher voll mit unseren Berechnungen."

Mallon senkte den Blick. „Ich wäre Ihnen dankbar, wenn Sie uns im Zusammenhang mit dieser Sache nur erwähnen, wenn's unbedingt sein muss. Rein faktisch hab ich nichts Falsches getan … nur für eine Dozentin gearbeitet … Aber für Rosser wäre das ein Grund mehr, mich zu hassen."

„Der Typ ist ein derartiger Oberspießer", kommentierte Batra.

„Warum hasst Rosser Ihrer Meinung nach seine Studenten?", fragte McAdams.

„So ist der eben", antwortete Mallon. „Er zieht sich einen Lieblingsstudenten ran und hasst den Rest von uns."

„Und Elijah Wolf war dieser Lieblingsstudent?", fragte Decker.

„Ja, bis er zur dunklen Seite übergewechselt ist, weil er einen anderen Betreuer wollte", sagte Batra.

„Seitdem ist Rosser besonders fies zu allen. Er kriegt schlechte Beurteilungen von den Studenten, aber er ist der Institutsleiter, also spielt das anscheinend keine Rolle."

„Ich möchte jetzt noch mal mit Ihnen darüber sprechen, wo Sie gestern Abend waren."

Die beiden jungen Leute wiederholten ihre Geschichten. Mallon sagte: „Als ob ich nicht schon genug Panik wegen gestern Abend hätte. Jetzt sagen Sie mir auch noch, Dr. Belfort ist *ermordet* worden. Ich weiß nicht, wie viel Stress ich noch ertrage. Wenn das nicht mein Abschlussjahr wäre, würde ich jetzt ein Urlaubssemester beantragen. Im Moment will ich nur noch weg von hier."

„Mallon, sind Sie sicher, dass Sie nichts in Ihrem Zimmer haben, das es sich lohnen würde zu stehlen? Zum Beispiel Daten von Ihrem gemeinsamen Projekt mit Dr. Belfort?", fragte Decker.

„Erstens, diese ganzen Daten sind auf meinem Computer, und zweitens, alle Berechnungen, die wir auf Papier erstellt haben, liegen noch bei Dr. Belfort zu Hause. Also: Nein, in meinem Zimmer war nichts Stehlenswertes."

Decker war sich da nicht so sicher. Er hielt den Einbruch für ein weiteres Teilchen des Puzzles. Aber was es letztendlich darstellte und wie alle Teile zusammenhingen, das musste er noch herausfinden. „Also hat keiner von Ihnen beiden Unterlagen von Dr. Belforts Nebenbeschäftigung?"

Beide verneinten.

Neue Informationen, die bearbeitet werden mussten. Weitere Gründe, warum jemand Katrina Belfort umgebracht haben könnte. Decker wollte endlich zum Kern der Sache vordringen, aber er schien sich nur immer weiter davon zu entfernen. So etwas gab es bei jedem Fall. Man durfte jetzt nur keine Fehler machen.

Als sie zu Fuß zum Haus der Deckers zurückkehrten, drehte sich Tyler zu Rina um. „Du bist auf einmal so still."

„Ich habe gerade nachgedacht. Beim Abendbrot hast du erwähnt, Katrina Belfort könnte in Mallons Zimmer im Wohnheim eingebrochen sein, weil sie dort etwas gesucht hat."

„Und?"

„Was, wenn Katrina bei Mallon gar nichts gesucht, sondern etwas versteckt hat? Wäre das nicht genauso plausibel?"

„Ich weiß nicht, Rina. Vielleicht dachte Katrina, Mallon hat ihre Daten, und befürchtete, sie würde etwas damit machen. Entweder zu Rosser gehen oder zu ihrem eigenen Nutzen verwenden."

„Mallon wäre nie zu Rosser gegangen, weil sie genauso tief drinsteckte wie Katrina. Außerdem kannte sie sich vermutlich nicht bis ins Detail mit Katrinas System aus. Aber vielleicht dachte Katrina, Rosser käme ihr langsam auf die Schliche." Rina überlegte kurz. „Es könnte doch sein, dass Katrina ihre ganzen Unterlagen in Mallons Zimmer gebracht hat, weil sie ein sicheres Versteck brauchte. Vielleicht ging es bei Elis Aufzeichnungen darum."

„Katrina hatte alles auf dem Computer, Rina", sagte Decker.

„Aber es ist schwerer, einen Computer zu hacken, als Berechnungen auf Papier zu finden. Ich bin mir sicher, ab einem bestimmten Zeitpunkt wollte Katrina ihre Arbeit vor dem Zugriff anderer schützen. Rosser zum Beispiel hat missbilligt, was sie gemacht hat. Vielleicht hat sie sich also entschlossen, die Unterlagen an einem sicheren Ort zu verstecken."

„Okay. Sie hat also die Unterlagen in Mallons Zimmer versteckt. Aber wir haben keine Unterlagen gefunden."

„Ich weiß.“

„Und wie sollen Elis versteckte Aufzeichnungen zu Katrinas Tod geführt haben?“

„Vielleicht haben sie das gar nicht.“

Tyler schaltete sich ein. „Vielleicht ist Rosser bei Belfort vorbeigefahren, um sie wegen ihrer Nebentätigkeit zur Rede zu stellen. Die beiden hatten eine Auseinandersetzung, dabei hat er sie versehentlich getötet. Aber die Unterlagen zu den Hedgefonds hat er immer noch nicht gefunden. Also geht er in Mallons Zimmer, in der Hoffnung, da Belastungsmaterial zu finden. Er muss mit leeren Händen wieder gehen und fährt zurück zu Katrina, um sie im Wald zu begraben. Oder eher im Wald abzulegen, denn es wurde gar nicht erst versucht, sie zu verstecken. Ganz im Gegenteil. Wer immer sie da raufgeschafft hat, wollte es so aussehen lassen wie Elis Selbstmord.“

„Das sind ziemlich viele Hypothesen für ein so kleines Zeitfenster“, kommentierte Decker.

„Was hatte Katrina in Mallons Zimmer zu suchen? Und warum sollte sie alles durchwühlen? Welchem Zweck sollte das dienen?“, fragte Tyler.

„Eine falsche Fährte legen?“, bemerkte Decker.

„Ich persönlich glaube nicht, dass Katrina Mallons Zimmer durchwühlt hat, um Unterlagen zu suchen, die sie bereits hatte. Damit wäre sie ein großes Risiko eingegangen.“

„Wenn es nicht Katrina war, wer dann?“, fragte nun Rina.

„Vielleicht Mallon“, sagte Decker, „Um Aufmerksamkeit zu bekommen.“

„Heute Morgen kam sie dir noch ganz mitgenommen vor“, sagte Tyler.

„Die Dinge ändern sich. Besonders weil Mallon und Batra gemeinsam mit Katrina an etwas nicht ganz Astreinem beteiligt waren.“

„Warum sollte Mallon sich in ihr eigenes Zimmer schleichen, alles auf den Kopf stellen, zurück in die Bibliothek gehen und mich dann voller Panik anrufen?“

„Wenn sie tatsächlich etwas verbrochen hätte, würde sie nicht noch auf sich aufmerksam machen“, merkte Rina an. „Wenn die Einbrecherin also weder Mallon noch Katrina ist, gibt es noch eine dritte Verdächtige, deren Identität wir bislang noch nicht kennen.“

„Theorien kannst du wunderbar im Keim ersticken. Wie wär's zur Abwechslung mit 'nem positiven Beitrag?", grummelte Decker.

„Wie zum Beispiel?"

„Die Identität der großen Unbekannten?"

„Tut mir leid."

Decker lächelte. „Na, du bist vielleicht 'ne Hilfe."

„Wann wolltet ihr eigentlich zu Elis Eltern fahren?"

„Ursprünglich am Sonntag. Aber jetzt muss ich stattdessen vermutlich nach Manhattan fahren und mich mit Katrinas Bruder treffen. Vielleicht schaff ich's morgen, falls sich bei der Ermittlung nichts Unvorhergesehenes ergibt. Ich könnte bei der Farm der Wolfs vorbeifahren und ihn dann zurück nach Harvard bringen."

„Äh, der ‚Er' steht hier neben dir", sagte Tyler. „Seit wann soll ich morgen zurück?"

„Du musst lernen."

„O supi."

„Ich komme nach wie vor mit", sagte Rina. „Ich würde gerne Ruth Anne wiedersehen."

„Ach, lass sie doch mitkommen. Ich find's gut, wenn sie dabei ist", sagte Tyler.

„Auf wessen Seite bist du eigentlich?"

„Das willst du lieber nicht wissen, Kumpel."

„Also gut. Komm mit", sagte Decker zu Rina. „Deine Gesellschaft ist mir zehnmal lieber als seine …"

„Wollte ich auch gerade sagen", sagte Tyler.

Rina musste lachen. „Wenn ihr tatsächlich bei der Farm vorbeifahrt, solltet ihr vielleicht Jacob fragen, ob er ein Paket von Eli bekommen hat. Seine Forschungsunterlagen oder vielleicht Kopien von den Berechnungen, die er für Katrina Belfort gemacht hat. Geschwister haben oft Geheimnisse vor den Eltern."

„Jacob hat gesagt, er und Eli hätten sich nicht sehr nahegestanden", sagte Decker.

„Das behauptet er zumindest", sagte Rina.

„Warum sollte er lügen?"

„Um ihre Beziehung in einem anderen Licht erscheinen zu lassen. Wenn ihr nämlich glaubt, sie standen sich nicht nahe, hört ihr auf, Fragen zu stellen."

„Worauf willst du hinaus, Rina?“

„Falls Eli seinem Bruder Privates geschickt hat, damit er es sicher für ihn verwahrt, hat er ihn bestimmt auch gebeten, niemandem etwas davon zu erzählen. Mit dieser Information würde Jacob sicher nicht freiwillig rausrücken. Manchmal muss man die richtigen Fragen stellen.“

KAPITEL EINUNDZWANZIG

Rina saß auf dem Rücksitz, hörte sich ein Hörbuch an und lauschte mit einem Ohr, wie sich die Männer vorne über den Fall unterhielten. Es war neun Uhr morgens, und bis zur Farm der Wolfs dauerte es noch eine halbe Stunde. Draußen waren es angenehme 10 Grad, und die Sonne schien am blauen Himmel. Peter saß am Steuer, und Tyler trommelte nervös mit den Fingern der linken Hand auf das Armaturenbrett. Zwar hatte er alles für Boston mitgenommen, aber Rina fragte sich, ob es wirklich dazu kommen würde. Der Junge schien weit größeres Interesse an Katrina Belforts ungeklärtem Todesfall zu haben als daran, seine Juraprüfungen zu bestehen.

„Niemand hatte ein perfektes Alibi." McAdams nahm einen Schluck von seinem Kaffee.

„Um drei Uhr früh haben das die wenigsten", antwortete Decker.

„Ferraga und Rosser waren zu Hause, aber jeder der beiden könnte unbemerkt das Haus verlassen haben, sobald seine Frau ins Bett gegangen war. Dann hätten wir Mallon, die in der Bibliothek war, aber obwohl sie dort gesehen wurde, kann niemand beschwören, dass sie sie während der fraglichen Zeit nicht verlassen hat." Tyler überlegte. „Haben wir eigentlich schon anhand der Anrufe auf ihrem Handy überprüft, wo sie sich aufgehalten hat?"

„Sie hat mir ihr Telefon gezeigt. Keine Anrufe zwischen zehn Uhr abends und zehn nach drei in der Früh, als sie dich angerufen hat. Allerdings könnten die Anrufe auf dem Gerät gelöscht worden sein; sie wüsste auf jeden Fall, wie das geht. Aber alle Anrufe von ihrem Handy würden immer noch in den Aufzeichnungen der Telefongesellschaft auftauchen. Im Moment können wir noch keinen Durchsuchungsbefehl beantragen, um uns ihre Verbindungsliste anzusehen, weil wir keinen hinreichenden Verdacht haben."

„Und wenn wir sie einfach um Erlaubnis fragen?"

„Natürlich, wir können sie fragen. Was meinst du, wie sie reagieren wird?"

„Keine Ahnung. Aber wenn sie einverstanden ist, würde sich das gut für sie machen, falls sie unschuldig ist."

„Auf jeden Fall ist sie dann etwas weniger verdächtig. Ruf sie doch gleich mal an."

Tyler erreichte nur Mallons Mailbox. Er bat sie um Rückruf, da er sein Anliegen nicht auf Band sprechen wollte. „Etwas weniger verdächtig? Also ist sie noch eine Hauptverdächtige?“

„Alle, die Katrina kannten, sind Verdächtige, weil wir nicht wissen, wie sie umgekommen ist.“ Decker hielt kurz inne. „Vielleicht war es ein Unfall. Aber in den Wald wurde sie ganz sicher nicht *aus Versehen* geschleift.“

Rina fiel es schwer, sich auf die Handlung ihres Hörbuchs zu konzentrieren. Sie gab auf und zog die Hörer aus dem Ohr. „Glaubt ihr, Mallon wäre stark genug, um eine Leiche in den Wald zu schleppen?“

„Nein, nicht alleine“, antwortete Decker. „Vielleicht hat ihr jemand geholfen. Spontan fällt mir Damodar Batra ein. Aber wie gesagt, keine Anrufe zwischen zehn und drei Uhr morgens.“

„Kannst du sie dir wirklich als Täterin vorstellen?“

„Nein. Und als wir mit ihr gesprochen haben, wirkte sie ehrlich betroffen.“

„Habt ihr noch mal über meine Theorie nachgedacht?“

„Machen wir, sobald du uns deine Unbekannte lieferst.“

Rina dachte einen Moment nach. „Ich denke nach wie vor, es wäre möglich, dass Katrina die Unterlagen von ihrem inoffiziellen Job in Mallons Zimmer versteckt hat.“

„Das haben wir doch schon alles durchgekaut, Rina. Batra hat gesagt, die Aufzeichnungen sind alle auf Katrinas Computer. Warum sollte sie dann durch die halbe Stadt fahren und Unterlagen verstecken?“

„Vielleicht waren es keine Unterlagen“, sagte McAdams. „Vielleicht war es ein USB-Stick, und sie hat die Dateien gelöscht, damit man auf dem Computer nichts findet. Fast unmöglich, einen Datenstick zu finden.“

„Was beschäftigt dich, Peter?“, fragte Rina.

„Ich denke nach. Dauert einen Moment, bis ich eure Vorschläge einsortiert habe. Alles, was ihr gesagt habt, klingt plausibel. Aber aus irgendwelchen Gründen geht mir der sogenannte Abschiedsbrief nicht aus dem Kopf.“

„Auf einer Tastatur geschrieben, von der jemand die Fingerabdrücke entfernt hat“, ergänzte Tyler.

„Trotzdem ist da was.“

„Und zwar?“, fragte Rina.

„Wenn der Brief gefälscht ist, warum klingt er dann so persönlich? Nach dem, was wir über Katrina herausgefunden haben, hatte sie kaum engere Kontakte.“

„Genau deshalb ist er ja auch so wenig überzeugend.“

„Da muss ich Tyler recht geben. Für mich klingt der Brief auch nicht persönlich, sondern nach stereotypen Versatzstücken.“

„Der Mörder wollte es wie Elis Selbstmord aussehen lassen“, fuhr Tyler fort. „Das Ganze ist von vorne bis hinten inszeniert.“

„Das glaube ich auch“, sagte Decker. „Nur dass Eli keinen Abschiedsbrief hinterlassen hat. Warum gibt sich der Killer solche Mühe? Zu schreiben, dass es zu weh tut? Katrina schien ihr Leben gut unter Kontrolle gehabt zu haben.“

„Aber sie hatte einen Job, von dem das College nichts wusste“, antwortete Tyler. „Vielleicht hat Rosser das rausgekriegt und wollte sie bloßstellen.“

„Ihr Mord würde mehr Sinn ergeben, wenn sie es gewesen wäre, die Rosser oder jemand anderen hätte bloßstellen wollen“, gab Decker zu bedenken.

Alle drei schwiegen.

„Katrina muss doch irgendeine Form von Privatleben gehabt haben“, fuhr Decker fort.

„Manche Leute leben nur für die Arbeit“, sagte Rina mit einem spitzbübischen Lächeln. „Vielleicht war Katrinas Arbeit ihr Lebensinhalt.“

„Ich bin überzeugt, sie hatte noch mehr zu verbergen als ihren Nebenverdienst mit den Hedgefonds. Morgen Mittag hat Mike Radar einen Computerfachmann aufs Revier bestellt, der versuchen soll, alle Daten auf ihrer Festplatte wiederherzustellen. Irgendwas, und sei's auch noch so winzig, das mir einen Hinweis gibt, warum jemand sie hätte umbringen wollen.“

McAdams runzelte die Stirn. „Ich kann immer noch nicht nachvollziehen, was du mit diesem offensichtlich gefälschten Abschiedsbrief hast. Warum soll ausgerechnet der der Schlüssel zu ihrem Privatleben sein? Ich würde eher sagen, der soll uns auf die falsche Fährte locken.“

„Möglich wär's.“

„Denk dran, wenn's wie ein Pferd klingt …"
„Du denkst, ich halte es für ein Zebra."
„Du solltest die Möglichkeit jedenfalls nicht außer Acht lassen, dass es tatsächlich ein Pferd ist."
„Was meinst du, Rina?"
„Vielleicht hat Tyler recht. Andererseits, vielleicht wohnst du wirklich in der Savanne. Dann wären Zebras auf jeden Fall wahrscheinlicher …"

Während Ezra und Jacob Wolf draußen den Stall für die trächtigen Schafe reparierten, hatte Ruth Anne schon den Tisch mit Früchten, Nüssen, Keksen und Kaffee gedeckt. Sie schien nicht zu wissen, wohin mit ihren Händen, daher steckte sie sie in die Taschen ihrer langen Schürze, die sie sich vor das braune Kleid gebunden hatte. Das blonde Haar hatte sie straff zurückgebunden, und in ihren Zügen stand schicksalsergebene Trauer. „Der Coroner hat uns schon benachrichtigt. Sie hätten nicht den ganzen Weg zu uns rausfahren müssen. Aber es ist sehr nett von Ihnen."
„Ich wollte Ihnen noch einmal persönlich sagen, wie leid es mir tut", sagte Decker.
„Danke." Ruth Anne beschäftigte sich, indem sie Kaffee einschenkte. „Ich habe in den letzten Tagen viel nachgedacht. Ich glaube …" Sie holte tief Luft. „Das liegt alles an seinem Unfall. Der hat bei ihm im Kopf was durcheinandergebracht."
Decker nickte.
Ruth Anne bat Decker, Tyler und Rina mit einem Lächeln, Platz zu nehmen.
„Sie doch hoffentlich auch?", fragte Decker.
„Nur ganz kurz." Sie setzte sich. „Ezra und Jacob sollten jeden Moment hier sein. Ich muss Mittagessen machen."
„Kann ich helfen?", fragte Rina.
„Gerne." Ruth Anne lächelte wieder. „Dann können wir uns ein bisschen unterhalten." Sie schenkte sich eine halbe Tasse Kaffee ein und nahm einen Schluck. „Mm." Dann bot sie ihren Gästen Früchte an.
Rina nahm sich ein paar Trauben und legte sie sich auf den Teller. „Danke."

Tyler nahm sich einen Keks. „Ich glaube, wir kennen uns noch nicht, Mrs. Wolf. Ich bin Detective McAdams. Auch mein herzlichstes Beleid."

„Danke." Ruth Anne überlegte einen Moment. „Wir leben in einer Gemeinde, die sehr eng verbunden ist. Alle waren sehr freundlich und hilfsbereit. Überraschenderweise hat niemand ..." Sie wischte sich eine Träne ab. „Alle waren auffallend unvoreingenommen, obwohl Selbstmord doch eine Sünde ist."

„Elis Tod war ein Verlust für die ganze Gemeinde", sagte Rina. „Bestimmt nehmen die Leute großen Anteil an Ihrer Familie und an Elijah."

„Ja, das hoffe ich."

„Ich bin nicht religiös", sagte McAdams. „Meine Familie ist sehr wohlhabend. Da sollte jemand wie ich doch keinerlei Sorgen und Nöte haben. Und trotzdem habe ich schon so oft erlebt, dass auch die Reichen und Mächtigen nicht mehr weiterwussten. Wir sind alle verletzliche Wesen, Mrs. Wolf."

Ruth Anne nickte und wischte sich ein weiteres Mal über die Augen. „Das ist sehr lieb von Ihnen."

Genau in diesem Moment kamen Ezra und Jacob herein. Die beiden Männer zogen ihre Stiefel aus, stellten sie auf eine Matte und hängten ihre dicken Jacken an die Garderobe. Ezra verschwand gleich darauf im Haus, also sagte Jacob für sie beide: „Wir müssen uns vor dem Essen noch kurz waschen, gleich wieder da."

„Ich setze besser das Essen auf." Ruth Anne erhob sich.

„Ich komme mit."

Als beide Frauen in die Küche verschwunden waren, tätschelte Decker Tyler kurz die Schulter.

„Wofür war das?"

„In Sachen Empathie hast du ganz gute Fortschritte gemacht."

„Dieser Fall ist wirklich traurig." Tyler hielt inne. „Glaubst du, der Mord an Katrina hängt irgendwie mit Elis Selbstmord zusammen?"

„Solange wir den Fall nicht gelöst haben, besteht natürlich die Möglichkeit. Aus Sicht des Departments hat Katrina gegen die Regeln verstoßen, und Eli hat ihr dabei geholfen. Vielleicht hatte er deswegen Schuldgefühle, schließlich kam er aus einem Umfeld mit sehr strikten Moralvorstellungen. Das hat ihm vielleicht endgültig den Verstand gekostet. Seit dem Unfall war er ja ohnehin wesensverändert. Wer weiß, was das alles mit ihm angestellt hat."

Jacob, in langärmeligem schwarzen Shirt, Jeans und sauberen Socken, gesellte sich zu ihnen. „Danke, dass Sie zu uns rausgekommen sind. Der Coroner hat uns schon angerufen, also war das wirklich nicht nötig."

„Ich wollte Ihnen nochmals persönlich mein Beileid aussprechen."

Der junge Mann seufzte resigniert. „Na ja, das Leben geht weiter." Er setzte sich an den Tisch. „Eli hat schon lange nicht mehr richtig zu uns gehört."

Er gab sich Mühe, neutral zu klingen, aber in seinen Worten schwang eine gewisse Schärfe mit. Decker sagte: „Das ist Detective McAdams. Wir arbeiten gerade gemeinsam an einem Fall."

Die beiden schüttelten sich die Hand. „Im Fall, in dem wir gerade ermitteln … geht es um eine Mathematikdozentin von Eli."

Jacob sah abrupt auf. „Was für eine Art von Fall?"

„Ein verdächtiger Todesfall."

Jacob war sichtlich schockiert. „Selbstmord oder Mord?"

„Anscheinend Mord."

„O Gott." Jacob schüttelte bestürzt den Kopf. „Wie furchtbar. Ist das ein Zufall oder …"

„Ich wünschte, das könnte ich Ihnen sagen." Decker holte tief Luft. „Jacob, ich weiß, dass Eli sich von der Familie distanziert hatte. Aber manchmal erzählen sich Brüder Geheimnisse, wenn sie allein sind. Ich frage mich, ob er Ihnen nicht irgendetwas erzählt hat, das Ihnen ganz besonders im Gedächtnis geblieben ist."

Jacob zuckte die Achseln.

„Vielleicht hat er Sie auch gebeten, etwas für ihn zu verstecken."

Jacob antwortete nicht. Schließlich fragte er: „Was soll das denn gewesen sein?"

Nun erschien auch Ezra. Er trug einen Jeansoverall, wie Farmer ihn gerne tragen. Seine Füße steckten in einem sauberen Paar Arbeitsschuhe. „Ich gehe gleich bei Miller's Laden vorbei und sehe nach der Post."

Jacob erhob sich. „Ich mach das für dich, Dad."

„Schon gut, bleib du hier und kümmere dich um unsere Gäste."

„Ist kein Problem. Ehrlich."

Ezra legte seinem Sohn die Hand auf die Schulter und drückte ihn sanft zurück in den Stuhl. „Der Co-op hat gerade eine Ladung Orangen aus Florida reinbekommen. Sag deiner Mutter, ich bringe ihr eine Kiste mit." Er nickte Decker zu. „In zehn Minuten bin ich zurück."

Als er gegangen war, sagte Decker: „Wir sind keine Gäste, und Sie müssen uns wirklich nicht unterhalten. Hoffentlich fühlt sich Ihr Vater nicht bedrängt, weil wir einfach so vorbeigekommen sind."

Jacob schnaufte. „Schwer zu sagen, was in ihm vorgeht. Ich könnte behaupten, es wäre wegen Elis Tod, aber er war schon immer so."

Niemand entgegnete etwas. Jacob nahm einen Keks und aß ihn in kleinen Bissen. „Vermutlich warten Sie noch auf meine Antwort."

„Ja, genau."

„Als ich Eli das letzte Mal gesehen habe, hat er mir einen Umschlag in die Hand gedrückt. Er bat mich, ihn unter meinem Bett oder so zu verstecken, denn er wollte nicht, dass jemand von der Uni ihn findet."

„Haben Sie ihn gefragt, was drin war?", fragte McAdams.

„Natürlich. Er hat mir keine richtige Antwort gegeben. Nur dass er das Thema seiner Abschlussarbeit geändert hat und seine Profs das nicht erfahren sollten. Können Sie irgendwas damit anfangen?"

„Es deckt sich mit dem, was wir bereits wissen", sagte McAdams. „Eli hatte sich bei seinem damaligen Betreuer unwohl gefühlt."

Jacob nickte. „Okay, dann hat er die Wahrheit gesagt."

„Hatten Sie den Verdacht, dass er lügt?"

„Eli hat öfter mal geflunkert. Und nach dem Unfall war er nicht mehr derselbe. Ich wusste nie ganz genau, was in ihm vorgeht. Auf jeden Fall kam er mir aufgewühlt vor … vielleicht ist das nicht ganz das richtige Wort."

„Was wäre denn das richtige?"

„Keine Ahnung. Seit dem Unfall hat er mit relativ monotoner Stimme gesprochen. Daran mussten wir uns erst mal gewöhnen. Bei unserem letzten Treffen klang seine Stimme etwas … normaler. Nicht komplett so wie früher, das keinesfalls, aber vielleicht mit ein paar mehr Betonungen. Davor hatte ich länger nicht mit ihm gesprochen. Wie er klang, hat mich wirklich überrascht."

„Hat er Ihnen sonst noch etwas erzählt? Lassen Sie sich ruhig Zeit, Jacob."

Jacob dachte kurz nach, schüttelte dann den Kopf. „Nicht dass ich wüsste. Sie wollen vermutlich den Umschlag haben."

„Ja, das wäre hilfreich."

„Das bezweifle ich. Sind nur mathematische Formeln. Als er tot war, habe ich nachgesehen, weil ich dachte, es könnte ein Abschiedsbrief sein. War's natürlich nicht. Ich glaube, da stehen nicht mehr als zehn Wörter Text auf jeder Seite."

„Haben Sie vom mathematischen Teil etwas verstanden?"

„Nein, gar nichts. Eli hat mir erzählt, es sei so 'ne Art Analyse."

„Fourier-Analyse?" Als Jacob erneut die Achseln zuckte, schaltete sich McAdams ein: „Und Stochastischer Oszillator?"

„Nein, noch nie gehört." Nach kurzem Nachdenken fuhr er fort. „Aber er hat mir erzählt, dass er außerhalb des Mathe-Departments an einem zusätzlichen Projekt mitarbeitet."

„Ich glaube, wir wissen, was das für ein Projekt war. Außer Eli waren noch andere daran beteiligt."

„Also wissen Sie darüber Bescheid? Worum ging's da? Um dieses stochastische Dingsda, das Sie gerade erwähnt haben?"

„Vielleicht, aber vielleicht auch um was ganz anderes", wiegelte Decker ab. „Hat er Ihnen sonst noch etwas gebeichtet?"

„Na ja, so würd ich's nicht ausdrücken. Er hat mir von diesem Mädel erzählt, das ihn in eine Sache mit reingezogen hat. Er wollte aber nicht, dass jemand davon erfährt, weil ihn das sein Stipendium kosten könnte, und er wollte auf keinen Fall Probleme verursachen. Was es auch war, Mom und Dad sollten nichts davon erfahren. Besonders den Teil mit dem Mädchen."

„Warum das?"

„Wenn Sie in unserer Gemeinde ein Mädchen erwähnen, gibt's jede Menge Gerede."

„Hat Eli den Namen des Mädchens erwähnt?", fragte McAdams.

„Nein, und er wollte ihn mir auch nicht sagen. Ihr Name spiele keine Rolle, nur dass sie sein Interesse an anderen Themen geweckt hätte. Deswegen sei er auch nicht mehr mit seinem Prof zufrieden. Das könne er ihm aber nicht sagen, weil er sein Stipendium verlieren könnte. Also hat er alleine gearbeitet."

„Hat er Sie um Rat gefragt?"

„Nein." Jacob schüttelte den Kopf. „Ich hab ihm trotzdem gesagt, er soll seinem Gefühl und seinem Gewissen folgen, dann würde alles gut. Stimmte aber nicht, wie man sieht. Er hat sich umgebracht." Jacob schwieg einen Moment. „Er wusste damals gar nicht, was er tat. Er war nicht er selbst."

„Sie haben sicher recht."

„Ich wusste doch, das da oben bei ihm was nicht stimmte. Ich hätte besser achtgeben müssen."

„So was lässt nicht nur sehr schwer vorhersehen und noch schwerer verhindern."

Der junge Mann seufzte. „Ich schätze, ich hätte Ihnen schon bei Ihrem letzten Besuch von Elis Unterlagen erzählen sollen, Detective. Aber da wussten wir noch nicht, dass Eli Selbstmord begangen hat. Außerdem hatte ich keine Gelegenheit, sie Ihnen unbemerkt zuzustecken. Und irgendwann hab ich's dann vergessen." Jacob sah betreten aus. „Tut mir leid."

„Es gab doch so viel anderes, das Sie zu dem Zeitpunkt beschäftigt hat", beruhigte ihn Decker.

„Kann sein." Er stand auf. „Ich hol sie Ihnen. Sagen Sie aber nichts meinen Eltern. Sie sollen nicht denken, dass Eli und ich Geheimnisse vor ihnen hatten, obwohl das natürlich stimmt."

Decker sagte zu Tyler: „Geh mit. Falls seine Mutter rauskommt."

Kurze Zeit später kamen die beiden Frauen zurück ins Esszimmer. Rina trug eine Schüssel Salat, Ruth Anne einen Servierteller mit dampfend heißer gebratener Hähnchenbrust. Sie fragte: „Wo sind denn alle hin?"

„Ihr Mann holt die Post und besorgt eine Kiste Florida-Orangen, die gibt es gerade im Co-op."

„Und wo ist Jacob?"

„Wäscht sich gerade. Ist gleich wieder da."

„Tja, wenn Ezra sein Fleisch kalt essen möchte, ist das sein Bier." Sie setzte sich und nahm sich eine Hähnchenbrust. „Ich warte nicht auf ihn."

In dem Moment kamen Jacob und Tyler zurück an den Tisch. „Hallo, Mom."

„Anscheinend macht dein Vater gerade einen seiner kleinen Ausflüge." Ruth Anne reichte ihrem Sohn einen Teller. „Nimm dir."

„Ist nicht leicht für ihn gewesen."

„Und was soll ich sagen?"

„Du hast recht, Mom."

Das Gespräch am Tisch verstummte. Dann sagte Ruth Anne: „Ich weiß gar nicht, warum ich auf dir rumhacke."

„Schon okay." Jacob reichte ihr die Salatschüssel.

Seine Mutter murmelte etwas, dann sagte sie: „Wo sind meine Manieren? Soll ich noch frischen Kaffee machen?"

„Wir haben alles, was wir brauchen", sagte Rina. „Essen Sie, Ruth Anne. Es riecht köstlich."

„Nächstes Mal besorge ich eine zweite Pfanne und ein koscheres Hühnchen. Dann können Sie mit uns essen."

„Das machen wir."

„Ach, als ob's ein nächstes Mal geben wird." Ruth Anne schüttelte traurig den Kopf. „Sie waren ja nun wirklich nicht privat hier."

Rina lehnte sich vor und suchte den Blick der verhärmten Frau. „Mein Mann und ich sind erst vor etwas über einem Jahr in diesen Teil der Staaten gezogen. Ich freue mich über jede neue Bekanntschaft, vorausgesetzt, Sie kommen mich dann auch mal besuchen."

„Ich glaube, ich bin schon seit über einem Jahr nicht mehr aus dieser Gegend rausgekommen."

„Dann wird's höchste Zeit für einen Ausflug. Bis zu mir ist es nur eine Stunde mit dem Auto."

„Ich hab doch so viel zu tun." Sie sah Rina forschend an. „Warum kommen Sie nicht im Herbst wieder, wenn Einmachzeit ist. Dürfen Sie Marmelade essen?"

„Aber ja."

Ruth Anne lächelte. „Wir haben hier wunderbares Obst frisch aus dem Garten, und im Co-op gibt es immer frisches Gemüse. Ich könnte Sie auf die Liste setzen lassen. Falls Sie allerdings nichts selbst beisteuern, müssen Sie Ihren Einkauf bezahlen."

„Im Supermarkt muss ich auch bezahlen, lieber gebe ich mein Geld Ihrem Laden. Danke."

Die Tür ging auf und wieder zu. Ezra hatte die Kiste Orangen gekauft. Darauf lagen zwei Blumensträuße. „Ich bringe die Kiste rasch in die Küche. Ein Strauß ist für dich, Ruthie."

Ruth Anne strahlte vor Freude. „Was für schöne Blumen! Ich hole eine Vase." Sie sah ihren Sohn an. „Der andere ist dann wohl für dich."

Jacob warf seinem Vater einen finsteren Blick zu. „Ich kann meine eigenen Blumen kaufen, Dad."

„Da bin ich dir wohl zuvorgekommen." Ezras Gesicht war ausdruckslos. „Na los, stell sie in die Vase, sonst verwelken sie."

„Ich mach das für ihn. Setz dich und iss dein Mittagessen. Und wenn's kalt sein sollte, liegt das nicht an mir."

„Zuerst muss ich die Orangen in die Küche bringen."

„Ich nehm sie dir ab."

„Viel zu schwer für dich."

„Gut, dann komm mit in die Küche und stell die Kiste ab. Hast du die Post?"

„Ja. Hier in der Tasche."

Die beiden verließen das Zimmer. Jacob verdrehte die Augen und lachte. „Jetzt verstehen Sie vielleicht, warum Eli nicht wollte, dass ich ein Mädchen erwähne. Ich bin jetzt seit zwei Monaten mit jemandem aus der Gemeinde zusammen. Meine Eltern planen schon die Hochzeit. Unglaublich!"

„Ist doch das Vorrecht der Eltern, sich in die Angelegenheiten ihrer Kinder einzumischen ...", sagte Decker schmunzelnd.

„Das würden die zwei sofort unterschreiben." Jacob nahm einen Bissen von seinem Hühnchen. „Was soll's. Durch dieses ganze Schlamassel hatten sie's in letzter Zeit wirklich nicht leicht. Kann sicher nicht schaden, wenn ich ihnen ab und zu mal ein bisschen Freude gönne."

KAPITEL ZWEIUNDZWANZIG

Als sie sich endlich nach Cambridge durchgekämpft hatten – rund um Boston und speziell auf den Straßen in die kleine Stadt, in der die Harvard University lag, herrschte immer viel Verkehr –, bemerkte Rina, dass das Gespräch vorne im Auto fast zum Stillstand gekommen war. Tyler hatte sich in sein Schneckenhaus zurückgezogen, als habe die bloße Tatsache, dass sie sich in der Nähe der Universität befanden, ihn aller Lebensfreude beraubt. Das war besonders deshalb verwirrend, weil Tyler sich auch beim zweiten Mal diese Uni ausgesucht hatte. Vielleicht symbolisierte Harvard für ihn die väterliche Autorität, was seltsam war, denn Jack McAdams war am Duxbury gewesen, eines der fünf Colleges in Upstate. Peter war Tylers Schweigen offenbar ebenfalls aufgefallen.

„Du scheinst dich ja riesig zu freuen, wieder hier zu sein."

„Ich kann kaum an mich halten ..."

„Harvard ist eine der besten Universitäten der Welt. Du solltest dir bewusst sein, was für ein Privileg es ist, hier zu studieren", sagte Rina.

„Privilegiert fühlen sich hier alle, aber nicht in dem Sinn, den du meinst. Geh mal zu einer Abschlussfeier, Rina, und hör dir die Abschiedsreden an: ‚Weil wir so brillant und privilegiert und unglaublich toll sind, ist es nun unsere Verantwortung, die Last der Führungspositionen auf uns zu nehmen und unseren Planet in eine bessere Zukunft zu führen.' Die wären entsetzt, wenn sie wüssten, dass sie da ‚White Man's Burden', das von Roosevelt so geschätzte Gedicht, in etwas anderen Worten aufsagen."

„Da ist jemand ganz schön sauer, weil er nicht genug für die Prüfungen gelernt hat", kommentierte Decker.

„Ich sitze neben dir, alter Mann. Du kannst mich ruhig direkt ansprechen. Nur zur Info: Ich hab noch über eine Woche Zeit, um mich vorzubereiten."

„Ich weiß, die Jungs auf dem Revier ziehen dich wegen der Uni auf, aber sie würden alle sofort mit dir tauschen", sagte Rina.

„Ach komm, Rina", sagte Decker. „Im Ernst? Warum sollten wir ein Leben quasimilitärischer Bürokratie und endlosen Papierkrams gegen das exklusive Geschenk akademischer Brillanz und Zukunftschancen eintauschen wollen?"

„Privilegien haben auch ihre Schattenseiten“, brummelte Tyler.

„Die hat auch der edle Arbeiter, du Bruce Springsteen“, entgegnete Decker. „Das ist so mit allem, das idealisiert wird. Es kann nicht schaden, deinen Abschluss zu machen, Tyler. Du könntest damit später sogar mal Gutes tun. Selbst ich hab so einiges dabei gelernt.“

„Reicht, alter Mann. Du klingst wie mein Dad.“ Tyler dachte nach. „Wenn du allerdings wirklich mein Dad wärst, würdest du mich gerade anschreien und nicht ruhig mit mir diskutieren. Mein Leben ist okay. Ich reg mich nur so auf, weil ich mich lieber mit Katrina Belforts Fall beschäftigen würde. Ich kann mich doch bei euch vorbereiten. Ich versteh wirklich nicht, warum ich nicht bleiben darf, bis der Fall gelöst ist.“

„Weil das noch lange dauern kann und du bei uns nur abgelenkt wirst.“

„Es würde mich viel stärker ablenken, wenn ich mich immer fragen müsste, wie ihr wohl vorankommt. Ich weiß, du bist da anderer Ansicht, aber ich bin schließlich erwachsen.“

„Ernsthaft, Tyler, ich will nicht, dass du wegen dieses Falls deine Ausbildung aufs Spiel setzt“, sagte Decker.

Tyler ging nicht darauf ein. Im Auto war es wieder still geworden. Rina sah aus dem Fenster. Hier, in der Nähe der Universität, bestand Cambridge aus altmodischen holzverkleideten Bungalows, kleinen farbenfrohen Häusern aus viktorianischer Zeit und seelenlosen Apartmentgebäuden in Billigbauweise, in denen Studenten, aber auch Einheimische wohnten. Die Straßen waren gesäumt von den typischen Studenten- und Klamottengeschäften sowie zahlreichen Läden mit Fast Food aus aller Herren Länder. „The Coop“ war Harvards offizieller Buchladen, der fast ebenso viele Merchandising-Artikel mit dem Unilogo wie Semestertexte und Studienbedarf im Sortiment hatte. Es gab auch einige gehobenere Restaurants sowie eine Handvoll Hotels für über Nacht bleibende Eltern und Gäste der Universität. Das universitätseigene Inn at Harvard lag am Rand des Campus'. Der Ziegelbau mit Fenstern in gleichmäßigen Abständen, einer bogenförmigen Dachlinie und einer Zufahrt aus rotem Backstein war eine moderne Interpretation des Federal Style, des amerikanischen klassizistischen Baustils, verfeinert mit einer Prise Amsterdam. Die Stadt als Ganze war ein architektonisches Sammelsurium, aber das Ergebnis war charmant.

Auch der Campus war eine Mischung aus historischer und moderner Architektur. Die Gebäude waren von großzügigen Rasenflächen umgeben, die zu dieser Jahreszeit unter einer dicken Schneedecke lagen. Da es gerade weder regnete noch schneite, sah man überall in Parkas eingemummelte Studenten, die in Winterstiefeln über die Fußwege stapften. Einen Parkplatz zu finden war schier unmöglich, aber Decker hatte Glück und konnte sich einen Platz sichern, als gerade jemand wegfuhr.

„Ich lasse meine Tasche im Kofferraum, alter Mann. Keine Lust, sie mit mir rumzuschleppen", sagte Tyler.

„Wo wohnst du eigentlich? Auf dem Campus?"

„Nein. In einem Apartment, das penetrant nach Kimchi mit extra viel Knoblauch riecht. Meine Nachbarn sind Koreaner. Nett, aber nach 'ner Weile hat man den Geruch über. Dringt durch die dünnen Wände, sogar meine Klamotten riechen danach."

„Wenigstens hast du keine Probleme mit Vampiren."

„Gar nicht wahr!" Tyler knallte den Kofferraumdeckel zu. „Hier wimmelt's nur so von Blutsaugern, Knoblauch wirkt überhaupt nicht."

Bis zum Mathematikgebäude war es nicht weit. Professor Mordechai Gold hatte ein geräumiges holzgetäfeltes Eckbüro, an dessen Wänden unzählige Abschlussurkunden, Auszeichnungen und Diplome hingen. Die Regale quollen über vor Nachschlagewerken, und auf dem Boden lag ein echter Perserteppich. Das Büro war so groß, dass darin nicht nur Dr. Golds riesiger Schreibtisch, sondern auch ein Sofa und ein paar Stühle Platz fanden. Auf seine Besucher warteten bereits Kaffee und Kekse.

„Die sind koscher", sagte Gold zu Rina. „Setzt euch doch."

„Wie geht's deiner Familie?", fragte Rina.

„Hervorragend. Wie schön, euch alle wiederzusehen. Die Umstände sind diesmal angenehmer. Na ja, vielleicht nicht für euch. Ich habe von Professor Belforts Tod erfahren. Wirklich furchtbar. Darf ich fragen, wie es passiert ist?"

„Ein Schuss in den Kopf", sagte Decker.

„Mein Gott, wie grauenhaft. Litt sie unter Depressionen oder ... Ich sollte euch wohl besser nicht löchern."

„Schon in Ordnung." Decker nahm an einem Ende des Sofas Platz, Tyler am anderen, Rina setzte sich zwischen sie. „Uns liegt zwar der

Bericht des Coroners noch nicht vor, aber wir gehen von einem verdächtigen Todesfall aus."

„Mord?"

„Ja, aber das ist noch nicht offiziell."

„Grundgütiger, das macht die Sache noch schlimmer." Gold wandte sich an Rina. „Aber bei euch ist doch hoffentlich alles in Ordnung?"

„Keine offensichtlichen Übergriffe von unseren Freunden aus Übersee, wenn du darauf anspielst. Ab und zu finden wir eine versteckte Wanze. In der Küche oder im Wohnzimmer find ich's nicht so schlimm, aber wenn wir eine im Schlafzimmer finden, ist das doch etwas befremdlich. Wie kommen die trotz Alarmanlage nur ins Haus?"

„Geheimdienste haben da ihre Methoden. Macht euch keine Sorgen, irgendwann geben die auf."

„Sollten sie auch. So interessant sind wir auch wieder nicht."

Gold lächelte. „Kaffee? Tee? Heißes Wasser? Ich selbst trinke Tee."

„Welche Sorten hast du denn?" Rina sah sich die Teebeutel an und suchte sich einen Pfefferminztee aus. „Den kann ich mir auch selber machen."

„Lass mich das machen, ihr seid schließlich meine Gäste. Wie geht es Ihnen, Tyler, was macht das Jurastudium? Sind nicht bald Prüfungen?"

„Stimmt. Ich habe bei den Deckers gelernt. Dort ist es ruhiger, und das Essen ist besser. Bis ein gewisser Jemand sich entschlossen hat, mich vor die Tür zu setzen."

„Er hat sich zu intensiv mit einem Fall beschäftigt, wo er doch eigentlich lernen soll", sagte Decker.

„Nicht *zu* intensiv … nur intensiv."

Gold reichte Rina ihren Tee. „Was darf ich den beiden Herren anbieten?"

„Nichts für mich, danke", sagte Decker. „Tyler?"

„Für mich auch nicht. Ich weiß, Sie haben viel zu tun, Professor." McAdams öffnete eine Aktentasche. „Es geht um den Fall, mit dem ich mich nicht beschäftigen soll."

„Belfort?"

„Ja." Tyler nahm einen Stapel Ausdrucke heraus. „Das hier stammt aus Katrina Belforts Computer. Könnten Sie einen Blick darauf werfen und uns sagen, was Sie davon halten?"

Gold nahm die Unterlagen und überflog sie. „Worauf soll ich achten?"

„Uns interessiert nur, was du uns über den Inhalt sagen kannst", antwortete Decker.

„Das sind Fourier-Transformationen. Ohne Kontext kann ich euch nicht sagen, was genau sie untersucht hat. Ihr wisst, was Fourier-Transformationen sind?"

„Damit kann man Zeit-Funktionen in Frequenz-Funktionen ändern", sagte McAdams. „Könnte Belfort auf mathematischem Wege versucht haben, Börsenbewegungen zu verfolgen?"

„Im Sinne eines Stochastischen Oszillators? Natürlich, aber es gibt tausend andere Möglichkeiten." Gold blätterte weiter. „In jedem Fall ist das hier nichts Weltbewegendes."

„Keine neuen Ideen?"

„Ganz und gar nicht. Sie könnte zum Beispiel eine neue Anwendungsmöglichkeit für diese Formeln gefunden haben, aber die Analyse ist ganz normale höhere Mathematik."

„Also kein Grund, jemanden umzubringen", schloss Decker.

„Diese Formeln auf gar keinen Fall." Gold reichte Tyler den Stapel zurück. „Wisst ihr denn, ob Katrina den Aktienmarkt verfolgt hat?"

„Ihren Studenten zufolge hat sie diverse sehr vermögende Devisenmanager mit einem besonderen Algorithmus beraten. Also vermutlich ja", sagte Tyler.

„Na also."

„Aber die Mathematik ist nichts Besonderes?"

„Sagen wir mal so." Gold gab ein hämisches kleines Lachen von sich. „Die Fields-Medaille würde sie damit nicht gewinnen."

McAdams dankte ihm. „Und diese Seiten hier wurden dem Bruder eines Mathematikstudenten zur sicheren Verwahrung übergeben. Der Student hat später Selbstmord begangen."

Gold nahm die Unterlagen. „Ja, davon habe ich ebenfalls gehört. Was für eine Tragödie. Wie hieß er noch gleich?"

„Elijah Wolf."

„Oje." Gold schüttelte betrübt den Kopf. „An den Namen erinnere ich mich. Er hat sich bei uns beworben und hätte einen Platz bekommen. Wir haben ihm ein Vollstipendium angeboten; er hat abgelehnt."

„Seine Familie wollte, dass er in der Nähe bleibt. Er hat sich dann für Kneed Loft entschieden."

„Zweifellos ein gutes College. Er hat sich umgebracht? Wie kam es dazu, wenn die Frage erlaubt ist?"

„Wir wissen es nicht, Mordy", sagte Decker. „Allem Anschein nach war er ein ruhiger, freundlicher Junge, der sich für Mathematik begeistert hat. Seine Freunde haben keine der üblichen Warnsignale an ihm bemerkt. Allerdings standen ihm die meisten nicht sehr nahe oder hatten Einblick in seine Psyche. Es gab keinen Abschiedsbrief, und der toxikologische Befund war negativ. Keine Ahnung, was ihn dazu bewogen hat."

„Und ihr seid euch sicher, dass es Selbstmord war?"

„So hat es zumindest der Coroner entschieden. Jetzt, nach dem Mord an Belfort, rollen wir den Fall vielleicht wieder auf."

Gold las in Elis Aufzeichnungen. „Das hier ist Fourier-Analyse ... Die ist nah verwandt mit Fourier-Transformationen, aber die Anwendungsgebiete sind verschieden. Es scheint um die Zerlegung von komplexen Wellen in kleinere, weniger komplexe zu gehen." Er blickte wieder auf die Seite. „Zeigen Sie mir noch mal die anderen Berechnungen?"

„Natürlich." McAdams reichte ihm erneut Katrinas Stapel.

„Gut ..." Gold hielt die Aufzeichnungen nebeneinander und verglich die Formeln. „Hier geht es um zwei verschiedene Dinge. Belfort verwendet Transformationen, und nach dem, was Sie mir erzählt haben, haben die Berechnungen vermutlich etwas mit der Börse zu tun. Eli macht Integralrechnung mit Eigenvektoren ... die sind euch ein Begriff?"

„Ein Teil repräsentiert das Ganze?", versuchte es Decker.

„Nein, das trifft eher auf Fraktale zu."

„Dann fang am besten ganz von vorne an. Mathe war noch nie meine Stärke."

„Mathematik liebt man entweder, oder man hasst sie, dazwischen gibt es nichts. Also, ein Vektor ist einfach eine Linie, die eine bestimmte Richtung angibt. Sie hat einen Anfangspunkt, am anderen Ende ist sie mit einer Pfeilspitze gekennzeichnet, die für Unendlichkeit steht. Wird ein Vektor im Raum gestreckt, verzieht er sich. Die meisten Vektoren ändern dann ihre Richtung. Ein Eigenvektor ist eine Untergruppe von

Vektoren mit besonderen Eigenschaften. Wird ein solcher gestreckt, bleibt die Richtung konstant, egal, wie stark er gestreckt wird. Ein wichtiges Konzept, das in einer ganzen Reihe von angewandten Wissenschaften Verwendung findet. Wenn zum Beispiel im Hochbau äußere Kräfte auf ein Gebäude einwirken, sagen wir, Scherwinde, will man wissen, wie sich das auf die Stabilität der einzelnen Bauteile auswirkt, also auf Stahl, Zement, Holz bis hin zur letzten Schraube. Eigenvektoren bewegen sich also in dieselbe Richtung. Der Streckfaktor, also das Ausmaß dieser Bewegung, ist das Vielfache eines Skalars, was nichts anderes ist als eine Zahl. Diese Zahl heißt Eigenwert. Wahrscheinlich ist das schon mehr Information, als ihr braucht."

„Ihre Erklärung deckt sich fast bis aufs i-Tüpfelchen mit dem, was uns Rina schon erläutert hat", sagte McAdams.

„Du hast Mathematik studiert?", fragte Gold Rina.

„Bei linearer Algebra war Schluss. Ich hatte ein Baby zu Hause, und ein weiteres war auf dem Weg, da war die Uni einfach nicht mehr zu schaffen. Dann sind wir nach Israel gezogen."

„Ihr habt in Israel gelebt?", fragte Gold Decker.

„Das war mit ihrem ersten Mann, Isaac."

„Er ist gestorben, als wir beide noch sehr jung waren." Rinas Augen wurden feucht. Sie knuffte Decker in die Schulter. „Und dann hab ich diesen Tunichtgut kennengelernt."

„Du Ärmste ..." Decker lächelte seine Frau an. „Rina, Tyler hat recht, du bist eine richtig gute Lehrerin."

„Vielleicht solltest du mal darüber nachdenken, deinen Bachelor nachzuholen. Wir freuen uns auf deine Bewerbung", sagte Gold.

„Interessanter Gedanke." Rina drehte sich zu ihrem Mann um. „Was meinst du?"

„Nur zu!"

„Ja klar ..."

„Ich mein's ernst. ‚Wenn nicht jetzt, wann dann?', um Hillel zu zitieren."

McAdams räusperte sich. „Äh, gleich fängt meine Lerngruppe an, könnten wir uns also wieder auf den Fall konzentrieren? Professor Gold, Sie sagten, Elis Aufzeichnungen unterscheiden sich von Belforts Berechnungen?"

„Verwandtes Thema, aber nicht dasselbe."

Nun reichte Tyler ihm einen dritten Satz Unterlagen. „Diese hier stammen ebenfalls von Eli Wolf und waren in seinem Schreibtisch im Wohnheim versteckt."

„Schön ..." Gold überflog den Inhalt. „Diese Gleichungen scheinen mehr mit Dr. Belfort zu tun zu haben, es sind ebenfalls Fourier-Transformationen. Die Berechnungen stimmen nicht mit denen überein, die Sie aus Belforts Computer haben, aber die Herangehensweise ist die gleiche."

„Okay. Also unterscheiden sich die Unterlagen, die Elijah seinem Bruder zur Aufbewahrung gegeben hat, sowohl vom ersten als auch von dritten Satz?", fragte Decker.

„Ohne zu wissen, wozu diese Berechnungen jeweils dienten, kann ich euch keine eindeutige Antwort geben. Nur, dass im ersten und dritten Fall die Berechnungen mit Fourier-Transformationen gemacht wurden, während es im zweiten Fall Fourier-Analyse und Eigenvektoren waren."

„Verstanden. Und die Mathematik im zweiten Satz Unterlagen, der sich mit Eigenvektoren befasst, ist nicht Besonderes?"

„Nein. Natürlich könnte Elijah diese Formeln zur Lösung eines bahnbrechenden Problems benutzt haben, aber die Mathematik selbst ist nicht sehr kompliziert."

„Vielen Dank, du hast uns sehr geholfen."

„Wunderbar." Gold sah auf seine Uhr. „Wir haben nur zwanzig Minuten gebraucht. Lust auf Mittagessen? Ich hätte koschere Sandwiches da. Falls ihr wegmüsst, packt sie euch ein und nehmt sie mit."

Decker sah seine Frau an. „Ich hab Zeit", sagte Rina.

Gold klatschte erfreut in die Hände. „Prima, meine Sekretärin soll uns gleich welche bringen. Jetzt können wir uns richtig unterhalten. Ich will alles über den Fall Belfort wissen."

„Nicht nur Sie", presste Tyler zwischen den Zähnen hervor. „Leider fängt in circa einer halben Stunde meine Lerngruppe an."

„Brav", sagte Decker.

„Kann ich dich kurz mal unter vier Augen sprechen?"

Decker versuchte, Tylers Gesichtsausdruck zu interpretieren. Sein Gesicht war ausdruckslos. „Klar."

Die beiden erhoben sich und gingen in den Flur. Tyler sagte:

„Machen wir einen Deal? Wenn ich die nächsten zwei Stunden intensiv Jura büffele, kann ich dann bitte wieder mit zurückkommen?"

„Tyler …"

„Zwing mich nicht, dich auf Knien anzuflehen, Boss."

„Und ich hab gedacht, du wolltest mir nach dem Gespräch mit Gold hier draußen deine neuesten Einsichten präsentieren …"

„Die hab ich natürlich auch."

„Bin ganz Ohr."

„Heben wir uns die doch für die Heimfahrt auf." Tyler grinste verschmitzt. „Bitte lass mich schlafen, ohne besoffene Studenten an die Wände hämmern oder rumkotzen zu hören. Wie gesagt, meine Wände sind sehr dünn. *Bitte.*"

Decker seufzte. „Dann sieh aber ja zu, dass du deine Prüfungen bestehst."

„Ich weiß, was auf dem Spiel steht. Ich versprech's dir hoch und heilig."

Decker schüttelte über seine eigene Gutmütigkeit den Kopf und ging zurück in Golds Büro.

Grinsend rief ihm Tyler nach: „Das ist dann also ein Ja!"

Den Kopf voller Fakten und Präzedenzfälle, bog McAdams um das Gebäude und wäre fast mit Mallon Euler zusammengestoßen. Sie hatte einen knielangen Wollmantel, einen Schal, eine Skimütze, Handschuhe und Springerstiefel an. Ihre großen blauen Augen waren auf den Bürgersteig gerichtet.

„Mallon? Was machst du denn hier?"

„Ich hab gehört, du bist zurück nach Boston gefahren. Darf ich vielleicht bei dir übernachten?"

„Ich dachte, du wohnst vorübergehend bei Damodar."

„Das hab ich auch bis jetzt, aber ich vertrau ihm nicht hundertprozentig. Ich glaube, er könnte in die Sache verwickelt sein. Also darf ich?"

„Darfst du was?"

„Bei dir wohnen?"

„Nein, Mallon, darfst du nicht. Ich bleib nämlich nicht hier, sondern fahre zurück nach Greenbury."

„Wieso?"

„Weil ich mit Detective Decker immer noch an dem Fall arbeite."

„Tyler, ich hab Angst allein und Angst bei Damodar. Außer dir weiß ich nicht, wem ich vertrauen kann."

„Danke für dein Vertrauen, aber das heißt noch lange nicht, dass du bei mir wohnen kannst."

„Ist doch nur vorübergehend."

„Nein, du kannst *nicht* bei mir einziehen." McAdams wurde langsam unruhig. „Hör zu, ich treff mich gleich mit den Deckers, und wir fahren zurück nach Greenbury. Lass uns noch mal reden, wenn wir alle wieder zurück sind, okay?"

„Wenn ihr eh zurückfahrt, könnt ihr mich mitnehmen?"

„O Gott …"

„Bitte? Bitte, bitte, *bitte*?"

„Hör auf, das reicht." Tyler stieß genervt die Luft aus. „Ich werd sie fragen. Komm mit."

Er ging eilig voraus, aber Mallon holte ihn ein. „Das ist ein richtig großer Campus."

„Ist ja auch 'ne richtige Uni …"

„Und überall Genies … Ihr haltet euch bestimmt für was Besonderes."

„Du nicht auch noch. Ich muss mir den Scheiß schon von den Leuten vom Greenbury PD anhören."

„Ich würd mich auf jeden Fall für was Besonderes halten."

„Schön, du kannst meine Privilegien noch dazu haben. Mir haben die nie was genützt."

Mallon sah auf einmal erfreut aus. „Ich könnte doch bei Decker im Auto übernachten?"

„Auf gar keinen Fall. Du erfrierst doch."

„Steht das nicht in der Garage?"

„Kommt nicht infrage."

„Dann auf dem Revier. Ich bring auch mein eigenes Bettzeug mit."

„Nein."

„Renn doch nicht so."

Tyler wurde langsamer. „Mallon, ich weiß, du hast Panik. Kann ich gut nachvollziehen. Als ich angeschossen wurde, war ich danach auch total ängstlich. So was ist ein richtiger Übergriff. Aber du musst dir eine praktikable Lösung einfallen lassen, wo du unterkommen kannst. Wenn du Damodar nicht vertraust, such dir jemand anderen."

„Schon gut. Dann bleib ich halt bei Damodar. Wird vermutlich okay sein, weil du da bist … in der Stadt, meine ich."

„Ich bin nur noch eine Woche in Greenbury. Dann muss ich wirklich wieder nach Harvard zurück und meine Prüfungen schreiben. Und nein, du kannst nicht in meiner Wohnung übernachten, die ist zu klein, und außerdem ist das unprofessionell. Nein, nein und nochmals nein!"

„Du musst gar nicht so ausfallend werden."

McAdams blieb abrupt stehen und nahm Mallon bei den im dicken Mantel steckenden Schultern. „Mallon. Du bist ein sehr kluges Mädchen. Und wenn du deinen Abschluss vom Kneed Loft hast und der Fall unter Dach und Fach ist und das Wetter ausnahmsweise mal schön, könnten wir vielleicht mal nett zusammen essen gehen … Solange es nicht wieder dieses Büfett beim Inder ist. Aber nicht jetzt, okay? Momentan ist nicht der richtige Zeitpunkt, für keinen von uns. Verstanden?"

Mallon strahlte. „Hast du mich gerade gefragt, ob ich mit dir essen gehe?"

McAdams seufzte theatralisch. „Jetzt aber schnell, bevor Decker ohne mich losfährt."

„Würde er doch nie machen."

„Rina nicht, aber Decker mit dem allergrößten Vergnügen."

KAPITEL DREIUNDZWANZIG

McAdams saß am Steuer, Decker auf dem Beifahrersitz und die beiden Frauen auf der Rückbank. Während der ersten halben Stunde herrschte Schweigen, da im Beisein von Mallon nicht über den Fall gesprochen werden durfte. Rina war kurz davor einzunicken. Die Stille im Wagen half Decker dabei, sich zu entspannen und nachzudenken. Schließlich fasste Mallon sich ein Herz.

„Danke, dass Sie mich mitnehmen."

„Gerne." Rina schlug die Augen auf und streckte sich. „Wer möchte einen Kaffee?"

„Ich hab mir Koffein abgewöhnt", informierte Mallon sie.

„Für Sie dann also keinen."

Tyler konnte nicht länger an sich halten. „Ich sag's jetzt einfach. Du fährst uns nach Harvard hinterher, und zwar nicht nur, weil du dich bedroht fühlst. Du musst uns endlich die Wahrheit sagen. Was willst du?"

Mallon verschränkte gekränkt die Arme vor der Brust. „Ich nehme an, du sprichst mit mir?"

„Richtig."

„Vielleicht verschiebt ihr dieses Gespräch besser auf später", schlug Rina vor.

„Nein, Tyler hat recht", sagte Decker. „Was ist hier eigentlich los, Mallon?"

„Gar nichts."

Niemand entgegnete etwas.

Das Schweigen zog sich.

Schließlich seufzte Mallon genervt. „Haben Sie Elis geheime Aufzeichnungen prüfen lassen?"

„Aha! Langsam kommen wir der Sache näher", kommentierte McAdams.

„Ja, haben wir. Eli hat an nichts Bahnbrechendem gearbeitet", antwortete Decker.

„Woher wollen Sie das wissen?"

„Ich persönlich nicht, aber es gibt jemanden in Harvard, der es tut. Dieser Jemand hat uns gesagt, die Mathematik sei ganz simpel", sagte Tyler.

„Vielleicht lügt er."

„Warum sollte er?", fragte Decker.

„Ach, was soll der Quatsch! Ich leg jetzt einfach die Karten auf den Tisch, genau wie Sie, okay?", sagte Mallon.

„Wär mal was Neues", bemerkte Tyler.

„Sehr witzig." Mallon dachte nach. „Die Aufzeichnungen, die mit Dr. Belfort zu tun haben, interessieren mich nicht, darüber weiß ich genau Bescheid. Sie ja auch. Zumindest wissen Sie, was Katrina gemacht hat, weil Damodar es Ihnen erzählt hat."

„Und hat er uns die Wahrheit gesagt?", wollte Decker wissen.

„Soweit ich weiß, ja."

„Könnte er Belfort noch bei etwas anderem geholfen haben?"

„Sicher. Wir sind nicht befreundet. Er traut mir nicht, ich traue ihm nicht. Zumindest wissen wir beide, wo wir stehen. Was ich von den meisten Leuten, die ich kenne, nicht behaupten kann."

„Mallon, wenn Sie Belforts Spielereien nicht interessieren, was ist es dann?"

Mallon holte tief Luft. „Kurz bevor Eli starb, hat er mir gesagt, er arbeite irgendwo anders an einem wichtigen Forschungsprojekt mit. Niemand durfte davon erfahren, weil sowohl er als auch der betreffende Professor deswegen Schwierigkeiten bekommen könnten."

„Welcher Professor?"

„Hat er nicht gesagt."

„Er hat nie Lennaeus Tolvard erwähnt?", hakte Decker nach.

„Oh, dann wissen Sie's also."

„Offenbar, und ein paar Dozenten ebenfalls."

„Oh, na gut. Ich musste ihm versprechen, niemandem etwas zu erzählen."

„Worum ging's bei dem Forschungsprojekt?"

„Keine Ah..."

„Mallon."

„Im Ernst, ich weiß es nicht. Es muss was mit Eigenwerten und Eigenvektoren und Fourier-Analyse gewesen sein, denn das war Elis Gebiet. Egal. Er hat mir gesagt, *ich* soll sein Projekt übernehmen, falls ihm etwas zustößt." Jetzt hatte sie Tränen in den Augen. „Ich hab ihn gefragt, was ihm denn um Gottes willen zustoßen sollte ... wovor er Angst hatte."

„Und?"

„Er sagte, alles in Ordnung, das Ganze sei auch nur für den Fall aller Fälle ... Er fände, seine Arbeit wäre bei mir in guten Händen. Ich wusste doch nicht, dass er vorhatte, sich umzubringen. Falls doch, hätte ich doch was gesagt. Eli war niemand, der seine Gefühle offen zeigte, aber er wirkte ganz sicher nicht aufgeregt oder bedrückt. Es war nur ein seltsames Gespräch. Er hat es nur das eine Mal erwähnt und dann nie wieder."

„Wann war das?", fragte Tyler.

„Vor ungefähr drei Monaten."

„Und Ihnen ist nie eingefallen, uns von diesem Gespräch zu erzählen?", fragte Decker.

„Eli hat mich gebeten, es vertraulich zu behandeln, und das hab ich versucht zu tun. Vor allem weil ich nicht wusste, wie er umgekommen ist. Dann ist die Sache mit Dr. Belfort passiert. Ich hab gedacht, das hängt vielleicht irgendwie zusammen."

„Gerade deshalb hättest du's uns erzählen müssen", schimpfte Tyler.

„Mallon, glauben Sie, Elis Tod und der Mord an Katrina haben etwas miteinander zu tun?", fragte Decker.

„Woher soll ich das wissen? Dafür sind Sie doch zuständig, oder?"

„Sie sind eine intelligente junge Frau. Mich interessiert, was Sie dazu sagen."

Mallon war perplex. Dann sagte sie: „Keine Ahnung. Das Timing war vielleicht Zufall, aber schon seltsam, finde ich."

Decker nickte. „Genau."

„Worauf ich hinauswill: Falls Sie Elis Forschungsunterlagen haben ... Die sollte *ich* ja bekommen. Haben Sie sie?"

„Wir haben Unterlagen, die bei Elis Bruder versteckt waren. Worüber da geforscht wurde, erschließt sich nicht aus der Mathematik."

„Werden Sie Tolvard fragen?"

„Ja, das hatte ich als Nächstes vor."

„Er wird die Zusammenarbeit leugnen. Sonst könnte er gleich zugeben, Rosser seinen Studenten gestohlen zu haben. Wenn Sie mich nur mal kurz drüberschauen lassen – irgendwas kann ich da bestimmt finden. Und wenn Eli fand, ich könne seine Arbeit würdig fortführen, entspreche ich natürlich nur zu gerne seinen Wünschen. Warum sollte seine Begabung einfach im Nichts versickern?"

„Es sieht folgendermaßen aus, Mallon: Solange wir nicht wissen, was Dr. Belfort zugestoßen ist, und wir nicht definitiv ausschließen können, dass es eine Verbindung zwischen Elijahs Selbstmord und ihrem Tod gibt, können wir Ihnen überhaupt nichts zeigen. Wenn die beiden Verbrechen vollständig aufgeklärt sind, können wir vielleicht noch mal drüber reden."

„Na toll." Mallon verschränkte wieder die Arme vor der Brust. „Wie unglaublich frustrierend."

„Da Sie gerade auf dem Rücksitz meines Wagens sitzen, könnten Sie uns doch eigentlich alles erzählen, was Sie über Dr. Belforts Geschäfte wissen."

„Ich hab Ihnen doch schon alles erzählt. Sie hat Bewegungen am Aktienmarkt mit einem Stochastischen Oszillator vorausgesagt. Keine Ahnung, welche Algorithmen sie verwendet hat. Wenn Sie Katrinas Computer haben, könnte ich's vermutlich rausfinden. Da müsste alles drauf sein."

Decker dachte darüber nach, was Mallon ihnen gerade gesagt hatte. Wenn jemand es auf Belforts Algorithmus abgesehen hatte, hätte er einfach bei ihr einbrechen und den Computer stehlen können. Über diesem Gedanken brütend, überlegte er, ob Katrina Belfort vielleicht stets ihren Computer dabeigehabt hatte, wie Mallon. In diesem Fall hätte jemand, der den Computer haben wollte, nachts bei ihr einbrechen müssen, wenn Belfort im Bett war, und ihn entwenden müssen, ohne sie zu wecken. Vielleicht hat sie den Dieb dabei erwischt, es kam zu einer Auseinandersetzung, und er versetzte ihr einen Stoß …

„Peter, Mallon redet mit dir", sagte Rina.

„'tschuldigung, wie war das?"

„Selbst wenn der Algorithmus auf Katrinas Computer ist, hätten Sie vermutlich keine Ahnung, wie Sie den unter den ganzen anderen mathematischen Berechnungen finden sollen."

„Nein, vermutlich nicht."

„Ich kann Ihnen doch helfen. Ich könnte Ihr Sachverständiger oder so was sein."

Decker musste schmunzeln. „Danke für das großzügige Angebot. Vielleicht kommen wir darauf zurück, aber nicht jetzt."

Mallon seufzte. „Wenn das alles vorbei ist, vergessen Sie bloß nicht, dass Elis Unterlagen mir gehören."

„Ist notiert."

Danach verstummte das Gespräch, und für den Rest der Heimfahrt herrschte wohltuende Stille.

Endlich wieder zu Hause, nur war es unglaublich kalt. Rina zog ihre Kaschmirbaskenmütze aus und legte sie auf den Tisch im Flur. Die Jacke behielt sie an, bis es im Haus etwas wärmer war. „Hast du die Heizung runtergedreht?"

„Und hast du mal einen Blick auf unsere Ölrechnung geworfen?" Als Rina ihn nur vorwurfsvoll ansah, sagte Decker: „Ich bitte untertänigst um Verzeihung."

„Allein dafür kriegst du heute nichts Warmes zu essen."

„Wenn du keine Lust zum Kochen hast, brauchst du doch keinen Vorwand."

„Schon, aber das hatte sich gerade angeboten. Ich bin einfach zu kaputt. Lass uns entweder essen gehen oder ein Take-away bestellen. Ich will kein Fleisch, das hatte ich erst heute Mittag."

„Wie wär's mit Falafel King?"

„Die haben doch fast nur Fleisch."

„Ich nehm ein Schawarma, du kannst Falafel haben."

„Und Vegan Paradise?"

„Ich hätte lieber was von Falafel King."

„Ich hab aber keine Lust auf Falafel."

„Okay, anderer Vorschlag: Ich fahr zu Simon's und hol mir ein Ochsenbrustsandwich und bringe dir was von Vegan Paradise mit."

„Prima, ich hätte gern die vegane Taco-Platte und eine Minestrone." Rina war es langsam ein bisschen wärmer, was ihre Laune hob. „Macht's dir auch nichts aus, bei zwei verschiedenen Läden zu halten?"

„Überhaupt nicht, Liebling. Und was ist mir dir, Tyler?"

„Ochsenbrustsandwich klingt gut."

„Derweil wärme ich mich auf und mach uns eine gute Flasche Wein auf", sagte Rina.

„Gute Idee." Decker zog sich Handschuhe, Schal und Mütze an. „Ich hab den ganzen Tag im Auto gesessen, ich geh zu Fuß."

Eine knappe Dreiviertelstunde später wärmte Decker das Essen auf, und nach weiteren fünf Minuten konnten sie essen. Tyler hatte ein Feuer im Kamin gemacht, und da auch die Heizung auf vollen Touren lief, war es jetzt angenehm warm im Haus. Draußen schneite es leicht. Perfekt, um es sich im Sessel gemütlich zu machen, ein Buch zu lesen und dabei noch ein Gläschen Wein zu trinken.

„Seid ihr beide für heute fertig mit der Arbeit?“, fragte Rina.

Decker sah auf die Uhr. Sieben. „Hm, da uns niemand angerufen und neue Entwicklungen mitgeteilt hat, sieht’s ganz danach aus.“

„Ich hab heute einen ganzen Stapel Themen gekriegt, die bei der Prüfung drankommen können“, sagte Tyler. „Ich les mir die mal durch und schaue, worauf ich mich konzentrieren muss. Was steht morgen auf der Tagesordnung, Boss?“

„Als Erstes will ich wissen, ob der Technikmensch bei Dr. Belforts Computer weitergekommen ist. Und dann will ich mich mit Tolvard treffen, um rauszufinden, womit Eli sich beschäftigt hat.“

„Meinst du, das Forschungsprojekt hatte irgendwas mit seinem Selbstmord zu tun?“, fragte Tyler.

„Wenn ich das wüsste. Kann auf keinen Fall schaden, mehr über Eli zu erfahren. Wo wir gerade beim Thema ‚geheimnisvoll‘ sind: Falls sich im Fall Belfort nichts Neues ergibt, will ich Sonntag nach Manhattan fahren und Katrinas Bruder besuchen.“

„Manhattan?“, fragte Rina.

„Ja, du kannst den Kindern schon mal Bescheid sagen.“

„Gemeinsames Abendessen?“

„Worauf immer du und die Kinder Lust habt.“

„Ich hab den ganzen Samstag noch Zeit zum Lernen“, schaltete sich McAdams ein. „Ihr nehmt mich am Sonntag mit, und während ihr euch mit der Familie trefft, lerne ich bei meiner Stiefgroßmutter weiter.“

„Du kannst auch mit zum Essen kommen“, bot Rina ihm an.

„Ist schon okay. Nina ist nicht da, da hab ich meine Ruhe.“

„Wo ist sie denn?“

„Ausgedehnter Urlaub in ihrem Ferienhaus auf Rhodos.“

„Die Glückliche“, sagte Decker wehmütig. „Und du hast die Schlüssel zu ihrem Apartment in der Park Avenue?“

„Ich habe so manche Schlüssel, Boss.“ Tyler grinste spitzbübisch. „Und ein paar davon haben mir sogar schon Türen geöffnet.“

KAPITEL VIERUNDZWANZIG

Als Decker sich vor dem Badezimmerspiegel Aftershave aufs Gesicht klopfte, fiel ihm auf, dass er noch genauso herumlief wie vor fünfzig Jahren. Dieses Jahr lag er damit allerdings genau im Trend: Schnurrbärte, besonders buschige wie der seine, waren wieder in. Alles wurde irgendwann wieder Mode. Man musste nur lange genug abwarten.

McAdams und Rina saßen schon am Frühstückstisch, tranken Kaffee und aßen Vollkorntoast. Rina las Zeitung, während Tyler bereits eifrig am Lernen war. Als Decker hereinkam, sah Rina auf. „Morgen."

„Morgen." Decker ging in die Küche, schenkte sich einen großen Becher heißen Kaffee ein und setzte sich zu den beiden. Er nahm sich eine Scheibe Toast. „Wie geht's dir?"

„Wunderbar. Heute Abend haben wir Gäste zum Schabbat. Fünf Studenten, die du alle schon kennst. Morgen sind wir dann unter uns", antwortete Rina.

„Wer denn?"

„Hannah, Ben, Jennette, Mike und Lenny."

„Nette Runde. Wird sicher lustig."

„Bin ich auch eingeladen?", fragte Tyler.

„Ja, vorausgesetzt, du benimmst dich." Decker prüfte seine Nachrichten auf dem Handy. „Noch nichts Neues wegen Belforts Computer. Langsam sollten sie den doch gehackt haben."

„Vielleicht hat sie den Inhalt verschlüsselt und dann noch mal verschlüsselt. Sie war schließlich Matheprofessorin." McAdams legte sein Buch hin. „Lennaeus Tolvard sagt, er kann sich heute um acht mit uns in seinem Büro treffen. Ich hab ihm auf den Anrufbeantworter gesprochen, dass wir kommen."

„Acht Uhr morgens?"

„Warum sollte ich sonst um diese Uhrzeit schon angezogen hier am Tisch sitzen?"

Decker sah auf die Uhr. Das Treffen war in vierzig Minuten, genug Zeit, um in Ruhe seinen Kaffee zu trinken. Er nahm sich den vorderen Teil des *Wall Street Journals*. Wie üblich herrschte überall auf der Welt Chaos. Er fand es einfacher, mit richtigen Kriminellen umzugehen als mit Politikern. Falls es da überhaupt einen Unterschied gab. Wenigstens wusste man bei den Bösewichtern genau, woran man war. Er überflog die Berichte, bis es Zeit war. Zwanzig Minuten später hatten McAdams und er das Haus verlassen und kämpften sich durch den hohen Schnee, der unter ihren Sohlen knirschte.

Nach Kneed Loft waren es zehn eisig kalte Minuten zu Fuß, dann brauchten sie weitere fünf, um Tolvards Büro zu finden. Sein Sekretär war ein Student, der vermutlich mit diesem Job sein Studium finanzierte. „Dr. Tolvard erwartet Sie bereits, Sie können gleich reingehen."

Decker dankte ihm.

Die beiden Detectives betraten das geräumige Büro. Tolvard erhob sich vom Schreibtisch und reichte Decker die Hand. „Lennaeus Tolvard. Tut mir leid, dass es nicht früher geklappt hat."

„Kein Problem." Decker schüttelte ihm die Hand. Der Professor war groß und schlank, hatte eine leicht gebogene Nase, dunkelbraune Augen, dunkle gekräuselte Haare und einen mokkafarbenen Teint. Decker konnte dieses Aussehen sofort zuordnen, da er es schon unzählige Male an seinem Schwiegersohn Koby und den beiden Enkelsöhnen, einem Zwillingspaar, die ihrem Vater ähnelten, gesehen hatte. Die Jungen hatten eine etwas hellere Hautfarbe und weniger stark gekräuseltes Haar, wodurch sie eher wie Israelis als Äthiopier wirkten. „Danke, dass Sie sich Zeit für uns nehmen."

„Bitte nehmen Sie Platz." Tolvard setzte sich wieder und legte die Hände ineinander. „Wie kann ich behilflich sein? Ich vermute, es hat etwas mit dieser schrecklichen Sache mit Dr. Belfort zu tun."

„Ja, wir ermitteln in diesem Todesfall. Was können Sie uns über Katrina Belfort erzählen?"

„Eigentlich nichts. Natürlich kannten wir uns. Wir sind ein kleines College, aber ich hatte weder privat noch beruflich viel mit ihr zu tun. Ab und zu ein Hallo, wenn wir uns im Flur, in einer der Bibliotheken oder auf der alljährlichen Weihnachtsfeier begegnet sind."

„Okay." Decker nahm sein Notizbuch heraus. „Also hätten Sie keinen Grund gehabt, sie in letzter Zeit anzurufen?"

„Nein. Ich glaube, ich habe sie noch nie angerufen."

„Sie waren also nur Kollegen und ..."

„Mehr nicht. Nur Kollegen."

„Und was ist mit Belforts Studenten? Haben Sie mit einem von ihnen wissenschaftlich etwas zu tun?"

„Meinen Sie, als Betreuer?“ Tolvard runzelte die Stirn. „Nein. Ich weiß noch nicht mal, wer ihre Studenten sind.“

„Mallon Euler, Damodar Batra und Ari Weissberg.“

„Die kenne ich. Mallon war bei mir im ‚Elektromagnetismus und Wellentheorie‘-Kurs. Batra und Weissberg auch und in noch einem anderen ... ‚Teilchenphysik‘, glaube ich. Aber alle drei studieren Mathematik im Hauptfach, da müssen sie auch ein paar Physikkurse belegen.“

„Und Elijah Wolf? War der auch mal bei Ihnen im Kurs?“

„Also schön, ich weiß, worauf Sie hinauswollen.“ Tolvard lehnte sich vor. „Wenn Sie über Elijah Wolf sprechen wollen, können wir das gerne tun. Sein Betreuer war nie jemand anderes als Theo Rosser vom Mathematik-Department. Was Sie auch gehört haben mögen, das ist die Wahrheit.“

„Wir haben gehört, dass Sie ohne Dr. Rossers Einverständnis mit Eli zusammengearbeitet haben.“

„Ich habe Theo Eli nicht weggenommen und hatte es auch nie vor. Ich weiß, die Gerüchte besagen etwas anderes, aber das stimmt nicht. Ich hatte sogar vor, Theo direkt auf die Gerüchte anzusprechen, aber dann starb der arme Junge, und es schien mir nur noch dumm und kleinlich.“

„Dann haben Sie nicht heimlich mit Eli gearbeitet?“

„Es musste heimlich sein, weil Theo es sonst nicht erlaubt hätte. Was hätte ich denn tun sollen? Natürlich hätte ich mich auch weigern können, mich mit ihm zu befassen.“ Tolvard gab einen Unmutslaut von sich. „Mein Gott, an einer Universität muss wissenschaftliche Neugier doch gefördert und nicht unterdrückt werden!“

„Dann bitte ganz von vorne. Das ist einfacher“, bat ihn Decker.

Erneut ein unwirsches Schnauben. „Vor etwa einem Jahr kam er zu mir. Er hatte ein paar Ideen, die zufällig mehr mit meiner Forschungstätigkeit als mit Theos Spezialgebiet zu tun hatten. Eli wollte den Betreuer wechseln. Er fand, Theo biete ihm nicht genug Entfaltungsmöglichkeiten. Aber ich sagte ihm, es sei zu spät, da er bereits in seinem letzten Jahr war, und ich könne ihn unmöglich annehmen. Außerdem wusste ich, wie scharf Theo Katrina gegenüber reagiert hatte, als Eli das erste Mal einen Wechsel ansprach. Dieses Theater wollte ich mir ersparen.“

Nach kurzem Innehalten fuhr Tolvard fort.

„Allerdings wollte ich Elis Wissensdurst auch nicht unterdrücken – er war ein sehr begabter junger Mann. Ich habe ihm gesagt, dass – wenn er unabhängig von seiner Abschlussarbeit Interessen habe, die er weiterverfolgen wollte – ich gerne bereit sei, mein Wissen mit ihm zu teilen. Und dass wir das besser für uns behalten sollten. Natürlich war mir klar, dass es früher oder später herauskommen würde. Aber ich dachte, wenn Theo wüsste, dass ich mich nicht in Elis Abschlussarbeit einmische, wäre es ihm egal. Wie naiv von mir."

„Was ist dann passiert?"

„Na ja, Eli ist gestorben. Unmittelbar danach ... Eli war noch nicht mal unter der Erde ... hat Rosser von mir verlangt, ihm Elis Forschungsunterlagen auszuhändigen. Aus Boshaftigkeit hab ich so getan, als wüsste ich nicht, wovon er spricht. Natürlich glaubt er mir nicht."

„Hat er Anspruch auf Elis Forschungen oder Sie?", fragte McAdams.

„Gute Frage. Ich besitze nur einen kleinen Teil seiner Aufzeichnungen, aber ich weiß, woran er gearbeitet hat."

„Sagen Sie's uns?", fragte Decker.

„Lieber nicht."

„Laut Semesterverzeichnis bieten Sie dieses Jahr zwei Kurse an, ‚Teilchenphysik' und ‚Elektromagnetismus und Wellentheorie'", sagte Tyler. „Ihr Fachgebiet ist Kosmologie, richtig?"

„Sie fragen sich sicher, warum Eli glaubte, mein Fachwissen könnte ihm nützen."

„Eli studierte Fourier-Analyse und Eigenvektoren", sagte Decker.

„Wissen Sie, was ein Eigenvektor ist?"

Decker blätterte in seinen Notizen. „Eine Untergruppe von Vektoren, die bei Streckung nicht ihre Richtung ändert."

„Sie sind gut vorbereitet."

„Es wurde uns schon mehrfach erklärt, gestern erst von einem Matheprofessor aus Harvard. Elis Forschungen sind möglicherweise für beide Ermittlungen relevant. Ich bin nicht Theo Rosser, und ich mache auch nicht gern Theater. Aber wenn Sie uns jetzt nicht alles sagen, was Sie wissen, kriegen wir beide richtig Ärger miteinander. Wofür hat Eli sich interessiert?"

„Es ist wohl das Beste ... es Ihnen zu sagen" Tolvard seufzte. „Eli hat die Umlaufbahnen von Weltraumschrott kartiert."

Verblüfftes Schweigen. Schließlich sagte Decker: „Okay, ich tu mal so, als ob ich's glaube. Was ist Weltraumschrott?"

„Wie der Name schon sagt: Schrott, der durch den Weltraum schwebt. Alte Satelliten, abgeworfene Raketenstufen und etliche Trümmerstücke, die von Kollisionen und Zerfall im Kosmos herrühren. Die meisten dieser Trümmer sind winzig klein, aber trotzdem können sie bei den derzeitig im Einsatz befindlichen Satelliten und anderen Raumfahrzeugen Schaden anrichten. Selbst Farbstaub oder Farbpartikel sind gefährlich, wenn sie bei den im Weltraum üblichen Geschwindigkeiten mit einem festen Gegenstand zusammenstoßen."

„Wie viel Weltraumschrott gibt's da draußen?", fragte McAdams.

„Eine ganze Menge. Erst vor wenigen Jahren dachte zum Beispiel die chinesische Regierung, es wäre lustig, eine Antisatellitenrakete von der Erde aus auf einen ihrer alten Wettersatelliten abzufeuern. Bei der Explosion entstanden auf der ohnehin schon vollgestopften Umlaufbahn Tausende von kleinen Schrottteilchen, die auf der gesamten geostationären Umlaufbahn die Gefahr des Kessler-Syndroms stark erhöhten. Sie sehen, ein ernst zu nehmendes Problem."

„Meine nächste Frage wäre ...", sagte Decker.

„Was das ist? Es heißt auch ‚Kollisionskaskade', was genau beschreibt, was dabei passiert. Haben Sie den Film *Gravity* gesehen? Lief vor ungefähr vier, fünf Jahren im Kino."

„Mit George Clooney und Sandra Bullock", sagte McAdams. „Jetzt kapier ich's. Das Raumfahrzeug, das die beiden repariert haben, wurde von so einem herumfliegenden Teil, äh, Trümmerstück, gerammt, was zu allen möglichen Problemen geführt hat."

„Genau. Nach dieser Theorie kann eine einzige Kollision Trümmer verursachen, die zu einer weiteren Kollision führen, wonach noch mehr Trümmer entstehen, und so weiter und so fort, bis der gesamte erdnahe Weltraum mitsamt den im Einsatz befindlichen Satelliten vollkommen zerstört ist. Damit wäre auch die Technologie, wie wir sie heute kennen, zerstört, ganz zu schweigen vom Risiko eines Zusammenstoßes der Schrottteile mit der Erde, was sogar die Erde aus der Umlaufbahn bringen könnte."

„Ein richtiges Horrorszenario", kommentierte Decker.

„Ja, guter Stoff für Science-Fiction, aber es ist ein echtes Problem, weil der erdnahe Weltraum in Zukunft noch stärker genutzt werden wird. Die Welt braucht flächendeckenderes Internet, und die großen Technikfirmen wie Google und Facebook wollen die Ersten sein, die davon profitieren. Zu diesem Zweck schickt Google derzeit Ballons zwölf Meilen hinauf in die Stratosphäre. Wie Sie sich denken können, haben Ballons ihre Schwierigkeiten. Zum einen braucht man sehr viele Ballons, um die gesamte Erdoberfläche abzudecken, zum anderen sind sie weniger stabil und auch empfindlicher als geostationäre Satelliten.

Satelliten befinden sich wesentlich tiefer im Weltraum: zweiundzwanzig*tausend* Meilen von der Erdoberfläche entfernt. Sie sind größer, leistungsstärker, und für eine ausreichende Abdeckung reichen drei oder vier. Aber Satelliten sind natürlich um ein Vielfaches teurer als Ballons. Wenn Sie schon Unsummen in einen Satelliten investieren, würden Sie vielleicht wissen wollen, was da für ein Zeug herumschwirrt und wo es sich befindet, damit Ihre extrem teure Ausrüstung nicht in tausend Stücke zerschlagen wird."

„Also gut. Eli hat also versucht, diese ganzen Bruchstücke zu kartieren?", fragte Decker.

„Ja, er hat an einem Prototyp für die Kartierung der Umlaufbahnen gearbeitet. Dieses Gebiet ist noch relativ neu, aber die Bedeutung ist immens."

„Und möglicherweise extrem lukrativ", bemerkte McAdams.

„Ja, möglicherweise. Meiner Meinung nach interessierte das Eli nicht. Er fand es nur toll, etwas Neues mit Eigenvektoren zu machen, wobei die schon seit Jahrzehnten im Weltraum als Koordinaten benutzt werden."

„Wie kartiert man Weltraummüll, wenn er ständig seine Position verändert?"

„Deshalb habe ich ‚Kartierung der Umlaufbahnen' gesagt."

„Wie würde man die Umlaufbahn eines Farbpartikels kartieren?"

„Sie beschießen ihn mit Wellen. Nehmen Sie zum Beispiel UKW-Radiowellen. Unter ganz besonderen Umständen können diese Objekte im Weltraum erreichen. Wenn Sie in der Lage sind, die von ihnen zurückgeworfenen Wellen mit einer Spezialantenne aufzufangen, sagen wir, einer Parabolantenne, können Sie den fraglichen Gegenstand anhand der Ablenkung kartieren."

„Sogar einen Farbpartikel."

„Selbst der wiegt mehr als eine Radiowelle, Detective. Eli hatte angefangen, sein eigenes Kartierungssystem zu entwickeln. Mittels Fourier-Analyse hat er die komplexen Wellen zerlegt, um ihren Ursprung zu finden, und mit Eigenvektoren deren Koordinaten im All berechnet. Über ein Jahr hatte er bereits daran gearbeitet, und dann …"

Tolvard blickte verzweifelt an die Decke.

„Einfach furchtbar. Ich kann es immer noch nicht …"

„Sie haben über ein Jahr lang mit Eli zusammengearbeitet?", fragte Decker.

„Mit Unterbrechungen, ja."

„Ist Ihnen in den letzten Monaten eine Veränderung an Eli aufgefallen?"

Im Zimmer wurde es still. Schließlich sagte Tolvard: „Er war nicht bedrückt oder so etwas. Wenn überhaupt, schien er engagierter. Ich nahm an, es sei die Begeisterung für seine Arbeit. Aber manchmal wirkte er auch … abgelenkt, als könne er sich nicht richtig konzentrieren. Irgendwann hatte ich den Verdacht, es sei Burn-out, was immer eine Gefahr ist. Die Studenten sind anfangs Feuer und Flamme, aber wenn's an die detaillierten Berechnungen geht, bleiben sie stecken. Also habe ich gefragt, ob er eine Zeit lang aussetzen und seine Abschlussarbeit mit Rosser fertigschreiben wollte. Er sagte, die Arbeit sei fertig, und versicherte mir, es gehe ihm gut. Was ganz offensichtlich nicht stimmte."

Tolvard blickte ernst.

„Im Nachhinein hätte ich nicht lockerlassen sollen, aber ich wollte nicht in seinem Privatleben herumschnüffeln. Hätte ich's nur getan. Vom Hörensagen weiß ich, dass es zwei Hoch-Zeiten für Studentenselbstmorde gibt: Wenn sie gerade frisch ans College gekommen sind oder unmittelbar vor dem Abschluss. Abgabe-Panik, Job-Panik, Lebens-Panik."

„Nach dem, was ich über Eli gehört habe, hat er sich über gar nichts Sorgen gemacht."

„Irgendwas muss ihm zugesetzt haben. Ich mache mir schreckliche Vorwürfe. Hätte ich doch nur stärker auf ihn eingewirkt."

„Wer Selbstmord begehen will, tut es auch, egal, wie schwierig man es ihm macht", sagte Decker.

„Nett von Ihnen, das zu sagen, aber … Ich wüsste nur gerne, was ihn so abgelenkt hat."

„Wussten Sie, dass Eli auch mit Katrina Belfort zusammengearbeitet hat?“, fragte McAdams.

„Nein.“ Tolvard schien ehrlich verblüfft. „Nein, das wusste ich nicht. Was hat er denn mit Katrina gemacht?“

„Sie hat nebenbei Finanzkonzerne beraten. Eli hat ihr mit einigen Berechnungen geholfen“, sagte Decker.

„Ach ja?“ Der Professor zuckte die Achseln. „Ich hatte keine Ahnung. Kein Wunder, dass Eli abgelenkt war. Sein Verstand musste sich mit so vielen unterschiedlichen Dingen befassen.“ Er lächelte. „Meine Güte, wie Rosser das gegen den Strich gegangen sein muss. War ja schon schlimm genug, dass Eli mit mir arbeiten wollte. Wenigstens gehöre ich nicht zum Mathe-Department. Belfort schon.“

„Es hätte ihn nur dann geärgert, wenn er davon gewusst hätte.“

„Ja, das leuchtet mir ein.“ Tolvard hielt kurz inne. „Nebenbeschäftigungen sind im Mathe-Department unerwünscht.“

„Bei den Physikern ist das anders?“, fragte McAdams.

„Wir dürfen normalerweise Nebenjobs haben, solange der Institutsleiter es genehmigt, was meist der Fall ist. Er weiß, wie kümmerlich Wissenschaftlergehälter sind und was davon jeden Monat bezahlt werden muss. Ich habe mehrere Beraterjobs. In meinem Fall ist es natürlich einfacher, weil ich eine Professur habe.“ Wieder eine Pause. „Denken Sie, Belforts Tod und der von Eli haben etwas mit ihrem gemeinsamen Projekt zu tun?“

„Wir verfolgen diverse Hypothesen“, sagte Decker knapp.

Tolvard sah auf die Uhr an der Wand. „In zwanzig Minuten fängt mein Kurs an.“

„Natürlich.“ Decker erhob sich. „Vielen Dank, dass Sie sich die Zeit genommen haben, mit uns zu sprechen.“

„Hoffentlich konnte ich Ihnen helfen. Rufen Sie jederzeit an, wenn Ihnen noch etwas einfällt.“

„Das haben Sie. Ich melde mich, falls es noch Fragen gibt.“

Tolvard lächelte. „Sie sind einer der wenigen, die mich nicht gefragt haben, wo mein Name herkommt. Was die Leute eigentlich interessiert, ist die Diskrepanz zwischen meinem Namen und meinem Aussehen.“

„Skandinavischer Name und äthiopisches Gesicht“, sagte Decker. „Mein Schwiegersohn ist Äthiopier. Sie haben ganz charakteristische Züge.“

„Ja, das stimmt. Nur zu, fragen Sie ruhig."

„Wie sind Sie zu dem skandinavischen Namen gekommen?"

„Meine Eltern waren Bauern. Sie, wie auch zahlreiche andere Verwandte, kamen in einer Hungersnot um. Mein älterer Bruder und ich kamen in ein Waisenhaus und wurden von einem wundervollen schwedischen Paar adoptiert, das selbst keine Kinder bekommen konnte. Meine Adoptiveltern waren beide Wissenschaftler. Mein Bruder ist Chemieingenieur. Meine eigentlichen Eltern waren Analphabeten. Also was sagt das über die Natur/Kultur-Debatte und den Einfluss unserer Gene aus?"

„Mir sagt es, dass ihre Eltern ebenfalls Wissenschaftler hätten werden können, wären Sie im selben Umfeld wie Ihre Adoptiveltern aufgewachsen."

„Ja, natürlich. Ich wollte damit wohl sagen, dass ich wegen beider Elternpaare zu dem geworden bin, der ich heute bin. Ein glücklicher Zufall, die richtigen Bedingungen zum richtigen Zeitpunkt. Was macht Ihr Schwiegersohn beruflich?"

„Er ist Kinderkrankenpfleger auf einer Neugeborenenstation und macht gerade noch ein Medizinstudium."

„Wir Äthiopier sind intelligent. Ich sehe mich auch jetzt noch als Äthiopier. Schließlich ist es nicht zu übersehen, wenn ich vor dem Spiegel stehe. Aber meinen schwedischen Eltern bin ich unendlich dankbar. Allein schon, weil sie mir diesen tollen Namen gegeben haben."

KAPITEL FÜNFUNDZWANZIG

Als die erneute Vernehmung von Belforts Nachbarn nichts Neues ergeben hatte, kam Decker um ein Uhr nachmittags zurück ins Revier. McAdams saß auf seinem Platz auf der gegenüberliegenden Seite des großen Schreibtisches, den sie sich teilten. Er hatte die Füße auf den Tisch gelegt und war in ein Buch vertieft.

„Was machst du denn hier?“ Decker klang gereizt. „Du solltest doch lernen.“

„Tu ich doch.“ Tyler hielt ein Fachbuch hoch. „Welche Laus ist dir denn über die Leber gelaufen?“

„Der Ausdruck ist aber ganz schön retro.“

„Auf jeden Fall gehobener, als dich nach dem Stock in deinem Arsch zu fragen ...“

Decker setzte sich. „Keiner von Belforts Nachbarn konnte sich erinnern, etwas Verdächtiges gesehen oder gehört zu haben.“

„Und die Nachbarin nebenan?“

„Jetzt war sie sich auf einmal nicht mehr sicher, ob sie überhaupt etwas gesehen hat. Vielleicht war da gar kein Schatten, es war ja so dunkel. Auf jeden Fall kann sie sich an kein Auto oder das Geräusch eines angelassenen Motors erinnern. Wie kann jemand eine Leiche aus einem nach allen Seiten offenen Garten in den Wald schleppen, ohne dass ihn jemand sieht?“

„Weil's drei Uhr morgens war ...“ Tyler legte sein Buch hin. „Ich hab noch mal nachgedacht. Was ist mit Tolvard?“

„Was soll mit ihm sein?“

„Kannst du dir ihn als Täter vorstellen? Vielleicht wollte sich Belfort in Elis Forschungsprojekt drängen. Vielleicht hat Eli das Tolvard erzählt, und der ist zu Belfort nach Hause gefahren, um sie darauf anzusprechen, und dann ist alles aus dem Ruder gelaufen.“

Decker sah sich die Liste mit Anrufen an, die er während seiner Abwesenheit erhalten hatte. „Seh ich nicht.“

„Warum? Weil er dich an deinen Schwiegersohn erinnert?“

Decker sah konsterniert auf. „Was sollte das jetzt?“

„Ich mein ja nur ...“

„Die Ähnlichkeit mit Koby hat überhaupt nichts damit zu tun. Ich halte Tolvard nicht für den Täter, weil er offen zu uns war. Und zwischen Belfort und ihm gab es keinerlei Anrufe oder E-Mails.“

„Vielleicht haben Sie die Telefone im College benutzt?“

„Klar, man kann immer Wege finden, den anderen zu kontaktieren, aber für mich klingt das nicht logisch. Außerdem hat Tolvard Eli nur geholfen.“

„Behauptet er zumindest.“

„Wieso glaubst du ihm nicht?“

„Bei Tolvard kann ich mich nicht entscheiden. Aber das hält mein Gehirn nicht davon ab, verschiedene Möglichkeiten durchzuspielen. Wie wär’s mit Folgendem: Vielleicht wollte Tolvard Eli das Projekt abspenstig machen. Ein Projekt, das im Erfolgsfall Milliardendollarunternehmen extrem viel Geld wert sein könnte. Vielleicht wollte Belfort Eli vor Tolvard beschützen. Sie ruft ihn an, um drüber zu reden, er kommt vorbei, und dann gerät das Ganze außer Kontrolle.“

„Tja, wenn wir Belforts Verbindungsnachweise hätten, wüssten wir Bescheid. Tolvard behauptet ja, er habe nie bei ihr angerufen.“ Decker spürte, wie er sich aufregte. „Wie lange kann so ein Nachweis dauern? Als ob ich nach der Gutenberg-Bibel gefragt hätte.“

„Wir sind hier nicht in L. A., alter Mann.“

„Für dich immer noch ‚Lieutenant‘“.

„Verzeihung, Sir.“

„Übrigens, vor zwei Tagen sind Elis Verbindungsnachweise gekommen.“

„Hast du mir gar nicht gesagt.“ Tyler blickte säuerlich. „Typisch. Warum geb ich mir überhaupt Mühe?“

„Tut mir leid. Aber du warst gerade beim Lernen, und ich wollte dich nicht stören. Stand auch nichts Aufschlussreiches drin. Eli hat sein Handy kaum benutzt, höchstens für SMS. Aus den Nachweisen geht der Inhalt der SMS nicht hervor, also weiß ich nicht, worum es ging. Am Tag, an dem er starb, hat er mehrere SMS von Mallon erhalten. Das passt zu den SMS, die Mallon uns gezeigt hat, als wir das erste Mal mit ihr gesprochen haben: Sie wollte sich mit Eli zum Mittagessen in der Mensa verabreden. Logischerweise erhielt sie darauf keine Antwort. Dann bin ich die Tage vor dem Selbstmord durchgegangen. Keine SMS oder Anrufe von Rosser, Belfort oder Tolvard. Falls einer von ihnen der Grund für den Selbstmord war, habe ich jedenfalls keinen Beweis dafür gefunden.“

„Und was ist mit den Inhalten der Textnachrichten?“

„Auf die warte ich noch. Dauert noch länger als die Verbindungsnachweise. Vielleicht täusche ich mich, aber ich glaube nicht, dass da was Weltbewegendes drinsteht."

„Ich will gar nicht behaupten, dass Elis Profs irgendwie für seinen Selbstmord verantwortlich waren, aber vielleicht hatten Rosser oder Tolvard was mit Katrinas Tod zu tun, und Eli war der Auslöser. Möglicherweise war Rosser wütend auf Katrina, weil sie Eli in ihre außeruniversitären Projekte mit reingezogen hat. Vielleicht hat sie auch versucht, Elis Forschungsprojekt bei Tolvard zu stehlen, und Tolvard ist stinksauer geworden."

„Alles ist möglich. Wäre hilfreich, wenn wir wüssten, was sich auf Belforts Computer befindet."

Mike Radar kam aus seinem Büro in das Büro der Detectives. „Hallo, die Herren."

„Hi, Mike", begrüßte ihn Decker. „Hattest du Glück bei Katrina Belforts Verbindungsnachweisen?"

„Sind die immer noch nicht da?"

„Nein, ich brauch sie aber dringend."

„Wir hatten doch eine richterliche Anordnung", antwortete Radar.

„Kannst du mal beim Anbieter anrufen, sie sollen mir die Nachweise mailen?", bat Decker.

„Nein, die kommen per Post. Manchmal dauert's einen Tag länger zu uns raus. Ich hab sie ja erst vor ein paar Tagen angefordert."

Decker seufzte. „Ohne die Verbindungsnachweise von Belforts Telefon und ihre E-Mails komm ich nicht weiter. Wie sieht's mit dem Durchsuchungsbeschluss für die Mails vom Server aus? Ich brauche natürlich alles, was auf ihrem Computer ist, aber die Mails wären schon mal ein guter Anfang."

„Darum hab ich mich noch nicht gekümmert, weil der Computerexperte da ist."

„Der scheint aber Probleme zu haben. Langsam wird's frustrierend."

„Wo wir gerade beim Thema sind ..." Radar räusperte sich. „Vor ungefähr zwei Stunden hat er mich angerufen. Liegt seit gestern Abend mit Fieber im Bett. Hat's mit Schmerztabletten versucht, konnte sich aber nicht auf die Arbeit konzentrieren und hatte Angst, aus Versehen was kaputt zu machen. Er versucht's noch mal, sobald er wieder gesund ist."

„Das darf doch nicht wahr sein. Warum holen wir uns nicht einen anderen?“ Decker war ernsthaft genervt.

„Bei dir kommt gerade L. A. durch“, merkte Tyler an.

Radar lächelte. „Geht schneller, wenn wir warten, bis der Mann wieder auf dem Damm ist. Wenn er’s dann immer noch nicht schafft, bitten wir um einen Durchsuchungsbeschluss für die Dateien. Nur zur Information: Belfort hatte mehrere E-Mail-Accounts. Den bei der Uni, aber zusätzlich noch einen bei Gmail, Hotmail und Yahoo, vielleicht auch noch andere. Ich brauche für jeden einen eigenen Durchsuchungsbeschluss, deshalb geh ich damit auch so ungern zum Richter. In der Zwischenzeit hab ich einen Einsatz für dich. Ist zwar kein Mord, aber wir müssen uns trotzdem drum kümmern: Lydia Tucker hat ihr Auto als vermisst gemeldet.“

„Wenigstens nicht noch ein Mord. Wann kam der Anruf?“

„Vor etwa einer halben Stunde.“ Radar reichte Decker die Telefonnotiz mit den Details. „Fahr mal vorbei.“

„Kennst du die Dame?“

„Lydia? Klar, die ist ungefähr neunzig. Ich war schockiert, dass sie überhaupt noch Auto fährt.“

„Vielleicht hat sie nur vergessen, wo sie den Wagen abgestellt hat“, murmelte McAdams.

Radar wandte sich an Decker. „Ganz schön blasiert, was.“ Dann sagte er zu Tyler: „Warten Sie ab, bis Sie vor Ort sind …“

„Hätte doch sein können …“

„Fahr bei Lydia vorbei und nimm die Anzeige auf, Pete. Dann ab nach Hause. Heute ist doch dein kurzer Tag, da musst du nicht auf dem Revier bleiben, wenn nichts weiter anliegt. Denk dran: Das hier war als Teilzeitjob im Alter gedacht.“

„Na gut.“ Decker holte tief Luft. „Falls heute Abend noch was passiert, ruf mich an und sprich mir aufs Band. Falls Belforts Mails und Anruflisten reinkommen, komme ich Samstagabend aufs Revier.“

„Entspann dich, Decker“, sagte Radar. „Das hat Zeit bis Sonntag. Ruh dich ein bisschen aus.“

„Ach ja, hatte ich ganz vergessen, dir zu sagen: Am Sonntag fahre ich nach Manhattan.“

„Prima. Triff dich mit den Kindern, und macht euch einen schönen Tag.“

„Ich fahre hauptsächlich hin, um mit Ryan Belfort, Katrinas Bruder, zu sprechen. Ich dachte, wenn ich selbst komme, erzählt er mir vielleicht mehr als am Telefon. Aber klar, natürlich verbinde ich das mit einem Essen mit den Kindern."

„Alles perfekt durchorganisiert, wie immer. Wie eng war das Verhältnis zwischen Ryan und seiner Schwester?", fragte der Captain.

„Es gab nur noch die beiden. Er stand ihr zumindest so nahe, dass er mir sagen konnte, dass sie als Studentin in Maryland eine Affäre hatte. Den Mann habe ich bereits überprüft: Er ist nach Kalifornien gezogen und war auch dort, als sie umkam. Die beiden haben seit zwei Jahren keinen Kontakt mehr."

„Trotzdem ist die Affäre interessant. Hat es während ihrer Zeit in Greenbury noch andere gegeben?"

„Bislang konnte ich nichts finden, aber so was hält man normalerweise auch geheim … bis es rauskommt. Deshalb will ich ja auch Belforts Verbindungsnachweise, SMS und E-Mails haben. Vielleicht geben die uns einen Anhaltspunkt."

Radar nickte. „Okay. Finde raus, was der Bruder zu sagen hat. Ich spendier dir 'ne Pauschale für Benzin und Verpflegung." Dann wendete er sich an McAdams. „Fahren Sie mit?"

„Ja."

„Brauchen Sie auch Verpflegungsgeld?"

„Ich möchte Ihre Großzügigkeit nicht überstrapazieren, Captain. Spenden Sie meinen Anteil für einen wohltätigen Zweck."

„In diesem Fall dem Polizeirevier."

Decker hielt die Telefonnotiz hoch und tippte mit dem Finger darauf. „Ich schau mal, was ich in puncto Lydia Tuckers Auto ausrichten kann." Er sah Tyler an. „Ruf an, wenn sich was ergibt … zum Beispiel die Verbindungsnachweise. Bis später."

„Soll ich mitkommen?"

„Nicht nötig. Lern lieber weiter. Von deinem Abschluss hängt eine Menge ab."

„Als ob ich das nicht wüsste …"

„Du machst gar keinen nervösen Eindruck."

„Weil ich's nicht *bin*. Ich werd schon bestehen. Vielleicht nicht mit 'nem Summa, aber es wird schon reichen. Mehr brauch ich gar nicht."

„Bewundernswertes Selbstvertrauen. Oder spielst du mir nur was vor?"

„Schau her, alter Mann." Tyler streckte Decker die Hände hin. „Siehst du da auch nur das kleinste Zittern? Ich bin die Ruhe selbst."

Weil er mit dem Lernstoff gut vorankam, entschloss sich McAdams am Samstagvormittag, eine Pause einzulegen. Die Deckers waren gerade beim Morgengottesdienst in der Synagoge. Er stand vom Tisch auf, streckte sich und schaltete sein Handy wieder an. Sofort meldete es sich mit einem eingehenden Anruf. Keine örtliche Vorwahl, was logisch war, denn die meisten Leute, die ihn anriefen, wohnten nicht in Greenbury.

„Tyler."

„Schätzchen, du hast deine Schwester angerufen. Ich bin so stolz auf dich."

„Wer ist das?" Tyler starrte perplex auf sein Telefon. „Iris?"

„Du hast sie sehr glücklich gemacht." Iris Beaufont war dran.

„Wirklich? Das Gespräch hat gerade mal zwei Minuten gedauert."

„Aber die hatten's in sich."

„Schön, dass du stolz auf mich bist. Was gibt's?"

„Mallon Euler."

„Ah, richtig. Dr. Kent hat sich schon gemeldet. Sie hat vorzeitig ihren Abschluss gemacht, um sich am College zu bewerben."

„Jaaa, aber da steckt noch mehr dahinter."

Tyler griff einen Stift. „Ich bin ganz Ohr, Iris."

„Der wahre Grund war eine Spickaffäre."

„Oh." Schweigen. „Mallon hat geschummelt?"

„Ich muss weiter ausholen: Am Ende der zehnten Klasse gab es vier Mädchen, die alle dasselbe in ihrer Geschichtsarbeit geschrieben hatten. Mallon, Mackenzie sowie deren Freundinnen Misha und Ellen. Alle hatten dieselben richtigen, aber auch dieselben falschen Antworten."

„Ziemliche Leistung."

„Irgendwas war faul an der Sache. Wie die's wohl geschafft haben, voneinander abzuschreiben … Keine Ahnung. Vielleicht Handzeichen. Die Kids heutzutage kennen alle Tricks. Wie dem auch sei, der Lehrer, Dr. Kalish … Kannst du dich an den erinnern?"

„Rappeldürrer Mann mit polnischem Akzent. Wieso hat der denn amerikanische Geschichte unterrichtet? Ist er nicht Chemielehrer?"

„Mrs. Mallard war im Mutterschutz. Wir hatten nicht genügend Lehrkräfte, und ich glaube, er ist auch nur während der letzten sechs Wochen eingesprungen. Dumm ist er nicht, unser Dr. Kalish. Sobald er die Arbeit korrigiert hatte, wusste er, dass jemand betrogen haben musste. Aber er war so schlau, die Mädchen nicht direkt darauf anzusprechen. Stattdessen bat er sie der Reihe nach zu sich und teilte ihnen mit, sie stünden zwischen Eins und Eins minus. Also würde er ihnen jetzt ein paar Fragen stellen, um ihnen die Chance auf die bessere Note zu geben."

„Clever. Wer konnte die Fragen beantworten?"

„Mallon natürlich. Die anderen haben von ihr abgeschrieben, sie hatte gar nichts damit zu tun. Also hat sie die Eins gekriegt, womit sich die Sache eigentlich erledigt hätte haben sollen, wie wir annahmen."

„Was ist mit Mackenzie und den anderen beiden passiert?"

„Mein Lieber, du weißt doch, wer ihre Eltern sind."

„Also gar nichts."

„Die drei haben hoch und heilig geschworen, nicht abgeschrieben zu haben. Die Antworten waren die gleichen, weil sie zusammen gelernt hatten. Und weil niemand das Gegenteil beweisen konnte, wurde die Sache fallen gelassen. Was ja auch nicht weiter schlimm war, denn Mallon konnte dank der Dummheit der anderen sogar ihre Note verbessern. Alle waren glücklich. Das dachte zumindest die Verwaltung. Irgendwie kriegte Mallon Wind davon, worum es bei der mündlichen Prüfung eigentlich gegangen war, und ärgerte sich furchtbar, dass Mackenzie, Ellen und Misha ungeschoren davongekommen waren. Nach Aussagen ihres Vertrauenslehrers fing sie an, ziemlich viele Fragen zu stellen. Sie war hartnäckig … mit anderen Worten, sie ließ nicht locker."

„Was hat man ihr als Gegenleistung für ihr ‚Entgegenkommen' angeboten?"

„Scharfsinnig wie eh und je, mein Lieber. Man bot ihr an, sie vorzeitig ihren Abschluss machen zu lassen. Da sie Probleme mit den anderen Schülerinnen hatte und zudem sehr intelligent war, war das für sie die beste Lösung."

„Sie hat ihren Abschluss mit fünfzehn gemacht?"

„Mit sechzehn. In Mathe und den anderen Naturwissenschaften war sie den anderen ohnehin weit voraus, und die Schule hat ihr Privatunterricht bei ihr zu Hause bezahlt, um auch den Rest des geisteswissenschaftlichen Lehrstoffs abzudecken. Nach dem, was mir zu Ohren gekommen ist, war Mallon begeistert. Wir haben ihr die allerbesten Empfehlungsschreiben mitgegeben, und Kneed Loft bot ihr einen Platz sowie ein Vollstipendium an. Da war sie erst siebzehn."

„Und was hat sie im Jahr dazwischen gemacht?"

„Die Schule hat sie als Tutorin für den Universitätseignungstest angestellt, was ihrem Intelligenzquotienten auch eher entsprach. Außerdem wollte man damit beweisen, dass man nicht nachtragend war. Wir sind sehr darauf bedacht, unsere Ehemaligen zu unterstützen."

„Jetzt sag nicht, Mallon hat Mackenzie, Misha und Ellen auf den Test vorbereitet."

„Und wie ich hörte, haben die Mädchen sehr gut abgeschnitten."

„Schön zu wissen, dass noch alles beim Alten ist …"

„Ach Tyler, das sind doch nur die üblichen, als Sorge um akademische Belange getarnten Machtspielchen. Vermutlich kommt so was ständig vor, wenn du bei der Arbeit mit den fünf Colleges zu tun hast."

„Für die arbeite ich nicht, Iris."

„Aber Greenbury ist eine Universitätsstadt, und die Schulverwaltung hat überall ihre Finger drin. Hadere nicht mit deiner Alma Mater, schließlich hat sie dich zu dem gemacht, was du bist. Hast du übrigens mal darüber nachgedacht, ob du den Schülern einen Vortrag über deine Arbeit halten willst? Bei der Polizei, nicht als Jurastudent."

„Ich stecke mitten in den Prüfungen."

„Wie wär's mit den Frühjahrsferien?"

„Da habt ihr keine Schule."

„Oh, du hast recht. Dann mach's doch direkt danach. Ich muss dich ja wohl nicht an den Gefallen erinnern, den ich dir gerade getan habe."

„Okay. Ich werde den Schülern was über die Polizeiarbeit erzählen. Und die nötige Glaubwürdigkeit bringe ich auch mit, schließlich wurde ich angeschossen."

Betretenes Schweigen. „Davon hatte ich gehört. Falls es dich noch zu sehr belastet, darüber zu sprechen …"

„Nein, alles gut, Iris. Ich hätt's gar nicht erwähnen sollen. War nur 'ne blöde Stichelei."

„Hat es wehgetan?“

McAdams musste lachen. „Klar hat’s wehgetan! Den Vortrag halte ich als einen Gefallen für dich, Iris.“

„Langsam verstehst du, wie’s funktioniert, Tyler: Eine Hand wäscht die andere.“

„Soll mir recht sein, solange mir die Seife gefällt.“

KAPITEL SECHSUNDZWANZIG

Am Sonntagmorgen kurz vor Sonnenaufgang hatte Rina alles Gepäck im Auto verstaut. Sie schlug den Kofferraum zu, drehte sich um – und wäre fast mit Mallon Euler zusammengestoßen. Die junge Frau war von Kopf bis Fuß warm eingepackt, zitterte aber trotzdem vor Kälte.

„Jetzt sagen Sie nicht, Sie sind nur zufällig hier vorbeigekommen."

„Ich bin gerade auf dem Weg ins Bagelmania. Die machen um sechs auf."

„Das liegt in die andere Richtung." Als Mallon nicht antwortete, sagte Rina: „Kommen Sie rein und wärmen Sie sich auf. Hier draußen muss es minus zehn Grad sein."

„Wo fahren Sie denn hin?"

Rina ging zum Haus zurück, öffnete die Tür und ließ Mallon den Vortritt. „Nach Manhattan, wir besuchen die Familie."

„Kann ich mitkommen? Nicht zu Ihrer Familie natürlich. Ich will nur raus aus Kneed Loft, mittlerweile ist es mir da unheimlich."

McAdams blieb wie angewurzelt stehen, als er Mallon entdeckte. „Was machst du denn hier?"

Sie hatte Tränen in den Augen. „Du musst mich langsam echt für 'ne Stalkerin halten."

„Äh, schon."

Jetzt liefen Mallon die Tränen. „Tut mir leid, ich bin total neben der Spur."

Decker trat hinzu. „Hallo, Mallon, was ist los?"

„Sie will mit uns nach Manhattan fahren", sagte Rina.

„Wenn's um Elis Aufzeichnungen geht, lautet die Antwort immer noch: Nein, Sie dürfen Sie nicht haben."

„Nein, darum geht's gar nicht. Ich will nur weg vom College. Alle starren mich an, als hätte ich was mit Dr. Belforts Tod zu tun."

„Und haben Sie?"

„Nein!" Mallon wischte sich mit dem Jackenärmel die Tränen ab. „Nein, natürlich nicht."

„Können Sie in Manhattan denn irgendwo unterkommen?"

„Ich kann an der Columbia lernen, die haben eine Mathebibliothek. Und ich glaube, die Butler Library ist auch durchgehend geöffnet."

Niemand unterbrach sie. „Ich will einfach mit Leuten zusammen sein, denen ich vertraue. Zumindest mehr oder weniger."

„Mehr oder weniger... Ist ja nicht gerade ein Vertrauensvotum."

„Peter, hilfst du mir bitte kurz in der Küche?", sagte Rina.

Decker versuchte, Rinas Gesichtsausdruck zu deuten. „Klar doch."

Nachdem er die Küchentür hinter sich geschlossen hatte, sagte Rina: „Wenn sie wirklich Angst hat, kann ich verstehen, dass sie sich an dich und Tyler heftet. Und falls sie nur so tut, wäre es trotzdem besser, sie im Auge zu behalten."

„Glaubst du denn, sie tut nur so?"

„Ich weiß es nicht. Aber wäre es denn so schlimm, sie mitkommen zu lassen?"

„Immerhin ist sie nach wie vor eine Verdächtige. Wer weiß denn, ob sie nicht vorhat, abzuhauen?"

„Während sie bei dir im Auto sitzt?"

Jetzt kam McAdams zu ihnen herein. „Falls es fifty-fifty steht, stimme ich mit Nein."

„Da hast du's, Rina. Du bist überstimmt."

„Hast du mir nicht eben erst erzählt, dass man sie an eurer alten Schule unfair behandelt hat, Tyler?", fragte Rina.

„Sie durfte vorzeitig ihren Abschluss machen, hat die allerbesten Empfehlungsschreiben fürs College gekriegt und obendrein noch einen bezahlten Job."

„Es klang aber so, als hätte sie sich all das hart erarbeiten müssen."

„Wie die meisten anderen auch", kommentierte Decker.

„Ach, jetzt seid doch nicht so hartherzig, Jungs."

„Es wäre einfach unprofessionell."

„Wir sind hier nicht in L.A., Peter, niemand zeigt dich bei der Dienstaufsicht an."

„Wenn sie mitfährt, setz ich mich definitiv nicht neben sie", sagte Tyler beleidigt.

„Dann setz ich mich eben zu ihr nach hinten", sagte Rina. „Wo wohnt eigentlich Dr. Belforts Bruder?"

„In Brooklyn. Die Columbia liegt ganz woanders."

„Dann setz sie doch an der NYU ab."

Decker ließ Rina schmoren, schließlich sagte er: „Aber sie kommt *nicht* mit zum Abendessen."

„Einverstanden. Und bevor wir wieder nach Greenbury fahren, könnten wir sie wieder abholen."

Decker schüttelte genervt den Kopf. „Warum musst du dich eigentlich immer um Streuner und schräge Typen kümmern?"

„Keine Ahnung. Ich muss wohl ein Herz für Außenseiter haben."

„Manchmal sind die das aber aus gutem Grund."

„Hast ja recht." Rina zuckte die Achseln. „Deine Entscheidung."

Decker seufzte. „Was spricht *dafür*, dass wir Mallon mit nach New York nehmen?"

„Vielleicht kann sie euch die neuesten Gerüchte erzählen … ihr könntet vielleicht was Neues erfahren."

Decker sah zu McAdams hinüber. „Was meinst du?"

„Normalerweise würde ich Nein sagen, aber Rina liegt meistens richtig mit ihren Vermutungen."

„Schön, wir nehmen sie mit." Decker verdrehte die Augen. Dann sagte er zu Tyler: „Sag ihr, sie kann mitkommen, aber mach ihr klar, was die Spielregeln sind."

„Wie zum Beispiel?"

„Sie soll ja nicht versuchen, uns Informationen zu entlocken. Ich werde wirklich sauer, wenn sie das versuchen sollte. Wenn sie nicht einverstanden ist, kann sie dableiben."

„Aber verpack's etwas freundlicher, Tyler", sagte Rina.

„Das steht aber nicht in meiner Jobbeschreibung …", grummelte Tyler und verließ die Küche.

Decker drehte sich zu Rina um. „Hoffen wir mal, dass sie keine tödlichen Waffen dabeihat."

„Tyler kann sie ja vorher abtasten."

„Gute Idee. So nah ist er 'ner Frau schon lange nicht mehr gekommen. Beschwert sich ja ständig, dass er keine abkriegt …"

„Was ist eigentlich los mit dir?"

Decker holte tief Luft. „Sorry."

„Du musst dich nicht entschuldigen, nur weil du schlechte Laune hast. Du bist gerade erst aufgestanden und hattest noch keine zweite Tasse Kaffee. Aber ich frage mich, ob dich irgendwas beschäftigt."

„Nein, alles bestens."

„Ist es nicht, macht aber nichts. Es kann einem nicht immer nur gut gehen. Aber bitte versuch, deinem Unmut nicht vor Tyler Luft zu machen."

„Ja, war nicht so toll." Decker schenkte sich eine weitere Tasse Kaffee ein. „Ich verfalle langsam wieder in meine alten Job-Angewohnheiten." Er dachte nach. „Ich will nicht, dass du einen schlechten Eindruck von mir hast, ständig gestresst und so."

„Wenn's doch stimmt?" Rina, die vor ihm stand, legte ihm die Hände auf die Schultern. „Mensch, bist du verspannt!" Sie knetete ihn kurz durch.

„Das tut gut, danke."

„Gern geschehen." Sie tätschelte ihn und ließ die Arme sinken. „Hör mal, Peter, ich verspreche dir, dass ich mich nicht mehr darüber aufrege, dass du ein Workaholic bist, wenn du mich in Ruhe Streuner einsammeln lässt. In unserem Alter haben wir eben unsere Macken, und basta."

„Klar, warum nicht. Zum Schabbes-Essen kannst du einladen, wen du willst."

„Auch den Obdachlosen, der immer vorm Frozenfest Yogurt steht?"

„Nein, der darf nicht mit. Der riecht komisch."

„Aber ich darf ihm was zu essen kaufen?"

„Ab und zu."

„Also abgemacht?"

„Abgemacht."

Auf der Fahrt nach New York sagte Mallon: „Ich habe gehört, Sie haben mit Lennaeus Tolvard gesprochen." Als niemand darauf einging, ergänzte sie: „Das war keine Frage, sondern eine Feststellung."

Decker bog auf den Highway ab. Er und Tyler saßen vorne. „Hat sich ja schnell rumgesprochen.

„Kleine Uni."

„Hör ich immer wieder. Was haben Sie noch gehört?"

„Ich dachte, wir sollen keine Fragen stellen."

„Nicht ganz. Sie stellen keine, wir schon."

„Das find ich nicht fair."

„Das Leben ist hart, aber ungerecht, Kleine."

„Auch egal. Ich hab gar keine Fragen. Danke, dass Sie mich mitnehmen."

„Gern geschehen. Das war Rinas Idee."

„Dachte ich mir." Mallon lächelte. „Haben Sie schon vom großen Showdown gestern Abend gehört?"

„Wie bitte?“, fragte jetzt Tyler, der vorne neben Decker saß.

„Rosser vs. Tolvard. Die sind tatsächlich handgreiflich geworden. Die Wachleute mussten einschreiten.“

Tyler drehte sich abrupt zu ihr um. „Details bitte?“

„Ist gestern gegen zwanzig Uhr in der Mensa passiert. Ich hab dir ’ne SMS geschickt und danach versucht, dich anzurufen, aber es war nur die Mailbox dran.“

Tyler holte sein Handy aus der Tasche und verzog das Gesicht. „Ich hab gelernt und vergessen, es wieder anzuschalten.“

„Was war los, Mallon?“, fragte Decker.

„Anscheinend hat Rosser von Ihrem Besuch bei Tolvard erfahren, als Sie nach Eli gefragt haben und was er studiert hat. Jedenfalls, als ich mich mit ihm getroffen habe, war er stinksauer.“

„Wer, Rosser?“

„Nein, Tolvard. Rosser hatte ihn angerufen, und die beiden haben sich richtig in die Haare gekriegt. Hatte ich schon erwähnt, dass Tolvard sich bereit erklärt hat, mich zu betreuen?“

„Nein.“ McAdams holte einen Block heraus und fing an, sich Notizen zu machen. „Wann war das?“

„Freitag.“

„Und Rosser war einverstanden?“

„Das war einer der Gründe für den Streit. Ich bin ja die ganze Zeit von Professor zu Professor rumgereicht worden. Tolvard wollte mich nehmen, aber Rosser hat sich geweigert, sein Einverständnis zu geben, weil Tolvard kein Matheprofessor ist. Also hat Tolvard sich wegen der besonderen Umstände an den Dekan gewendet. Außerdem hat er sofort kapiert, worum’s in meiner Abschlussarbeit geht. Der Dekan hat Ja gesagt.“

„Dekan? Nicht Dekanin Zhou?“

„Nein, die ist zuständig für Unterbringungsfragen und studentische Belange, also Wohnen, persönliche Probleme, Krankheit, Beurlaubungen, all das. Tolvard ist zu Dekan Crane, also Malcolm Crane, dem Studiendekan, gegangen, und der war einverstanden. Rosser ist total ausgerastet: Kam in die Mensa gestürmt, wo Dr. Tolvard und ich uns gerade über meine Arbeit unterhalten haben, und fing an, ihn anzubrüllen. Total abgefahren!“

„Was genau ist da abgelaufen?“, hakte Tyler nach.

„Rosser hat getobt. Hat Tolvard immer wieder beschuldigt, ihm seine Studenten zu stehlen, erst Eli und dann mich. Und dass er ihm Elis Forschungsprojekt vorenthalten würde und alles, was Eli mit Tolvard gemacht hat, ihm gehört. Dann wurde auch Tolvard laut, hat geschrien, dass Rosser nicht in der Lage ist, ein Department zu leiten, und seit Urzeiten nichts mehr veröffentlicht hat. Da standen sie sich schon ganz dicht gegenüber, und dann fing das Geschubse an. Ging wild hin und her, ein Stuhl und ein Tisch wurden umgestoßen, und überall auf dem Boden lag Essen rum. Am Ende haben beide gesagt, der andere hätte angefangen. Ganz unter uns: Tolvard hat Rosser zuerst geschubst, was ich den Wachleuten natürlich nicht gesagt habe. Rosser ist ein Arschloch." Mallon drehte sich zu Rina um. „'tschuldigung."

„Und nachdem die Wachleute die beiden getrennt hatten?"

„Ist Rosser davongestürmt. Ich hab gehört, dass die beiden zu Dekan Crane mussten. Keine Ahnung, was da besprochen wurde, aber zwei Stunden später hat Tolvard mich angerufen. Sowohl er als auch Dekan Crane sind der Meinung, es wäre das Beste für mich, wenn ich ins Physikdepartment wechsle. Ich würde einen BA-Abschluss in Mathe *und* Physik bekommen, dafür müsste ich aber in der Summer School vier Physikkurse belegen, um die notwendigen Scheine zu bekommen. Die gute Nachricht ist, die Uni würde mein Stipendium verlängern. Ich müsste allerdings auch eine Abschlussarbeit in Physik schreiben, worüber ich auch nicht gerade begeistert bin. Ich wusste nicht, was ich als Thema nehmen sollte, aber dann hat Tolvard gesagt, ich kann Elis Projekt übernehmen, sobald er die Erlaubnis des Dekans hat, damit Rosser nicht behaupten kann, es gehört ihm, was nicht stimmt. Deshalb will ich Elis Aufzeichnungen gar nicht mehr von Ihnen haben, weil sobald der Dekan zustimmt, gibt Tolvard mir alles, woran Eli gearbeitet hat."

„Fantastisch", sagte Decker leicht benommen.

„Ich wollte also wirklich nur mitfahren, weil ich langsam Angst kriege, speziell nach gestern Abend. Wollen Sie wissen, was ich glaube?"

„Unbedingt."

„Ich glaube, Rosser ist gestört genug, um Dr. Belfort ermordet zu haben. Bis gestern Abend hab ich gedacht, er ist einfach nur ein Idiot, aber jetzt bin ich mir nicht mehr so sicher. Ich würde auf keinen Fall mit ihm allein sein wollen, nicht mal in seinem Büro. Er ist vollkommen durchgeknallt."

„Und Tolvard?“, fragte McAdams. „Du hast gesagt, der hat mit dem Schubsen angefangen.“

„Ihm ist doch praktisch keine andere Wahl geblieben. Als ich danach mit ihm gesprochen habe, war er ganz ruhig. Wir treffen uns am Montag bei ihm im Büro, es sei denn, Sie verdächtigen ihn wegen irgendwas. Dann wart ich ab, bis Sie das geklärt haben, denn wie schon gesagt, Detective Decker, ich hab keine Ahnung, wem ich auf dem College überhaupt vertrauen kann. Wir laufen alle mit dieser Paranoia rum, die aber eigentlich gar keine ist, weil Dr. Belfort wirklich ermordet wurde.“

Mallon drehte sich jetzt zu Rina.

„Ist noch Kaffee da?“

„Meinst du wirklich, du brauchst noch Koffein?“, fragte Tyler.

„Sehr witzig. Ich bin so hibbelig, weil, wer wäre das nicht nach so was. Außerdem hab ich kaum geschlafen. Ich brauch was, um wachsam zu bleiben.“

„Kaffee macht Sie nur noch nervöser“, sagte Rina. „Machen Sie doch die Augen zu und ruhen Sie sich ein bisschen aus. Wir fahren noch eine ganze Weile.“

„Ich bin aber nicht müde.“

„Versuchen Sie's mal.“

„Okay, warum nicht.“ Mallon nahm ihren Rucksack aus dem Fußraum vor sich, nahm ihr Handy heraus, stöpselte Kopfhörer ein und steckte sie sich ins Ohr. Dann ließ sie sich gegen die Rücklehne sinken und schloss die Augen. Zehn Minuten später schlief sie tief und fest.

McAdams fragte Decker: „Was hältst du von der Sache?“

„Wissenschaftler sind allesamt durchgeknallt.“

„Hätte ich dir gleich sagen können. Und Rosser als …“ Tyler sprach noch ein wenig leiser. „… Hauptverdächtiger?“

„Er ist zumindest nicht klein.“ Decker antwortete ebenfalls im Flüsterton. „Vermutlich kräftig genug, um alleine eine Leiche bergauf in den Wald zu schleppen. Die Spurensicherung hat in Belforts Haus etliche Fingerabdrücke gefunden. Mich interessieren besonders die Türgriffe, über die jemand drübergegangen ist, ohne sie komplett abzuwischen. Interessant, dass jemand sich die Mühe gemacht hat, die Fingerabdrücke unkenntlich zu machen, sie aber nicht ganz entfernt hat.“

„Jemand mit Köpfchen.“

„In hohem Maße. Jetzt kommt's: Sie haben einen Teilabdruck an dem Beistelltisch gefunden, wo die Haare und das Blut herstammen. Ich habe schon versucht, den Abdruck zu vergrößern, damit er besser zu erkennen ist, aber möglicherweise geht's nicht besser. Morgen nehme ich die Abdrücke von unseren Verdächtigen, Rosser, Batra, Weissberg, Tolvard, Ferraga …"

„Was hat der denn damit zu tun?"

„Vielleicht gar nichts. Aber er war in Elis Betreuungsausschuss."

„Und unser kleiner Sonnenschein auf der Rückbank?"

„Ihre auch. Was ist mit Dekanin Zhou? Ist die schon von ihrer Konferenz zurück?"

„Ich schau grad, ob sie mir gesimst oder draufgesprochen hat … Oh, da ist was. Gestern Abend um neun hat sie geschrieben, dass sie wieder da ist, sich aber nicht treffen kann, weil sie zu einer Krisensitzung mit Dekan Crane und der Verwaltung muss."

„Lass dir ihr Alibi für den Abend und die Nacht geben, in der Katrina umkam, damit wir sie als Verdächtige ausschließen können."

„Sie war auf einer Mathekonferenz. In Atlanta, glaube ich."

„Überprüf das. Nimm die Aussagen von Zeugen auf, die sie vor Ort gesehen haben."

„Glaubst du, Zhou hatte was mit der Sache zu tun?"

„Nicht zwangsläufig. Wir müssen nur mit allen reden."

„Ich ruf sie an." McAdams tippte die Nummer ein. „Hallo, Dekanin Zhou? Hier spricht Detective Tyler McAdams. Entschuldigen Sie die frühe Störung, aber … ja, ich habe von dem Vorfall gehört … wie unglücklich … okay … ja … gut, aber ich würde trotzdem gerne mit Ihnen sprechen … nein, heute klappt's bei mir auch nicht. Ginge es morgen? … Ja, zwölf passt gut. In der Zwischenzeit würde ich gerne mit Leuten sprechen, die Sie auf der Konferenz gesehen haben, nur als Bestätigung, dass … nein, reine Routinesache. Nur um Sie als Verdächtige ausschließen zu können… Moment bitte."

Tyler riss ein Blatt Papier von seinem Block.

„Könnten Sie das bitte buchstabieren? … Natürlich können Sie mir eine SMS schicken, aber falls ich gerade im Funkloch sein sollte, könnten Sie mir nur schnell die Namen durchgeben … James Wallach und Ralph Kidder … Alf Kidder. Haben Sie die Telefonnum… Ja, schicken Sie mir die ruhig per SMS. Sonst noch jemand?… Mary Michelson.

Vielen Dank. Ach, wegen der Sache gestern Abend: Was kam dabei raus? ... Ich meine, wem gehört welches Forschungsprojekt? ... ja, verstehe. Hat mich einfach nur interessiert. Weil wir's ja mit einem Selbstmord und vermutlich auch einem Mord zu tun haben... Ich weiß noch nicht, ob der Streit relevant ist. Momentan sammle ich nur die Fakten ... danke ... und Sie schicken mir noch die Num...“

McAdams sah ungläubig auf sein Telefon.

„Sie hat aufgelegt. Wollte nicht, dass ich meine Nase in ‚Uniangelegenheiten‘ stecke.“

„Umso wichtiger, ihr Alibi zu überprüfen. Und sie war eine der Ersten, die Elis Aufzeichnungen sehen wollten. Hat auch ganz schön gedrängelt.“

„Meinst du, Zhou hat auch bei Belforts Nebenjob mitgemacht?“

„Vielleicht. Vielleicht aber auch nicht, und sie wollte ein Stück vom Kuchen abhaben.“

Rina lehnte sich zu den beiden Männern nach vorn. „Oder sie hat Mallons Zimmer nach den versteckten Unterlagen durchwühlt.“

„Rina, sie war gar nicht in Greenbury, außerdem ist sie Chinesin.“

„Woher weißt du, dass sie tatsächlich weg war, und hast du noch nie was von Schminke und Perücken gehört?“ Als Decker nicht antwortete, fragte Rina: „Ist Zhou zierlich?“

„Ist sie“, presste Tyler sich ab.

„Ihr wolltet doch einen Namen für die mysteriöse Unbekannte. Dann seid gefälligst nicht sauer, wenn ich einen Vorschlag mache.“

Decker seufzte. „Du hast recht, der Vorschlag war gut. Nur unerwartet. Ich habe eine ganze Liste mit Verdächtigen, aber keine stichhaltigen Beweise. Ryan Belfort wird bestimmt nicht gefallen, wie langsam wir mit der Ermittlung vorankommen.“

„Ihr seid erst seit zwei Tagen dran, Peter.“

„Nein, seit vier. Und es ist sieben Tage her, dass Eli sich umgebracht hat. Gott hat die Welt in sieben Tagen erschaffen, da sollte man doch annehmen, ich kann in derselben Zeit einen popeligen Fall lösen.“

„Du kannst keine Wunder vollbringen, Peter. Du bist nicht Gott.“

„Als ob ich das nicht wüsste.“

KAPITEL SIEBENUNDZWANZIG

Sobald sie New York erreicht hatten, ging Decker im Kopf genau durch, wie er fahren musste, da jeder an einem anderen Ort abgesetzt werden wollte. Tyler war der Erste, und zwar am Apartment seiner Stiefgroßmutter in der schicken Park Avenue. Die Straße war dreispurig, und in den entsprechenden Monaten war der Mittelstreifen mit Blumen bepflanzt. Unter der Schneedecke wuchs dort momentan nichts, nur hier und da stand eine schmelzende Eisskulptur. Wie üblich staute sich der Verkehr, und das obligatorische Hupkonzert führte zu nichts weiter als einer Erhöhung des ohnehin schon beträchtlichen großstädtischen Geräuschpegels. Decker hielt am Bordstein vor dem Gebäude. Der livrierte Portier kam herausgeeilt, öffnete die Beifahrertür, begrüßte Tyler so überschwänglich, als sei er soeben von einem Militäreinsatz heimgekehrt, und nahm ihm sofort seine kaum gefüllte Aktentasche ab.

„Herzlich willkommen, Mr. McAdams."

„Danke, Martin. Wie geht's Ihnen?"

„Mal so, mal so. Wie's eben so ist."

„Also alles beim Alten."

„Ganz genau, Mr. McAdams."

Tyler war ausgestiegen und steckte den Kopf in das offene Fenster auf der Beifahrerseite. „Rufst du mich später an, Decker?"

„Ja. Aber lern auch was in der Zwischenzeit."

„Wird sich leider nicht vermeiden lassen: keine Ablenkung." Er klopfte zum Abschied auf die Motorhaube und ging Richtung Eingang, in seinem Kaschmirmantel mit Pelzkragen das Inbild des Wohlstands.

Decker reihte sich wieder in den zäh fließenden Verkehr ein und fuhr in südlicher Richtung davon.

Mallon stöhnte genervt. „War ja klar", war ihr einziger Kommentar.

„Reichtum ist keine Schande", sagte Rina.

„Haben Sie gesehen, wie der Portier angeflitzt kam, damit Tyler nur ja nicht seine eigene Aktentasche tragen muss?"

„Das ist sein Job, und das Geld ist redlich verdient."

„Als professioneller Arschkriecher."

„Da liegen Sie falsch. Die und die Hausmeister sind das, was diese noblen Apartmenthäuser zusammenhält. Ohne sie sind die Bewohner hilflos. Wirklich, das ist kein einfacher Job."

Mallon schwieg.

„Vielleicht bin ich auch voreingenommen, aber mir gefällt die Uniform", fuhr Rina fort. Ich kenne Fotos vom jungen Detective Decker in Uniform. Sah toll aus."

„Da werd ich ja ganz rot", sagte Decker.

„Sie waren mal Portier?"

Rina musste lachen. „Nein, ich meine seine Polizeiuniform."

„Ach so." Mallon klang nicht sonderlich begeistert. „Wann war das, in den Sechzigern?"

„Frühe Siebziger. So alt bin ich auch wieder nicht. Aber damals herrschte immer noch großer Aufruhr im Land", antwortete Decker.

„Wegen des Vietnamkriegs?"

„Ja."

„Haben Sie die Demonstranten zusammengeschlagen?"

„Sie haben ein Talent für Formulierungen, Mallon."

„Na ja, es gab doch viele Demonstrationen, bei denen Leute zusammengeschlagen wurden."

„Ja, es gab ein paar Verletzte. Aber die meisten wurden nur festgenommen und ein paar Stunden später wieder freigelassen."

„Warum wurden sie dann festgenommen?"

„Chaotische Zustände auf den Straßen zu dulden ist keine gute Idee, Mallon. Auch wenn die Gegenmaßnahmen noch so sinnlos erscheinen. Weil dann nämlich noch mehr Leute verletzt werden." Decker bog auf die Fifth Avenue und fuhr weiter in Richtung Downtown Manhattan. „Mir tut ihr jungen Leute heutzutage leid. Ihr versucht verzweifelt, die Sechziger wieder aufleben zu lassen, aber es haut einfach nicht hin. Noch mal zu Ihrer Frage: Nein, ich habe nie jemanden zusammengeschlagen."

„Aber festgenommen."

„Eine Handvoll Spinner … Inklusive meiner Exfrau."

„Seine Exfrau ist nett, das klang jetzt nur komisch", sagte Rina.

„Wenn du das sagst …", brummte Decker.

Rina beugte sich vor und knuffte ihren Mann in die Schulter.

„Wollten Sie schon immer Polizist werden?", fragte Mallon.

„Es war nicht mein Kindheitstraum, aber nach der Armee bot es sich an."

„Sie waren Soldat?"
„Ja."
„Hat es Ihnen gefallen?"
„Gefallen? Nein, natürlich nicht, ich hab's gehasst. Es war ein brutaler, blutiger Albtraum von Anfang bis Ende. Ich wurde eingezogen. Wo ich herkomme, leistete man seinen Wehrdienst, wenn der Befehl kam."
„Tut mir leid, dass ich davon angefangen habe." Mallon klang geknickt.
„Kein Problem, das gehört zu meiner Vergangenheit. Obwohl Krieg war, merkte man, dass die Vietnamesen eigentlich ganz nett waren. Wenn sie einen nicht gerade aus dem Hinterhalt erschießen wollten. Rina und ich haben letztes Jahr eine Vietnam-Rundreise gemacht. Kaum wiederzuerkennen, das Land. Wir haben die Reise sehr genossen. Ich habe immer meine paar Brocken Vietnamesisch vorgekramt, und alle haben sich kaputtgelacht. Damals habe ich meinem Land gedient, ein Land, auf das ich sehr stolz bin. Ich bin mit Leib und Seele Amerikaner. Aber als ich dann wieder in Vietnam war, konnte ich überhaupt nicht mehr nachvollziehen, was wir damals eigentlich dort gemacht haben. Mit den Jahren ... sieht man die Dinge anders."
„Und Sie, Mrs. Decker?", fragte Mallon.
„Was meinen Sie?"
„Was ist Ihre Geschichte?"
„Ach, erzählen Sie doch erst, Mallon."
„Da gibt's eigentlich nichts zu erzählen. Meine Eltern haben sich scheiden lassen, als ich sieben war. Mein Vater ist jetzt Matheprofessor in Leipzig, und meine Mutter ist die ganze Zeit depressiv. Ich habe eine Schwester, die ist zwei Jahre jünger und viel intelligenter als ich. Sie ist fast Autistin. Sie studiert in Berkeley, und vermutlich kommt sie auch nicht wieder zurück an die Ostküste. Die lieben sie da drüben. Sie hat nicht nur sich selbst gefunden, sondern auch Leute, die genauso sind wie sie."
„Haben Sie Kontakt?"
„Wir mailen uns."
„Gut so. Familie ist wichtig."
„Sagen immer alle ... Jetzt sind Sie dran, Mrs. Decker."
„Ich bin eine waschechte Kalifornierin. In Beverley Hills aufge-

wachsen, das damals noch viel protziger war als heute. Wir hatten ein Zweifamilienhaus, wir oben, unten meine Tante und mein Onkel mit den beiden Kindern. Mein Vater hatte acht Geschwister. Er und sein Bruder waren die Einzigen, die den Holocaust überlebt haben."

Mallon biss sich auf die Lippe. „Wow, ich meine, tut mir leid. Hätte ich lieber nicht fragen sollen?"

„Im Gegenteil. Ich hatte eine schöne Kindheit. Unser Haus war im spanischen Stil erbaut, rote Dachziegel und Panoramafenster mit Schmuckelementen aus Buntglas. Es hatte einen schönen alten Dielenfußboden und aus der Erbauungszeit stammende Einbauschränke, aber keine Klimaanlage. Im Sommer haben wir geschwitzt, besonders im oberen Stockwerk, Hitze steigt ja bekanntlich nach oben. Irgendwann starb dann mein Onkel, und das Haus wurde verkauft. Da verdiente mein Vater bereits gut, und als ich im letzten Jahr auf der Highschool war, zogen wir in ein wundervolles Haus im glamourösen Teil von Beverly Hills. Zu dem Zeitpunkt war ich schon so religiös, dass ich mit dem ganzen materiellen Kram nichts zu tun haben wollte, dummes Huhn, das ich war. Die meisten Teenager haben Poster von Rockstars an der Wand. Ich hatte Kaninchen. Hat meine Eltern zur Verzweiflung getrieben, was wohl Sinn der Sache war."

„Was hat Ihr Vater beruflich gemacht?"

„Er hatte eine Glasinstallationsfirma und war einer der ersten Händler in L. A., die Duschkabinen aus Glas ins Sortiment genommen haben. Armer Papa, er hat immer so viel gearbeitet. Ich habe ihn damals kaum gesehen, außer am Samstagmorgen, wenn wir zusammen in die Synagoge gegangen sind. Er sah immer so schick aus in seinen feinen Sachen." Rina kamen die Tränen.

„Ist er tot?" Mallon hielt inne. „Zu persönlich?"

„Nein, er lebt noch, aber gesundheitlich geht's ihm nicht gut. Allerdings ist er auch schon sechsundneunzig. Meine Mutter mit ihren vierundneunzig ist geistig noch völlig fit, sehr zum Leidwesen von Detective Decker."

„Was erzählst du da, ich freu mich doch, dass sie so auf Zack ist", sagte Decker.

„Sie sagt ihm immer noch, wie er sein Leben führen soll."

Decker lachte. „Stimmt."

„Sehen Sie sie oft?"

„Na ja, seit wir an die Ostküste und meine Eltern nach Florida gezogen sind, sehen wir die beiden und auch Detective Deckers Mutter viel öfter, weil wir jetzt alle in derselben Zeitzone sind."

„Wie schön." Mallon wurde plötzlich still.

Decker war endlich im East Village angekommen. Er hielt vor einem der verstreuten Gebäude der NYU, dessen lilafarbene Fahne im eisigen Wind flatterte. Obwohl es Sonntag und sehr kalt war, sah man überall rund um den Washington Square Park Studenten. Manhattan war ein Stadtteil, in dem immer etwas los war.

„Ich weiß nicht, wo die Bibliothek ist, Mallon", sagte Decker. „Aber Sie können bestimmt jemanden fragen."

„Hier ist wunderbar." Mallon klang etwas zurückgenommen. „Danke." Sie stieg aus dem Wagen und schloss die Tür.

„Willst du nach vorne kommen?", fragte Decker seine Frau.

„Na klar." Rina stieg ebenfalls aus und setzte sich auf den Beifahrersitz.

„Du fehlst mir hier vorne. Und unsere Gespräche auf den langen Autofahrten fehlen mir auch."

„Wie lieb. Mir auch."

Decker steuerte den Wagen wieder in den Verkehr und machte sich auf den Weg nach Brooklyn. „Was hältst du von ihr?"

„Von Mallon? Noch so ein armes Hascherl. Willst du mal was hören?"

„Schieß los."

„Ich finde, sie wäre perfekt für Tyler. Vorausgesetzt, sie ist keine Verdächtige mehr."

Decker konnte sich das Lachen nicht verkneifen. „So weit sind wir noch nicht."

„Ich weiß. Verdächtigst du sie wirklich, oder gehst du nur auf Nummer sicher?"

„Wenn ich's wüsste, Rina. Solange wir nicht in Belforts Computer kommen, müssen wir auf alles gefasst sein. Wenn der Computerexperte es bis zum Wochenende nicht geschafft hat, besorg ich mir einfach die Durchsuchungsbeschlüsse und hole mir Belforts Mails vom Anbieter bzw. den Anbietern. Sie hatte mehrere."

„Für jeden Zweck einen anderen?"

„War auch meine Vermutung. Sie hatte mehrere Jobs, und wegen einem davon wurde sie vermutlich umgebracht. Egal, genug gejammert. Was habt ihr vor, du, Rachel und Lily?“

„Hat genau gepasst: Rachel arbeitet bis fünf im Krankenhaus, und ich passe derweil auf Lily auf.“

„Bedeutet, heute Abend bist du hundemüde.“

„Lily ist noch in der Vorschule, in einer Stunde hol ich sie ab. Rachel hat mir eine Liste mit Vorschlägen für Mahlzeiten und Spiele dagelassen. Wie's zum Park geht, weiß ich, und zum Kinderbereich im Jewish Community Center, dem Jüdischen Gemeindezentrum, auch. Außerdem hält Lily um zwei ihr Mittagsschläfchen. Du siehst, ich hab alles im Griff.“

„Die Vernehmung wird vermutlich nicht allzu lange dauern. Wir könnten uns gegen zwei bei den Kindern in der Wohnung treffen.“

„Super, ruf aber vorher an. Gefährlich ist's, das Kind zu wecken.“

„Ich dachte, ‚den Leu‘?“

„Kommt aufs selbe raus.“

Ryan Belfort wohnte in der Nähe des Flusses in einer schicken Eigentumswohnung. Im Erdgeschoss des Apartmentgebäudes lagen ein Starbucks, ein Tea-Shop und ein veganes Biorestaurant mit einer Rohkost-Gesundheitsbar, was Decker als rohes Gemüse interpretierte. Das Viertel war lebhaft, die Straßen voller Menschen und Parkplätze nur rein theoretisch vorhanden. Der erste freie Parkplatz war fünf Blocks entfernt, aber jetzt zeigte sich wenigstens ab und zu die Sonne. Vielleicht würde es ja doch noch ein schöner Tag werden.

Das Gebäude hatte fünf Stockwerke, Belforts Wohnung lag im zweiten. Der Mann, der Decker öffnete, war tatsächlich der Mann auf den Fotos in Katrina Belforts Haus: gut aussehend, in den Dreißigern, groß und breitschultrig, blaue Augen und mittelblondes Haar. Ryan Belfort trug bequeme Kleidung und war nur auf Socken. Auch wenn die Begrüßung nicht besonders herzlich ausfiel, ließ er Decker zumindest eintreten. Mehr war unter den Umständen auch nicht zu erwarten. Das Wohnzimmer war aufgeräumt und enthielt nur wenige Möbelstücke. Der Sinn für Ordnung lag anscheinend in der Familie. Belfort ließ sich auf ein blassgrünes Sofa fallen und fuhr sich mit den Händen über das Gesicht. Dann sah er auf.

„Irgendwelche Neuigkeiten?“

„Nein, noch keine. Es sieht sich gerade jemand den Computer Ihrer Schwester an. Darauf sollten wir Hinweise finden, die uns vielleicht einen Schritt weiterbringen."

„Gut." Belfort deutete auf einen Stuhl, und Decker nahm Platz. „Warum dann der Besuch, wenn es nichts Neues gibt?"

„Ich wollte Ihnen persönlich mein Beileid aussprechen. Außerdem wollte ich Sie fragen, ob Sie sich vielleicht an irgendetwas, egal, was, in Bezug auf Katrina erinnern, das mir vielleicht weiterhilft. Manchmal können kleine Details wichtig sein."

„Nichts außer dem, was ich Ihnen bereits am Telefon gesagt habe."

„Erzählen Sie mir von Ihrer Schwester, was war sie für ein Mensch? Wie soll man sich an sie erinnern?"

„Interessante Frage." Belfort seufzte. „Sie war immer für mich da. Wir haben uns sehr gut verstanden."

„War sie fürsorglich?"

„Aber auf eine Weise, die mein Selbstbewusstsein gefördert hat. Katrina ... hat andere gefördert. Genau das war sie ... eine Wegbereiterin im besten Sinne."

„Ein positiver Mensch?"

„Ja."

„Wie hat sie sich als Kind mit anderen verstanden?"

„Sie hatte Freunde, wenn Sie das meinen."

„Immer im Mittelpunkt?"

„Würde ich nicht sagen. Aber ich kann mich nicht erinnern, dass sie je über Langeweile in ihrem Privatleben geklagt hätte."

„Beziehungen?"

„Nichts Festes, soweit ich weiß. Sie sah schon immer gut aus, also konnte sie sich die Typen aussuchen." Belfort dachte einen Augenblick nach. „Sie konnte gut mit Männern ... mit meinen Freunden auf jeden Fall. Wenn die sich über Sport und Autos unterhalten haben, konnte sie voll mithalten. Man konnte sich super mit ihr unterhalten. Die Art von Frau, mit der man gern ein Bier trinken geht. Sie konnte bei fast allen Themen mitreden."

„Gab es Themen, über die Katrina selbst gerne gesprochen hat?"

Belfort überlegte. „Weil sie so ein Mathemensch war, haben wir kaum darüber gesprochen, was *sie* gemacht hat. Meist ging's darum, wie es bei einem selbst lief. Selbst als Erwachsene haben wir über meine

Arbeit geredet, nicht ihre, wenn wir uns gesehen haben. Wenn wir nicht gerade über alte Freunde gelästert haben ..."

„Aber sie hat Ihnen auf jeden Fall genug vertraut, um Ihnen von ihrem Verhältnis mit dem verheirateten Mann zu erzählen. Sie hat Ihnen sogar erzählt, wie er hieß."

Belfort verzog das Gesicht. „Da hat sie sich was geleistet, hat aber nicht lange gehalten. Ich hab's nur mitbekommen, weil ich sie zu ihrem Geburtstag besucht habe, und da stand ein riesiger, teurer Blumenstrauß, der kaum in die Wohnung passte. Sie hat behauptet, er sei von einem Freund. Als ich sie deswegen aufgezogen habe, meinte sie, es sei nichts Ernstes, er passe nur momentan ganz gut in ihr Leben. Außerdem sei er verheiratet, was ihnen beiden gelegen käme."

„Ein großer Blumenstrauß. Vielleicht war's ihm doch ernster als ihr."

Belfort schüttelte stirnrunzelnd den Kopf. „Sie glauben doch wohl nicht, dass der ihr was angetan hat. Vor über zwei Jahren war Schluss."

„Dank Ihnen haben wir einen Namen, und den haben wir überprüft: Jason Logan ist vor einem Jahr nach Kalifornien gezogen, wo er Associate Professor an der Pepperdine University in Malibu ist. Er wohnt einen Block vom Meer entfernt und behauptet, seit über drei Monaten die Westküste nicht verlassen zu haben. Seine letzte Reise war im November, mit der Familie nach Hawaii. Ich habe keine Veranlassung, ihm nicht zu glauben."

„Wie gesagt, Katrina hat nie erwähnt, dass sie mit ihm Probleme hatte."

„Leider muss sie aber mit jemandem Probleme gehabt haben."

„Sie glauben nicht an einen Unfall? Ihr Tod? Sie haben mir noch keine Einzelheiten erzählt."

„Der Tod Ihrer Schwester war kein Unfall, so viel wissen wir. Selbstmord? Vielleicht. Vermutlich sollte es aber nur wie Selbstmord aussehen."

„Wie das? Gefälschter Abschiedsbrief? Leere Tablettenpackung neben ihr? Pistole in der Hand?"

„A und c. Der Täter musste improvisieren, Mr. Belfort. Das Ganze war nicht besonders gut durchdacht."

„O Gott." Ryan Belfort schüttelte verzweifelt den Kopf. „Zumindest hat sie mir nie erzählt, dass es Probleme mit jemandem gab. Wer es auch war, vielleicht hat sie in demjenigen keine ernsthafte Bedrohung gesehen."

„Seh ich genauso."

Belfort holte tief Luft. „Das ist alles so unwirklich. Ich kann's einfach nicht glauben, dass sie nicht mehr da ist. Gerade war sie noch hier, und zack, alles vorbei. Sie hatte noch so viele Jahre vor sich und wollte noch so viel erreichen." Ihm standen Tränen in den Augen. „Das ist so ungerecht. Muss Ihnen doch ständig so gehen: zu erleben, wie ungerecht das Leben ist."

„Ja, und es frustriert mich jedes Mal aufs Neue."

„Wie oft lösen Sie so einen Fall und denken, ja, das passt?"

„Gute Frage. Ich bin immer noch Polizist, also würde ich sagen, oft genug, um dabeizubleiben."

„Glauben Sie, Sie werden den Mörder meiner Schwester finden?"

„Dieser Mord war nicht willkürlich. Vielleicht brauche ich noch ein Weilchen, bis ich alles aufgedröselt habe, aber ich werde den Schuldigen festnehmen. Davon bin ich überzeugt. Greenbury ist eine kleine Stadt, so viele Versteckmöglichkeiten gibt es nicht."

„Also glauben Sie, es war jemand, den sie kannte."

„Ja, mit ziemlicher Sicherheit."

„Ich kann mir überhaupt nicht vorstellen, wie jemand sie so sehr gehasst haben kann. Es ist so ungerecht."

„Ja, das ist es, und ich wünschte, ich könnte etwas daran ändern, Mr. Belfort. Aber zumindest kann ich dafür sorgen, dass dieses Unrecht bestraft wird."

KAPITEL ACHTUNDZWANZIG

Bei ihrem Restaurantbesuch an diesem Abend waren sie dreizehn Personen, die Enkelkinder eingerechnet: Cindy, Koby und die Zwillinge, Rachel, Sammy und Lily sowie die Pärchen Jacob und Ilana, Hannah und Rafy und Gabe und Yasmine. Die meiste Zeit unterhielten sich die erwachsenen Kinder untereinander, während Rina und Decker die Enkelkinder bespaßten. Die Zwillingsbrüder Akiva und Aaron waren jetzt sechs und schon so groß wie Zehnjährige. Sie konnten schon etwas lesen, hauptsächlich die Statistiken hinten auf Basketballsammelkarten.

„Du fängst bei den beiden früh an mit dem Training", sagte Decker zu seinem Schwiegersohn.

„Alle anderen im Team sind schon acht", antwortete Koby.

Rina war skeptisch. „Wird das nicht zu anstrengend?"

„Die Jungs sind die Größten und können auch am schnellsten laufen."

„Scheint ihnen richtig Spaß zu machen", fügte Cindy hinzu.

Der Stolz der Eltern war nicht zu übersehen. Decker selbst hatte zwar die Körpergröße, aber nie die Schnelligkeit gehabt. Sein Sport war immer Football gewesen.

Hannah schaltete sich ein. „Wenn man das Talent hat, sollte man früh anfangen. Wie Gabe. Wie alt warst du, als du mit Klavier angefangen hast?"

„Zwei, aber ich hatte sowieso keine Kindheit." Gabe überlegte. „Lag nicht am Klavierspielen. Meine Eltern sind unglaublich unreif, da musste ich früh erwachsen werden. Aber was die Jungs angeht, die kriegen später bestimmt mal Stipendien. Intelligent, sportlich …"

„Und schwarz", fügte Koby hinzu. Als alle ihn anstarrten, zuckte er nur die Achseln. „Stimmt doch."

„Noch ein bisschen früh für die Lebensplanung, finde ich." Rina hatte Lily auf dem Schoß, die sie mit Hühnersuppe fütterte.

„Wir haben schon eine Liste mit Unis. Für ein Ivy-League-College hat Penn ein erstklassiges Basketballteam."

„Er meint's nicht ernst", sagte Cindy.

„Und ob."

„Es stimmt tatsächlich", gab Cindy zu.

„Tja, Lily wird sich auf ihr Köpfchen verlassen müssen“, sagte Sammy. „In der Vorschule ist sie die Kleinste.“

„Sie ist erst zwei“, erinnerte Jacob seinen Bruder. „Da kann sich noch einiges ändern.“

„Hast ja recht. Habt ihr eigentlich auch so über uns geredet, als wir klein waren?“

„Vermutlich nicht.“

Und so ging das Gespräch weiter, häufig unterbrochen von schallendem Lachen. Sie saßen über zwei Stunden beim Essen und wären auch noch länger geblieben, aber Decker sah auf die Uhr und bat um die Rechnung. Als der Kellner sie brachte, kam Jacob seinem Vater zuvor.

„Das übernehmen wir.“

„Ihr seid eingeladen“, sagte Hannah.

„Sicher?“, fragte Decker.

„Hatten wir schon beschlossen, bevor wir den Tisch bestellt haben“, sagte Koby.

„Ein kleines Geschenk von uns“, bekräftigte Sammy.

„Ist doch nicht nötig.“ Aber Decker hatte sein Portemonnaie bereits wieder eingesteckt.

„Danke. Mit der Einladung hatten wir überhaupt nicht gerechnet. War zwar nicht nötig, aber wir freuen uns sehr“, sagte Rina.

„Wir haben uns gedacht, ihr habt euch all die Jahre um uns gekümmert, jetzt wird's mal Zeit, dass ihr euch um euch selbst kümmert“, antwortete Jacob.

„Ich soll mich um mich selbst kümmern?“ Decker war verwirrt. „Heißt das, ich soll doch für mein Essen zahlen?“

„Nein, natürlich nicht“, sagte Sammy.

„Wenn du willst, kannst du das Trinkgeld übernehmen“, fügte Jacob hinzu.

„Wusst ich's doch, dass da ein Haken ist.“

Gabe musste lachen. „Ist nur Spaß.“

„Glaub ich nicht“, sagte Ilana.

„Ich mach das mit dem Trinkgeld“, sagte Gabe. „Gerade kam der Scheck von meinem Agenten.“

„Zufrieden?“, fragte Jacob.

„Sehr.“

„Okay, du zahlst das Trinkgeld."

„Blödsinn, wir teilen's uns", sagte Sammy. „Schließlich ist es auch unsere gemeinsame Einladung."

„Wie viel willst du dalassen?", fragte Jacob.

Das war das Signal für Decker, sich zu erheben. „Ich würde gern noch bleiben, Leute, aber wir haben eine lange Fahrt vor uns."

„Alles klar", sagte Sammy.

„Wir sollten zwanzig Prozent geben", schlug jetzt Yasmine vor.

Rina gab Lily Rachel zurück auf den Arm. „Mindestens zwanzig. Wir waren eine große Gruppe."

Nachdem Rina und Decker sich verabschiedet und dem ein oder anderen noch einen Kuss auf die Wange gedrückt hatten, verließen sie das Restaurant. Die Kinder waren immer noch dabei, ihren jeweiligen Anteil auszurechnen.

„Das war schön", sagte Rina.

„Ja. Aber frische Luft tut gut. Da drin war's ganz schön stickig."

„Hast du Kopfweh? War nicht ganz leise da drin."

„Nicht ganz *leise*?"

„Willst du eine Kopfschmerztablette?"

„Zwei, bitte. Angeblich soll doch im Alter das Gehör schlechter werden."

„Davon merk ich nichts." Rina lachte. „Mir klingeln auch die Ohren."

„Die Zwillinge sind wirklich süß, aber sie fallen sich ständig ins Wort und werden dabei immer lauter."

„Ist doch gut, dann versteht man sie am anderen Ende der Basketballhalle wenigstens."

„Stimmt. Und was sollte das schon jetzt mit der Uni-Liste?"

„Koby spinnt nur rum. Ist leichter, als sich damit auseinanderzusetzen, wie verletzlich die Kleinen sind und wie hilflos man als Eltern ist."

„Du hast recht. Wie meistens."

„Danke." Rina neigte sich zu ihm und gab ihm einen Kuss auf die eiskalte Wange. Decker nahm ihre behandschuhte Hand in seine, die in einem Fäustling steckte. Auf dem Rückweg zum Auto waren weitere Liebesbezeugungen gar nicht mehr nötig: Einfach zusammen zu sein reichte schon aus.

Rina fuhr, während Decker auf dem Handy nachsah, ob er neue Nachrichten hatte. „Na endlich!“

„Gute Neuigkeiten?“

„Ja.“ Er verstaute das Telefon wieder in der Jackentasche. „Der Computerexperte hat Belforts Computer geknackt und Ausdrucke vom Inhalt von zwei ihrer E-Mail-Accounts gemacht. Ich war schon drauf und dran, mir einen Durchsuchungsbeschluss für die Anbieter zu besorgen. Das spart mir jetzt Zeit und Nerven, aber vor allem stehen wir dadurch vielleicht kurz vorm Durchbruch.“

Decker sah auf die Uhr. Fast acht. Vor elf würden sie nicht in Greenbury sein, aber er musste sich heute noch darum kümmern.

„Ich muss heute 'ne Spätschicht einlegen. Die Ausdrucke könnte ich zwar mit nach Hause nehmen, aber im Büro ist es wirklich einfacher, weil ich da gleich alles zur Hand habe.“

„Keine Sorge, Peter. Tu einfach, was du tun musst.“

„Versprich mir, nicht wach zu bleiben. Ich muss vielleicht die Nacht durcharbeiten.“

„Schon gut. Aber du wirst mir fehlen.“

„Du schläfst doch.“

„Ich merke aber, ob du da bist oder nicht. Ich spüre deine Aura.“

„Wohl eher mein Gewicht, wenn ich mich umdrehe. Schaffst du die Rückfahrt?“

„Kein Problem.“

„Sicher?“

„Ganz sicher. Schlaf 'ne Runde, Peter. Gönn deinem Kopf mal 'ne Pause, bis er wieder gebraucht wird.“ Rina wurde langsamer und sah angestrengt aus dem Fenster. „Ich glaube, das ist sie.“ Sie hielt vor einem mit einer lila Fahne bestückten NYU-Gebäude, und Mallon, warm eingepackt, sprang auf den Rücksitz.

„Wo ist Tyler?“, fragte sie, während sie sich fröstelnd die Arme rieb.

„Den holen wir als Nächstes ab“, sagte Rina. „Soll ich die Heizung hochdrehen?“

„Ja, ich friere total. Draußen ist es saukalt.“

„Warten Sie schon lange?“

„Fünf Minuten. Sie fahren, Rina?“

„Ja.“

„Wenn Sie mal 'ne Pause brauchen, ich hab den Führerschein.“

„Ich fühl mich fit, aber gut zu wissen."

Eine Viertelstunde später kam Tyler aus dem Haus und öffnete die Beifahrertür. Als er Decker auf seinem Platz sitzen sah, setze er sich zu Mallon auf den Rücksitz. „Du fährst, Rina?"

„Anscheinend erstaunt das alle. Ich bin aus L. A., da fahren alle."

„Normalerweise fährt Decker. Sollte keine Beleidigung sein."

„Ich mach jetzt ein Schläfchen", sagte Decker. „Später muss ich im Revier noch was erledigen."

„Was denn?", fragte McAdams.

„Erzähl ich dir später."

„Ich kann auch weghören", sagte Mallon pikiert.

Decker ging nicht darauf ein. „Tyler, du und Rina fahrt nach Hause. Ihr müsst euch ausruhen."

„Wenn du arbeitest, arbeite ich auch. Wenn Rina fährt, kann ich auch 'ne Runde schlafen."

„Ihr könnt alle schlafen, nach drei Kaffee bin ich hellwach", sagte Rina.

„Ich bin aber nicht müde", kam es von Mallon.

„Da haben Sie aber Glück, dass ich Sie auch wach mitnehme."

Decker musste sich das Lachen verkneifen, lehnte sich zurück und bedeckte seine Augen mit einem Schal. Zwanzig Minuten später waren alle drei Passagiere eingeschlafen. Rina machte das nichts aus. Im Gegenteil, sie genoss die Ruhe.

Auf Deckers Schreibtisch lag ein Berg von Ausdrucken, darauf ein Zettel.

Kommt noch mehr.

Er überflog den Inhalt und sah nebenbei zu McAdams hinüber, der auf seinem Platz saß und im wahrsten Sinne des Wortes Däumchen drehte. Schon fast halb zwölf. „Ich kann das wirklich alleine lesen."

„Ich *warte* ..."

Decker gab nach, schließlich konnte er Unterstützung gebrauchen. „Ich nehm mir ihren Gmail-Account und die Nachrichten auf kneedloft.edu vor, du gehst ihr Hotmail durch. Ich glaube, es gibt Instant Messages und E-Mails."

Er ließ einen Stapel Akten vor McAdams auf den Schreibtisch plumpsen. Es dauerte nicht lange, denn zehn Minuten später rief Tyler: „Boah! Schlüpfrig."

Decker sah hoch. „Was?"

„Wart mal kurz." Tyler las rasch noch ein paar Einträge. „Und wird immer schlüpfriger. Das hier sind IMs von Belfort an Aldo Ferraga."

„Ferraga?"

„Ja, Ferraga. Ich frag mich, wie der Computertyp an Belforts IMs gekommen ist. Ich wusste gar nicht, dass das geht. Angeblich können die nicht wiederhergestellt werden."

„Die Wunder der modernen Technik … Was steht da jetzt, McAdams?"

„Oh, sorry. Fängt mit Flirten an, aber dann wird's ziemlich heftig. Überzeug dich selbst." Er reichte Decker etwa zehn Seiten.

Ferraga: *Tolles Mittagessen … tolle Gespräche. Müssen wir bald mal wiederholen.*
Belfort: *Unbedingt.*

Ein Tag später.
Ferraga: *Heute Mittag schon verabredet?*
Belfort: *Kaffee um 3? Bei mir im Büro?*
Ferraga: *Ich freu mich.*

Ein Tag später.
Ferraga: *Ich muss ständig an dich denken.*
Belfort: *Hm … klingt aufregend.*
Ferraga: *Wann kann ich dich sehen?*
Belfort: *Heute nicht.*
Ferraga: *Wann dann?*
Belfort: *Ich meld mich.*

Ein Tag später.
Ferraga: *????*
Belfort: *Heute nicht. Rosser sitzt mir im Nacken.*
Ferraga: *Hoffentlich ist das nicht wörtlich gemeint.*
Belfort: ☺
Ferraga: *Wann?*
Belfort: *Bin an den Schreibtisch gekettet.*
Ferraga: *Diesmal hoffentlich wörtlich …*

Belfort: *lol. Wenn du unbedingt willst, kannst du morgen bei mir zu Hause vorbeikommen. Geht aber erst spät.*
Ferraga: *Wie spät?*
Belfort: *So um elf.*
Ferraga: *Bis dann.*
Belfort: *CU.*

„Anscheinend haben die beiden sich nicht nur unterhalten."

Ferraga: *Ich muss dich wiedersehen.*
Belfort: *Du meinst, mich wieder ficken.*
Ferraga: *Warum seid ihr Amis so unromantisch?*
Belfort: *Hat's dir etwa nicht gefallen?*
Ferraga: *Doch, natürlich. Aber für mich war's mehr als das. Wenn's für dich nur ein Fick war, muss ich das wohl akzeptieren.*
Belfort: *Was soll's denn sonst gewesen sein? Du bist verheiratet. War aber ein verdammt guter Fick.*
Ferraga: *Fantastisch.*
Belfort: ☺
Ferraga: *Wann kann ich dich wiedersehen?*

Und so weiter und so weiter. So ging es noch mehrere Seiten lang weiter, nur die Sprache wurde immer derber, und detaillierte Beschreibungen bestimmter Körperteile tauchten auf.

„Hast du bei dir was gefunden?", fragte McAdams.

„Ich habe Belforts Kneed-Loft-Mails gelesen, da geht's hauptsächlich um unverständliche Mathefragen und immer wieder um Arbeitstreffen. Selbst in Arbeitsmails können Rosser und Belfort ihre Feindseligkeit nur mit Mühe unterdrücken. Meist schwingt unterschwellig Aggression mit."

„Zum Beispiel?"

„Moment. Okay, so wie in dieser Nachricht hier. Geht um eine Fakultätsversammlung. Rosser schließt mit ‚bitte seien Sie diesmal pünktlich' und drei fetten Ausrufezeichen."

„Hat sie reagiert?"

„Sie schreibt: ‚Ich bin immer pünktlich, vorausgesetzt, ich erhalte die *richtigen* Informationen'. Anscheinend hat sie mal einen Verweis wegen

Unpünktlichkeit gekriegt. Die Feindseligkeit zwischen den beiden deckt sich mit dem, was wir bereits wissen. Was du liest, ist definitiv spannender."

Decker stand auf, trat hinter Tyler und las mit. Sein Kollege drehte sich abrupt zu ihm um. „Was soll das?"

„Du hast doch sicher nichts dagegen."

„Und falls doch?"

„Würde ich dir die Seiten wieder wegnehmen. So können wir beide lesen und sparen Zeit."

McAdams zog einen zweiten Stuhl heran. „Setz dich. Ich leg den Stapel in die Mitte."

Eine Zeit lang lasen sie schweigend weiter. Tyler las schneller und reichte Decker, der angefangen hatte, sich auf seinem Block Notizen zu machen, ständig neue Blätter. Plötzlich sagte Tyler: „Guck dir das mal an."

„Was, wo?"

„Hier. Dasselbe in Grün, aber Belfort verliert langsam das Interesse … So interpretier ich's wenigstens." Er reichte Decker die fraglichen Seiten.

Ferraga: *Dieselbe Uhrzeit?*
Belfort: *Nicht heute Abend.*
Ferraga: *Warum?*
Belfort: *Keine Zeit.*
Ferraga: *Warum? Ich vermiss dich. Ich will dich.*
Belfort: *Wird heute Abend nichts draus. Ich glaube, Rosser weiß Bescheid. Hast du was gesagt?*
Ferraga: *Natürlich nicht!*
Belfort: *Deine Frau vielleicht?*
Ferraga: *Die hat keine Ahnung. Warum soll einer von denen Bescheid wissen?*
Belfort: *Weiß nicht, was mit deiner Frau ist, aber Rosser war diese Woche ein richtiges Arschloch. Reagiert sich an mir ab, weil Eli es gewagt hat, einen anderen Betreuer zu wollen. Wenn du wieder mit mir in die Kiste willst, schaff mir den Mann vom Hals. Sag ihm, Elis Wechsel war nicht meine Idee. Das hab ich ihm schon zigmal gesagt, aber er glaubt mir nicht.*

Ferraga: *Würde verdächtig aussehen, wenn ich mich auf einmal wegen so einer Lappalie für dich einsetze.*

„Belfort ließ es nicht darauf beruhen. Stattdessen machte sie praktische Vorschläge.“

Belfort: *Hast recht. Sag ihm, Eli hat dich auch gefragt und du hast ebenfalls Nein gesagt. Sag ihm das, dann sieht er vielleicht ein, dass ich ihm seine Studenten nicht wegnehmen will, selbst wenn's der Wunsch des Studenten ist.*
Ferraga: *Aber das stimmt nicht, Eli hat mich nie gefragt.*
Belfort: *Dann lüg eben. Sollte dir doch mittlerweile leichtfallen.*
Ferraga: *Du steigerst dich da rein. Beruhig dich erst mal. Wir reden drüber und überlegen uns, wie wir das am besten hinkriegen.*
Belfort: *Das hab ich dir doch gerade gesagt. Du bist nur nicht Manns genug, es durchzuziehen!*
Ferraga: *Lass mich heute Abend vorbeikommen, dann überlegen wir uns was.*
Belfort: *Aldo, du begreifst es anscheinend nicht. Ich mach mir wirklich Sorgen. Er hat gedroht, mich wegen etwas anzuzeigen, das ich gar nicht getan habe. Was ich ihm auch immer wieder gesagt habe, aber er glaubt mir nicht.*
Ferraga: *Rosser kann so ein Idiot sein.*
Belfort: *Deshalb sag ihm, dass Eli dich zum Betreuer haben wollte. Oder zumindest, dass du gehört hast, wie er noch andere Professoren angesprochen hat … nicht nur mich. Wir wissen beide, dass das stimmt. Er hat mit Tolvard im Physik-Department gesprochen.“*
Ferraga: *Worüber?*
Belfort: *Ist doch egal. Lenk nicht ab. Worauf ich hinauswill: Wenn Rosser sieht, dass jemand mit voller Professorenstelle auf meiner Seite ist, lässt er mich vermutlich in Ruhe … Bitte.“*
Belfort: *Katy, manchmal regst du dich zu sehr auf. Aber ich mag dich sehr, also schau ich mal, was ich tun kann.*
Belfort: *Kannst du's heute machen? Du triffst dich doch um vier mit ihm.*
Ferraga: *Woher weißt du das?*

Belfort: *Ich bin immer bestens informiert. Muss man sein, wenn der Leiter des Departments einen derartig hasst. Hilfst du mir jetzt?*
Ferraga: *Fickst du mich jetzt?*
Belfort: *Eine Hand wäscht die andere.*
Ferraga: *Du bist wirklich eine Hure.*
Belfort: *Nein, ich hab nur noch keine Professur.*
Ferraga: *War ein Kompliment.*
Belfort: *War's nicht, aber ich hab's als Kompliment aufgefasst. Nenn mich, wie du willst, Zicke, Fotze, Hure, Schlampe … Aber verdammt nochmal tu endlich was für mich. Wir sehen uns heute Abend um elf.*

McAdams holte tief Luft. „Was Schimpfwörter angeht, war sie nicht gerade zimperlich."

„Wörter waren auch nicht das Problem", antwortete Decker. „Was sie letztendlich umgebracht hat, war wesentlich konkreter."

KAPITEL NEUNUNDZWANZIG

Als Decker Seite um Seite von Belforts E-Mails durchging, blieben seine Augen an einer Nachricht hängen. „Harvard, das musst du dir anhören." Er las laut vor.

> *Heute war wieder so ein unglaublich stressiger Tag – wie eigentlich jeder Tag die letzten zwei Wochen. Du kannst dir gar nicht vorstellen, unter welchem Druck ich stehe, denn egal, was man über* dich *sagt, du kannst dich hinter deiner Professur verstecken und alle Gemeinheiten an dir abprallen lassen. Nach der Weihnachtsfeier war's ja mehr als offensichtlich, dass es für dich momentan auch kein Zuckerschlecken ist.*
>
> *Keiner von uns beiden wollte, dass es hierzu kommt, aber die Situation ist unerträglich. Ich kann deiner Frau nicht ins Gesicht sehen und so tun, als wäre nichts. Ich kann nicht mehr. Es tut zu weh. Ich sage es nur äußerst ungern, aber wir müssen die Sache jetzt beenden. Früher oder später wäre es sowieso so gekommen, denn die Chance, dass ich bleibe, ist sehr gering. Eine Professur – die ich mir durch meine Leistungen redlich verdient habe – ist unmöglich, solange Rosser das Department leitet. Du wirst immer einen besonderen Platz in meinem Herzen haben. Du bist ein großartiger Mann mit einem großartigen Intellekt. Ich war gerne mit dir zusammen, aber jetzt müssen wir praktisch denken – etwas, wodurch sich unsere Spezies auszeichnet. Denk an mich mit Zärtlichkeit und vielleicht auch ein wenig Liebe.*

„Ferraga hat den Satz für den gefälschten Abschiedsbrief aus dieser Mail geklaut, in der sie mit ihm Schluss macht", sagte McAdams. „Nicht sehr einfallsreich für jemanden mit seiner Intelligenz."

„Vielleicht war es das Erste, was ihm für den Brief einfiel."

„Schon, trotzdem nicht sehr clever."

„Stimmt, denn wir denken sofort an ihn."

„Oder jemand anderes wollte, dass wir an ihn denken." Tyler lehnte sich zurück, streckte sich und sah auf die Uhr. „Wahnsinn, schon Viertel nach zwei."

„Ich hab nur noch ein paar Seiten, die würde ich gerne noch fertig machen.“

„Wie lange brauchst du noch?“

„Ich mache mir immer Notizen beim Lesen, also vielleicht noch ’ne halbe Stunde oder so. Nimm doch den Wagen, ich kann nach Hause laufen.“

„Ich warte auf dich. Ich muss diesen Kram hier sowieso noch einsortieren.“ McAdams fing an, die E-Mail-Korrespondenz, die er bearbeitet hatte, in mit Datum versehenen Ordnern abzulegen. „Also hat Belfort mit Ferraga Schluss gemacht.“

Decker las konzentriert und reagierte nicht. Die nächsten zehn Minuten war im Büro nur das Summen des Heizlüfters, das Ticken der Uhr und das Atmen der beiden Männer zu hören. Plötzlich sagte Decker: „Hier, hör zu. Geschrieben eine Woche, bevor sie starb. Sie antwortet auf eine Mail, die er ihr geschrieben haben muss … die hier aber nicht auftaucht. Komisch. Wie ist die von der Festplatte verschwunden?“

„Schau mal etwas weiter unten nach, manchmal ist da die ganze Unterhaltung aufgelistet.“

„Nein, verdammt, die ist nirgends. Ich hab schon nachgeguckt.“

„Hey, schnauz mich doch nicht so an.“

„Es ist spät, ich bin gereizt. Find dich damit ab. Jetzt hör zu.“ Decker las die Mail vor:

Wenn ich sage, ich kann nicht mehr, dann meine ich das auch so, Aldo. Ich habe nicht die Kraft. Wir hatten viel Spaß miteinander, aber jetzt ist es endgültig vorbei. In ein paar Monaten werde ich vermutlich wegziehen, also konzentrieren wir uns wieder auf unser eigenes Leben, stellen uns dem Unausweichlichen und schauen nach vorne.

„Ferraga war nicht bereit, sie gehen zu lassen“, kommentierte McAdams.

„Ja, er vergötterte sie nach wie vor, obwohl sie ganz offensichtlich nichts mehr von ihm wissen wollte.“ Decker las weiter und blätterte dann eine Weile in den Ausdrucken hin und her. „Hier nach kommt nichts mehr von ihm. Könnte sein, dass sie auf anderem Wege kommuniziert haben.“

„Handy oder SMS."

„Morgen sollten die Verbindungsnachweise von Belforts Handy da sein." Decker streckte sich, indem er die Arme nach oben reckte. „Die sollten uns noch ein genaueres Bild vermitteln."

„Aber wir haben beide schon eine Vermutung, wie sich das Ganze abgespielt hat: Ferraga fährt zu Belfort und fleht sie an, noch ein letztes Mal mit ihm ins Bett zu gehen. Sie weigert sich, er drängt, die Sache läuft aus dem Ruder. Sie stößt ihn weg, er schubst zurück, dann wieder sie, dann noch mal er, aber diesmal zu fest, sodass sie mit dem Kopf auf den Beistelltisch knallt."

„Möglich."

„Ferraga kriegt Panik. Er weiß nicht, was er machen soll, ihm ist aber klar, er muss etwas unternehmen. Ihm fällt Elis Selbstmord ein, der nur wenige Tage zurückliegt, und er entschließt sich, dafür zu sorgen, dass man die beiden Fälle miteinander in Verbindung bringt. Ihm erscheint das logisch, da Eli für Belfort gearbeitet hat. Uns gegenüber hat er doch sogar behauptet, die beiden standen sich sehr nahe. Also schleift Ferraga Katrinas Leiche bergauf in den Wald und erfindet dann diesen angeblichen Selbstmord, wobei er denselben Ausdruck verwendet, mit dem sie ihm den Laufpass gegeben hat. ‚Ich kann nicht mehr. Es tut zu weh' oder was es war. Ausgleichende Gerechtigkeit und so."

„Okay."

„Du klingst nicht sehr überzeugt."

„Ich seh denselben Ablauf vor mir wie du, Tyler. Ferraga steht ganz oben auf unserer Liste, aber fixieren wir uns nicht zu sehr auf ihn. Jetzt gibt's nämlich auch noch eine betrogene Ehefrau. Nach Belforts Nachrichten zu urteilen, wusste sie möglicherweise Bescheid. Vielleicht ist sie bei Belfort zu Hause aufgetaucht und hat sie zur Rede gestellt."

„Um ein Uhr morgens?"

„Sie hat's vorher schon mal versucht, aber Belfort war nicht da."

„Wo war Belfort dann?"

„Gerade dabei, Mallon Eulers Zimmer zu verwüsten? Dort Unterlagen zu verstecken? Oder auf einem Spaziergang? Wer weiß? Vielleicht hat Ferragas Frau vor dem Haus auf sie gewartet und angefangen, mit ihr zu streiten."

„Kannst du dir vorstellen, dass eine Frau eine Leiche in den Wald schleppt?"

„Guter Einwand. Vielleicht war's so: Nachdem sie Belfort getötet hatte, wurde ihr bewusst, wie sehr sie in Schwierigkeiten steckte, und sie hat ihren Mann um Hilfe gebeten. Weil Ferraga ein schlechtes Gewissen hat, fühlte er sich verpflichtet, seiner Frau zu helfen."

„Könnte sein."

„Wenn ich schon dabei bin, Vermutungen anzustellen, nehmen wir uns mal Theo Rosser vor. Er und Belfort hassten sich. Ihre E-Mails waren immer feindselig, und nach allem, was ich gehört habe, hat er versucht, sie aus dem Department werfen zu lassen. Nicht zu vergessen Belforts kleiner Nebenverdienst mit den Hedgefonds. Vielleicht bekam sie wegen ihrer außeruniversitären Aktivitäten Probleme. Vielleicht verlor auch jemand viel Geld wegen ihr."

McAdams dachte nach. „Falls Belforts Stochastischer Oszillator ihr das eingebrockt hat, könnte das erklären, warum nicht sie, sondern jemand anderes in Mallon Eulers Zimmer im Wohnheim eingebrochen ist."

„Weil derjenige dort Beweise für Belforts Börsentätigkeit gesucht hat."

„Also könnte der Einbruch bei Mallon mit dem Mord an Belfort zu tun haben." Tylers Augen weiteten sich. „Dann ist Mallon vielleicht wirklich in Gefahr. Ist sie bei Damodar Batra in Sicherheit?"

„Woher soll ich das wissen?" Decker schmunzelte. „Machst du dir Sorgen um sie?"

„Auf jeden Fall fänd ich's nicht so gut, wenn sie kaltgemacht würde."

„Kaltgemacht?"

„Was ist jetzt, ist sie bei ihm in Sicherheit oder nicht?"

„Ruf sie an, McAdams. Vermutlich ist sie noch wach. Sie ist eine Nachteule, und außerdem hat sie im Auto geschlafen."

„Ich schreib ihr 'ne SMS."

„Ihr mit eurem ganzen technischen Schnickschnack ..."

Tyler verdrehte die Augen und schrieb an Mallon. Dann fragte er Decker: „Holst du Ferraga aufs Revier?"

„Selbstverständlich. Ich würd gern wissen, ob die Verbindungsnachweise von Belforts Handy schon da sind. Falls in der Tatnacht viele Anrufe oder SMS zwischen Ferraga und ihr hin- und hergingen, habe ich noch mehr in der Hand für die Vernehmung."

„Machst du dir keine Sorgen, dass er abhaut?"

„Noch ist er's nicht, aber es muss ihm bewusst sein, dass die Affäre rauskommen wird und kein gutes Licht auf ihn wirft." Decker fing an, die E-Mail-Stapel ordentlich hinzulegen. „Vermutlich sollte jemand sein Haus observieren."

McAdams' Handy piepste. Er sah auf das Display und tippte in rasender Geschwindigkeit darauf herum.

„Was stand in der SMS?"

„Dass es ihr gut geht. Aber ich will mich vergewissern, dass sie das geschrieben hat und nicht Damodar."

„Also was hast du ihr zurückgesimst?"

„Ich habe gefragt, wo sie heute war und was sie gemacht hat." Tylers Telefon piepste erneut. „Okay, die Antworten stimmen, das ist sie definitiv." Wieder flogen seine Finger über das Display, dann steckte er das Handy ein. „Ich hab ihr gesagt, ich lasse mein Telefon an. Dann kann sie mich jederzeit erreichen, wenn was sein sollte. Ich weiß, das ermutigt sie nur, aber die Alternative wäre, mir Vorwürfe zu machen, falls ihr was zustößt. Irgendwie weckt sie einen primitiven Beschützerinstinkt in mir."

„Gib's zu, das kleine Nerdmädchen hat sich in dein Herz geschlichen."

„Eher, dass sie mir mittlerweile etwas weniger auf die Nerven geht. Du hast gesagt, jemand sollte Ferragas Haus observieren. Meintest du uns damit?"

„Für mich ist die Nacht sowieso gelaufen. Mir schwimmt der Kopf, seit ich hier bin, habe ich drei Tassen starken Kaffee getrunken, und müde bin ich überhaupt nicht. Aber du schaffst es vielleicht, dich noch ein paar Stündchen aufs Ohr zu legen. Ich kann Ferragas Haus auch alleine beobachten."

„O nein, die drei Musketiere, du weißt doch."

„Wir sind aber nur zu zweit."

„Ich kann dich ja jetzt wohl schlecht im Stich lassen. Verbietet mir mein Stolz."

„Also meinetwegen. Und zur Info: Heute darfst du ausnahmsweise so viel nerven, wie du willst. Du darfst mich sogar richtig wütend machen."

„Weil Wut dich wach hält?"

„Wut und Angst."

„Wie bei mir."

„*Du* hattest mal 'ne schlaflose Nacht, Tyler?"

„Öfter, als mir lieb ist."

Um sechs Uhr morgens ließ Decker sich und McAdams von einem Kollegen ablösen und schlief vier Stunden lang tief und fest. Als er um zehn aufwachte, vertrieb er den Rest seiner Müdigkeit mit einer heißen Dusche, einem ordentlichen Frühstück und seiner obligatorischen Dosis Koffein. Er trug Schlips und Hemd, darüber einen schwarzen Pullover mit V-Ausschnitt, einen schwarzen Blazer und graue Wollhosen. „Schläft der Junge noch?"

„Ja." Rina war schon angezogen. Decker hatte sie gar nicht aufstehen hören.

„Lass ihn ausschlafen."

„Was steht bei dir heute auf dem Programm?"

„Ich muss ein paar Leute vernehmen. Hat jemand angerufen?"

„Ben Roiters hat gesagt, Ferraga hat das Haus um acht verlassen und ist ins Kneed Loft gefahren. Roiters hat einen jungen Officer abgestellt, der sich als Student verkleidet dort auf den Gängen rumtreiben und Ferraga im Auge behalten soll."

„Okay, prima."

„Dann hat noch Toni angerufen. Belforts Verbindungsnachweise vom vergangenen Monat sind da."

„Da werd ich ja einiges zu tun haben." Decker nahm einen letzten Schluck Kaffee. „Und was hast du vor?"

Rina hielt einen Finger hoch. „Noch eine Sache: Tyler sagte, es sei wichtig."

„Oh, was denn?"

„Hat er vergessen, dir gestern Nacht zu sagen, und entschuldigt sich. Er hat bei Professor Zhous Mathekonferenz angerufen. Nachdem er mit einer ganze Reihe von Leuten gesprochen hat, meint er, dass sie früh genug abgereist ist, um in der Mordnacht wieder in Greenbury gewesen sein zu können. Tyler weiß nicht, wo genau Zhou sich aufgehalten hat, aber er verfolgt das heute Vormittag weiter und erstellt einen Plan, wann sie wo war."

„Hm." Decker erhob sich. „Das ändert einiges."

„Was denn?" Tyler kam in Schlafanzug und Bademantel in die Küche geschlurft. Seine Haare waren ganz verstrubbelt und die Augen gerötet.

„Deine Enthüllungen über Professor Zhou“, sagte Decker.

„Ach genau, da setz ich mich gleich wieder dran. Lass mich nur schnell duschen und frische Klamotten anziehen.“

„Du musst auch was essen“, sagte Rina.

„Ich hol mir unterwegs ’nen Bagel.“ Tyler schlurfte wieder davon, und Rina und Decker hörten die Wohnzimmertür ins Schloss fallen.

„Ich mache mir wirklich Sorgen, dass er seine Prüfungen verhaut“, sagte Decker.

„Dann löst schnell den Fall, damit er wieder zurück an die Uni kann.“

„Ja natürlich, warum ist mir das nicht eingefallen …“

Rina musste lachen, stellte sich auf Zehenspitzen und gab ihm einen Kuss auf die Wange. „Er ist schon groß und kann auf sich selbst aufpassen.“

„Hast ja recht.“ Decker holte sein Handy heraus. „Ich muss kurz telefonieren.“

„Lass dir ruhig Zeit. Ich gehe in die Hillel, die jüdische Studentenorganisation, und treffe mich mit der Studentenvertretung. Die planen diesen Freitag einen Challa-Tag auf dem Campus.“

Decker schnaufte leicht genervt. „Was genau ist ein Challa-Tag?“

„Challa ist das traditionelle Schabbat-Brot, wir backen Unmengen davon und verteilen sie dann auf dem Campus. Originell, was …“

„Du musst das nicht machen.“

„Schon in Ordnung. Ich mag die Kids. Ich höre mir ihre Probleme an, nehme Anteil, aber muss mir keine Sorgen machen, weil es nicht meine eigenen Kinder sind …“ Decker reagierte nicht. „Du hast mir überhaupt nicht zugehört. Was ist los?“

„Tut mir leid. Ich hab mich nur gerade gefragt, ob Belfort und Zhou schlecht aufeinander zu sprechen waren.“

McAdams kam wieder herein. Er trug einen Anzug, aber seine Haare waren noch feucht. „Keine Ahnung. Aber da Zhou in der Tatnacht wieder in Greenbury war, müssen wir Rinas Hypothese nachgehen, dass eventuell Zhou es war, die Mallons Zimmer auf den Kopf gestellt hat. Schließlich war sie verdammt versessen darauf, Elis Unterlagen zu bekommen. Vielleicht dachte sie, die sind bei Mallon.“

„Wie gesagt, Schminke und eine Perücke können das Aussehen von jemandem total verändern“, bemerkte Rina.

Decker dachte noch nach. „Ich meine mich zu erinnern, dass Zhou und Belfort sich ein paar Mails geschrieben haben, aber da ging es um den Betreuungsausschuss für eine bestimmte Abschlussarbeit. Ich glaube, Zhou hat diese Arbeit betreut.“ Er hielt inne. „Das war in Belforts kneedloft.edu-Account.“

„Wer war der Student oder die Studentin?“

„Nicht Elijah Wolf oder Damodar Batra, daran kann ich mich noch erinnern. Der Name kam mir aber bekannt vor. Ich glaube, langsam muss ich ein Flussdiagramm anlegen ...“

Rina reichte Tyler eine Papiertüte. „Bagel mit Frischkäse und ein Apfel und eine Orange. Kaffee gibt’s auf dem Revier, aber der ist fürchterlich. Du solltest dir auch die Haare föhnen, bevor sie dir am Kopf festfrieren.“ Sie griff einen Eiskratzer für ihre Autoscheiben. „Bis später, ihr zwei.“

Decker nahm ihr den Kratzer aus der Hand. „Ich mach das.“

„Die Autoheizung läuft schon seit ’ner Viertelstunde.“

„Dann sollte es ja schnell gehen.“ Er ging ohne Jacke aus der warmen Küche.

Rina drehte sich zu Tyler um. „Er braucht so was.“

„Er vergöttert dich.“

„Recht so.“ Tyler lachte. Rina fragte: „Wie läuft die Prüfungsvorbereitung?“

„Gut.“

„Er macht sich Sorgen um dich. Ich sage ihm ständig, du hast das im Griff. Hast du auch sicher, trotzdem mache ich mir auch ein bisschen Gedanken.“

Tyler trat nervös von einem Bein aufs andere. „Musst du nicht.“

„Tyler, auch nach deinem Abschluss wird’s noch genug Verbrechen geben.“

„Ich weiß. Mach dir keine Sorgen, Rina.“

Decker war wieder zurück. „Das wär das.“ Er gab seiner Frau einen Kuss. „Viel Spaß beim Backen.“

„Wenigstens wird’s da warm sein“, sagte Rina.

Als Rina gegangen war, sagte Tyler: „Peter, ich weiß, du machst dir Gedanken über mein Studium. Gestern hatte ich zum Beispiel ’nen richtig guten Lerntag. Ich komm jetzt für ein paar Stündchen mit aufs Revier, leg vielleicht das Diagramm an, von dem du gesprochen hast, und kümmere mich um den ganzen Kleinkram, zu dem wir bislang noch nicht gekommen sind. Nachmittags bin ich dann wieder hier und lerne. Also mach dir keine Sorgen, dann geht's uns beiden gut."

Decker holte tief Luft. „Und wenn du die Prüfung verhaust?"

„Ich glaub, dann darf ich weiterstudieren, aber nur ‚auf Bewährung' und mit strengen Auflagen, aber ich bin mir nicht sicher. Keine Sorge, so weit wird's nicht kommen. Die Note wird vielleicht nicht toll, aber bestehen werd ich auf jeden Fall."

Decker strich sich den Schnurrbart glatt. „Also gut. Dann sollten wir jetzt los."

„Wann holst du Ferraga für die Vernehmung?"

„Sobald ich mit Belforts Verbindungsnachweisen durch bin, was vermutlich erst heute Nachmittag sein wird. Da sitzt du längst wieder über deinen Büchern."

„Vielleicht." Decker warf ihm einen finsteren Blick zu. „War nur'n Witz, okay?"

„Nicht lustig. Prüfungen solltest du nicht auf die leichte Schulter nehmen."

„Weißt du, was? Du nervst noch schlimmer als meine Eltern."

„Da musst du durch, Harvard. Sonst gibt's kein Foto auf dem Klavier."

KAPITEL DREISSIG

„Sie müssen doch gewusst haben, dass es rauskommt."

„Ja, natürlich." Ferraga murmelte etwas Unverständliches.

„Bitte?", fragte Decker. „Könnten Sie das wiederholen?"

„Ich sagte, ich bin doch nicht blöd."

„Das nimmt auch niemand an. Ich habe mich nur gefragt, warum Sie das nicht schon bei unserem ersten Gespräch erwähnt haben."

„Ein Auslassungsfehler. Ich habe Ihnen in allem die Wahrheit gesagt."

„Das wird noch zu klären sein."

Ferraga kniff die Lippen zusammen, worunter sein gutes Aussehen litt. Er hatte volles lockiges Haar, ebenmäßige Gesichtszüge und Augen, die ständig in Bewegung waren. Sein Blick huschte einmal rund um das kleine Vernehmungszimmer, zur Decke, dann wieder hinunter zum Tisch, dann kurz zu Decker, dann zum Aufnahmegerät, bis er auf seinen vor sich auf dem Tisch gefalteten Händen zur Ruhe kam. Er trug ein weißes Hemd, ein braunes Cordsakko mit aufgesetzten Taschen und dunkelbraune Hosen. Alles entsprach dem Professorenimage, selbst die eleganten Sneaker. „Ich wusste, Sie würden gleich das Schlimmste annehmen. Ich wollte in Ruhe nachdenken, bevor ich es anspreche."

„Sie hatten fünf Tage Zeit." Decker lehnte sich über den Tisch. Die beiden Männer saßen in einem der beiden Vernehmungszimmer des Reviers. „Zu welchem Schluss sind Sie gelangt?"

Ferraga sah Decker an. „Wenn Sie sich unbedingt in meine Angelegenheiten einmischen wollen, werde ich Ihre Fragen beantworten."

„Gut, denn davon habe ich eine ganze Menge. Ich ermittle in einem Mordfall. Warum hören Sie nicht auf, zu mauern, und erzählen mir alles von Anfang an."

„Dem Anfang der Affäre?"

„Ja. Wie hat es angefangen?"

Ein tiefer Seufzer. „Das war der größte Fehler meines Lebens."

Ferragas E-Mails an Belfort klangen nicht so, als ob er irgendetwas bereute. Ganz im Gegenteil, sie legten nahe, dass er mehr wollte, und auch häufiger. Anfänglich kam er noch ins Stocken, aber einmal in Fahrt, schilderte er die Beziehung zu Belfort mit gockelhafter Eitelkeit und gab weit mehr Einzelheiten preis als nötig. Die Daten und Uhrzeiten kannte Decker bereits aus Belforts Mails, aber er wollte hören, ob Ferragas Geschichte sich einigermaßen damit deckte. Wie Ferraga es darstellte, war eine Woche vor Belforts Tod endgültig Schluss.

„Danach haben Sie sie nicht mehr gesehen?"

„Doch, natürlich. Ihr Büro lag auf demselben Flur wie meins. Aber als Schluss war, hatten wir nur noch rein beruflich miteinander zu tun."

„Uns liegen Beweise für Telefongespräche vom Nachmittag des Tages vor, an dem Belfort umkam."

„Wenn Sie das sagen."

„Nicht ich, die Verbindungsnachweise von Katrina Belforts Telefon."

Ferraga sah auf einmal verunsichert aus. „Ich habe sie *nicht* umgebracht."

„Darum geht es im Moment nicht, Aldo." Decker beugte sich erneut zu ihm vor. „Am Nachmittag bevor sie starb haben Sie sie angerufen, drei Mal. Worüber haben Sie gesprochen?"

„Nichts von Bedeutung."

„Lassen Sie mich das beurteilen. Sagen Sie's mir jetzt, oder brauchen Sie wieder fünf Tage, um drüber *nachzudenken*?"

„Es war nichts Privates. Rein beruflich. Sie hatte sich bei mir über Theo Rosser beklagt, wie üblich. Wenn Sie ihre Mails gelesen haben, wissen Sie, was sie von ihm gehalten hat."

„Sie haben sie angerufen, nur um sich ihren Frust anzuhören?"

„Nein, nein. Wir haben uns in Katrinas Büro unterhalten. Und zwar einen Tag *bevor* sie umkam. Wenn Sie mir nicht glauben, fragen Sie doch ihre Sekretärin."

„Das werde ich. Aber auch darum geht's jetzt nicht. Worum es geht, sind die *Telefon*gespräche vom *Todestag*. Warum haben Sie bei Belfort *angerufen*?"

„Schön." Ferraga holte tief Luft. „Ich werd's Ihnen erklären. Wir waren gemeinsam in einer ganzen Reihe von Betreuungssausschüssen für Abschlussarbeiten. Unser Fachbereich ist klein, und in den Ausschüssen sitzen die zehn Dozenten des Departments im Wechsel." Er hielt inne. „Ich hatte ein paar Fragen, was die Logik einer Arbeit anging. Die Verfasserin war eine Studentin von Katrina."

„Wie hieß die Studentin?"

„Mallon Euler. Natürlich ließ Katrina wieder eine Hasstirade gegen Rosser vom Stapel und behauptete, Mallon hätte einen schweren Stand bei ihm, weil er so frauenfeindlich ist. Nicht ganz aus der Luft gegriffen, übrigens. Aber ich habe lieber den Mund gehalten und sie reden lassen."

„Sie haben dreimal bei ihr angerufen."

„Schon gut, schon gut." Ferraga nahm ein Glas Wasser und leerte es zur Hälfte. „Nachdem sie sich eine Weile über Rosser Luft gemacht hatte, habe ich ein Problem mit Mallons Beweisführung erwähnt, das man sich noch mal ansehen müsste. Etwas, auf das sich Rosser *eventuell* stürzen könnte, wenn Mallon bei der Prüfung mündlich ihre Arbeit verteidigt. Katrina war dankbar für den Hinweis. Normalerweise ist es nicht üblich, Studenten vorzeitig zu warnen, aber ich fand, Mallon hatte etwas Unterstützung verdient. Rosser ist wirklich sehr streng mit ihr."

„Das erklärt *einen* Anruf. Was ist mit den beiden anderen, Aldo?"

„Ach ja. Kurze Zeit später habe ich noch mal zurückgerufen und gefragt, ob wir uns nicht treffen wollen, um persönlich über Mallons Arbeit zu sprechen. Katrina wollte nicht, sie verstehe aber meine Beunruhigung. Dann hat sie sich bedankt, und wir haben aufgelegt."

„Damit sind zwei Gespräche abgedeckt."

„Der dritte Anruf war ein Versehen. Ich hatte im Büro einen Anruf verpasst und dachte, sie sei es vielleicht gewesen. Dass sie sich jetzt doch treffen wollte. Aber angeblich war sie's nicht. Das Gespräch dauerte fünfzehn Sekunden. Und wie Sie selbst zugeben, hat es nach diesem Nachmittag keine weiteren Anrufe gegeben."

„Das bedeutet nicht, dass Sie nicht bei Belfort vorbeigefahren sein könnten."

„Ich habe sie nicht umgebracht."

„So weit sind wir noch nicht."

„Warum in Gottes Namen hätte ich sie umbringen sollen?"

„Wollen Sie wirklich, dass ich das beantworte?"

„Meine Frau wusste längst davon."

Vielleicht stimmte das. Katrina hatte in ihren Mails angedeutet, dass Ferragas Frau es tatsächlich wusste. „Wie hat sie es verkraftet?"

„Olivia ist eine erwachsene Frau. Wir Europäer haben eine andere Einstellung zu Affären."

„Wenn Olivia wirklich eine so abgeklärte Einstellung hat, hätten Sie ihr doch von Anfang an die Wahrheit sagen können. Ich kenne die Mails, Aldo. Sie beide haben es ihr die ganze Zeit verheimlicht."

„Warum hätten wir's ihr unter die Nase reiben sollen." Ferraga senkte den Blick. „Olivia und ich haben beide gelegentlich ... herumexperimentiert."

Der Professor konnte dem Detective nicht in die Augen sehen. Decker wusste, dass das, was er sagte, nur die halbe Wahrheit war. „Aber diesmal war es mehr als ein Experiment, Aldo. Der Intensität Ihrer Gefühle in den Mails nach zu urteilen, waren Sie eindeutig von Katrina Belfort besessen. "

„Ich gebe zu, der Sex war gut. Aber es gibt noch so viele andere Frauen auf der Welt."

„Womit wir wieder bei meiner ursprünglichen Frage wären: Wenn Sie eine so saloppe Einstellung in Liebesdingen haben, warum haben Sie mir nicht gleich bei unserem ersten Gespräch von der Affäre erzählt?"

„Nicht wegen Olivia, sondern aus Sorge, was Sie von mir halten würden. Aus Ihren Fragen entnehme ich, wie richtig ich damit lag. Greenbury ist eine Kleinstadt, mit einem Police-Department auf Provinzniveau. Die Leute ziehen hier voreilige Schlüsse."

„Das sind keine voreiligen Schlüsse, sondern die Wahrheit. Sie und Katrina sind zusammen ins Bett gegangen."

Keine Reaktion.

Decker versuchte, sich nichts anmerken zu lassen. „Gehen wir noch mal die drei Anrufe durch."

„Nicht nötig. Entweder Sie verhaften mich, oder Sie lassen mich gehen."

„Ich dachte, Sie wollten alle meine Fragen beantworten?"

„Verhaften Sie mich, oder lassen Sie mich gehen."

Es gab nur eine Person in diesem Zimmer, die bei dieser Vernehmung das Sagen hatte. „Also gut." Decker erhob sich und holte ein Paar Handschellen heraus. „Bitte stehen Sie auf. Aldo Ferraga, ich nehme Sie fest wegen des Mordes ..."

„Moment, Moment." Ferraga war kreidebleich geworden. „Das kann nicht Ihr Ernst sein."

„Sie haben mir doch ein Ultimatum gestellt. Ich habe kein Problem damit, Sie festzunehmen."

„Mit welcher Begründung?“
„Das müssen Sie noch fragen?“
„Was wollen Sie eigentlich von mir?“
Decker deutete auf Ferragas Stuhl, und beide nahmen wieder Platz. „Aldo, Sie hätten Katrina alle Fragen über Mallons Arbeit mailen können, aber stattdessen haben Sie sie lieber angerufen.“
„Nein, mailen konnte ich Katrina nicht. Ich hatte mich schon weit vorgewagt, indem ich ihr am Telefon meine Bedenken geschildert habe. Das habe ich mich nicht getraut auch noch schriftlich zu tun. Es ist gegen die Regeln, eine Beurteilung abzugeben, bevor der Student oder die Studentin seine oder ihre Arbeit öffentlich verteidigt hat, es sei denn, man selbst ist der Betreuer. Mallon war aber nicht meine Studentin.“
Decker sah von seinem Notizblock auf. „Vielleicht haben Sie Mallon auch nur geholfen, um wieder bei Katrina landen zu können.“
„Ich habe Katrina und Mallon nur einen Gefallen getan. Ohne Hoffnung auf Gegenleistung. Nur deshalb habe ich vorgeschlagen, mich mit Katrina zu treffen. Ich wollte keine Details am Telefon besprechen. Ich glaube zwar nicht, dass uns jemand belauscht hat, aber trotzdem hielt ich es für klüger, das Gespräch unter vier Augen zu führen.“
„Den ersten Anruf nehme ich Ihnen ab. Auch noch den zweiten. Aber beim dritten wird’s schwierig: Dass Sie dachten, Sie hätten einen Anruf von Katrina verpasst.“
Ferraga wurde unruhig und senkte den Blick.
„Aldo, wir ermitteln in einem Mordfall. Ich habe das Gefühl, Sie verkennen den Ernst der Lage. Sagen Sie einfach die Wahrheit.“
„Ich habe noch mal angerufen, um Katrina zu bitten, es sich noch einmal mit dem Treffen zu überlegen. Und ihr gesagt, sie könne auch Mallon mitbringen, wenn sie meinen Absichten misstraut.“
„Okay.“ Decker lächelte zum ersten Mal. „Das klingt schlüssiger. War doch nicht so schwer.“
Ferraga schwieg.
„Und Katrina hat immer noch Nein gesagt?“
„Ja. Danach habe ich nicht wieder angerufen und mich ganz gewiss auch nicht mehr mit ihr getroffen. Das war das letzte Mal, dass ich mit ihr zu tun hatte.“ Ferraga war kaum noch zu verstehen. „Ich bin froh, dass ich nett zu ihr war.“

Decker sah Ferraga prüfend an und ging das Gespräch noch einmal im Kopf durch. Er tendierte dazu, dem Mann zu glauben. Aber nur bis zu einem gewissen Grad. „Erzählen Sie mir von der Nacht, in der Katrina starb. Wo Sie waren, was Sie gemacht haben."

„Das hab ich Ihnen doch schon gesagt, ich war die ganze Zeit zu Hause. Meine Frau kann das bezeugen."

„Sie gibt Ihnen ein Alibi, Sie geben ihr eins. Woher soll ich wissen, ob Sie beide die Wahrheit sagen? Genauso gut könnte Olivia zu Katrina Belfort nach Hause gefahren sein und dort mit ihr einen Streit angefangen haben."

„Das ist doch vollkommen lächerlich!"

„Finde ich nicht. Ich kann mir sehr wohl vorstellen, dass Olivia eine hitzige Diskussion mit ihrer ehemaligen Geliebten hatte und die Dinge aus dem Ruder liefen, bis es zur Katastrophe kam. Sie ermordet Katrina, ruft dann Sie an und bittet Sie, ihr dabei zu helfen, die Leiche den Berg rauf in den Wald zu schaffen." Wieder lehnte Decker sich nach vorn. „Vielleicht gibt es ja einen späten Anruf Ihrer Frau aus der Nacht, in der Katrina starb. Haben Sie was dagegen, wenn ich mir Ihr Telefon ansehe?"

Ferraga wurde kreidebleich. „Haben Sie nicht schon genug in meiner Privatsphäre herumgeschnüffelt?"

„Wollen Sie Ihre Unschuld beweisen oder nicht?"

Ferraga blickte an die Decke. „Verdammt!"

Decker lehnte sich zurück und wartete. Schließlich fragte er mit freundlicher Stimme: „Was ist los, Aldo? Sagen Sie's mir, schaffen Sie sich's vom Herzen, dann geht's Ihnen besser."

„Ich habe sie nicht umgebracht!"

„Und Ihre Frau?"

„Nein, natürlich nicht!"

„Und trotzdem wollen Sie mir nicht Ihre Anrufe zeigen?"

Ferraga holte sein Handy aus der Tasche und reichte es Decker.

Nachdem Decker auf der Suche nach dem richtigen Datum durch die Anrufe gescrollt hatte, hielt er bei einer bestimmten Nummer an. „Sie haben in der Mordnacht um elf Uhr fünfzehn bei sich zu Hause angerufen. Worum ging's da?"

„Ich wollte Olivia nur Bescheid sagen, dass es spät wird."

„Sie haben zwanzig Minuten telefoniert. Seiner Frau zu sagen, dass es spät wird, dauert keine zwei."

Stille. Decker ließ ihn kommen.

„Wir haben uns gestritten."

„Worüber?"

„Sie dachte, ich bin bei Katrina."

„Und?"

„War ich nicht. Ich war im Büro und habe gearbeitet." Als Decker nicht reagierte, ergänzte er: „Ich arbeite auch gelegentlich."

„Es gibt nicht zufällig jemanden, der Sie im Büro gesehen hat?"

„Was denken Sie?"

„Also kann Olivia Ihnen gar kein Alibi geben. Aber sie hat es getan. Sie haben beide gelogen. Das ist ziemlich schwerwiegend."

„Ich habe Katrina geliebt!"

„Das bezweifle ich nicht, Aldo, aber viele Frauen werden von Leuten ermordet, die sie angeblich lieben."

„Ich habe sie nicht ..." Ferraga schlug sich mit der Hand an die Stirn und sagte dann aufgeregt: „Dr. Zhou! Sie hat das Büro neben mir und war in dieser Nacht dort. Da muss es fast eins gewesen sein."

„Zhou hat Sie um ein Uhr morgens in Ihrem Büro gesehen?"

„Nein, gesehen hat sie mich nicht, aber ich konnte *sie* deutlich hören. Ich habe ihre Stimme erkannt. Ich erinnere mich, dass ich überrascht war, ich dachte nämlich, sie sei noch auf ihrer Konferenz in Preston, in der Nähe von Atlanta. Sie hat sich mit einem Mann gestritten, und es wurde laut. Da habe ich mir Sorgen gemacht und an ihre Tür geklopft, die abgeschlossen war, und gefragt, ob alles in Ordnung ist."

„Und?"

„Durch die Tür hat sie Ja gesagt und sich für die Störung entschuldigt. Danach bin ich zurück an meinen Schreibtisch gegangen und war gegen zwei Uhr dreißig zu Hause. Als ich ins Bett ging, wurde Olivia wach und sah auf die Uhr. Das wird Sie Ihnen bestätigen." Als Decker nicht darauf einging, sagte Ferrara: „Ich schwöre, das ist die Wahrheit."

„Sind Sie bereit, das an einem Polygrafen zu wiederholen?"

Ferraga runzelte die Stirn. „Muss das wirklich sein? Vor Gericht besitzt das keine Beweiskraft, aber das wissen Sie sicher."

„Das Gerät hilft uns manchmal, Leute als Verdächtige zu eliminieren. Wenn Sie die Wahrheit sagen, sollte das doch kein Problem sein."

„Ist es auch nicht." Ferraga zögerte. „Ich möchte, dass Sie so diskret wie möglich vorgehen."

„Ich werde diskret sein, aber Sie machen den Test. Also?“
„Ja.“ Ferraga wirkte resigniert. „Und wann wäre das?“
„Der Lügendetektortest? Morgen sollte voraussichtlich klappen.“
„So bald schon?“
„Warum, müssen Sie erst wieder drüber nachdenken?“
Ferraga blickte säuerlich. „Um wie viel Uhr?“
„Ich rufe denjenigen an, der den Test durchführt, und sage Ihnen Bescheid.“
„Darf ich jetzt gehen?“
Decker ging nicht darauf ein. Stattdessen sagte er: „Also hat sie, ich meine Dr. Zhou, die Tür gar nicht aufgemacht.“
„Nein. Jetzt wünschte ich, sie hätte es. Fragen Sie sie doch einfach.“
„Sie sagten, sie hat sich mit einem Mann gestritten.“
„Ja.“
„Konnten Sie hören, worum es ging?“
„Nein, ich habe ja nicht gelauscht. Aber als es laut wurde, war ich beunruhigt.“
„Sie haben nicht mal einzelne Wörter mitbekommen?“
„Lassen Sie mich nachdenken …“ Ferraga seufzte. „Irgendwas mit einer Abschlussarbeit. Kann sein, dass Katrinas Name fiel.“
„Sagen Sie das nur meinetwegen, um den Verdacht auf jemand anderes zu lenken?“
„Sie haben doch gefragt.“
„Stimmt. Also haben Sie gehört, wie Zhou sich mit einem Mann gestritten hat.“
„Ja.“
„Eine Vermutung, wer es war?“
„Nein.“
„Aber Zhous Stimme haben Sie definitiv erkannt.“
„Sie hat mir doch geantwortet, als ich wissen wollte, ob alles in Ordnung ist. Wer soll denn sonst in ihrem Büro gewesen sein?“
„Hat sie sich häufig mit jemandem gestritten?“
„Nicht besonders.“
„Ab und zu?“
„Ab und zu habe ich mitbekommen, wie sie laut wurde. Das passiert mir sicher auch gelegentlich.“
„Wissen Sie zufällig, mit wem Zhou sich da gestritten hatte?“

Der Professor zuckte die Achseln. „Selbst wenn ich's gewusst haben sollte, ich erinnere mich nicht mehr."

„Wie verstand sie sich mit Rosser?"

„Warum fragen Sie sie nicht selbst?"

„Das werde ich, aber jetzt möchte ich es von Ihnen wissen. Sie haben angedeutet, Rosser sei frauenfeindlich, daher meine Frage nach Zhous Verhältnis zu ihm."

„Das stammt von Katrina, nicht von mir."

„Aber Sie sagten, da sei etwas Wahres dran."

Ferraga war langsam sichtlich genervt. „Meines Wissens kamen Zhou und Rosser gut miteinander aus. Sie hatten ganz unterschiedliche Aufgabengebiete, da gab es kaum ..." Er verzog das Gesicht. „Akademischen Konkurrenzkampf."

„Was ist Zhous Aufgabengebiet?"

„Sie ist die zuständige Dekanin für Unterbringungsfragen und studentische Belange am Kneed Loft."

„Hat Zhou eine Professorenstelle?"

„Selbstverständlich."

„Sie ist doch am Mathematik-Department. Unterrichtet oder veröffentlicht sie noch?"

„Die Zeiten, in denen sie publiziert hat, sind wohl vorbei."

„Aber Konferenzen besucht sie noch."

„Sie hält sich gerne auf dem Laufenden. Aber Publikationen sind ihr nicht mehr wichtig, sie hat ja eine feste Stelle. Sie ist schon länger am Department als Rosser."

„Und Sie haben wirklich keine Ahnung, mit wem Sie sich gestritten haben könnte?"

„Nein."

„Es war sicher nicht Rosser?"

„Ganz genau weiß ich's nicht, aber es klang nicht nach ihm."

„Kam Ihnen die Stimme bekannt vor?"

Ferraga dachte einen Moment nach. „Wenn ich raten müsste, und ich kann nur raten, würde ich sagen, es war ein Student."

„Ein Student?"

„Es ging um eine Abschlussarbeit. Und es klang nicht so, als ob sie mit einem anderen Dozenten aus dem Department gesprochen hätte. Zhou hat die andere Person richtig zusammengestaucht. Nur ein Student hätte sich das gefallen lassen, ohne wütend aus dem Büro zu stürmen."

„Welche Studenten kämen denn infrage?"

„Alle am College. Vermutlich war's aber jemand aus ihrem Tutorenteam, der Mist gebaut hat."

„Sie glauben also, es war ein Tutor."

„Ganz sicher bin ich mir nicht, aber ich glaube schon."

„Wie viele Tutoren arbeiten denn für Zhou?"

„Kann ich auf Anhieb nicht sagen, zehn vielleicht."

„Hat Zhou sich besonders gut mit einem bestimmten Tutor verstanden?"

„Keine Ahnung, woher soll ich das wissen?"

„Sie wissen auf jeden Fall mehr als ich. Stellen Sie einfach eine Vermutung an."

„Zwei von Lins Magisterstudenten, Scott Sumpter und Alistair Dixon, arbeiten auch als Tutoren."

Der Name Dixon ließ Decker hellhörig werden. Das war der Magisterstudent, der Eli anhand des Obduktionsfotos als Erster identifiziert hatte. Als Decker und McAdams gerade die Ermittlungen in diesem Todesfall aufgenommen hatten, war Dixon ganz erpicht darauf gewesen, ihnen zu helfen. „Und Sie konnten die Stimme keinem der beiden zuordnen?"

„Vielleicht Alistair, aber ich bin mir nicht sicher. Beide sind intelligent, aber keine Genies. Warum würden sie sonst hier ihren Magister machen und nicht in Princeton oder Berkeley?"

„Elijah Wolf hat doch auch hier studiert."

„Nur weil seine Eltern ihn nicht woanders hingehen lassen wollten."

Das war vermutlich der erste wahre Satz, den Ferraga von sich gegeben hatte. Decker gab ihm sein Telefon zurück. „Ich lasse den Lügendetektor vorbereiten. Sie können gehen, aber verlassen Sie Greenbury nicht."

Als Ferraga gegangen war, holte Decker sein Handy heraus und rief McAdams an. „Wie läuft's beim Lernen?"

„Brauchst du mich? Ich könnte dringend 'ne Pause vertragen. Ich hab drei Stunden am Stück gebüffelt."

„Warum ist Professor Zhou noch mal früher als geplant nach Greenbury zurückgekommen?"

„Migräne. Scheint auch zu stimmen. Ich habe mit verschiedenen Konferenzteilnehmern gesprochen, die bestätigt haben, dass sie die ganze Zeit über starke Kopfschmerzen geklagt hat."

„Um wie viel Uhr ist sie hier angekommen?"

„Gegen neun Uhr abends."

„Und was hat sie als Erstes gemacht?"

„Sie sagt, sie ist nach Hause gefahren und sofort schlafen gegangen."

„Ach ja?" Decker berichtete Tyler von seinem Gespräch mit Ferraga.

„Also hat sie gelogen."

„Oder Ferraga lügt. Er hat schon mal gelogen, wie wir wissen. Über Zhou will ich diesbezüglich noch kein Urteil fällen."

„Du willst jetzt gleich mit ihr reden, oder?"

„Und ob. Willst du mitkommen?"

„Ich dachte schon, du fragst nie mehr …"

KAPITEL EINUNDDREISSIG

Dr. Zhou lief unruhig in ihrem perfekt ausgestatteten Büro auf und ab, wobei die Absätze ihrer schwarzen Stöckelschuhe über den Boden klapperten. Mit einer Hand hielt sie sich die Stirn.

„Ja, ich bin wegen Migräne nach Hause gefahren. Die habe ich ständig. Das kommt davon, wenn man hier arbeitet." Zhou trug ein rotes Strickkleid, ein schwarzer Blazer hing über ihrem Schreibtischstuhl. „Und ja, Dr. Ferraga hat wirklich gegen ein Uhr morgens an mein Büro geklopft. War das Mittwochnacht? Die Nacht, in der die arme Katrina … Jedenfalls, er hat geklopft, um mich zu fragen, ob es mir gut geht. Das tat es nicht, aber das ging ihn nichts an. Als ich schließlich nach Hause fuhr, war es schon fast hell. Ich hatte einiges auf dem Schreibtisch gehabt, was ich noch fertig machen musste, und da ich nicht schlafen konnte, dachte ich, das kann ich genauso gut gleich erledigen."

Decker nickte. „Wann haben Sie dann Ihr Büro verlassen? Um fünf, um sechs?"

„Es war schon fast sechs. Ich habe bei Bagelmania angehalten und mir etwas zum Frühstück besorgt. Dann bin ich nach Hause und habe versucht, etwas zu schlafen, aber ich hatte fürchterliche Kopfschmerzen, und mir war speiübel. Irgendwann haben die Tabletten dann endlich gewirkt, und ich bin zurück ins Büro, um die restliche Arbeit fertig zu machen. Danach habe ich mich zwei Tage lang zu Hause erholt, offiziell war ich ja noch gar nicht wieder zurück. Ich habe das Licht ausgemacht, das Telefon ausgestöpselt, ein Beruhigungsmittel eingenommen und die ganzen zwei Tage durchgeschlafen. Von der armen Katrina habe ich sogar erst an dem Samstag erfahren, als ich zurück ins Büro kam. Und dann ist dieser Blödsinn mit Theo und Lennaeus passiert, der mich wieder aus meinem stillen Kämmerlein gelockt hat. Gott, die beiden sind vielleicht bescheuert!"

„Um wie viel Uhr sind Sie am Samstag wieder ins Büro gekommen, Dekanin Zhou?"

„Am Vormittag gegen elf." Zhou saß an ihrem Schreibtisch, zog eine Schublade auf und nahm eine Tablette. „Das Ganze hat meiner Gesundheit überhaupt nicht gutgetan. Die arme Katrina. Vermutlich stehe ich immer noch unter Schock."

„Was wissen Sie über die Sache?"

„Über die Affäre oder ihren Tod? Über den weiß ich nämlich gar nichts."

„Aber über die Affäre schon?"

„Das wusste jeder, und niemanden hat es gekratzt, außer vielleicht Aldos Frau."

„Und Theo Rosser?"

„Ja, der hätte auch was dagegen gehabt, wenn er's gewusst hätte."

„Also wusste es doch nicht jeder."

„Theo hat wenig Gespür, was seine Kollegen und Studenten angeht. Ich darf mich dann darum kümmern, wenn etwas schiefgeht. Ach, haben Sie eigentlich rausgefunden, was in Elijah Wolfs Mathematikaufzeichnungen stand?"

„Ja, haben wir."

„Irgendwas von Bedeutung?"

„Nein."

Zhou wartete offenbar auf Details, aber Decker wechselte das Thema. „Mit wem hatten Sie in der Nacht, als Katrina umkam, eine Auseinandersetzung?"

„Wie bitte?"

„Als Ferraga an Ihr Büro klopfte und sich erkundigt hat, ob alles in Ordnung ist. Mit wem hatten Sie da eine Auseinandersetzung?"

„Der Grund für mein Schreien hatte nichts mit der armen Katrina zu tun. Ich verrat's Ihnen aber trotzdem: Ich habe mich mit Alistair Dixon gestritten. Er ist einer meiner Magisterstudenten."

McAdams warf Decker einen vielsagenden Blick zu. „Alistair haben wir kennengelernt, als wir auch Sie zum ersten Mal gesehen haben. Das war an dem Abend, als wir uns wegen Elijahs Tod im Wohnheim umgehört haben."

„Ja, natürlich. Jetzt erinnere ich mich."

„Worüber haben Sie sich gestritten?"

„Seine schlampige Arbeitsweise." Sie schüttelte den Kopf, schien die Geste aber sofort zu bedauern. „Herrgott, als ob das hier Princeton wäre. So schwer ist es wirklich nicht, seinen Magister zu kriegen. Wir erwarten keinen Beweis für den Großen Fermat'schen Satz, sondern lediglich eine simple mathematische Idee, die sich idealerweise zukünftig noch ausbauen lässt."

„Hat den nicht schon jemand erbracht?“, fragte Tyler.

„Doch, Andrew Wiles. Was soll das jetzt?“

„Gar nichts“, sagte Decker. „Woran arbeitet Alistair Dixon?“

„Das darf ich Ihnen nicht sagen, das wäre eine Verletzung seiner Privatsphäre. Aber fragen Sie ihn doch selbst, wenn es Sie so interessiert.“ Zhou schien ihr Sarkasmus selbst aufzufallen. „Ich fühle mich nicht gut, sehen Sie's mir bitte nach, falls ich etwas scharf klinge.“

„Das war uns schon aufgefallen“, sagte Decker. „Danke, dass Sie trotzdem mit uns sprechen.“

Zhou bat Decker mit einer Handbewegung, fortzufahren.

„Wenn ich Ihnen einige Themen zur Auswahl nenne, würden Sie dann zumindest mit Ja oder Nein antworten?“

„Nein, aber fragen dürfen Sie natürlich.“

In Deckers Hirn begann sich ein Bild zu formen. Was genau, konnte er noch nicht sagen, aber der Gedanke würde schon Gestalt annehmen. „Hat es mit Fourier-Analyse zu tun? Scheint hier sehr beliebt zu sein.“

Zhou wirkte überrascht. „*Mein* Interessengebiet ist es jedenfalls nicht, und ist es auch nie gewesen.“

„Aber das von Katrina Belfort.“

„Alistair hat aber mit mir zusammengearbeitet und nicht mit Katrina.“

„Hat Alistairs Thema mit Fourier-Analyse zu tun oder nicht? Ein einfaches Ja oder Nein.“

Als Zhou schwieg, lehnte sich Tyler zu Decker hinüber und zeigte ihm seinen Notizblock. „Nur zu, frag sie“, sagte Decker.

„Hat es mit dem Stochastischen Oszillator als Momentums-Indikator am Aktienmarkt zu tun?“, fragte Tyler.

Zhou wurde rot vor Zorn. „Wenn Sie schon mit Alistair gesprochen haben, warum belästigen Sie mich dann noch?“

„Wir haben nicht mit ihm gesprochen.“

„Noch nicht“, fügte Tyler hinzu.

Zhou war kurzzeitig sprachlos. „Sagen Sie mir nicht, Sie haben nur geraten.“ Sie stand auf, verzog vor Schmerz das Gesicht und setzte sich wieder. „Was geht hier eigentlich vor?“

„Wussten Sie, dass Dr. Belfort für Hedgefonds gearbeitet hat? Sie hat einen bestimmten von ihr entwickelten stochastischen Oszillator als Indikator benutzt, um tägliche Marktbewegungen vorauszusagen", sagte Decker.

Die Dekanin befeuchtete mehrfach ihre Lippen mit der Zunge. „Wie haben Sie das rausgefunden?"

„Meine Quellen spielen jetzt keine Rolle. Was wissen Sie über Belforts heimlichen Nebenverdienst?"

„Ich höre zum ersten Mal davon."

„Sie würden mich doch nicht anlügen, oder?"

„Warum sollte ich?"

„Weil Nebenjobs außerhalb des Departments normalerweise nicht gerne gesehen werden. Wenn Sie davon wussten, könnte das ein schlechtes Licht auf Sie werfen."

„Ich lüge nicht. Ich wusste wirklich nichts davon. Und Theo ganz sicher auch nicht. Der wäre damit überhaupt nicht einverstanden gewesen."

„Wie kam Alistair Dixon zu seinem Thema?"

„Ursprünglich hatte er ein anderes, änderte es aber vor etwas über einem Jahr in Fourier-Analyse beim Stochastischen Oszillator."

„Und Sie haben die Änderung genehmigt?"

„Ja, aber ich hatte Bedenken. Es ist nur ein zweijähriger Studiengang, da blieb nicht viel Zeit, um eine Magisterarbeit auszuarbeiten. Alistair musste einiges nachholen, aber er versicherte mir, das sei kein Problem. Als ich dann im Zug von der Konferenz zurück nach Greenbury eine Rohfassung seiner Arbeit gelesen habe, war ich schockiert, wie viele logische Lücken es darin gab. Er musste ja keinen genialen Beweis erbringen, aber zumindest hätte da eine mathematische Begründung für seine Hypothese stehen müssen."

„Was für ein Verhältnis hatte Dixon zu Dr. Belfort?"

„Meines Wissens keines. Sehr merkwürdig, die ganze Sache. Wer hat Ihnen von Katrinas heimlichem Nebenjob erzählt?"

Decker überging die Frage. „Falls Theo Rosser von diesem Job erfahren hätte, wie hätte er Ihrer Meinung nach reagiert?"

„Wie meinen Sie das?"

„Wir gehen von der Annahme aus, dass Dr. Belfort ermordet wurde."

Stille. Schließlich sagte Zhou: „Also wirklich! Theo hat Katrina nicht ermordet, weil sie heimlich einen Zweitjob hatte. Wenn er dahintergekommen wäre, hätte er das als Anlass für ihre Kündigung genommen und ihre Chancen, je wieder eine Stelle zu finden, ruiniert. Er konnte sie nicht ausstehen."

„Das haben wir schon mitbekommen", kommentierte Tyler. „Gab es einen speziellen Grund, außer seiner Frauenfeindlichkeit?"

„Theo hält nichts von Frauen, aber wenn Sie's richtig anstellen, ist er handzahm. Er hätte ihr aus der Hand… Ach, was soll's."

Decker lächelte grimmig. „Hätte ihr aus der Hand gefressen?"

Die Dekanin schwieg. McAdams überlegte kurz. „Alles klar! Er stand auf sie, aber sie ließ ihn abblitzen."

„Nein, da liegen Sie falsch. Er hasste sie", insistierte Zhou.

„Verschmähte Liebe kann ganz schnell in Hass umschlagen", merkte McAdams an.

Zhou widersprach nicht. „Ich weiß nicht, könnte sein. Anfänglich sprach er in höchsten Tönen von ihr, aber das änderte sich schnell. Katrina war sehr charmant, aber auch ehrgeizig. Vielleicht mochte er nur diese Kombination nicht."

„Wie hätte Dr. Rosser Ihrer Meinung nach reagiert, wenn er von der Affäre erfahren hätte? Glauben Sie, er hätte Katrina deswegen rausgeworfen?"

„Es ist sehr schwer, jemanden wegen sittlichen Fehlverhaltens loszuwerden, wenn dieser jemand eine volle Professorenstelle hat."

„Die hatte sie nicht."

„Aber Aldo. Der hätte ebenfalls gehen müssen, sonst hätten wir womöglich eine Klage wegen Geschlechterdiskriminierung am Hals gehabt."

„Noch mal zurück zur Frage, wo Sie in der Nacht waren, als Katrina starb", schaltete Decker sich ein. „Sie sagten, Ferraga klopfte ungefähr um ein Uhr morgens an Ihr Büro?"

„Genau."

„Gut. Wann ist Dixon in Ihr Büro gekommen?"

„Das muss eine halbe Stunde vorher gewesen sein."

„Gegen halb eins?" Decker runzelte die Stirn. „Ziemlich spät für ein fachliches Treffen."

„Sobald ich von der Konferenz zurück war, habe ich ihm meine Kritikpunkte gemailt. Er fragte, ob wir uns so schnell wie möglich treffen könnten. Ich konnte nicht schlafen und war ohnehin im Büro, also habe ich ihm angeboten, er könnte auf ein Gespräch vorbeikommen. Studenten gehen ja spät ins Bett. Also ja, er kam um etwa zwölf Uhr dreißig hierher."

„Wie hat Dixon reagiert, als Sie ihm Ihre Vorbehalte gegenüber seiner Arbeit geschildert haben?"

„Er war natürlich nicht begeistert und behauptete, es sei eine Rohfassung." Zhou zögerte. „Er war verletzt. Ich bin ihn auch wirklich hart angegangen. Das habe ich nicht sehr gut gehandhabt."

„Wann ist Dixon wieder gegangen?"

„Ich habe nicht auf die Uhr gesehen. Wir haben uns ungefähr eine Dreiviertelstunde unterhalten, würde ich sagen, dann ist er so etwa Viertel nach eins gegangen."

„Wissen Sie, wo er danach hingegangen ist?"

„Keine Ahnung. Doch vermutlich entweder zurück ins Wohnheim oder in die Bibliothek."

„Aber Sie wissen es nicht genau."

„Nein."

„Haben Sie dann am Morgen noch mal mit ihm gesprochen?"

„Nein, aber im Lauf des Tages. Ich glaube, am Nachmittag. Er war immer noch ziemlich durcheinander. Ich hatte angenommen, er sei längst darüber hinweg."

Vielleicht war er aus anderen Gründen durcheinander. Decker klappte sein Notizbuch zu und reichte Dekanin Zhou seine Karte. „Rufen Sie mich an, falls Ihnen noch etwas einfällt."

„Ich habe noch eine Frage", sagte McAdams. „Schien Rosser je eifersüchtig auf Ferraga zu sein?"

„Nicht vordergründig, aber Theo ist von Natur aus eifersüchtig."

„Wie äußert sich seine Eifersucht?"

„Vielleicht war das unpassend von mir. Das ist nur meine ganz persönliche Meinung."

„Nur zu, sagen Sie uns, was Sie denken", ermunterte Decker Zhou.

„Theo ist kein Teamplayer. Er sieht es nicht gerne, wenn die anderen Dozenten erfolgreich sind, obwohl es natürlich auch ihn als Leiter gut dastehen lässt. Vor allem ehrgeizige Frauen kann er nicht ausstehen. Katrina war nicht die Erste, mit der er aneinandergeraten ist."

„Meinen Sie Mallon Euler?", fragte Tyler.

„Nein, eine andere Dozentin, die vor vier Jahren gegangen ist. Aber ich finde auch, dass er ziemlich hart mit Mallon umspringt."

„Haben Sie Rosser je darauf angesprochen?"

„Ich hab es mal eingeflochten, aber er weigert sich, es zuzugeben. So ist Theo nun mal."

„Starrsinnig?"

„Das ist ein bisschen stark formuliert."

„Wie würden Sie's denn nennen?"

„Theo ist ein außergewöhnlicher Mann. Eigentlich sollte er Professor in Harvard, Princeton oder Berkeley sein. Aber er fixiert sich zu sehr auf eine Person oder eine Idee. Beharrlichkeit bringt einen in der Mathematik oft weiter, aber nur, wenn man auf dem richtigen Weg ist. Manchmal muss man einfach aufhören, sich an eine Idee zu klammern, so genial sie auch sein mag. Manchmal muss man es einfach mit einer anderen Taktik versuchen."

Als die beiden Detectives das Gebäude verlassen hatten, sagte McAdams: „Tja, beim Stichwort ethisch fragwürdige Berufszweige fällt einem Mathematik vielleicht nicht als Erstes ein, aber Engstirnigkeit scheint an der Uni ziemlich weit verbreitet zu sein."

„Sind auch nur Menschen."

„Tiefgründig."

„Tiefgründig oder nicht, es stimmt."

Tyler musste schmunzeln, stellte den Kragen seines dunkelblauen Kaschmirmantels auf und wickelte sich den Schal fester um den Hals. „Soll ich Alistair Dixon anrufen?"

„Ja. Versuch mal, ob er sich in einer Stunde mit uns treffen kann. Ich schaue bei Bagelmania vorbei und überprüfe Lin Zhous Alibi vom Morgen nach dem Mord. Soll ich dir was mitbringen?"

„Nein, ich hab gerade keinen Hunger." Tyler nahm sein Telefon aus der Tasche und suchte Alistair Dixons Handynummer. „Sie könnte es trotzdem gewesen sein. Zwischen zwei und sechs war mehr als genug Zeit, um Katrina in eine Auseinandersetzung zu verwickeln und sie gegen einen Tisch zu stoßen."

„Sicher."

„Aber du verdächtigst sie nicht." Er rief Dixons Nummer an. „Mittlerweile hab ich ein Gespür dafür, wen du für unschuldig hältst und von wem du annimmst, er oder sie hat was zu verbergen."

„Es klang, als ob sie die Wahrheit sagt. Angeblich war sie um sechs Uhr morgens bei Bagelmania. Wenn das gelogen war, ändere ich meine Meinung."

„Mailbox, wart mal kurz."

„Sprich ihm meine Nummer drauf für den Rückruf."

„Vertraust du mir nicht?"

„Ich will selbst mit ihm sprechen."

„Na schön."

Decker wartete, bis McAdams sein Handy wieder eingesteckt hatte. „Dekanin Zhou hatte recht mit der anderen Taktik. Wir gehen ja die ganze Zeit davon aus, dass Theo Rosser Katrina hasst. Und dann erwähnst du nebenbei, vielleicht wollte er was von ihr ... Womöglich ändert das den ganzen Fall. Gut gemacht, Harvard."

„Danke." Tyler überlegte kurz. „Dann hast du jetzt Rosser im Verdacht?"

„Wenn er sich von Katrina zurückgesetzt fühlte, wer weiß, was da in ihm hochgekocht ist. Und dann ist da noch Dixon, der seine Magisterarbeit über den Stochastischen Oszillator als Prognoseinstrument schreibt, ein Thema, das ihm erst nach einem Jahr eingefallen ist. Wo hatte er das her?"

„Vielleicht hat er auch für Katrina gearbeitet."

„Mallon und Damodar haben Dixon nie erwähnt, aber vielleicht hatte Katrina mehrere Studententeams, die ihr geholfen haben."

„Soll ich gleich mal bei Mallon nachfragen?"

„Warte noch." Decker schwieg einen Moment. „Beim Gespräch mit Zhou war mir etwas aufgefallen, gerade eben ist es mir wieder eingefallen: Sie hat erwähnt, wie schlampig Dixons Arbeit war. Vielleicht brauchte er bessere Ergebnisse. Was hältst du von der Idee, dass *er* bei Mallon eingebrochen ist, um *ihre* Ergebnisse zu stehlen?"

„Äh, aus Dixon kannst du nicht Mallon zaubern, egal, wie gut die Perücke oder die Schminke ist. Er ist ein ziemlich kräftiger Typ."

„Dann hat er jemand anderes für sich einbrechen lassen."

McAdams zuckte die Achseln. „Und als der bei Mallon nichts fand, ist Dixon bei Belfort vorbeigefahren. Die beiden hatten Streit, und dann hat er ihr einen Stoß versetzt."

Deckers Handy klingelte: Dixon. Nachdem er sich vorgestellt hatte, sagte Decker: „Ich überprüfe gerade, wo sich alle Betreffenden in der Nacht aufhielten, als Katrina Belfort starb. Dr. Ferraga hat uns gesagt, dass er gegen ein Uhr morgens an Dr. Zhous Büro geklopft hat, und Sie seien auch dort gewesen … Ja, hat Dr. Zhou schon erzählt … Ja, ich weiß, Sie haben ihn nicht gesehen. Ich brauche trotzdem Ihre Aussage. Könnten Sie aufs Revier kommen … Nein, nicht telefonisch. Ich brauche Ihre Unterschrift. Dauert auch nicht lange …" Decker sah auf seine Armbanduhr. „So um vier? Gut, bis dann. Danke …" Er legte auf.

„Wie klang er?"

„Nervös, aber das ist normal, wenn die Polizei anruft."

McAdams sah auf die Uhr. „Das ist in zwei Stunden."

„Der Junge kann rechnen."

„Immerhin war ich vier Jahre auf dem College …"

Decker grinste. „Ich kann mich allein um Dekanin Zhous Alibi kümmern. Fahr nach Hause zum Lernen."

„Okay."

Decker griff sich an die Brust. „Was war das gerade? Du tust tatsächlich, was ich sage?"

„Haha."

„Ich sollte solche Augenblicke eigentlich auf Video festhalten. Kommt nämlich fast genauso selten vor wie bei meinen Kindern."

„Jetzt mach nicht auf armer kleiner Detective, Decker. Du lässt dir nämlich von niemand nix gefallen. Hm, streng genommen hieße das, du lässt dir von allen alles gefallen. Ach, du weißt schon, was ich meine. Du bist verdammt gerissen, nur kannst du's besser verstecken als mein Dad."

„Jeder könnte das besser als dein Dad."

„Auch wieder wahr. Trotzdem will ich dabei sein, wenn du Dixon vernimmst. Wir sind ungefähr im selben Alter, das könnte doch nützlich sein."

„Auf jeden Fall."

Tyler lächelte sarkastisch. „Oh, danke, Boss."

„Gerne doch." Decker drückte den jungen Mann kurz. „Wir beide sind ein gutes Team, Harvard. Du verleihst mir Jugend und ich dir Würde."

KAPITEL ZWEIUNDDREISSIG

Dixon wurde in eines der beiden Vernehmungszimmer des Reviers geführt. In dem kleinen Raum standen ein Tisch, an dem bereits Decker mit seinem Notizblock saß, sowie drei weitere Stühle. McAdams bereitete gerade die an einer Wand angebrachte Videokamera vor. Decker blickte auf, sah Dixon und schenkte Wasser in drei Gläser. „Setzen Sie sich."

„Oh, ich dachte, ich soll hier nur meine Aussage unterschreiben." Die Augen des jungen Mannes wanderten vom Aufnahmegerät zu dem einzelnen leeren Stuhl auf der anderen Seite des Tisches. Ein Schweißtropfen rann ihm die Stirn herab.

„Das sollen Sie auch", bestätigte Decker. „Sie können Ihre Jacke ausziehen. Ihnen wird gleich noch viel wärmer."

„Wie lange wird das hier dauern?"

„Nicht allzu lange."

„Ungefähr?"

„Setzen Sie sich, Alistair. Je schneller wir vorankommen, desto schneller können Sie wieder gehen."

Dixon zog Parka, Mütze, Handschuhe und Schal aus, legte alles über die Rücklehne seines Stuhls und setzte sich. Der junge Mann war kräftig gebaut, aber nicht sehr groß. Er hatte lockige braune Haare und hellbraune Augen. Seine Wangen waren vermutlich von der Kälte gerötet. Decker schob einen leeren Notizblock zu ihm hinüber.

„Schreiben Sie auf, wann Sie zu Dr. Zhou gegangen sind, wann Dr. Ferraga angeklopft hat und wann Sie das Büro der Dekanin wieder verlassen haben. Und ebenso, wo Sie danach hingegangen sind und wann Sie dort ankamen."

„Warum? Ich dachte, ich soll nur eine offizielle Aussage abgeben."

„Genau das sollen Sie jetzt tun. Eine offizielle Aussage abgeben."

„Ich dachte, es geht um Dr. Ferraga."

„Das tut es."

„Warum interessiert es Sie dann, wo *ich* hingegangen bin?"

Decker fragte Tyler: „Läuft die Kamera?"

„Ja." Tyler stieg von der Trittleiter. „Zumindest ist das rote Lämpchen an."

„Passt schon." Decker sprach in ein Tischmikrofon. „Detective Peter Decker, ich vernehme Alistair Dixon." Er sah auf die Uhr und gab Datum und Uhrzeit an.

Dixons Augen huschten zwischen den beiden Detectives hin und her. „Warum nehmen Sie mich auf?"

„Haben Sie etwas dagegen?"

„Ja, schon."

„Wie kommt's?"

„Dadurch wirke ich …" Dixon wurde immer leiser und verstummte schließlich ganz. Decker ließ ihm Zeit. „Ich mag's einfach nicht, wenn man Aufnahmen von mir macht."

„Das ist die offizielle Vorgehensweise."

„Ja, wenn man ein Verdächtiger ist."

Decker lächelte grimmig. „Sie sehen zu viele Krimis. Wir nehmen alles auf, reine Routine. Sind Sie mit Ihrer Aussage fertig?"

„Ich hab noch gar nicht angefangen." Dixon seufzte. „Was brauchen Sie, nur die Uhrzeiten?"

„Die Uhrzeiten und was Sie gemacht haben."

„Na dann." Dixon brauchte fast zehn Minuten. Als er fertig war, fragte er: „Kann ich jetzt gehen?"

„Ich würde gerne die Aussage mit Ihnen durchgehen. Sollte nicht lange dauern."

Ein überlautes, genervtes Seufzen. „Wieso denn?"

„Damit ich nichts falsch verstehe." Decker las sich die Aussage durch und reichte sie dann McAdams, damit er sie überfliegen konnte. „Sie sind nachts um circa zwölf Uhr dreißig zu Dr. Zhou ins Büro gegangen."

„Ja."

„Etwas spät zum Arbeiten", sagte Decker.

„Was soll das?" Dixon sah wütend aus. „Soll das ein Verhör werden?"

„Haben Sie etwa etwas dagegen, dass ich Ihnen ein paar Fragen stelle?"

„Ja, wenn sie alle in dieselbe Richtung gehen."

„Dient nur zur Klärung."

„Wenn Sie sagen ‚etwas spät zum Arbeiten', klingt das so, als hätte ich was verbrochen."

„Nein, nein. Ich hab mich nur gefragt, ob Sie sich immer so spät mit Dr. Zhou treffen. Vielleicht hat sie ja nur dann Zeit."

Dixon richtete sich im Stuhl auf. „Ah, Sie haben also mit Zhou gesprochen. Was hat sie Ihnen gesagt?"

„Ich weiß bereits Folgendes: Sie beide hatten eine hitzige Diskussion, die so laut war, dass Dr. Ferraga anklopfte, um sich zu erkundigen, ob alles in Ordnung ist."

„Wir hatten nur einen gesunden wissenschaftlichen Meinungsaustausch, mehr nicht."

„In Amerika herrscht immer noch Meinungsfreiheit", kommentierte McAdams. „Worum ging's denn bei Ihrem Meinungsaustausch?"

„Das würden Sie nicht verstehen."

„Und warum nicht?"

„Ziemlich anspruchsvolle Mathematik."

„Also hatten Sie eine Meinungsverschiedenheit über abstruse mathematische Spekulationen in Ihrer Magisterarbeit?"

„Woher wissen Sie, dass es um meine Magisterarbeit ging? Hat sie Ihnen das erzählt?"

„Laut Dr. Ferraga scheint hauptsächlich Dr. Zhou geschrien zu haben", schaltete sich jetzt Decker ein. „Was hat sie so wütend gemacht?"

„Das hört sich langsam nach mehr als nur ein paar Fragen an."

„Alistair ..." Decker lehnte sich zu ihm vor. „Dr. Zhou hat uns so einiges erzählt und Dr. Ferraga auch. Es ist ein kleines Department, und Katrina Belfort ist tot. Wir möchten uns nur noch mal vergewissern, wo sich alle in der Tatnacht aufgehalten und was sie gemacht haben."

„Also geht es um Katrina Belfort."

„Natürlich, was dachten Sie denn?"

Dixon schwieg. Schließlich sagte er: „Ich war von ungefähr zwölf Uhr dreißig bis ein Uhr dreißig bei Lin. Kann ich jetzt gehen?"

„Und wo sind Sie danach hingegangen?"

„Zurück ins Wohnheim und in mein Bett."

„Wie spät war es da?"

„Ich bin zu Fuß zurückgelaufen." Dixon schaute betont zur Seite. „Das war um zwei Uhr morgens."

Decker schrieb etwas auf seinen Block. „Gibt es jemanden, der Sie zur fraglichen Uhrzeit im Wohnheim gesehen hat?"

„Nein." Dixon klang gekränkt. „Die waren alle schon im Bett."

„In einem Studentenwohnheim sind um zwei schon alle im Bett? Mann, da hat sich in den letzten drei Jahren aber ganz schön viel verändert", kommentierte McAdams.

„Alistair, wir wissen beide, dass man in einem Wohnheim nie allein ist", sagte nun auch Decker. „Ein paar Nachteulen gibt's doch immer, die sich am Kühlschrank im Gemeinschaftsraum rumtreiben und etwas Essbares suchen."

„Ich hab niemanden gesehen. Okay, ich habe Ihre Fragen beantwortet, jetzt geh ich."

„Also wenn wir den Schlüsselkartenleser am Haupteingang Ihres Wohnheims überprüfen, wird der uns bestätigen, dass Sie irgendwann zwischen ein Uhr dreißig und zwei Uhr das Gebäude betreten haben?", fragte Decker.

Dixon wurde blass. „Äh, jemand hat mir aufgemacht."

„Also hat Sie doch jemand gesehen. Noch besser. Ich brauche den Namen."

Dixon holte tief Luft. „Keine Ahnung, wer das war."

„Haben Sie mir nicht selbst gesagt, Kneed Loft ist ein kleines College?"

„Trotzdem kenn ich nicht jeden Einzelnen dort und auch nicht an den anderen vier Colleges."

„Aber Sie sollten jeden einzelnen Ihrer Studenten im Wohnheim kennen, schließlich sind Sie dort Tutor", sagte McAdams. „Und es sollte Ihnen auch auffallen, wenn ein Fremder um zwei Uhr nachts Ihr Wohnheim betritt."

„Sie sind ganz offensichtlich nicht zurück ins Wohnheim gegangen. Wohin also dann?", fragte Decker.

„Brauche ich jetzt einen Anwalt?" Dixon bemühte sich, wütend zu klingen.

„Was meinen Sie?"

„Falls es keinen juristischen Grund gibt, mich festzuhalten, war's das."

„Noch mal zum Mitschreiben, Alistair", sagte Decker. „Sie können jederzeit gehen. Aber wir ermitteln hier in einem Mordfall. Gleichzeitig versuchen wir herauszufinden, wer in Mallon Eulers Zimmer eingebrochen ist, weil die beiden Vorfälle vielleicht zusammenhängen. Also was wissen Sie darüber?"

„Gar nichts! Wie denn? Ich war doch bei Dr. Zhou, als das passiert ist."

„Okay, sehen wir uns das mal genauer an, Alistair. Ja, Sie waren bei Dr. Zhou. Das bedeutet, Sie können Mallons Zimmer nicht selbst durchsucht haben. Das heißt aber nicht, dass Sie nicht jemand anderen mit dem Einbruch beauftragt haben könnten."

„Warum sollte ich bei Mallon einbrechen? *Warum?*"

„Vielleicht haben Sie Zahlenmaterial zum Thema Stochastischer Oszillator als Prognoseinstrument gesucht. Wir wissen beide, dass Mallon auf diesem Gebiet Untersuchungen durchgeführt hat."

Dixon wollte etwas sagen, brachte aber keinen Ton heraus.

Er stand auf, aber die Beine drohten ihm wegzuknicken. Er hielt sich am Stuhl fest, um nicht umzukippen. „Ich werde jetzt gehen."

„Nur zu", sagte Decker. „Aber Folgendes bitte ich Sie zu bedenken: Falls Sie etwas mit dem Einbruch bei Mallon zu tun hatten und jemanden gebeten haben, Ihnen dabei zu helfen, Mallons Ergebnisse für Ihre ‚noch nicht ganz fertige' Magisterarbeit zu finden, werden wir Beweise dafür finden. Und in so einem kleinen College geht das ganz schnell. Wenn Sie gehen, ohne uns zu sagen, was Sie über die Vorfälle wissen, macht das einen extrem schlechten Eindruck. Und weil wir zudem den Mord an Katrina Belfort untersuchen, machen Sie sich ruckzuck zum Hauptverdächtigen. Und alles nur, weil Sie die Polizei belügen."

Dixons Stirn war mittlerweile schweißnass, und ihm zitterten die Hände. „Ich hatte nichts mit Katrinas Tod zu tun! Gar nichts!"

„Genau wie mit dem Einbruch bei Mallon?"

„Scheiße." Der junge Mann ließ sich wieder in den Stuhl fallen und vergrub das Gesicht in den Händen. Dann blickte er hoch zu Decker. „Ich habe Katrina Belfort nicht umgebracht. Ich hatte kaum etwas mit ihr zu tun, als sie noch lebte, warum sollte ich sie dann *töten*?"

„Dazu kommen wir noch, Alistair." Decker dachte einen Moment nach. „Und auch zum Einbruch bei Mallon Euler. Jetzt erzählen Sie mir erst mal etwas über den Stochastischen-Oszillator-Indikator. Wie kamen Sie auf dieses Thema für Ihre Magisterarbeit?"

„Das hat mich schon immer interessiert."

„Das stimmt nicht, Alistair. Laut Dr. Zhou haben Sie nach einem Jahr das Thema geändert."

Dixon starrte auf die Tischplatte. Schweigen.

„Alistair. Ich hab in Harvard meinen Abschluss gemacht", schaltete sich nun Tyler wieder ein. „Ist wirklich schwer, ein neues Thema zu finden. Kann einem ganz schön auf den Senkel gehen. Da kommt es schon mal vor, dass man das Thema wechseln muss."

„Dann hab ich eben ein anderes Thema genommen, na und?"

„Und wie kamen Sie darauf, in Ihrer Magisterarbeit den Stochastischen-Oszillator-Indikator aus mathematischer Sicht zu untersuchen?", fragte Decker.

„Mein ursprüngliches Thema entwickelte sich nicht so wie geplant. Ich hab ein bisschen mit den Anwendungsmöglichkeiten von Fourier-Analyse und Wellen rumprobiert und bin dabei auf den Stochastischen-Oszillator-Indikator gestoßen. Etwas mit praktischem Nutzen, was ich spannend fand."

„Dieser Indikator ist schon lange bekannt. Sie müssen demnach einen neuen Aspekt untersucht haben."

„Ja, ganz genau."

„Erklären Sie's uns."

„Ist aber sehr mathematisch."

„Jetzt reicht's aber!" Tyler platzte der Kragen. „Hören Sie auf, sich hinter Zahlen zu verstecken. Wir wissen Bescheid über die Gruppe von Leuten, die ‚neue Aspekte' des Indikators untersucht hat. Mallon Euler gehörte dazu. Jetzt sagen Sie verdammt noch mal endlich die Wahrheit, dann müssen wir uns nicht ständig wiederholen."

Decker überraschte dieser Ausbruch, aber zumindest schien er Dixon wachgerüttelt zu haben. „Also, versuchen wir's noch mal von vorne. Wer hat Ihnen vom Stochastischen-Oszillator-Indikator erzählt, Alistair?"

„Das ist ein bekannter mathematischer Indikator."

„Beantworten Sie die Frage, Dixon", blaffte Tyler. „Wer hat Ihnen davon erzählt?"

Ein resigniertes Seufzen. „Damodar Batra. Wir haben uns irgendwann unterhalten, da hat er erwähnt, dass er gerade an etwas Neuem über den Stochastischen-Oszillator-Indikator arbeitet. Klang ... vielversprechend." Dixon sah nach unten, dann wieder zu den Detectives. „Wie gesagt, ich hatte Probleme mit meinem ersten Thema. Das war so ... und Lin kann sehr ... egal. Was Damodar da machte, klang interessant und nicht sonderlich schwierig. Also habe ich Lin gefragt, ob ich das Thema wechseln kann. Nach einiger Überredung war sie einverstanden."

„Eine Weile lief's gut, dann kamen Sie nicht weiter", fuhr McAdams fort. „Also haben Sie sich noch mal an Damodar gewendet, um ihn auszuquetschen, aber er hatte Bedenken, Ihnen zu helfen."

„Haben Sie schon mit Damodar gesprochen?"

„Noch nicht, aber das werden wir. Er muss Ihre Angaben bestätigen. Jetzt raus damit. Wie Detective Decker schon sagte, es sieht nicht gut aus, wenn Sie uns etwas vorenthalten."

Dixon schüttelte den Kopf. „Batra ist stinksauer geworden, als er erfahren hat, dass ich mein Thema gewechselt habe. Er sagte, seine Informationen wären rein für den Privatgebrauch, und wenn es rauskäme, würde er einen Riesenärger kriegen. Ich hab ihm gesagt, dass es diesen Indikator schon lange gibt. Und dass ich nur eine praktische Anwendungsmöglichkeit der Fourier-Analyse untersuchen würde. Und zwar nach meiner eigenen Methode."

„Und was war Ihre eigene Methode?", fragte Decker.

„Soll jetzt nicht eingebildet klingen, aber das ist wirklich hochmathematisch."

„Lassen Sie mich raten: Sie haben Dr. Belforts Algorithmus benutzt. Nur leider war das nicht Ihr intellektuelles Eigentum und auch nicht das von Damodar Batra."

Dixon holte tief Luft. Tränen traten ihm in die Augen.

„Batra hat gedroht, Sie anzuzeigen", folgerte McAdams.

„Ja." Dixon senkte den Blick. „Aber dann hab ich gedroht, *ihn* anzuzeigen. Was Dr. Belfort gemacht hat, war nicht vom Department genehmigt. Ich hätte die beiden ernsthaft in Schwierigkeiten bringen können. Letztendlich hat keiner von uns seine Drohung wahr gemacht. Aber wir reden nicht mehr miteinander. Wenn jemand einen Hass auf Belfort hatte, dann nicht ich, sondern Batra."

„Warum sollte Batra Belfort gehasst haben?", fragte McAdams.

„Er fand, sie zahlte ihm viel zu wenig für die ganzen Routinearbeiten, die er für sie erledigt hat."

„Aber Sie sind es doch, der Belforts Erfindung als die eigene ausgibt", erinnerte ihn Decker. „Vielleicht hat sie es herausgefunden und wollte Sie bloßstellen."

„Das wäre nicht gegangen, ohne sich selbst bloßzustellen."

„Dann hatten Sie also schon mit Belfort darüber gesprochen."

„Nein!" Dixon ließ sich nicht beirren. „Ich glaube, Belfort kannte meine Magisterarbeit gar nicht. Sie war nicht bei mir im Betreuungsausschuss, also gab es auch keinen Grund, sie zu kennen."

„Vielleicht hat Dr. Belfort es anderweitig rausgefunden", sagte Decker. „Vielleicht von Batra."

„Damit hätte er sich selbst das Wasser abgegraben. Ich garantiere Ihnen, er hat's ihr auf gar keinen Fall erzählt." Dixon fuhr sich mit den Händen übers Gesicht. „Also gut. Ich hab mir das Thema … geborgt. Aber ich hatte wirklich vor, es noch abzuwandeln."

„Diese Abwandlung hat aber nicht sonderlich gut funktioniert", sagte Decker. „Wir wissen, dass Dr. Zhou Ihre Arbeit gelesen hat und problematisch fand. Als sie von ihrer Konferenz wiederkam, hat sie Sie angerufen und Ihnen ihre Bedenken geschildert."

„Sie hat uns gesagt, Ihre Arbeit war das reinste Chaos", sagte Tyler.

„Das stimmt nicht!" Dixon wurde plötzlich ganz leise. „Natürlich gab's daran noch einiges zu tun, aber so schlimm war's auch wieder nicht."

„Aber Sie brauchten Hilfe", sagte Decker. „Und vor allem Ergebnisse. In Batras Zimmer konnten Sie nicht einbrechen, weil er Sie sofort verdächtigt hätte. Eli war tot und sein Zimmer schon leer geräumt, das ging also auch nicht. Blieben noch Ari und Mallon. Wo Ari war, wussten Sie nicht, also konnten Sie es nicht riskieren, in sein Zimmer einzubrechen, weil er jeden Moment hätte hereinspazieren können. Aber Sie wussten, dass Mallon an jenem Abend in der Bibliothek war. Also war der Fall klar."

Im Vernehmungszimmer war es auf einmal mucksmäuschenstill.

„Na gut …", flüsterte Dixon. Er faltete die Hände wie zum Gebet und legte sie an die Lippen. Schließlich sagte er: „Ich gebe zu, ich habe eine Freundin gebeten, in Mallons Zimmer zu gehen und nachzusehen, ob es dort Unterlagen gibt, die mir weiterhelfen könnten."

„Wie sollte Ihre Freundin wissen, wonach sie suchen musste?", fragte McAdams.

„Sie studiert auch Mathe."

„Und diese Freundin war einverstanden?"

„Klar, wir sind doch befreundet.“ Dixon zögerte. „Außerdem steht sie auf mich.“

„Hat sie etwas gefunden?“

„Leider nicht. Dr. Belfort muss all ihre Unterlagen bei sich zu Hause aufbewahrt haben.“

„Also haben Sie sich mit Ihrer Komplizin getroffen, nachdem Sie Dr. Zhous Büro verlassen hatten“, sagte Decker.

„Sie war nicht meine Komplizin, sie hat mir nur einen Gefallen getan.“

„Sie ist bei Mallon eingebrochen und hat ihr Zimmer durchwühlt, um in Ihrem Auftrag Forschungsergebnisse zu stehlen. Meinem Verständnis nach macht das diese Freundin zu Ihrer Komplizin. Ich brauche den Namen.“

„Bitte ziehen Sie sie da nicht mit rein.“

„Ich muss mit ihr sprechen. Wie heißt sie?“

„Verdammt, ich hab’s total verbockt.“

„Der Name, Alistair.“

„Lucinda Rinaldi.“ Dixon buchstabierte es für Decker. „Es war allein meine Schuld. Bitte versuchen Sie doch wenigstens, sie aus dem Spiel zu lassen.“

„Das kann ich nicht versprechen, aber wenn Sie uns die Wahrheit sagen, macht es die Sache für alle Beteiligten leichter. Was haben Sie gemacht, als Lucinda Ihnen sagte, dass sie keine Unterlagen gefunden hat?“

Dixon wurde blass. „Gar nichts.“

„Lassen Sie mich’s anders formulieren“, sagte Decker. „Wo sind Sie nach dem Treffen mit Dr. Zhou hingegangen? Und sagen Sie jetzt nicht, zurück ins Wohnheim. Dass das nicht stimmt, wissen wir bereits.“ Dixon schwieg. „Schön, Sie müssen auch gar nicht antworten, wir wissen, wo Sie waren: Sie sind bei Dr. Belfort eingebrochen, um sich die Unterlagen selbst zu besorgen.“

„Ich glaube, ich sollte mir jetzt einen …“

„Was ist da passiert“, unterbrach Decker ihn. „Haben Sie Dr. Belfort geweckt? Haben Sie sie überrascht?“

„Nein!“

„Sind die Dinge außer Kontrolle geraten? Gab es ein Handgemenge?“

„Nein, ich schwöre es! Nein, nein!“

„Passen Sie auf, Alistair, ich weiß, dass es ein Unfall war. Sie hatten nicht vor, Katrina Belfort zu töten.“

„Ich habe sie nicht umgebracht!“ Dicke Tränen liefen Dixon nun über die Wangen. „Ich habe sie nicht umgebracht, weil sie schon tot war, als ich ankam!“

KAPITEL DREIUNDDREISSIG

Als Dixon bemerkte, was ihm da herausgerutscht war, vergrub er das Gesicht in den Händen. „Ich bin so was von erledigt!"

Decker versuchte, ihn ein wenig zu beruhigen. „Wir stehen das jetzt gemeinsam durch."

„Was wollen Sie von mir?" Dixon ließ die Hände auf die Tischplatte sinken und sah Decker mit feuchtem Hundeblick an. „Sagen Sie mir doch endlich, was Sie von mir wollen!"

„Haben Sie Hunger, Alistair?"

„Gott, nein, mir ist schlecht."

„Durst? Vielleicht eine Limo, um Ihren Magen zu beruhigen, oder etwas Heißes, wie wär's mit Kräutertee? Sie sind vielleicht noch eine ganze Weile hier."

Dixon schüttelte den Kopf.

„Ich hol uns einen Kaffee", sagte McAdams.

Als er das Zimmer verlassen hatte, sagte Dixon: „Ich habe sie nicht umgebracht. Es war ganz furchtbar, als …" Wieder vergrub er das Gesicht, als könne er so die Erinnerung auslöschen. „Ich habe sie nicht umgebracht."

„Ich glaube Ihnen."

Dixon nahm einen langen, tiefen Atemzug. „Also was wollen Sie von mir?"

Decker ließ sich Zeit. „Gehen wir noch mal ein Stück in der Zeit zurück. Um wie viel Uhr haben Sie Dr. Zhous Büro verlassen?"

„Gegen ein Uhr dreißig am Morgen."

„Wo sind Sie danach hingegangen?"

„Ich bin zu Fuß zum Wohnheim gelaufen."

„Aber Sie sind nicht in Ihr Zimmer gegangen."

„Nein."

„Warum nicht?"

„Ich habe Lucinda eine SMS geschickt."

„Das Mädchen, das Ihnen den Gefallen getan hat."

„Ja, bitte ziehen Sie sie da nicht mit rein."

„Ich werde tun, was ich kann. Darf ich die SMS mal sehen?"

„Gelöscht, die gibt's nicht mehr."

„Ich brauche trotzdem Ihr Handy. SMS lassen sich bekanntlich oft wiederherstellen.“ Dixon schwieg. „Kommen Sie, was stand in der SMS an Lucinda?“

„Ich habe gefragt, ob sie was gefunden hat. Sie hat mir zurückgesimst, dass sie keine Unterlagen bei Mallon gefunden hat, schon gar nichts, das irgendwie wie der Algorithmus für den Stochastischen Oszillator aussah. Mallon nimmt wohl immer ihre Arbeit mit.“

„Um wie viel Uhr kam Lucindas SMS?“

„Die hab ich vielleicht auch gelöscht.“ Dixon nahm sein Handy heraus und scrollte durch die Nachrichten. „Nein, hier ist sie. Ein Uhr sechsunddreißig.“ Er hielt Decker das Telefon hin, der sich die Uhrzeit notierte.

„Gut, das machen Sie super. Was ist dann passiert?“

„Dann habe ich den wahrscheinlich schlimmsten Fehler meines Lebens begangen.“

McAdams war zurück und hatte ein Tablett in der Hand. Er stellte den Kaffee, Pappbecher, Kaffeeweißer und Zucker auf den Tisch und reichte Decker einen Becher. „Und was war dieser schlimmste Fehler?“

„Ich war schon fast wieder beim Wohnheim. Es war spät, ich war müde, und vermutlich hatte ich Panik. Bei meiner Magisterarbeit kam ich nicht weiter, Damodar war stinksauer auf mich, Sie hatten sich geweigert, mir Elis Unterlagen zu zeigen – da ging gar nichts mehr in meinem Leben. Statt nach Hause zu gehen, bin ich umdreht und zu Dr. Belfort gelaufen.“

„Wie lange haben Sie bis dort gebraucht?“, fragte Decker.

„Ungefähr zwanzig Minuten.“

„Demnach sind Sie gegen zwei Uhr früh dort gewesen.“

„Ungefähr.“

„Was geschah, als Sie dort ankamen?“

„Ich wollte nur mit ihr reden. Vielleicht wäre sie bereit, mir zu helfen, wenn ich ihr auch helfe.“

„Wie wollten Sie ihr helfen?“

„Ich wollte ihr meine Unterstützung anbieten, so wie Damodar und Mallon. Ich wollte ihr anbieten, für sie zu arbeiten.“

„Als Gegenleistung für Belforts Unterstützung bei Ihrer Magisterarbeit.“

„Ja. Ich bin übrigens nicht bei ihr eingebrochen, das möchte ich gleich klarstellen."

„In Ordnung. Was taten Sie, als Sie bei Dr. Belfort ankamen?"

„In ihrem Wohnzimmer brannte eine Lampe, nein, sogar mehrere. Ich habe an die Haustür geklopft. Ich dachte, sie arbeitet noch."

„Okay, Sie haben geklopft. Und dann?"

„Natürlich hat keiner aufgemacht. Daher bin ich ums Haus gegangen, weil ich dachte, sie hört mich nicht oder sie arbeitet im hinteren Teil." Dixon befeuchtete sich die Lippen. „Als ich an die Hintertür klopfte, ging sie auf."

„Die Hintertür war nicht abgeschlossen?"

„Nicht nur das, die war gar nicht zu. Als ich sie angefasst habe, ist sie einfach aufgegangen."

„Was haben Sie dann gemacht?"

„Dann hab ich noch einen schlimmen Fehler begangen." In Dixons Stimme schwang Selbstverachtung mit. „Ich bin reingegangen und hab so was wie ‚Hallo, jemand zu Hause?' gerufen. Ich bin weiter ins Wohnzimmer, und da lag sie." Dixon konnte nur noch flüstern. „Es war schrecklich. Ich hatte noch nie eine Leiche gesehen."

„Und Sie sind sich sicher, dass Belfort tot war?"

„Ja."

„Wie lag sie da?"

Dixon schloss die Augen und versuchte, sich an etwas zu erinnern, das er nie würde vergessen können. „Sie lag auf dem Fußboden, den Oberkörper ans Sofa gelehnt. Ihr Kopf war zur Seite geneigt, das Kinn lag auf der Brust … Ihr Mund stand leicht offen, die Augen waren geschlossen. Ich hab versucht, sie zu wecken, habe ihren Arm genommen und geschüttelt, zuerst leicht, dann stärker. Sie hat nicht reagiert. Sie … ist zur Seite gekippt."

„Auf welche Seite?"

„Nach links, glaube ich. In dem Moment hab ich Panik gekriegt und bin wie ein Irrer rausgerannt."

„Und zu keinem Zeitpunkt haben Sie die Polizei oder einen Krankenwagen gerufen?"

„Nein." Eine Pause. „Nicht gut, oder?" Decker ging nicht darauf ein, und Dixon fuhr fort: „Hätte keinen Unterschied gemacht. Sie war tot."

„Wo genau befand sich Belforts Leiche im Verhältnis zum Sofa: rechts, links oder in der Mitte?“

„Ich würde sagen, links.“ Dixon schloss erneut die Augen und konzentrierte sich. „Ein Beistelltisch war umgefallen, und auf dem Fußboden war eine Blutlache. Blut lief ihr auch am Oberteil runter.“ Er dachte nach. „Auf dem Sofatisch standen zwei Kaffeebecher, so handgetöpferte Keramikbecher mit plastischen Gesichtern. Die haben Sie ja vermutlich gefunden, als Sie das Haus durchsucht haben.“

„Was wir dort nicht gefunden haben, ist Dr. Belfort, wie Sie wissen, Alistair.“

„Ach ja. Sie lag ja im Wald.“

„Was bedeutet, dass jemand sie dort hinaufgeschleppt haben muss.“

„Ich war’s nicht. Ich bin von da abgehauen und sofort zurück ins Wohnheim.“

„Um wie viel Uhr war das?“

„Gegen zwei Uhr fünfundvierzig. Sie können den Schlüsselkartenleser am Haupteingang überprüfen, diesmal musste ich die Karte nehmen.“ Schweigen. „Ich schwöre Ihnen, sie war schon tot.“

„Haben Sie den Puls gefühlt oder nachgesehen, ob Belfort noch atmet?“ Dixon blieb stumm, also fuhr Decker fort. „Wenn Sie uns sofort benachrichtigt hätten, auch anonym, wären wir umgehend vor Ort gewesen. Wir hätten ihren Puls überprüfen können und auch ihre Atmung. Vielleicht lebte sie ja doch noch.“

„Wenn Sie sie gesehen hätten, hätten Sie sofort gewusst, dass sie tot war.“

„Und Sie kennen sich da aus? Jemand, der noch nie eine Leiche gesehen hat?“

Dixon hatte Tränen in den Augen. Mit leiser Stimme sagte er: „Es tut mir leid.“

„Selbst wenn Belfort tot gewesen wäre: Wenn Sie uns angerufen hätten, hätten wir den Tatort noch so gesehen, wie er ursprünglich ausgesehen hat. Belfort wäre nicht in den Wald geschleppt worden, und ihr Hinterkopf wäre noch ganz anstatt von einer Kugel in tausend Stücke gesprengt in einem stümperhaften Versuch, es wie Selbstmord aussehen zu lassen. Aber was noch wichtiger ist: Wir hätten die Person vielleicht schnappen können, die ihr in den Kopf geschossen hat, weil sie sich vermutlich noch im Haus befand, als Sie es betraten."

Absolute Stille.

„Und jetzt wird es haarig, Alistair: Nehme ich Sie wegen Mordes fest oder wegen unbefugten Betretens und Tatortmanipulation?"

„Aber ich habe Ihnen doch gesagt, die Tür stand offen."

„Sie können nicht einfach ein fremdes Haus betreten, nur weil die Hintertür offen steht. Das ist keine Einladung."

Dixon senkte den Blick. „Ich habe sie nicht umgebracht."

„Gut. Nehmen wir mal an, ich glaube Ihnen. Ich will ganz genau wissen, was Sie gemacht haben, als Sie im Haus waren."

„Hab ich Ihnen doch schon gesagt: Ich habe an ihr gerüttelt. Sie hat nicht reagiert."

„Danach. Haben Sie sich zum Beispiel im Wohnzimmer nach Belforts Mathematikunterlagen umgesehen?"

„Ich hab die Leiche gesehen und Panik gekriegt."

„Sie haben meine Frage nicht beantwortet, Alistair. Als Sie im Haus waren, haben Sie im Zimmer nach den Unterlagen gesucht?"

Dixons Gesicht war tränenüberströmt. Er nickte.

„Haben Sie auf Belforts Computer nachgesehen?" Der junge Mann antwortete nicht. „Wir haben die Festplatte wiederhergestellt. Selbst wenn Sie Ihre Suche gelöscht haben, finden wir den Beweis. Ganz zu schweigen von Fingerabdrücken." Dixon schwieg noch immer. „Es sei denn, Sie haben die Tastatur abgewischt. Fragt sich nur, wie gründlich Sie waren."

Noch immer keine Reaktion.

„Haben Sie auf ihrem Computer nachgesehen, Ja oder Nein?"

„Ja."

„Und?"

„Ich konnte nur einen ganz kurzen Blick drauf werfen, weil ich Geräusche gehört habe."

„Was für Geräusche?"

„Eine Art Schlurfen."

„Schlurfen?"

„Wie von Schuhen oder Hausschuhen auf dem Fußboden. Gedämpft. Kam anscheinend aus einem anderen Zimmer. Da hab ich's dann richtig mit der Angst zu tun gekriegt und bin abgehauen. Das müssen Sie mir glauben."

„Was haben Sie noch gehört?"

„Sonst nichts. Ich bin sofort rausgerannt." Dixon starrte wieder auf den Boden.

„Haben Sie jemanden gesehen?"

„Nein, ich bin nur rausgerannt und dann nach Hause."

Decker lehnte sich im Stuhl zurück und dachte nach. „Alistair, als Sie bei Dr. Belfort ankamen, haben Sie da etwas Ungewöhnliches gesehen oder gehört, bevor Sie angeklopft haben?"

„Nein, nur dass noch Licht brannte, was mir um die Uhrzeit merkwürdig vorkam."

„Und haben Sie irgendwas Verdächtiges gehört?"

„Nein."

„Parkten vor dem Haus Autos?"

Dixon überlegte. „Nein, nicht direkt davor. Ich habe noch gedacht, wie leer die Straße war."

„Also parkten in der gesamten Straße keine Autos."

„Ich kann mich nicht erinnern."

„Lassen Sie sich Zeit. Das ist noch keine Woche her. Standen Autos auf Dr. Belforts Straße?"

„Hm ..." Dixon räusperte sich. „Auf dem Weg zu ihr bin ich an geparkten Autos vorbeigekommen."

„Das ist schon mal nicht schlecht. Jetzt erinnern Sie sich noch mal an die Straße: Standen da Autos?"

Dixon schloss die Augen. „Ich weiß nicht, ob ich mir das jetzt nur einbilde ... aber ich glaube ... da stand ein Auto vor dem Nachbarhaus ... oder vielleicht zwei Häuser weiter ... auf der rechten Seite."

„Gut. Erinnern Sie sich an irgendwelche Details?"

„Nicht an das Modell oder das Nummernschild, wenn Sie das meinen."

„Und der Fahrzeugtyp? Van? SUV? Limousine? Truck?"

„Ein Minivan."

„Ein Minivan?" Decker hatte gehofft, Dixon würde die mysteriöse nächtliche Limousine erwähnen.

„Ja, genau." Dixon öffnete die Augen. „Ja, jetzt erinnere ich mich deutlich. Der stand vor dem Nachbarhaus. Ich dachte noch, der ist aber sauber, dafür, dass er auf der Straße steht. Sie wissen ja, was Schnee und Schmutz im Winter bei Autos anrichten, die gehen total kaputt. Der muss sonst immer in der Garage gestanden haben."

„Sehr gut, Alistair. Hervorragend. Erinnern Sie sich an weitere Details, außer an die Sauberkeit?"

„Eigentlich nicht."

„War die Farbe des Vans hell oder dunkel?"

„Alles sah dunkel aus, es war mitten in der Nacht." Er hielt inne. „Weiß war er nicht. Vielleicht schwarz oder dunkelblau, aber ich kann's nicht beschwören."

„Aber Sie haben definitiv einen Minivan gesehen, der in der Nähe von Belforts Haus parkte?"

„Glaube ich zumindest."

„Lassen Sie uns noch mal über den Tatort sprechen."

„Muss das sein?" Decker schwieg. „Was wollen Sie wissen?"

„Wie lange waren Sie an Belforts Computer, bevor Sie die Geräusche hörten?"

„Ungefähr fünf Minuten."

„Haben Sie die Formeln für Belforts Stochastischen-Oszillator-Indikator auf dem Computer gefunden?", schaltete sich McAdams ein.

„Das war alles verschlüsselt."

„Wie haben Sie dann die Dateien gefunden?"

„Die waren geöffnet auf dem Bildschirm. Sie muss daran gearbeitet haben, als, na, Sie wissen schon, es passierte."

„Wir haben Belforts Computer sichergestellt", sagte Decker. „Wir können alle Ihrer Angaben überprüfen."

„Nur zu. Ich sage die Wahrheit."

„Vielleicht diesmal, aber Sie haben uns von Anfang an belogen", sagte McAdams. „Warum sollten wir Ihnen jetzt glauben?"

„Ich schwöre, ich sage Ihnen die Wahrheit."

„Dann beweisen Sie's", sagte Decker. „Machen Sie einen Lügendetektortest. Dann sind Sie zwar immer noch ein Verdächtiger, aber zumindest können wir dann besser einschätzen, ob Sie uns die Wahrheit sagen."

„Das tue ich doch. Ich habe zugegeben, dort gewesen zu sein. Aber ich habe sie nicht getötet."

„Ein paar Leute haben sich schon bereit erklärt, den Test …"

„Wer denn?"

„Das darf ich Ihnen nicht sagen. Was mich interessiert, ist, ob *Sie* ihn machen."

Dixon holte tief Luft. „Na gut, ich mach den Test. Ich habe sie nicht umgebracht. Kann ich jetzt gehen?"

„So weit sind wir noch nicht. Ich kann mich immer noch nicht entscheiden: Stelle ich Sie unter Anklage und lasse Sie einen Tag auf Kosten unseres schönen Staates New York in der Zelle verbringen? Oder … lasse ich Sie gehen?"

„Noch mal: Ich habe Sie *nicht* umgebracht."

„Sie könnten versuchen zu fliehen. Sie sind ungebunden und haben keine Familie hier in der Gegend. Hinzu kommt, dass Sie sich nach eigenen Angaben am Tatort aufgehalten haben."

„Ich … habe … sie … nicht … umgebracht."

„Ich glaube Ihnen. Aber Sie kriegen trotzdem eine Anklage wegen Rechtsbehinderung, unbefugten Betretens und Tatortmanipulation. Sie müssen sich vor einem Gericht verantworten. Alles andere wäre fahrlässig von mir."

Dixon sank in sich zusammen. „Bitte tun Sie mir das nicht an." Eisiges Schweigen. „Bitte, Detective. Ich habe doch kooperiert."

„Und deshalb klage ich Sie auch nicht des Mordes an."

„Das ist nicht Ihr Ernst!"

„Und ob."

„Warum tun Sie mir das an? Ich flehe Sie an!"

„Wissen Sie was, ich drück jetzt mal ein Auge zu und lasse Sie vom Handy aus Ihren Rechtsanwalt anrufen. Dann kann der sich schon mal darum kümmern, Sie hier rauszuholen."

„Ich habe keinen Anwalt. Seh ich so aus, als könnte ich mir einen Anwalt leisten?"

„Dann wird der Staat New York Ihnen einen stellen. Darüber kläre ich Sie noch auf, wenn ich Ihnen die Rechte verlese."

„Ich habe niemanden umgebracht. Sie müssen mir glauben."

„Das tue ich auch, Alistair, aber ich werde Sie trotzdem noch eine Weile hierbehalten. Stehen Sie auf." Der junge Mann brach in Tränen aus, als Decker anfing, ihm seine Rechte zu verlesen. „Nehmen Sie sich's nicht so zu Herzen. Wenn Sie unschuldig sind, können Sie's eines Tages Ihren Kindern erzählen."

„Ich bin schwul."

„Na und, Kinder können Sie trotzdem haben. Und eine Nacht auf dem Polizeirevier wird Ihnen obendrein noch etwas Street Credibility verschaffen, Dixon. Man wird Ihnen nämlich in nächster Zeit noch eine Menge Fragen stellen, das wird nicht heiter für Sie. Sie müssen sich unbedingt ein dickeres Fell zulegen. Heute Nacht können Sie in unserer schönen Zelle schon mal darüber nachdenken."

KAPITEL VIERUNDDREISSIG

Nach weniger als drei Stunden durfte Alistair Dixon das Revier ohne Kaution wieder verlassen. Zu diesem Zeitpunkt war es bereits neun Uhr abends, und Decker hatte noch Papierkram zu erledigen. Zu Hause angekommen, hatte er einen Riesenhunger und war erledigt. Sein Blick fiel auf McAdams, der noch vor der offiziellen Festnahme nach Hause gefahren war. Das war vor zwei Stunden. Der Junge saß am Esstisch über seinen Büchern.

„Rina hat gesagt, um zehn ist sie wieder da." Tyler sah auf die Uhr. „Also eigentlich vor fünf Minuten. Wie lief die Festnahme?"

„Er ist schon wieder draußen. Hast du 'ne Ahnung, wo meine Frau hinwollte?"

„Hat Sie mir nicht gesagt. Nur dass wir mit dem Abendessen auf sie warten sollen. Hoffentlich kommt sie bald, ich bin am Verhungern."

„Sie hat auf mich gewartet, also warte ich auch auf sie." In der Küche holte Decker sein Handy aus der Tasche und rief kurz bei Kevin Nickweed an. Dann ging er zurück ins Esszimmer. „Ich dusch mich schnell, gleich wieder da."

„Was sollte der heimliche Anruf?"

„Gar nicht geheim. Ich wollte dich nur nicht stören. Das war Kevin wegen der Aufzeichnungen der Überwachungskameras aus der Mordnacht. An Belforts Block gibt es keine Kameras, weder auf der Straße noch an den Häusern. War auch nicht zu erwarten, hier haben die meisten Leute nicht mal 'ne Alarmanlage. Die nächste Kamera hängt an der Kreuzung von Ford und Main, das ist drei Blocks entfernt. Aber es ist eine große Kreuzung."

„Du hoffst auf den Minivan."

„Irgendeinen Minivan finde ich bestimmt. Ich hoffe nur, es ist der richtige. Ich habe Kevin gebeten, uns die Aufzeichnungen zu besorgen. Mal sehen, ob wir Glück haben."

„Gute Idee."

„Gleich bei dir. Ich will mich nur wieder sauber fühlen."

„Klar, mach ganz in Ruhe, Boss. Eine heiße Dusche tut immer gut."

Als Decker zurück ins Esszimmer kam, war Rina schon zurück, und der Tisch war leer geräumt und gedeckt. Mit einem Lächeln kam sie aus der Küche und gab ihm einen Kuss auf die Wange. „Ich hab gehört, ihr habt jemanden für den Mord an der Dozentin festgenommen?"

„Wir haben jemanden festgenommen, aber leider nicht für den Mord." Decker hatte sich bequeme Sachen angezogen. „Die Person hat sich unbefugterweise am Tatort und im Haus aufgehalten. Und obendrein nicht die Polizei verständigt. Wo warst du eigentlich?"

„Ich gebe zweimal die Woche einen Abendkurs ..."

„Natürlich, das weiß ich doch." Decker lächelte verlegen. „Soll ich dir in der Küche helfen?"

„Ja bitte. Da steht ein Servierteller Lachs mit Buchweizen. Der Salat ist im Kühlschrank."

„Das kann ich holen", bot Tyler an.

„Danke dir." Rina sah ihren erschöpften Ehegatten prüfend an. „Schön, dass ihr Fortschritte macht."

„Zwei Schritte vorwärts und einen zurück."

„Besser als andersrum ..."

„Ich glaube nicht, dass er's war. Der Typ, den wir festgenommen haben. Alistair Dixon."

„Der Tutor?"

„Beeindruckendes Gedächtnis."

„Warum glaubst du nicht, dass er's war?"

„Er versucht, sich aus allem rauszuwinden, und ist ein richtig unangenehmer Typ, aber auf mich macht er nicht den Eindruck, als könnte er die Leiche einer Frau in den Wald raufzerren, ihr in den Kopf schießen und anschließend ganz cool sein Leben weiterleben. Außerdem hat er sich bereit erklärt, einen Lügendetektortest zu machen."

„Das seh ich genauso." McAdams stellte den Lachs und die Schüssel mit Salat auf den Tisch. „Er ist kein guter Lügner, und als er dann mit der Wahrheit rausrückte, konnte er alles ganz genau schildern."

Decker häufte sich Salat auf den Teller und legte anschließend zwei Lachsfilets und einen Löffel Buchweizen obenauf. „Nach seinem Treffen mit Dr. Zhou ist er angeblich zu Fuß zu Belfort gegangen. Und er erinnert sich an einen Minivan, der in ihrer Straße parkte. Dieser Wagen sei sauber gewesen, was bedeutet, er war erst vor Kurzem in der Waschanlage und steht normalerweise in der Garage." Er wandte sich an McAdams. „Ist vielleicht unwichtig, aber wir sollten überprüfen, ob er dem betreffenden Nachbarn oder der Nachbarin gehört, vor deren Haus er stand. Wenn das nicht der Fall ist, überprüfen wir, welche Autos Ferraga und Rosser fahren."

„Alles klar. Und was ist mit Zhou?"

„Sie war wirklich gegen sechs im Bagelmania. Ich sehe jetzt bei ihr auch kein richtiges Motiv mehr für den Mord an Belfort."

„Dann ist sie aus dem Rennen?"

„Nein, aber sie ist auf meiner Liste ganz nach unten gerutscht. Aber wenn du mit dem Department of Motor Vehicles sprichst, frag auch nach Zhous Fahrzeugen."

„Und wer steht ganz oben?", fragte Rina.

„Das ändert sich ständig. Momentan kann ich mir Dixon gut als Täter vorstellen, aber auch Ferraga und Rosser. Beide haben ein Motiv. Ferraga hat sie zu sehr geliebt, Rosser hat sie zu sehr gehasst. Jetzt ruf mal beim DMV an, Tyler, und erkundige dich nach den Zulassungen."

„Lass den Jungen doch erst mal essen", sagte Rina.

„Nein."

„Der ist nur scharf auf meinen Lachs, der Fresssack", beschwerte sich Tyler.

„Ich pass für dich drauf auf, Tyler."

„Danke, Rina. Wenigstens kümmert sich einer um mich." Tyler stand vom Tisch auf und ging in die Küche, um vom Festnetzanschluss aus zu telefonieren.

„Weg mit der Gabel von Tylers Teller!"

„Wer, ich?"

„Vermutlich warst du auch die Art von Kind, die den anderen Kindern den Karamellkern aus dem Eis gefuttert hat."

„Und du warst bestimmt die Art von Kind, die meiner Art von Kind einen Vortrag über Fairness gehalten hat."

„Ja, ich war ein ziemlicher Moralapostel." Rina hielt inne. „Zum Glück hat sich das gegeben. Was ich dir zu verdanken habe."

„Wie das?"

„Du hast ein bisschen was Gefährliches und Verschlagenes. Nicht genug, um dich brutal und skrupellos zu machen, aber genug, um deine Fälle zu lösen."

„Aber wie ich mich erinnere, konntest du auch schon immer ganz gut lügen."

„Nur wegen *shalom bayit*, um des lieben Friedens willen."

„Jetzt willst du nur dein schlechtes Verhalten rechtfertigen. Dafür klau ich jetzt Tylers Fisch."

„Kommt nicht infrage!"

„Wie war dein Unterricht?"

„Heute waren viele Leute da."

„Was war das Thema?"

„Die Purim-Geschichte. Ich glaube, die dachten, es gibt Wein umsonst."

McAdams kam zurück. „Zhou fährt einen Toyota, Rosser einen Lexus und Ferraga einen schwarzen BMW. Aber Rossers Frau Shannon hat einen dunkelblauen GMC Sierra Minivan und Ferragas Frau Olivia einen Toyota Sienna Minivan in Schwarz."

„Interessant. Und Belforts Nachbarn?", fragte Decker.

„Michael und Kristen Canterbury. Keiner der beiden hat einen Minivan, aber das ist nur ein Haushalt im gesamten Block."

Decker überlegte, während er einen Bissen Lachs aß. „Vielleicht können wir Dixon dazu bringen, sich an weitere Einzelheiten über den Minivan zu erinnern."

„Vielleicht." Tyler setzte sich und spießte ein Stück Fisch auf die Gabel. „Lecker."

„Danke." Rina dachte einen Moment nach. „Wessen Minivan war älter?"

Tyler sah in seinen Notizen nach. „Rossers ist fünf Jahre alt, der von Ferraga zwei."

„Okay, und wenn der Wagen in der Garage steht, wird er gut von jemandem gepflegt. Wer hat die jüngeren Kinder?"

„Genau." Decker zeigte anerkennend mit der Gabel auf Rina. „Sehr gut."

Tyler stand auf, kam mit seinem Tablet wieder und startete eine Suche. „Rosser ist siebenundfünfzig und Ferraga zweiundvierzig. In ihren Lebensläufen steht, beide haben Kinder."

„Und wie alt sind die?", fragte Rina.

„Steht hier nicht. Moment ... warte ... nein, so funktioniert's nicht." Eine Minute verstrich. „Okay, hier steht was. Eine Alexis Rosser hat letztes Jahr in Harvard angefangen."

„Wie hast du das rausgekriegt?", fragte Decker.

„Ich suche gerade im Harvard-Verzeichnis. Dann ist sie vermutlich um die neunzehn. Moment …“ Tylers Finger flogen über die Tastatur. „Letztes Jahr hat ein Steven Rosser seinen Abschluss gemacht. Wenn die beiden Rossers Kinder sind, sind sie schon älter. Und wenn sie’s nicht sind, hat er vielleicht zu Hause welche, die jünger sind.“

„Wie sieht’s bei Ferraga aus?“

„Im Harvard-Verzeichnis gibt es unter dem Namen keinen Eintrag. Was noch nichts heißen muss, wie du weißt. Ich dachte mir nur, jemand wie Rosser würde auf jeden Fall wollen, dass seine Kinder nach Harvard gehen.“

„Wer würde das nicht?“

„Jedenfalls, Ferraga ist zweiundvierzig. Die Kids könnten schon im College-Alter sein.“

„Würde bedeuten, er ist mit Anfang zwanzig schon Vater geworden. Möglich wär’s.“

„Trotzdem ist es wahrscheinlicher, dass seine Kinder jünger sind als die von Rosser“, merkte Rina an. „Hier in Greenbury haben viele Häuser nur Einzelgaragen. Warum fahrt ihr beide nicht nach dem Essen bei beiden vorbei und schaut nach, wo ein Minivan vor dem Haus steht.“

„Gute Idee. Ich zieh mir nur schnell was anderes an“, sagte Decker.

„Iss erst dein Abendbrot.“

„Ich würde lieber jetzt los, könnte ’ne lange Nacht werden.“

„Darum sollst du ja auch erst essen. Ohne etwas im Magen kannst du nicht arbeiten. Und schling nicht so, davon kriegst du nur Sodbrennen.“

„Rina, ich mag zwar langsam senil werden, aber wie man isst, weiß ich noch…“

„Natürlich, Liebling.“ Rina verdrehte die Augen.

Der Rest der Mahlzeit verlief schweigend. Schließlich erhob sich Decker. „Darf ich jetzt aufstehen?“

„Ach, hör auf.“ Als Decker aus dem Zimmer gepoltert war, sagte Rina: „Er kriegt wirklich Sodbrennen. Ich will ihm nur eine unangenehme Nacht ersparen.“

„Er ist etwas empfindlich, was sein Alter angeht“, sagte Tyler.

„Ich weiß.“ Rina stand auf und fing an, das Geschirr aufeinanderzustellen. „Ich hätte das nicht sagen dürfen, speziell nicht vor dir. Na ja, auch der übelste Geruch verfliegt irgendwann …“

Tyler musste lachen und half ihr beim Abräumen.

Kurze Zeit später hatte Decker sich umgezogen und kam in die Küche, wo Rina gerade die Teller abspülte. „Lass das in der Spüle stehen, ich mach's, wenn ich zurück bin", sagte Decker.

„Ach was, ich stell das gleich in die Maschine." Rina drehte sich zu Decker um, richtete seine Krawatte und strahlte ihn an. „Schick siehst du aus."

„Den Anzug hatte ich doch schon so oft an."

„Trotzdem siehst du schick aus." Sie gab ihm einen Kuss. „Willst du was zu essen mitnehmen?"

„Lieber nicht. Sodbrennen und so."

„Hör auf damit." Sie knuffte ihn in die Schulter.

„Ich warte dann draußen, Boss", sagte Tyler.

Rina sah ihren Mann an. „Tut mir leid wegen eben."

„Liegt nicht an dir. Ich bin einfach kaputt. Ich hatte mich schon auf etwas Ruhe und Erholung gefreut, da schlägt jemand 'ne kleine Spritztour vor …"

„Ups."

„Leider war die Idee gut. Vielleicht solltest du deinen Job an den Nagel hängen und bei uns anfangen. Andererseits reicht's schon, dass du mit mir zusammenleben musst. Wenn du auch noch für mich arbeiten würdest …"

„Mit dir zu leben ist eigentlich ganz nett … meistens jedenfalls."

„Schönen Dank auch."

„Ab mit dir." Rina stellte sich auf Zehenspitzen und gab Decker einen Abschiedskuss.

Decker erwiderte den Kuss. „Also dann. Die Nacht wird nicht jünger und ich auch nicht."

„Peter, jetzt reicht's aber wirklich."

„Rina, in meinem Alter ist Meckern wie das Seniorenticket und die Rente. Ich hab ein Anrecht darauf. Mir das wegzunehmen gehört sich nicht für eine gute Amerikanerin."

Rosser wohnte in einem bescheidenen, teilweise holzverkleideten Ziegelbungalow. Und wie in der Gegend üblich, hatte er eine Einzelgarage. Der auf den Namen seiner Frau zugelassene Minivan parkte vor dem Haus auf der Straße und war von einer dicken Schicht Dreck und Streusalz überzogen. Die Windschutzscheibe wies ebenfalls einen dünnen Schmutzfilm auf. Draußen waren es noch nicht einmal minus zehn Grad, aber durch den eisigen Wind fühlte es sich eher an wie minus zwanzig.

„Autos werden schnell schmutzig“, kommentierte Decker. „Aber das da hat schon länger keiner mehr geputzt.“

McAdams zitterte vor Kälte. „Wo steht der Lexus?“

„Entweder ist Rosser nicht da, oder er steht in der Garage.“

„Er nimmt die Garage, und seine Frau darf auf der Straße parken. Passt ins Bild.“

Decker wippte auf den Zehen auf und ab. „Es ist jetzt zehn Uhr abends, Rosser läuft uns nicht davon. Morgen können wir ihn uns immer noch vornehmen. Lass uns bei Ferraga nachsehen. Der ist immer noch einer der Hauptverdächtigen.“

Hinter Ferragas Adresse verbarg sich ein weiterer Ziegelbungalow, nur hatte dieser eine Doppelgarage. Vor dem Haus stand kein Minivan. Decker hielt vor dem Haus, blieb aber im Auto. „Beide Wagen scheinen in der Garage zu stehen.“

„Also ist es wahrscheinlicher, dass es Ferragas Minivan war. Aber da es unglaubliche Massen von den Dingern gibt, können wir nicht mit Bestimmtheit sagen, wem er tatsächlich gehört hat.“

„Nur dass es nicht Belforts Nachbarn auf der rechten Seite waren.“ Decker drehte die Heizung hoch. „Ich hab noch mal nachgedacht …“

„Klingt gefährlich.“

„Jetzt hör doch mal zu. Dixon hat erzählt, es standen zwei Kaffeetassen auf dem Sofatisch.“

„Richtig, die Keramikbecher mit den Gesichtern. Die wir gar nicht gesehen haben, als wir im Haus waren.“

„Da hat jemand aufgeräumt, keine Frage. Aber wenn wir Dixon glauben können, hat Belfort vor ihrem Tod mit jemandem Kaffee getrunken. Wonach klingt das für dich, McAdams?“

„Sie war nett zu der Person, die bei ihr aufgekreuzt ist.“

„Nett … herzlich … höflich. Wenn Ferraga nach ein Uhr morgens bei ihr vor der Tür gestanden hätte – wo er bis um eins war, wissen wir –, meinst du, sie hätte ihm einen Kaffee angeboten? Oder auch nur die Tür aufgemacht?“

„Stimmt, sie hatte die Nase ziemlich voll von der Beziehung.“

„Was ist mit Rosser?“

„Katrina konnte ihn auf den Tod nicht ausstehen, aber er war der Leiter des Departments. Ihn hätte sie wohl schlecht draußen stehen lassen können."

„Hast recht. Den hätte sie reingebeten. Aber hätte sie ihm auch einen Kaffee gekocht?"

„Wie gesagt, er war ihr Chef."

„Dann hätte sie ihm vermutlich einen gemacht. Aber hätte sie auch die niedlichen kleinen Becher mit den Gesichtern genommen?"

„Nee, das ist mehr was für Frauen." McAdams stutzte. „Ferragas Frau, Olivia."

„Bingo. Ferraga hat zugegeben, sich an dem Abend gegen Viertel nach elf mit seiner Frau gestritten zu haben. Er hat ihr geschworen, dass die Affäre mit Katrina vorbei ist und er wirklich noch am Schreibtisch sitzt und arbeitet. Aber es klang nicht so, als hätte er sie überzeugen können."

„Sie macht sich auf den Weg zu Katrina, um nachzusehen, ob er dort ist."

„Sie klopft, Belfort bittet sie herein."

„Warum hätte sie das tun sollen?", fragte Tyler.

„Vielleicht auch nicht. Aber ich glaube, jemand wie Belfort hätte sich bemüht, höflich zu sein. Vielleicht hat sie Olivia auch ins Haus gebeten, um sich zu entschuldigen. Olivia könnte gefragt haben, ob sie sich vergewissern darf, ob ihr Mann sich nicht doch irgendwo versteckt. Belfort war einverstanden. Dann kam es zum Streit, und Olivia versetzte ihr einen Stoß."

„Würdest du dich wirklich mit der Geliebten deines Mannes hinsetzen und einen Kaffee trinken?"

„Wie Aldo Ferraga schon sagte: Olivia Ferraga ist aus Europa. Kultivierte Frauen tolerieren die sexuellen Eskapaden ihrer Ehegatten."

„Mag sein, aber irgendwo ist doch die Grenze, oder?"

„Natürlich. Und die war für Olivia Ferraga vielleicht endgultig erreicht."

KAPITEL FÜNFUNDDREISSIG

Ferraga öffnete die Tür. Als er sah, wer davor stand, huschten seine dunklen Augen nervös hin und her. Über seinem Jogginganzug trug er eine Strickjacke, seine Füße steckten in Hausschuhen. Als er merkte, wie kalt es war, fröstelte es ihn. „Einen Augenblick." Er schloss die Tür und stand schließlich in Parka und Schal wieder vor ihnen. Er trat aus dem Haus und sah auf die Uhr. „Hat das nicht Zeit bis morgen früh?"

„Wir wollten eigentlich mit Ihrer Frau sprechen", sagte Decker.

„Olivia?"

„Ja."

„Warum?"

„Können wir reinkommen? Kalt." Decker rieb sich zum Beweis die Arme.

„Ich möchte nicht, dass Sie Olivia beunruhigen."

„Sie wissen doch sicher, warum wir hier sind." Schweigen. „Es gibt einen Zeugen, Aldo. Jemand, der beweisen kann, dass Olivia in der Mordnacht bei Katrina zu Hause war."

„Aber das ist unmö…" Ferraga brach mitten im Satz ab.

„Unmöglich?" Decker ergänzte das fehlende Wort. „Warum sollte das unmöglich sein?"

„Ich beantworte alle Ihrer Fragen, gerne auch auf dem Revier. Aber ich bitte Sie, ziehen Sie meine Frau nicht mit hinein."

„Das hat sie leider schon selbst getan."

„Haben Sie einen Haftbefehl?"

„Nein."

„Dann verlassen Sie bitte …"

Die Haustür ging auf.

Olivia war eine fast durchscheinend wirkende Frau mit langem gewelltem blonden Haar, blauen Augen und eingefallenen Wangen. Ein dicker Strickpulli hing ihr vom Leib, die Beine steckten in viel zu weiten Jeans. Es sah aus, als habe sie seit Jahren nichts mehr gegessen. „Bitte kommen Sie herein."

„Olivia …"

„Schon gut, Aldo. Ich kann nicht mehr." Sie wandte sich erneut an Decker und McAdams. „Bitte."

Nachdem sie fünf Minuten draußen in der Kälte gestanden hatten, war es drinnen sehr warm, fast schon zu warm. Das Wohnzimmer war perfekt aufgeräumt, im Kamin brannte ein Feuer. „Danke für Ihre Kooperation, Mrs. Ferraga. Eigentlich würden wir uns gerne auf dem Revier mit Ihnen unterhalten. Und zwar mit Ihnen beiden."

„Ich komme mit. Aber die Kinder schlafen. Aldo muss hierbleiben", sagte Olivia.

„Ich rufe jemanden an, der sich um die Kinder kümmern kann."

„Nein." Olivia schüttelte so vehement den Kopf, dass ihr die langen blonden Haare um das Gesicht wirbelten. „Die Kinder brauchen zumindest einen Elternteil, der sie durchs Leben geleitet. Aldo wird bleiben, bis ich zurück bin. Ich hole nur meinen Mantel."

Sie drehte sich um und verließ das Zimmer. Ferraga sagte mit erhobener Stimme: „Das ist unglaublich!" Seine Wangen waren gerötet. „Ich rufe jetzt meinen Anwalt an!"

Decker ließ Ferragas Tirade an sich abperlen. Olivias seltsame Wortwahl ließ ihm jedoch keine Ruhe.

Die Kinder brauchen zumindest einen Elternteil, der sie durchs Leben geleitet.

„Verdammt!" Decker stöhnte. „Haben Sie Schusswaffen im Haus, Ferraga?"

„O Gott!" Ferraga rannte zum Schlafzimmer, rüttelte am Griff der verschlossenen Tür und schrie:" Olivia, mach auf!" Nach einer kurzen Pause hämmerte er erneut an die Tür. *„Mach die Tür auf!"*

„Gehen Sie zur Seite." Decker warf sich Schulter voran gegen die Tür. Mit McAdams Hilfe gelang es ihm, ein Loch ins Holz zu brechen, das gerade groß genug war, um eine Hand hindurchzustecken. Decker drehte den Schlüssel und öffnete mit einem Schwung die Tür.

Olivia stand mitten im Zimmer, einen Revolver an der Schläfe.

„Olivia, lassen Sie die Waffe fallen." Decker trat einen Schritt zurück, um sie nicht zu bedrängen. „Bitte tun Sie sich nichts an. Ihre Kinder brauchen ihre Mutter. Sie brauchen *Sie*. Lassen Sie die Pistole fallen."

„Jetzt nutze ich den Kindern nichts mehr."

„Sagen Sie das nicht. So etwas dürfen Sie niemals sagen. Kinder können nicht ohne Mutter leben. Das wissen Sie. Wir beide wissen doch, wer der wichtigere Elternteil ist. Legen Sie die Waffe weg. Wir wissen alle, dass es ein Unfall war. Es gibt eine bessere Lösung."

Die Waffe zeigte noch immer auf ihre Schläfe. Plötzlich drehte Olivia sich blitzschnell um, brachte den Arm nach vorne und zielte auf die Brust ihres Mannes. Im nächsten Moment warf sich Decker auf den Professor und riss ihn mit sich zu Boden, als sich ein Schuss löste. Eine Kugel zischte über den Köpfen der beiden Männer durch die Luft. Im gleichen Augenblick warf sich McAdams gegen Olivias Beine, sodass sie umstürzte. Der Revolver ging ein zweites Mal los, bevor sie schließlich über den Fußboden schlitterte. Decker hechtete nach der Waffe und bekam den Griff zu fassen. Noch immer auf dem Boden liegend, öffnete er die Trommel und entfernte die Patronen. Er kam auf die Beine und steckte die Patronen mit zitternden Händen in die Hosentasche. Tyler rang noch immer mit Olivia. Sein teurer Kaschmirmantel war an der Schulter eingerissen, aus dem Riss tropfte Blut. Decker kam Tyler zu Hilfe, und schließlich hatte er Olivia mit dem Gesicht nach unten und den Händen auf dem Rücken vor sich liegen. „Ich brauche einen Gürtel."

McAdams riss seinen aus der Hose und reichte ihn Decker. Auf einmal brannte seine Schulter wie Feuer. Er fasste hin und betrachtete dann seine Fingerspitzen. „Scheiße." Er zuckte vor Schmerz zusammen. „Langsam wird's langweilig ..."

Während Decker Olivias Handgelenke fesselte, schrie er: „Ferraga, rufen Sie einen Krankenwagen!"

Auf einmal stand ein verwirrt und verängstigt aussehender Junge im Teenageralter im Zimmer. „Was ist hier los?"

„Geh wieder schlafen, Tommaso", rief Ferraga ihm zu.

„Was hast du ihr diesmal angetan?", schrie der Junge.

„Geh wieder ins Bett!"

„Jetzt ruft sofort jemand einen Krankenwagen!", brüllte Decker.

„Tommaso, zurück ins Bett, oder ich ..."

„Oder du was?"

Decker stand auf und half Olivia auf die Beine. „Junge, geh wieder in dein Zimmer! Wir müssen das hier jetzt regeln, du bist dabei nur im Weg."

Olivia lächelte ihren Sohn mit Engelsmiene an. „Mir geht's gut, Tommaso. Bitte mach, was der Polizist sagt."

Widerwillig verließ der aufgebrachte Junge das Zimmer und knallte die Tür. Decker schrie: „Ferraga, haben Sie endlich einen Krankenwagen gerufen?"

„Nicht nötig." McAdams kreiste mit der Schulter. „Ist nur ein Streifschuss. Tut zwar weh, aber ist nichts Schlimmes. Die Kugel muss hier irgendwo im Zimmer sein. Ich werd der Spurensicherung Bescheid sagen."

„Tyler, du brauchst einen Krankenwagen", sagte Decker.

„Nein, alles okay. Wir brauchen Verstärkung. Man wird Fragen stellen, weil eine Schusswaffe abgefeuert wurde. Ich kümmre mich sofort darum, Decker." McAdams holte sein Handy aus der Tasche und ging in eine Ecke zum Telefonieren. Als er aufgelegt hatte, sagte er: „Ein Team ist gleich bei uns. Du kannst Mrs. Ferraga dann mit ins Revier nehmen …"

„Ich fahre mit meiner Frau. Einen Anwalt besorge ich ihr auch", stieß Ferraga hervor. „Du darfst nichts gestehen, bevor du nicht mit dem Anwalt gesprochen hast", beschwor er seine Frau.

Olivia sah ihren Mann verächtlich an. „Du hast keinerlei Recht, mir zu sagen, was ich zu tun oder zu lassen habe."

„Ich rede mit der Spurensicherung", sagte Tyler. „Weil geschossen wurde, wird Radar wahrscheinlich persönlich herkommen."

„Du musst die Schulter anschauen lassen, Tyler", bat Decker.

„Wenn wir hier fertig sind. Mir geht's gut. Eigentlich bin ich sogar stinksauer, meinen Mantel kann ich jetzt nämlich vergessen."

Tyler hatte natürlich recht. Der Junge war bemerkenswert gefasst. Der Captain würde kommen und alles Weitere in die Wege leiten. Decker musste sich erst einmal beruhigen. Noch war sein Adrenalinpegel ganz oben, und er fühlte sich etwas wacklig auf den Beinen. Er war wirklich zu alt für so was. „Du musst dich von einem Arzt untersuchen lassen."

„Das bisschen Blut …"

„Tyler …"

„Mach ich schon noch, aber ist nichts Gravierendes. Ich sage das, ohne ohnmächtig zu werden, also muss es stimmen." Jemand hämmerte an die Haustür. „Die Verstärkung. Ich lass sie rein."

Decker führte Olivia, die Arme hinter dem Rücken gefesselt, zur Tür. Ferraga folgte unmittelbar hinter ihnen.

„Sag gar nichts, Olivia." Als sie schwieg, flehte er sie an: „Bitte, du darfst nichts sagen."

Statt zu antworten, drehte sie den Kopf weg.

Decker gab den beiden uniformierten Polizisten ihre Anweisungen. Dann stieß er laut vernehmlich die Luft aus und sah Tyler an. „Also machst du hier weiter, bis Radar da ist?"

„Hab ich doch gesagt." Tyler zuckte auf einmal zusammen und verzog unwillkürlich das Gesicht.

„Du hast Schmerzen."

„Jemand hat auf mich geschossen, klar hab ich Schmerzen. Alles okay. Wirklich. Jetzt geh schon."

Decker sah Tyler in die Augen und konnte vor lauter Rührung nur noch krächzen: „War ganz schön gewagt, dich trotz der Waffe auf sie zu stürzen, Harvard. Da ich aber weiß, dass sie auch auf mich gerichtet war, danke ich dir von ganzem Herzen." Er musste sich kurz sammeln. „Danke, danke, danke."

„Ach, nicht der Rede wert." Wieder das schmerzverzerrte Gesicht. „Aber klopf mir 'ne Weile lieber nicht auf die Schulter."

Als sie sich im Vernehmungszimmer gegenübersaßen, rieb sich Olivia die Handgelenke. „Danke, dass Sie den Gürtel abgenommen haben."

„Möchten Sie ein Glas Wasser?", fragte Decker.

„Nein, danke."

„Oder etwas zu essen?"

„Nein, nichts."

Wenn man sie so ansah, war Nahrung vermutlich das Letzte, über das sie sich Gedanken machte. Decker schaltete das Aufnahmegerät ein. Als er sichergestellt hatte, dass es funktionierte, nannte er seinen Namen und den von Olivia Ferraga und gab Uhrzeit, Datum und Vernehmungsort an. Dann richtete er seine Aufmerksamkeit auf die Frau, die vor ihm saß.

„Dann erzählen Sie mal von Anfang an."

„Aldo sagte zwar, ich soll nur im Beisein eines Anwalts mit Ihnen reden, aber zuerst möchte ich hören, was Sie zu sagen haben."

„Wir haben Überwachungskameras", log Decker. „Wir wissen, dass der Wagen vor Dr. Belforts Haus Ihnen gehörte. Wir wissen auch, wo sich Aldo zur fraglichen Zeit aufgehalten hat, also können nur Sie dorthin gefahren sein. Es gibt auch einen Zeugen."

Olivia sah zu Boden. „Ich weiß nicht, was ich machen soll. Soll ich vielleicht doch einen Anwalt rufen?"

Sie sprach mit einem schwach ausgeprägten italienischen Akzent.

„Wir wissen, dass es ein Unfall war, Olivia", sagte Decker. „Es gibt mildernde Umstände. Sie sind ein guter Mensch und eine gute Mutter."

„Woher wollen Sie das wissen?"

„Weil ich weiß, wer sich um alles gekümmert hat, wenn Aldo seine Weibergeschichten hatte. Das liegt auf der Hand." Olivia schwieg. Decker lehnte sich zu ihr vor und senkte die Stimme. „Auch guten Menschen können Unfälle passieren, schlimme Unfälle. Erzählen Sie mir einfach, was passiert ist."

Sie seufzte. „Manchmal passieren die Dinge einfach."

„Ja, das stimmt."

„Zum Beispiel hatte ich nicht vor, Ihren Partner zu verletzen."

„Ich weiß."

„Er kam auf mich zugerannt. Es war ein Unfall."

„Ist mir bewusst."

„Werden Sie Anklage gegen mich erheben?"

„Zuerst möchte ich mit Ihnen über Katrina Belfort sprechen."

Olivia zögerte. „Was gibt es da zu besprechen?"

„Warum sind Sie überhaupt hingefahren?"

„Ich wollte wissen, ob Aldo die Wahrheit sagt. Mich selbst überzeugen, ob er nicht doch bei ihr ist."

„Um wie viel Uhr war das ungefähr?"

Sie senkte den Blick. „Ich bin eine furchtbare Mutter."

„Wie können Sie das behaupten? Ihr Sohn liebt Sie offenbar über alles."

„Ich habe die Kinder allein gelassen."

„Sie meinen, als sie zu Katrina gefahren sind?"

„Ja." Jetzt sah sie Decker mit Tränen in den Augen an. „Ich habe sie *allein* gelassen!"

„Wie alt ist Ihr Sohn?"

„Vierzehn."

„Alt genug, um zu babysitten. Was Sie getan haben, ist nicht strafbar."

„Vielleicht rechtlich nicht, aber moralisch gesehen war es fahrlässig von mir."

„Olivia, um wie viel Uhr waren Sie bei Katrina Belfort?"

„Sie haben Überwachungskameras, da sollten Sie es doch wissen."

„Ich weiß es auch, aber ich möchte es von Ihnen hören."

„Gegen elf Uhr dreißig."

Endlich. Jetzt hatte sie zugegeben, am Tatort gewesen zu sein, der Rest würde auch folgen. „Fahren Sie fort. Was geschah als Nächstes?"

„Aldos Auto habe ich nicht gesehen, aber das heißt noch nichts. Manchmal geht er vom Büro aus zu Fuß zu ihr. Das weiß ich, weil ich ihm schon gefolgt bin. Er ist so dämlich, er hat's nicht mal gemerkt. Vielleicht hat er's auch gemerkt, und ihm war es egal."

„Aha. Also standen Sie abends um elf Uhr dreißig bei Katarina Belfort vor der Tür. Und dann?"

„Ich habe geklopft."

Olivias Gesicht wurde auf einmal ausdruckslos. Sie schien in diesem Moment vor sich zu sehen, was sich damals abgespielt hatte.

„Sie macht auf. Ich frage sie, ob Aldo bei ihr ist, und sie sagt Nein. Ich frage, ob ich nachsehen kann. Sie sagt Ja und bittet mich rein."

Alles im Präsens. „Gut. Sie gehen ins Haus. Und dann?"

„Ich sehe mich um. Aldo ist nicht dort. Ich will schon gehen, da fragt sie, ob ich einen Kaffee möchte. Als ob wir Freundinnen sind und uns getroffen hätten. Als ob nichts wäre. Da hasste ich sie noch mehr, lächerlich. Wenn's sie nicht gewesen wäre, dann eine andere. Der blöde Kerl."

„Sie sind aber trotzdem geblieben."

„Ja. Das war ein Fehler." Olivia rieb sich erneut die Handgelenke. „Ein großer Fehler. Ich hätte gehen sollen. Aber die Neugier hat gesiegt. Wer ist diese Frau, und warum hat sie was mit einem verheirateten Mann? Bereut sie es? Schämt sie sich? Ich wollte es wissen."

Decker unterbrach sie nicht.

„Wir haben uns unterhalten. Sie war erstaunlich nett. Unter anderen Umständen hätte ich sie vielleicht gemocht, aber ihre Freundlichkeit machte es nur noch schlimmer."

„Wie verlief die Unterhaltung?"

„Zuerst nur Belanglosigkeiten, dann sieht sie mir in die Augen und entschuldigt sich für ihr schlechtes Benehmen. Kein Wort davon ist ernst gemeint."

„Ach ja?"

„Sie sagt, es ist vorbei und es wird nie wieder vorkommen. Aber ich glaube ihr nicht. Warum auch? Das sage ich ihr. Ich sage: ‚Warum sollte ich Ihnen glauben?'"

„Verstehe."

„Sie wiederholt immer wieder, es ist vorbei, es ist vorbei. Dann sagt sie …" Olivias Gesichtszüge wurden auf einmal hart. „Dann sagt sie mir, Aldo *interessiert* sie nicht mehr. Dass er ihr *überhaupt nichts* bedeutet. Was immer sie gefühlt hat, sei weg. Sie hat Aldo einfach weggeworfen wie schlecht gewordene Milch!"

„Und da wurden Sie wütend."

„Und wie! Ich weiß, sie lügt. In Wahrheit liebt sie ihn. So wie ich ihn liebe. Also sage ich es ihr. Dass sie lügt, dass es Aldo ist, der *sie* nicht will. Dass er mir gehört." Ihr Gesicht war tränenüberströmt. „Sie hat immer wieder gesagt, sie will ihn nicht. *Sie* will *ihn* nicht! Ich bin ihm seit achtzehn Jahren treu und liebe ihn wie am allerersten Tag, und diese Hure *will ihn nicht*. Ich sage wieder, dass ich ihr nicht glaube. Wissen Sie, was dann passiert ist?"

„Sagen Sie's mir."

„Sie ist aufgestanden und hat gesagt: ‚Sie können glauben, was Sie wollen. Nur sorgen Sie dafür, dass Ihr beschissener Mann mich in Ruhe lässt. Sonst beantrage ich eine einstweilige Verfügung gegen ihn.' Diese Hure macht ihn seiner Ehefrau abspenstig und besitzt die Unverfrorenheit, ihm mit einer *einstweiligen Verfügung* zu drohen?"

„Empörend."

„Das war gemein und unverzeihlich. Ich versetze ihr einen Stoß. Ich sage: ‚Das wagen Sie nicht.' Sie stößt zurück und sagt, und ob. Also stoße ich sie noch mal." Olivia brach ab.

„Erzählen Sie weiter, Olivia. Ich möchte die ganze Geschichte hören. Erzählen Sie mir genau, was passiert ist."

„Es war ein Unfall."

„Das weiß ich. Aber Sie müssen mir erzählen, was genau sich zugetragen hat."

Olivia zuckte die Achseln. „Sie stürzte nach hinten. Sie … hat sich den Kopf angestoßen, dann ist sie ganz umgefallen und hat sich noch mal den Kopf gestoßen. Ich habe ihren Schädel brechen hören und gesehen, wie Blut aus ihrem Kopf kam. Ich wollte ihr nicht wehtun. Es … es ist einfach passiert."

„Ich glaube Ihnen. Was haben Sie gemacht, als Katrina hingefallen war?"

„Ich stand unter Schock."

„Ganz sicher. Haben Sie versucht, ihr zu helfen?“

„Nein.“

„Haben Sie den Notruf gewählt?“

„Nein.“

„Haben Sie sonst jemanden angerufen?“

„Nicht sofort, nein.“

„Erinnern Sie sich zurück, Olivia. Was haben Sie gemacht, unmittelbar nachdem Katrina Belfort sich den Kopf gestoßen hatte?“

Olivia, ohne jede Spur einer Träne, sah Decker in die Augen, zuckte nochmals die Achseln und sagte: „Ich habe ihr beim Sterben zugesehen.“

KAPITEL SECHSUNDDREISSIG

„Sie rief mich im Büro an“, sagte Ferraga zu Decker. Neben ihm saß ein Rechtsanwalt namens John Granger, ein weißhaariger Mann Anfang siebzig. In Greenbury war das Altersteilzeitmodell offenbar in einer ganzen Reihe von Berufen populär.

„Das war wann?“, fragte Decker.

„Nachdem ich an Dr. Zhous Tür geklopft hatte. Also muss es gegen Viertel nach eins, halb zwei gewesen sein.“

„Olivia rief Sie also um halb zwei an?“

„Ungefähr, ja.“

Schweigen.

„Was wollte sie?“, fragte Decker.

„Sie war vollkommen durcheinander. Sie sagte, es sei etwas Schreckliches passiert. Zuerst dachte ich, eins der Kinder, aber dann sagte sie, sie sei bei Katrina Belfort zu Hause. Mir wurde ganz mulmig.“

„Was haben Sie dann gemacht?“

„Ich griff die Schlüssel und rannte zu Katrina nach Hause. Ich war nicht mit dem Auto im Büro.“ Ferraga schüttelte den Kopf, seine Augen auf etwas in der Ferne gerichtet. „Sie muss übrigens Tabletten nehmen.“

„Wer?“

„Olivia.“

„Welche Art von Tabletten?“

„Gegen Psychosen. Manchmal vergisst sie sie. Sie mag nicht, wie sie sich nach den Tabletten fühlt. Sie vergisst, sie zu nehmen, aber ich weiß, sie macht es absichtlich. Ihre Mutter hatte dasselbe, kam ins Irrenhaus. Olivia sollte das erspart bleiben. Ich habe versucht, mich um sie zu kümmern. Wir haben jemanden, der jeden Tag für ein paar Stunden nach ihr sieht. Ich wünschte, ich könnte mir eine Vollzeitpflegekraft leisten, aber ich habe das Geld einfach nicht.“

„Was geschah, als Sie bei Katrina zu Hause ankamen?“

„Die Tür war nicht abgeschlossen. Ich bin reingegangen und habe gesehen, was passiert war.“ Er sah zu seinem Anwalt, der ihm mit einem Nicken bedeutete, fortzufahren. „Katrina war tot. Es sah aus, als hätte sie schon eine ganze Weile tot dagelegen.“

„Woraus entnahmen Sie das?“

„Ihr Gesicht war aschfahl. Auf dem Fußboden war eine Blutlache, die nicht frisch zu sein schien."

„Wo war Olivia?"

„Sie saß auf einem Stuhl … Stumm, nicht fähig, sich zu rühren, vollkommen verängstigt. Die Kleidung voller Blut. Ich …" Er holte tief Luft. „Ich wollte gerade die Polizei verständigen. Erst mal anonym Meldung erstatten, bis ich wieder klar denken konnte. Aber da klopfte es an der Haustür, jemand rief Katrinas Namen."

„Was haben Sie dann gemacht?"

„Ich bekam es mit der Angst, packte Olivia beim Arm und versteckte mich mit ihr im Schlafzimmer. Die Tür habe ich abgeschlossen. Daher weiß ich, dass uns niemand gesehen haben kann."

„Nichts ist je unmöglich, Dr. Ferraga. Wussten Sie zu dem Zeitpunkt, wer es war?"

„Da noch nicht, nein. Aber als ich rausfand, dass Sie Alistair Dixon verhaftet hatten, habe ich doch die Stimme wiedererkannt. Da drin." Er zeigte auf seine Schläfe. „Aber als wir uns versteckten, war ich nicht ganz bei mir. Ich war vollkommen verwirrt."

Ferraga blinzelte ein paarmal. „In Katrinas Schlafzimmer zu sein war schrecklich. Olivia muss ganze Filme in ihrem Kopf gesehen haben: Immer wieder hat sie aufs Bett gestarrt. Egal, wie oft ich ihr sagte, sie muss still sein, ist sie trotzdem weiter nervös auf und ab gelaufen."

Das Schlurfen, das Dixon gehört hatte. „Wie lange waren Sie ungefähr im Schlafzimmer?"

„Als wir reinkamen, war es laut der Uhr auf Katrinas Nachttisch ein Uhr sechsundfünfzig. Etwa eine Viertelstunde später wurde es plötzlich ruhig. Gegen ein Uhr dreißig haben wir das Zimmer verlassen. Alistair war weg."

„Und dann?"

„Habe ich Olivia nach Haus gebracht, ihr ein Beruhigungsmittel gegeben und sie ins Bett gebracht."

„Und danach?"

Erneut sah Ferraga zu seinem Anwalt. Granger flüsterte ihm etwas ins Ohr. „Bin ich noch mal zu Katrina gefahren. Da war es fast drei."

„Warum haben Sie dann nicht die Polizei benachrichtigt?"

„Ich konnte nicht klar denken. Ich wusste nicht, wie spät es war, wo ich war oder was ich tat. Ich war vollkommen verwirrt."

Das wird also seine Verteidigungsstrategie: Verminderte Zurechnungsfähigkeit aufgrund eines veränderten Bewusstseinszustands. „Aus was für Gründen auch immer haben Sie also nicht die Polizei gerufen?"

Wieder flüsterte Ferragas Anwalt ihm etwas ins Ohr. „Ich konnte nicht klar denken."

„Schön, Sie konnten nicht klar denken. Erinnern Sie sich wenigstens, was Sie gemacht haben, als Sie wieder in Katrina Belforts Haus waren?"

„Nicht genau."

Decker verlor langsam die Geduld. Er musste anders vorgehen. „Je weniger Sie sich erinnern, desto mehr sieht es so aus, als ob Sie sich selbst – oder sogar Olivia – schützen wollen. Woher soll ich zum Bespiel wissen, ob es stimmt, dass Sie Ihre Frau nach Hause gefahren, ihr ein Beruhigungsmittel gegeben und dann ins Bett gebracht haben? Möglicherweise war sie es, die die Spuren am Tatort beseitigt hat."

„Nein." Als Granger ihm etwas sagen wollte, schüttelte er den Kopf. „Nein, das war ich. Aber ich konnte nicht klar denken. Ich war nicht Herr meiner Sinne."

„Das glaube ich Ihnen. Sagen Sie mir, was in Ihnen vorging, auch wenn es verrückt klingt. Ich muss wissen, was passiert ist, sonst landet alles bei Olivia."

„Sie müssen keine Fragen mehr beantworten."

Ferraga ignorierte Granger. „Aus irgendeinem Grund musste ich die ganze Zeit an Elijah Woods Selbstmord denken. Keiner wusste, warum er es getan hat. In meinem wirren Hirn nahm ich an, dass wenn ich es so aussehen lassen könnte, als habe es einen Pakt zwischen den beiden gegeben – eine tragische Liebesaffäre –, alle annehmen würden, sie habe sich auf dieselbe Weise wie Elijah umgebracht. Wie gesagt, ich war verwirrt und nicht ganz bei mir."

„Das heißt, Sie entschlossen sich, Katrina in den Kopf zu schießen, damit es wie Selbstmord aussieht."

„Dr. Ferraga hat bereits zugegeben, Beihilfe nach der Tat begangen zu haben."

„Ich muss hören, was er zu sagen hat, Counselor." Decker wandte sich an Ferraga: „Woher hatten Sie die Waffe?"

„Sie gehörte Katrina."

„Also gut, es sollte wie Selbstmord aussehen. Warum haben Sie sie den Berg rauf in den Wald geschleppt?"

„Damit es wie der Selbstmord von Elijah Wolf aussieht natürlich."
„Gibt es sonst noch einen Grund? Wie zum Beispiel, dass es zu laut gewesen wäre, den Schuss im Haus abzufeuern? Und dass Sie damit die Nachbarn hätten wecken können?"
„Ich habe nur gedacht, Elijah hat sich im Wald umgebracht, also muss sie sich auch im Wald umbringen. Wie oft muss ich Ihnen noch sagen, ich war nicht ganz bei mir?"
„Aber Sie waren klar genug, die Tat wie Elijah Wolfs Selbstmord aussehen zu lassen."
„Ja. Ich hatte diese fixe Idee, konnte an nichts anderes denken."
„Schön. Was genau haben Sie gemacht, nachdem Sie Ihre Frau nach Hause gebracht hatten und wieder bei Katrina waren? Denken Sie sorgfältig nach, Aldo, ich will es der Reihe nach hören."
„Als Erstes habe ich Katrina die blutige Kleidung ausgezogen und in einen Müllsack gesteckt. Dann habe ich sie mit einem Handtuch abgewischt und das ebenfalls in den Sack gesteckt. Danach habe ich ein paar saubere, zusammengelegte Sachen aus ihrer Kommode geholt ... wie bei Elijahs Selbstmord. Dann habe ich die Leiche in ein Laken gewickelt und rauf in den Wald geschleift. So weit, bis mir die Arme wehtaten und ich nicht mehr konnte. Ich habe sie aus dem Laken gewickelt und ... die gefaltete Kleidung danebengelegt ... genau wie bei Elijah."
Stille.
„Und dann?"
„Bin ich zurück zum Haus gegangen."
„Sie hatten etwas vergessen."
„Ja. Ich habe versucht, meine Fußabdrücke und die Schleifspuren zu verwischen, ich geb's zu."
„Und vermutlich waren Sie auch nicht bei klarem Verstand, als Sie Katrina eine Kugel in den Hinterkopf jagten?"
Ferraga schwieg.
„Erzählen Sie mir bitte mit eigenen Worten, auf welche Art und Weise Sie sie erschossen haben."
„Da gibt es nichts zu erzählen", schaltete Granger sich ein. „Die Frau war bereits tot."
„Wenn dem so war, warum haben Sie sie nicht einfach im Wald liegen lassen? Warum mussten Sie sie obendrein noch in den Hinterkopf schießen?"

„Ich habe doch schon gesagt, es sollte wie Selbstmord aussehen … damit man es mit dem von Elijah Wolf in Verbindung bringt. Also musste Katrina sich ebenfalls erschießen.“

„Was sie natürlich nicht mehr selbst tun konnte.“

„Natürlich. Ich legte ihr die Waffe in die Hand, und mit ihrem Finger habe ich den Abzug gedrückt.“

„Aldo, Sie haben Katrina nicht in die Schläfe geschossen, was die bevorzugte Stelle für Selbstmord gewesen wäre. So hat Elijah sich umgebracht. Stattdessen haben Sie Katrina in den Hinterkopf geschossen. Das taten Sie, um die Verletzung unkenntlich zu machen, die sie sich beim Sturz auf die Tischkante zugezogen hatte.“

Ferraga senkte den Blick. „Ich konnte nicht klar denken.“

„Ganz im Gegenteil, ich würde sagen, Ihr Verstand arbeitete auf Hochtouren.“

„Mein Klient hat Ihre Frage bereits beantwortet, bitte kommen Sie zum nächsten Punkt.“

„Wann haben Sie Katrinas Abschiedsbrief geschrieben?“

„Nachdem ich … als ich noch mal zurück ins Haus gegangen bin.“

„Sie haben genau dieselbe Formulierung verwendet, mit der Katrina Ihre Affäre beendet hatte.“

„Weil das nach Katrina klang. Das Ganze sollte möglichst echt wirken.“

„Der Selbstmord.“

„Ja.“ Ferraga seufzte. „Total verrückt, was ich getan habe. Ich war auch verrückt! Ich war … geistig umnachtet. Meinen Anteil an dieser Farce gebe ich zu. Aber ich habe sie nicht umgebracht. Das müssen Sie mir glauben.“

Decker verzog keine Miene. „Was haben Sie gemacht, nachdem Sie ihre Leiche im Wald hatten liegen lassen?“

„Ich bin noch mal ins Haus und habe die Schweinerei mit Küchenrolle aufgewischt, die ich dann zusammen mit der Kleidung entsorgt habe. Den Boden habe ich mit Spülmittel geputzt.“ Ferraga wischte sich über die feuchten Augen.

„In seinem verwirrten Geisteszustand dachte Dr. Ferraga, er helfe damit seiner Frau“, ergänzte Granger hastig. „Für sich selbst hat er's jedenfalls nicht getan.“

„Oder vielleicht dachte er, er könnte so ungestraft davonkommen", kommentierte Decker.

„Ich weiß nicht, was ich dachte. Ich erinnere mich nicht", sagte Ferraga.

„Um wie viel Uhr haben Sie Katrinas Haus endgültig verlassen? Erinnern Sie sich daran?"

„Schätzungsweise gegen fünf."

„Und dann sind Sie sofort nach Hause gefahren?"

„Ja." Ferraga hatte Tränen in den Augen. „Sie war schon tot. Sie müssen mir glauben. Hätte ich auch nur das kleinste Zeichen entdeckt, dass sie noch lebt, hätte ich sofort den Krankenwagen gerufen. Ich habe sie geliebt, ich wollte nicht, dass unsere Beziehung vorbei ist. Ich habe ihr immer wieder gesagt, ich würde Olivia nie verlassen, dass sie sich also keine Sorgen machen muss, das zwischen uns könnte mehr werden." Ferraga schluckte schwer. „Sie muss genug von mir gehabt haben."

„Wann sind Sie noch mal bei sich zu Hause angekommen?"

„Vielleicht um halb sechs."

„Sind Sie gelaufen oder haben Sie das Auto genommen?"

„Ich war mit Olivias Wagen da."

„Gut, Sie sind also mit dem Auto nach Hause gefahren, da war es etwa halb sechs."

„Vielleicht etwas später, es war aber noch dunkel."

„Was haben Sie mit der Kleidung gemacht, die Sie anhatten? Sie haben sich doch vermutlich umgezogen."

„Das habe ich auch."

„Was haben Sie mit der blutigen Kleidung gemacht?"

„Ich muss sie wohl zusammen mit den anderen blutverschmierten Sachen weggeworfen haben."

„Wo ist der Müllsack?"

„Den habe ich entsorgt."

„Wo?"

„Das weiß ich nicht mehr." Als Decker schwieg, sagte Ferraga: „Ich schwöre Ihnen, ich kann mich nicht erinnern. Zu dem Zeitpunkt war ich schon vollkommen unzurechnungsfähig."

„Aldo, unsere Spurensicherung hat Überreste von Kleidung in Ihrem Kamin gefunden. Das beweist ganz eindeutig Vorsatz."

„Falls ich tatsächlich etwas verbrannt haben sollte, kann ich mich nicht daran erinnern. Nur daran, dass ich sehr lange unter der Dusche gestanden habe. Danach habe ich mich rasiert und bin gegen sieben zur Arbeit gefahren. Als ich dort von dem Vorfall erfuhr, war ich vollkommen schockiert. Es war, als ob ich es zum ersten Mal hörte. Als ob das jemand anderes getan hätte." Ferraga presste sich die Hand vor den Mund und schüttelte den Kopf. „Ich befand mich in einem dissoziativen Zustand."

„Hat Ihr Anwalt Ihnen das beigebracht?"

„Wir versuchen, mit Ihnen zusammenzuarbeiten, also bitte keine abschätzigen Bemerkungen", sagte Granger.

„Manchmal tut man einfach Dinge, obwohl man weiß, dass man nicht hundertprozentig klar denkt, nein, obwohl man ganz genau weiß, dass man verwirrt ist. Aber da steckt man schon zu tief drin und sieht keinen anderen Ausweg. Also zieht man es einfach durch und hofft das Beste." Ferraga sah zu Decker hoch. „Ich bin kein Krimineller. Ich bin auch kein Psychopath. Ich bin ein ganz normaler Mann, der versucht hat, unter den Umständen sein Bestes zu tun."

„Sie hatten eine Affäre."

„Olivia und ich waren schon lange nicht mehr intim. Daran sind die Tabletten schuld. Keine Libido mehr."

„Wusste sie von der Affäre?"

„Vor etwa drei Monaten hat sie's rausgefunden."

„Hat es sie überrascht?"

„Wie bitte?"

„Katrina war doch sicher nicht die Erste."

Ferraga sah wieder zu Boden. „Sie sagte, ich muss Schluss machen. Ich hab's ihr versprochen."

„Was genau?"

„Dass ich die Sache mit Katrina beende."

„Aber das taten Sie nicht."

„Ich wusste, dass Katrina allmählich genug von mir hatte. Es war schon längst vorbei, als es zu dieser Tragödie kam." Wieder sah er Decker an. „Was wird aus meinen Kindern?"

„Gibt es Verwandte, die sie nehmen würden?"

„Vielleicht mein Bruder. Er ist geschieden und sieht seine eigenen Kinder nicht oft." Jetzt liefen Ferraga ein paar Tränen übers Gesicht.

„Wie wird meine Anklage lauten?“

„Manipulation von Beweismaterial, Verstümmelung einer Leiche, Justizbehinderung, Beihilfe nach der Tat.“

„Ich werde ins Gefängnis müssen.“

„Nicht zwangsläufig“, sagte Granger.

„Verminderte Schuldfähigkeit, schon verstanden“, sagte Decker. „Wissen Sie was, Aldo, wenn Sie uns gleich benachrichtigt hätten, auch anonym, hätten Sie jetzt keine Haftstrafe zu befürchten. Ja, Sie wollten Ihre Frau beschützen, ihr diese Tortur ersparen. Na ja, mit mildernden Umständen kennen Richter sich ja bestens aus.“

„Ich hab Ihnen doch schon gesagt, ich war zu dem Zeitpunkt nicht ganz klar im Kopf. Aber was immer ich getan habe, ich tat es, um meine Frau zu beschützen. Sie darf nicht ins Gefängnis, sie ist psychisch labil.“

„Aldo, wenn dem so ist, warum in Gottes Namen hatten Sie dann eine Waffe im Haus?“

Langes Schweigen, schließlich sagte Granger zu seinem Klienten: „Darauf müssen Sie nicht antworten.“

„Doch, die Antwort ist völlig unverfänglich. Ich bin häufig spätabends noch unterwegs. Jetzt bitte keine Häme. Nicht nur wegen der Affäre, ich arbeite abends oft noch im Büro. Wenn alles ruhig ist, kann ich mich besser konzentrieren. Olivia sagte, sie fühlt sich schutzlos und hat Angst, wenn ich so spät noch nicht zurück bin.“

Decker ließ ihn kommen.

„Sie hat mich gebeten, ihr eine Waffe zu besorgen, weil sie es selbst nicht darf … Ihr psychischer Zustand ist aktenkundig. Also habe ich ihr eine gekauft. Ich dachte … Das war ich ihr schuldig.“

„Sie waren es ihr schuldig?“ Decker war völlig perplex. „Sie wussten, dass Ihre Frau psychisch labil ist. Sie hätte eins der Kinder umbringen können.“

„Das würde sie niemals tun.“

„Sie hätte auch Sie umbringen können oder sich selbst. Was ihr ja auch beinahe gelungen ist.“ Decker hielt inne. „Vielleicht war ja auch das der Hintergedanke bei der Sache.“

„Wie können Sie nur so etwas Schreckliches, Unwahres und Gemeines sagen? Ich habe alles für diese Frau gegeben.“

„Ich wollte Ihnen mit meiner Bemerkung nicht zu nahe treten.“

„Es war …“ Ferraga sprach den Satz nicht zu Ende.

Aber das machte nichts.

Denn sowohl er als auch Decker wussten, dass die Wahrheit heraus war.

McAdams machte seine Reisetasche zu. Seine Schulter tat noch immer weh, aber da er glimpflich davongekommen war, weigerte er sich, sich zu beklagen. Er schwang sich die Tasche über die unverletzte Schulter und betrat den Flur, wo Decker sie ihm sofort abnahm.

„Ich schaff das schon, alter Mann."

„Ich weiß, aber wieso solltest du?" Decker lächelte ihn an. „Du bist doch daran gewöhnt, Leute zu haben, die alles für dich erledigen. Sieh mich doch als einen von denen."

„Auch wieder wahr. Kriegst du auch Trinkgeld?"

„Nicht nötig. Du hast deine gute Tat für den gesamten Monat bereits getan."

„Olivias Pistole hat nicht mal in deine Nähe gezeigt."

„Sie war genau auf mich gerichtet ... oder auf Ferraga. Eigentlich auf uns beide. Ob sie letztendlich auf ihn oder mich geschossen hätte, ist eine andere Frage. Ich bin froh, dass du reagiert hast, bevor wir's rausfinden mussten."

„Ich hab nicht nachgedacht."

„Zumindest nicht bewusst. Unbewusst aber umso mehr. Du warst zur Stelle, als es drauf ankam. Ich bin stolz auf dich, mein Junge. Du bist ein echter Profi."

Tyler strahlte. „Danke, alter Mann. Aber nächstes Mal ziehen wir uns gleich kugelsichere Westen an, okay?"

„Wie wär's, wenn's gar nicht erst so weit kommt?"

„Noch besser."

Rina kam herein. „Hier ist dein Mittagessen." Sie reichte Decker eine Papiertüte und hielt auch Tyler eine hin. „Und das hier ist Mittag- und Abendessen für dich."

Tyler nahm die Tüte. „Danke, ich werd aber vermutlich nicht allzu viel davon essen. Voller Bauch studiert nicht gern, du weißt doch. Das ganze Blut geht in den Magen statt ins Gehirn, und ich brauche momentan jede graue Zelle, die ich habe."

„Du wirst das schon machen."

„Ja, ich seh das ziemlich entspannt."

„Wann erfährst du, ob du bestanden hast?", fragte Decker.

„Ende nächster Woche. Bleibt noch das Wochenende für die Vorbereitung. Wird schon klappen. Die Verwaltung hat mir übrigens angeboten, die Prüfungen eine Woche später zu machen, falls ich noch nicht wieder ganz fit sein sollte."

„Und?"

„Ich habe denen gesagt, es war nur ein Kratzer und dass es mir gut geht. Außerdem weiß man nie, auf was für komische Gedanken die Leute kommen. Leute aus meinem Kurs könnten glauben, ich hätte mich selbst angeschossen, um mehr Zeit für die Vorbereitung rauszuschinden. Würde mich nicht wundern, wenn ein paar von denen es dann auch mal versuchen."

Rina musste lachen. Sie gab Tyler einen Abschiedskuss auf die Wange. „Viel Glück."

„Danke." Tyler drehte sich zu Decker um. „Ich kann mir auch einen Mietwagen nehmen, ehrlich."

„Heute bin ich mal dein Chauffeur. Aber in eine Uniform kriegst du mich nicht. Ich muss auf dem Rückweg sowieso noch was erledigen, also ist das kein Problem."

„Okay, dann nichts wie los."

Die beiden gingen nach draußen, und Decker öffnete den Kofferraum seines Wagens. Als er Tylers Tasche verstaut hatte, schlug er den Deckel zu und drehte sich um. Aus dem Augenwinkel sah er Mallon Euler, die sich halb hinter einem Busch versteckte. Vorsichtig tippte er an Tylers gesunden Arm. „Ich warte drinnen auf dich."

„Was? Warte."

Aber Decker war bereits im Haus verschwunden. Tyler verzog das Gesicht. „Du kannst rauskommen, Mallon." Sie trat aus ihrem Versteck, warm eingepackt in einen weißen Parka, eine weiße Hose und weiße Stiefel. Sie sah aus wie ein Schneemann. „Wie lange stehst du schon da?"

„Ungefähr eine halbe Stunde."

„Du hättest auch klingeln können."

„Wollte ich auch, aber dann kamt ihr schon raus." Sie hielt inne. „Ich hab's übrigens gehört." Ihre Unterlippe zitterte. „Bist du in Ordnung?"

„Mir geht's gut, aber lieb, dass du fragst." Jetzt liefen Mallon die Tränen. „Wirklich, alles in Ordnung. Hör auf damit." Das führte nur dazu, dass Mallon richtig zu heulen anfing. „O Mann. Komm mal her."

Sie trat zu ihm, und er nahm sie in den Arm. „Mir geht's bestens."

„Ich … ich mach mir halt Sorgen um dich."

„Danke. Echt lieb von dir."

Mallon trat einen Schritt zurück. „Du fährst zurück nach Harvard?"

„Ja, offiziell bin ich da immer noch eingeschrieben."

Sie starrte auf ihre Stiefel. „Okay. Dann sehen wir uns vielleicht …"

„Wir sehen uns bestimmt noch mal, bevor du deinen Abschluss machst." Mallon machte noch immer keine Anstalten, sich zu verabschieden. „Ist irgendwas?"

„Ich hatte ein langes Gespräch mit Dr. Tolvard. Ich übernehme Elis Thema für meine Abschlussarbeit. Tolvard hat's erlaubt. Er hat sogar gesagt, er würde mit mir zusammenarbeiten."

„Elis Projekt über Weltraumschrott?"

Mallon nickte, konnte Tyler aber noch immer nicht ansehen. „Ja, ich muss ja sowieso die Summer School machen, weil ich doch jetzt zwei Fächer habe. Eigentlich hat mir Rosser mit seinem bescheuerten Verhalten ja einen Gefallen getan: Jetzt kann ich Elis Arbeit ihm zu Ehren weiterführen."

„Klasse, Mallon. Das hätte er bestimmt so gewollt."

„Vielleicht." Sie zuckte die Achseln. „Na ja, außerdem waren seine Ideen besser als meine. Jetzt wird das in beiden Fächern eine viel bessere Arbeit."

Tyler musste lachen. „Man soll immer praktisch denken." Er lächelte Mallon kurz an, was ihr jedoch entging, da sie noch immer auf den Boden starrte. „Weißt du schon, was du nach der Summer School und deinem Abschluss machen willst?"

„Zufällig ja." Sie räusperte sich. „Eli muss irgendwann mal an Google geschrieben und jemandem von seinem Projekt erzählt haben. Dr. Tolvard hat er anscheinend als Referenz angegeben. Die Google-Leute haben sich jetzt bei Tolvard gemeldet, und er hat sie an mich verwiesen."

Mallon hielt inne. McAdams wusste genau, was als Nächstes kommen würde. „Du hast dir ein Praktikum bei Google geangelt?"

„Eigentlich sogar 'nen richtigen Job … ab Herbst."

„Weltraumschrott kartieren?"

„Ja. Satelliten sind teuer. Macht wenig Sinn, einen raufzuschicken, wenn er doch nur mit irgendwas zusammenstößt, das da oben rumfliegt. Das ist offenbar genau der Job, den Eli machen wollte. Warum sollte man all die harte Arbeit umkommen lassen, die er schon reingesteckt hat."

„Ganz genau." Tyler legte ihr die Hand auf die Schulter, und sie blickte zu ihm hoch. „Jede Organisation, die dich als Mitarbeiterin bekommt, kann sich glücklich schätzen. Herzlichen Glückwunsch."

Wieder hatte Mallon Tränen in den Augen. „Jetzt kann ich endlich meine Schwester besuchen." Sie hielt inne. „Ich war noch nie an der Westküste."

„Die Bay Area ist wunderschön. Tolles Wetter, und die Landschaft ist unglaublich. Du musst dir nur merken, dass das Meer links ist …"

Peinliches Schweigen, dann fragte Mallon: „Darf ich dir mailen?"

„Wann immer du willst."

„Was ist mit SMS?"

„Du darfst mich sogar anrufen:"

„Ich simse lieber."

McAdams lachte. „Meinetwegen auch das, Mallon. Ich fänd's nur schön, wenn wir uns nicht aus den Augen verlieren."

„Echt?"

„Ja."

„Das sagst du nicht einfach nur so?"

„Nein. Lass uns in Kontakt bleiben."

Wieder ein peinlicher Moment. Dann küsste sie ihn sanft auf den Mund. „Danke, dass du mich ernst nimmst."

„Danke, dass du Vertrauen in meine Fähigkeiten als Polizist hast." Nun küsste Tyler sie ebenso vorsichtig zurück. „Ich muss jetzt los, sonst verpass ich meinen Bus."

„Ich dachte, Decker fährt dich."

„Tut er auch. Aber trotzdem muss ich los."

„Du willst mich nur loswerden."

Tyler ging nicht darauf ein. „Ich ruf dich bald an. Schreib dir bald 'ne SMS, mein ich."

„Was auch immer!" Mallon machte ein paar Schritte die Straße runter, dann drehte sie sich noch einmal zu ihm um und sah ihn an.

Mit einem Lächeln, das ihr ganzes Gesicht erhellte.

KAPITEL SIEBENUNDDREISSIG

Es war ein herrlicher Tag: leuchtend blauer Himmel, Wattewolken und strahlender Sonnenschein. Decker klappte die Sonnenschutzblende herunter gegen die Grelligkeit der schneebedeckten Felder, die sich viele Hektar weit ringsum erstreckten. In der nachmittäglichen Wärme war der Schnee teilweise geschmolzen, was das Fahren auf der holprigen Straße noch beschwerlicher machte, da sich die Reifen durch Schlamm und Schneematsch graben mussten und häufig stecken blieben. Er erreichte die Farm, als gerade die Sonne vor einem gleichförmig weißen Horizont unterging.

Ruth Anne öffnete, eine Mischung aus Überraschung und Beunruhigung im Gesicht. „Detective Decker." Sie hielt inne. „Wie nett, dass Sie uns besuchen."

„Ich war gerade in der Gegend, da dachte ich, ich komme einfach vorbei. Ich hoffe, Sie haben nichts dagegen."

„Natürlich nicht." Sie zögerte, besann sich dann aber. „Entschuldigen Sie, wie unhöflich von mir. Bitte kommen Sie doch herein."

„Danke." Decker trat sich die Schuhe auf der Fußmatte ab. „Störe ich gerade?"

„Nein, überhaupt nicht." Ruth Anne trat zur Seite und wischte sich die Hände an der Schürze ab. „Haben Sie Mrs. Decker mitgebracht?"

„Leider nicht."

„Setzen Sie sich doch. Möchten Sie eine Tasse Kaffee?"

„Gerne, vielen Dank."

„Ezra ist auf dem Markt und kommt erst später zurück. Müssen Sie ihn sprechen?"

„Eigentlich wollte ich mit Jacob sprechen, falls er da ist."

Ruth Anne zögerte. „Ich glaube, er ist in der Scheune." Sie war nervös. Vermutlich war sie es nicht gewohnt, mit einem Mann, der nicht zur Familie gehörte, allein im Haus zu sein. „Soll ich den Kaffee aufsetzen und dann Jacob Bescheid sagen, dass Sie da sind?"

„Nicht nötig. Sagen Sie mir nur, wie ich zur Scheune komme."

„Ach so, na gut." Sie befeuchtete sich die Lippen. „Irgendetwas Neues?"

„Über Elijah? Leider nein."

„Und was ist mit der toten Dozentin?"

„Wir haben jemanden verhaftet."

„Aha." Mrs. Wolf, noch immer sichtlich unruhig, fragte nicht weiter nach.

Da er ihren religiösen Hintergrund kannte, kam Decker ihr zu Hilfe: „Die Todesstrafe wird nicht verhängt werden, Ruth Anne. Es war nur ein unglücklicher Unfall, zu dem es niemals hätte kommen dürfen."

„Gut, dass niemand sich rächen will. So etwas überlässt man am besten dem lieben Gott." Sie seufzte. „Also dann." Sie ging mit Decker zur Hintertür. „Von hier aus können Sie die Scheune sehen ... die kleine rote Spitze da ganz hinten."

„Ja, sehe ich."

„In fünf Minuten sind Sie hingelaufen. Aber seien Sie vorsichtig, es ist matschig, und an manchen Stellen ist der Boden noch gefroren."

„Ich weiß, meine Reifen haben ganz schön gelitten. Aber was für ein schöner Tag das heute war."

„Herrlich, wenn die Sonne scheint. Obwohl noch nicht mal Februar ist, denkt man, gleich kommt der Frühling."

Ruth Anne schien auch über ihr eigenes Leben zu sprechen, als wagte sie endlich zu hoffen, dass eines Tages auch ihr dunkler Winter vorüber wäre. Die Trauer über den Verlust eines Kindes ist allgegenwärtig. In jedes Gefühl der Freude mischt sich Wehmut über das, was fehlt. Aber Elis Mutter bemühte sich tapfer, ihre Würde und ihre Privatsphäre zu wahren. Sie hatte ihre Familie, ihre Gemeinde und ihren Glauben. Decker lächelte. „Ja, Frühling kann's nicht früh genug werden."

„Und bringen Sie Jacob mit, er ist schon eine ganze Weile da draußen. Wird Zeit, dass er sich ein bisschen aufwärmt."

„Mach ich." Langsam ging Decker den eisglatten Pfad hinunter. In der Dämmerung war es unglaublich still, das lauteste Geräusch war sein eigener Atem. Er spürte die Wärme seines Atems auf der kalten Nasenspitze, die sich in der Kälte vermutlich schon gerötet hatte. Vorsichtig folgte er den bereits zu schmelzen beginnenden Fußabdrücken, die den kleinen Weg bedeckten. Schon von Weitem konnte er das Blöken von Schafen hören. Als er die Scheune betrat, stellte er fest, dass es drinnen kaum wärmer als draußen war. Es roch durchdringend nach feuchtem Stroh und Schafskot. Jacob war mit einem Lämmchen beschäftigt, das er gerade mit der Flasche fütterte. Er sah auf, unterbrach aber seine Arbeit nicht.

„Wo ist seine Mutter?", fragte Decker.

„In der Quarantänebucht, ansteckende Krankheit." Jacob erhob sich und wischte sich die Hände, die in Handschuhen steckten, an seinem Overall ab. Sein Gesicht war schweißnass und die Haare feucht vom Wasser, das durchs Dach tropfte. „Langsam erholt sie sich, aber sie muss Antibiotika nehmen, was nicht so gut für das Lamm ist. Ich hab schon angefangen, sie per Hand zu melken, damit die Milch nicht versiegt. Ich hoffe, der Kleine kann in ein paar Tagen selbst bei ihr trinken."

Er hielt die leere Flasche hoch.

„Ganz schön hungrig. Zum Glück."

„Bedeutet, er ist gesund", sagte Decker.

„Ganz genau."

„Und Sie, wie geht's Ihnen, Jacob?"

„Alles bestens." Jacob wischte sich mit einem Taschentuch den Schweiß vom Gesicht und presste ein „Könnte nicht besser sein" zwischen den Zähnen hervor.

„Der Schock hat nachgelassen, und jetzt sind Sie sauer auf ihn." Jacob antwortete nicht. „Wäre ich an Ihrer Stelle auch."

„Warum sollte ich sauer auf Eli sein? Sie meinen doch ihn, oder?"

„Natürlich." Decker holte tief Luft. „Wissen Sie, Jacob, ich habe mit vielen Leuten über Elis emotionale Verfassung kurz vor dem Selbstmord gesprochen. Niemand sagte, er habe niedergeschlagen gewirkt. Sie fanden ihn sogar umgänglicher und kontaktfreudiger als sonst. Das kam mir seltsam vor. Warum sollte er seinem Leben ein Ende setzen, wenn er gar nicht depressiv war?"

„Keine Ahnung." Jacob zögerte. „Haben Sie einen Abschiedsbrief oder so was gefunden?"

„Nein. Hat er Ihnen einen geschrieben?"

„Warum sollte er? Glauben Sie, ich würde den vor Ihnen verstecken?"

„Vielleicht, um Ihre Eltern zu schützen." Jacob schwieg. „Ich weiß, dass er mit Ihnen geredet hat. Sie beide standen sich nah."

„Schön wär's."

Die Stimme des jungen Mannes klang jetzt verbittert. Decker fuhr fort. „Es ist so, Jacob. Bevor ich mir Gedanken darüber machen konnte, warum Eli sich umgebracht hat, musste ich überprüfen, ob sein Tod etwas mit dem Mord an Katrina Belfort zu tun hatte."

„Und hatte er?"

„Nein. Und seit mir klar ist, dass zwischen den beiden Vorfällen keinerlei Verbindung besteht, geht mir Ihr Bruder nicht mehr aus dem Kopf."

„Tja, viel Spaß."

Decker fuhr mit leiser Stimme fort. „Eli hat Ihnen erzählt, was mit ihm passierte, nicht wahr?"

„Ich weiß nicht, wovon Sie reden."

„Wovon ich rede, ist, dass Elis Hirn langsam wieder heilte, dass er sich allmählich immer mehr wie er selbst – vor dem Unfall – fühlte und auch so verhielt."

Jacob wischte sich die Nase mit dem Handschuh ab. „Sein bescheuertes altes Ich, so hat er's genannt." Tränen der Wut traten ihm in die Augen. „Er war schon immer ein blöder Idiot."

„Und als sein Kopf heilte und Ihr Bruder anfing, wieder sein altes Leben zu leben – verabschiedete sich sein genialer Verstand immer mehr. Seine mathematischen Fähigkeiten, für die er sich nie hatte anstrengen müssen, ließen ihn im Stich."

In der Scheune war bis auf das Blöken der Schafe kein Laut zu hören.

„Eli saß in einer Art Niemandsland fest", fuhr Decker fort. „Nicht ganz er selbst, wie er früher war, aber auch nicht mehr das Mathewunderkind. Das hat ihn innerlich zerrissen."

„Wir waren ihm nicht mehr gut genug", sagte Jacob mit kaum zu vernehmender Stimme.

„Sie wissen genau, dass das nicht der Grund war."

„Was denn dann?" Jacobs Nasenflügel waren gebläht vor Wut. „Seine Familie, die ihn so geliebt hat, wie er war und auch wie er vielleicht mal sein würde, wir waren einfach nicht mehr gut genug."

Tränen liefen ihm über die Wangen.

„Er hat mir geschworen, es nicht zu tun. Trotzdem hab ich ihn noch auf die Bibel schwören lassen." Jacob sah Decker an. „Er hat mir ins Gesicht gesehen und *gelogen*. Jetzt schlepp ich dieses schreckliche … das lastet jetzt auf mir. Das werde ich ihm nie verzeihen, nie!"

Er versuchte, die Tränen zu unterdrücken.

„Ich habe meine Eltern, mich selbst, aber vor allem ihn im Stich gelassen.“

„Sie haben niemanden im Stich gelassen, Jacob.“ Der junge Mann blickte auf. „Es gab nichts, was Sie hätten tun können. Wenn jemand fest entschlossen ist, sich das Leben zu nehmen, kann nichts ihn davon abbringen. Wir können nur versuchen, es zu verstehen. Es muss die reinste Qual für ihn gewesen sein, mit ansehen zu müssen, wie sein wunderbarer Verstand in sich zusammenbrach, als sein Gehirn heilte. Vielleicht dachte er, wenn er schon nicht als Genie leben durfte, dann würde er wenigstens als eines sterben.“

„Genau das hat er gedacht, der Blödmann.“

„Ihre Religion lehrt Sie doch sicher Mitgefühl.“

„Darüber bin ich längst hinaus. Ich muss immer wieder denken, wie blöd das von ihm war. Schlimm genug, dass er mich belogen hat. Aber auch noch auf die Bibel zu schwören. Und meinen Eltern das anzutun. Die verdienen diesen ganzen Mist nicht. Wie konnte er Ihnen das antun?“

„Selbstmord ist egoistisch. Aber auch ein Akt der Verzweiflung. Eli sah keinen Ausweg mehr. Er muss sich sehr einsam gefühlt haben.“

„Auf einmal ist *er* der Einsame! Dabei hat er *uns* nicht mehr gewollt.“ Jacob spuckte aus. „Ich musste ihm versprechen, nichts zu sagen. Und jetzt sitz ich da mit dieser furchtbaren Last. Meinen Eltern kann ich's nicht erzählen, das würde ihnen nur noch mehr wehtun.“ Er sah Decker mit geröteten Augen an. „Wenn er nicht auf die Bibel geschworen hätte, hätte ich was gesagt. Er wusste, was es bedeutet, auf die Bibel zu schwören, und er hat's trotzdem getan. Und jetzt bin ich dafür verantwortlich. Ich hab so eine Stinkwut auf ihn.“

„Eli hat Sie in eine unmögliche Situation gebracht. Ihnen waren vollkommen die Hände gebunden.“

„Ich hasse ihn, weil er mir das angetan hat. Und auch, weil unsere Liebe und unser Glaube nicht mit seinem Wunsch nach Ruhm oder was immer es war mithalten konnte.“

„So war das nicht, Jacob.“

„O doch, genau so war's.“

Decker ließ es dabei bewenden. Der Junge hatte ein Anrecht auf seine Gefühle, und außerdem lag er vermutlich in vieler Hinsicht richtig mit ihnen. „Diese Last, die Sie mit sich rumschleppen, Jacob. Das sollten Sie nicht allein mit sich ausmachen. Ich kann verstehen, warum Sie Ihre Eltern nicht noch mehr aufregen wollen, aber wenn Sie mal mit jemandem darüber reden wollen, können Sie mich jederzeit anrufen. Und wenn Sie das noch vertiefen wollen, kann ich jemanden für Sie finden, der sich besser mit so was auskennt als ich."

„Einen Psychiater? Glauben Sie, ich bin zu schwach?"

„Überhaupt nicht. Diese Belastung schweigend auf sich zu nehmen beweist eindeutig, wie stark Sie innerlich sind. Ich selbst bin ziemlich robust, aber auch ich hab mir schon hin und wieder Hilfe geholt. Aber das müssen Sie selbst entscheiden."

„Warum sollte ich mit Ihnen oder irgendwem anders darüber reden wollen?", antwortete Jacob barsch. „Ich wünschte, ich könnte einfach vergessen, dass ich überhaupt mit diesem Dummkopf geredet hab." Jacob presste die Lippen zusammen, „Ich weiß, Sie meinen's gut, Detective. Aber ich bin niemand, der gern redet."

„Das respektiere ich, aber mein Angebot steht nach wie vor. Ihre Mutter hat Kaffee gemacht. Sie sagt, Sie sollen reinkommen und sich aufwärmen."

„Gehen Sie ruhig schon vor. In zehn Minuten komme ich auch."

„Ich glaube, Ihre Mutter fühlt sich etwas unwohl, wenn sie mit mir allein ist."

„Oh, verstehe. Das hat mit ihrem Glauben zu tun. Ich bin hier allerdings noch nicht fertig. Muss noch ein paar Hätschelkinder füttern und danach Ställe ausmisten."

„Dabei kann ich Ihnen helfen. Mein Onkel hatte eine Farm in Florida. Da war ich oft im Sommer. Hauptsächlich Orangenhaine, aber er hatte auch etwas Vieh. Ich hab die Pferdeställe ausgemistet, Heu verteilt und Unmengen von Ferkeln gefüttert. Zäune habe ich auch gebaut, damit die Alligatoren nicht reinkamen und sich die Schweinchen schnappen konnten."

Jacob musste lachen. „Sie nehmen mich auf den Arm, oder?"

„Jacob, so was würde ich nicht erfinden, nur um Sie zu beeindrucken."

„Na schön, Sie wollten's nicht anders." Er reichte Decker eine Nuckelflasche. „Sie können den Kleinen da in der Ecke füttern, wenn Sie ihn zu packen kriegen. Ziemlich lebhaftes Kerlchen."

„Kein Problem."

Das war es aber doch. Das Lamm ruinierte nicht nur Deckers Hemd und die Hose mit seinen schmutzigen Hufen, sondern es wehrte sich so stark, dass Decker der Schweiß ausbrach. Wenigstens schien es Jacob zu amüsieren, der über Deckers Ungeschicklichkeit schmunzelte. Schließlich gelang es Decker, das Lamm festzuhalten und ihm den Sauger ins Maul zu stecken. Sobald das Tier gemerkt hatte, worum es sich handelte, hatte es seine Mahlzeit in weniger als fünf Minuten ausgetrunken. Decker und Jacob arbeiteten schweigend weiter, bis alles erledigt war.

Danach, auf dem Rückweg zum Haus, bedankte sich Jacob bei Decker.

„Wofür?"

„Weiß ich auch nicht so genau. Dafür, dass Sie mich nicht verurteilen, glaube ich."

„Oh, das würde ich nie tun." Er legte dem Jungen den Arm um die Schulter. Zu seiner Überraschung ließ er es sich gefallen. „Ihre Eltern stützen sich sehr auf Sie. Ist ganz normal. Sie sind der Ältere und waren schon immer der Verantwortungsbewusste. Aber etwas Freude kann nicht schaden, ist gut für die Seele."

Jacob ging nicht darauf ein. Schließlich sagte er: „Ich hab mich gestern verlobt."

„Gratuliere!"

„Ging ganz schön schnell, was? Nach nur zweieinhalb Monaten."

„Man weiß genau, wenn's die Richtige ist." Decker hielt inne. „Sind Sie glücklich?"

„Ja." Jacob rieb sich das Kinn. „Ja, richtig glücklich. Wir passen gut zusammen."

„Ich freue mich für Sie."

„Hochzeiten werden hier von der ganzen Gemeinde gefeiert. Kommen Sie doch auch, wenn Sie mögen. Und bringen Sie Ihre Frau mit."

„Das ist gut, denn wir machen meist alles zusammen." Der junge Mann lächelte. „Sie würde bestimmt gerne mitkommen. Sie mag alles Traditionelle, schließlich hat sie selbst einen Hintergrund, in dem Traditionen eine große Rolle spielen."

„Ja, alle Mütter mit diesem Hintergrund sind sich irgendwie ähnlich." Jacob wurde auf einmal still. „Ich hasse Eli gar nicht."

„Ich weiß."

„Als wir klein waren, haben wir uns richtig gut verstanden. Jeder hatte seine Rolle: Ich war der Verantwortungsbewusste, er war der Clown. Ich wünschte nur … ach, ich weiß auch nicht. Muss schwer gewesen sein zu sehen, wie ihm alles davonschwimmt. Er wollte einfach nicht mehr mitbekommen, wenn nichts mehr übrig war. Scherben aufsammeln konnte er noch nie gut, das hat er immer mir überlassen."

„Sie haben ihm geholfen, so gut Sie konnten."

„Ja, vielleicht. Ich wünschte trotzdem, ich könnte mehr noch für ihn tun, als nur sein Grab zu besuchen."

„Eine Freundin von Eli aus dem College übernimmt übrigens ihm zu Ehren sein Forschungsprojekt. In seiner kurzen Zeit als Mathegenie hat er viel Herausragendes geleistet. Vielleicht wird man sich auch nach seinem Tod noch daran erinnern."

„Das hoffe ich." Jacob runzelte die Stirn. „Obwohl ich immer noch finde, dass er ein egoistischer Idiot war." Dann kamen die Tränen. „Den gibt's in jeder Familie."

Decker schwieg. Insgeheim dachte er sich: *Halleluja.*

Als Rina sich meldete, übersprang McAdams die Höflichkeitsfloskeln: „Ich wollte den alten Mann nicht im Büro stören. Aber ich wollte Bescheid sagen, dass ich bestanden habe."

„Herzlichen Glückwunsch! Ich habe nie dran gezweifelt."

„Ich schon. Hab wirklich Schwein gehabt."

„Ach, kann ich mir nicht vorstellen."

„Ist aber so. In der Prüfung hätte so viel drankommen können, von dem ich keinen Schimmer hatte. Aber irgendwer da oben hatte Mitleid mit mir."

„Wusste gar nicht, dass du religiös bist?"

„Nur im Schützengraben und in der Abschlussprüfung. Falls es dich interessiert: Ich hab mit Auszeichnung bestanden."

„Ja, das tut es."

„Auf einmal will mir diesen Sommer jeder ein Praktikum anbieten. Da sind ein paar richtig tolle dabei."

„Klasse!"

„Schade, dass ich diesen Sommer schon was vorhabe."

„Unsinn, Tyler, das solltest du dir nicht entgehen lassen. Das Greenbury PD wird auch noch eine Weile ohne dich auskommen."

„Das kränkt mich jetzt aber."

„Du weißt schon, was ich meine."

„Ja, und ich find's toll, so begehrt zu sein. Aber leider wissen wir alle, dass ich kein Teamplayer bin. Und Chefs, die mich die Drecksarbeit machen lassen und mir Vorschriften machen, kann ich nicht ausstehen. Für die typische Firmenhierarchie bin ich denkbar ungeeignet."

„Ich hab gehört, diese Topfirmen laden ihre Mitarbeiter in teure Restaurants ein und gehen am Wochenende mit ihnen segeln."

„Nachdem sie sie ausgelaugt haben."

„Aber für dreitausend Dollar die Woche. Versuch's doch wenigstens, Tyler."

„Die müssten mir schon wesentlich mehr bieten als einen Segeltörn nach Nantucket. Ich hab meine Entscheidung schon getroffen, du kannst dir die Mühe sparen. Jetzt fahr ich erst mal in Urlaub."

„Wohin denn?"

„Ich werd mich mal ein bisschen in die Sonne legen. Meine Stiefgroßmutter hat ein Ferienhaus auf Rhodos. Gekauft mit dem Geld meines Großvaters, klar. Aber weil Nina so nett ist, gönn ich's ihr. Sie lässt dich übrigens grüßen. Sie hätte bestimmt nichts dagegen, wenn ich dich und den alten Mann mitbringe."

„Das ist wirklich lieb, aber wir fahren nächste Woche schon die Kinder besuchen."

„Dann nächstes Mal."

„Ja, nächstes Mal." Rina zögerte. „Tyler, du solltest dir wirklich überlegen, ob du nicht doch ein Praktikum bei einer dieser namhaften Firmen machst. Wer weiß, vielleicht wird's ja interessant?"

„Bezweifle ich." Er hielt inne. „Rina, ich muss mir um Geld keine Sorgen machen. Das bedeutet, ich werde nie arbeiten müssen, schon gar nicht für einen Chef. Aber wie bei jeder Regel gibt's auch hier eine Ausnahme. Also sag der Ausnahme, im Sommer bin ich wieder da."

„Also gut, dann bis zum Sommer."

„Also bis dann." McAdams legte auf, aber steckte das Handy noch nicht zurück in die Tasche. Stattdessen überlegte er einen Moment und tippte dann zielstrebig eine Nachricht auf der Bildschirmtastatur seines iPhones.

Hey.

Sofort ertönte ein Piep. Er las die SMS.

Hey.

Wie geht's?

Gut. Eli hat da wirklich eine Entdeckung gemacht. Auf meine nerdige Art vermiss ich ihn. Hast du schon was von der Prüfung gehört?

Hab bestanden.

Glückwunsch.

Danke.

Nächste Woche sind Semesterferien. Kann ich vielleicht nach Harvard kommen? Mal sehen, wie's da so ist?

Bin nicht da. Ich nehm mir 'ne Weile frei.

Okay, vielleicht ein andermal.

Tyler musste schmunzeln. *Das klingt jetzt vielleicht komisch, aber ich frag trotzdem. So bin ich halt.*

Was?

Warst du schon mal in Griechenland?

Nein, ich war noch nie im Ausland. Kein Geld. Wieso?

Würdest du gern mal hin?

Natürlich würd ich gern mal hin. Und wie.

Diesmal war es Tyler, der strahlte, als er seine Antwort tippte: *Dann ist heute dein Glückstag, Mallon.*